Cluaran

Das Buch

Ein brennendes Warehouse, Torfleichen, Mordanschläge. Wie passt das alles zusammen? Handelt es sich nur um Unfälle oder steckt tatsächlich mehr dahinter? Die Kommissare Alan Derringer und Brian Strachan ermitteln. Auch Graham Morrice, der Distillery Manager, arbeitet wieder mit und gerät dabei in Lebensgefahr.

Die Autoren

Ralf Bernhardt und Hans Georg Würsching haben bereits mehrere Whiskybücher für Sammler geschrieben. Beiden Autoren wurde dafür der Titel "Keeper of the Quaich" verliehen, die höchste Auszeichnung in der schottischen Whiskyindustrie. Durch ihre langjährigen Kontakte zu Distillery Managern in ganz Schottland und ihr Wissen um den schottischen Whisky sind die Hintergründe für diesen Thriller bestens recherchiert.

Ähnlichkeiten mit lebenden Personen und existierenden Brennereien sind auch dieses Mal wieder fast zufällig und nur zum Teil nicht beabsichtigt.

Für alle inhaltlichen Fehler sind ausschließlich die Autoren verantwortlich. Sie wurden teils vorsätzlich, aber ausschließlich zum Wohle der erzählten Geschichte begangen.

Im Cluaran Verlag sind, neben den Whiskysammlerbüchern, bisher folgende Whisky-Krimis erschienen:

Wasser, Gerste, Leiche	ISBN 978-3-9809344-6-6
Riechen, Schmecken, Sterben	ISBN 978-3-9809344-8-0
Aqua Mortis	ISBN 978-3-9809344-5-9

Ralf Bernhardt & Hans Georg Würsching

heavily peated

Tod im Torf

Ein Whisky Krimi No. IV

Deutsche Erstausgabe

Cluaran

Deutsche Originalausgabe

Februar 2013

Cluaran OHG
Publishers & Distributors
Schillerstraße 9
D-64683 Einhausen
Germany
info@cluaran.de
www.cluaran.de

2. Auflage

Umschlaggestaltung: Cluaran OHG
Druck + Bindung: Seraprint, Einhausen
Printed in Germany

ISBN 978-3-9809344-9-7

Man muss dem Leben immer um mindestens
einen Whisky voraus sein.

Humphrey Bogart

We have a great regard for old age -
when it's bottled

Tommy Dewar

Männer trinken Bier,
Helden trinken Whisky

Unbekannter Dichter

There are two things a Highlander likes naked,
and one of them is Malt Whisky.

Schottisches Sprichwort

Inhalt

Prolog

Samstag, 30. April

SCOTTISH
DAILY EXPRESS
VOICE OF THE NEW SCOTLAND

Speyside: Land und Leute
(Wochenendbeilage vom 30.04.11)

Scottish Whisky Society lädt ein zur "Taufe"

Vor genau einem Jahr hat er es angekündigt. Nun macht er es wahr: Graham Morrice, Head of Distilleries and Maturation der Scottish Whisky Society aus Inverness, wird am Samstag, den 28. Mai, im Rahmen einer Feierlichkeit, den neuen "*alten*" Dandaleith Malt Whisky vorstellen.

Ihm war es gelungen, mit Hilfe von Charles Maclellan, dem letzten Nachfahren der Inhaberfamilie der Dandaleith Distillery, die einzig verbliebenen Originalabfüllungen des Single Malts aus dem Jahre 1952 aufzuspüren.

Lesen Sie weiter auf Seite 10.

Fortsetzung von Seite 1:

Graham Morrice begann mit dem ehrgeizigen Plan, durch eine Mischung von Fässern aus den verschiedenen SWS-Distilleries, eine exakte Replik dieses Dandaleith Malts zu produzieren. Dieser sollte dann ein Jahr lang, in dem extra hierfür auf den alten Grundmauern der Distillery errichteten Warehouse, am Originalstandort in der Nähe von Edinvillie lagern.

Von dem Ergebnis kann sich nun die geladene Fachwelt in einem Monat überzeugen. Auf dem Gelände der Dandaleith Distillery, welches sich obendrein im Besitz von Graham Morrice befindet, werden die nachgereiften Fässer am 28. Mai um 02:00 pm "aus der Taufe gehoben" und feierlich abgefüllt. Damit geht Morrice‘ Traum, den altehrwürdigen Namen Dandaleith wieder aufleben zu lassen, in Erfüllung und die Region Speyside ist um einen lebendigen Destillerienamen und eine weitere Touristenattraktion reicher.

Gleichzeitig hatten Morrice und die SWS die kontinuierliche Produktion eines Dandaleith Whisky in den Anlagen der Ben Rhinnes Distillery begonnen, der inzwischen ebenfalls in dem Warehouse am Originalstandort reift. Wie lange Morrice diesen Brand lagern will, konnte und wollte er noch nicht sagen.

Wäre Dandaleith nicht 1952 durch einen fatalen Brand völlig zerstört worden, so wäre sie wohl die Vorreiterin des Siegeszugs schottischer Single Malt Abfüllungen geworden. Allein dadurch gebührt dem Namen alle Ehre. Charles Maclellan, der zurzeit eine Haftstrafe wegen Alkoholschmuggels in Glasgow verbüßt, wird dieser späten Ehrung wohl nicht beiwohnen können. Das Justizministerium hatte eine entsprechende Anfrage abgelehnt.

Feuer!

Sonntag, 08. Mai

Das Ereignis, mit dem eine Reihe von mysteriösen Vorfällen ihren Anfang nahm, begann am Ende eines sonnigen Tages, der zu Recht den Namen Sonntag trug. Nichts deutete darauf hin, dass heute und in den folgenden Tagen Dinge geschehen würden, bei denen das Leben von mehr als einem Menschen für immer zerstört werden würde.

Schottland präsentierte sich von seiner schönsten Seite und das Licht der Nachmittagssonne, unterstützt von wenigen Wolken, hatte die Landschaft in ein faszinierendes Spiel aus Licht und Farben getaucht.

Der Anblick der Landschaft, die für die meisten Menschen, die zu Besuch nach Schottland kamen, von einer unerwarteten, eindringlichen Schönheit war, berührte fast immer etwas in ihnen. Etwas, was zugleich neu aber auch unendlich alt war und in ihnen eine Sehnsucht weckte, die sie noch nie zuvor empfunden hatten. Ja, von der sie noch nicht einmal gedacht hatten, dass sie in ihnen stecken könnte. Die meisten Besucher fühlten sich hier schnell heimisch, ganz so, als ob sie in einem früheren Leben schon einmal hier gelebt hätten.

Der Frühling hatte mittlerweile auch die letzten Täler Schottlands erreicht und begann an exponierten Standorten bereits dem nahenden Sommer zu weichen. Der Stechginster kämpfte mit seiner gelben Blütenpracht und seinem Kokosduft noch immer gegen das beginnende Farbenspiel der bald üppig blühenden Rhododendren.

Nun, am Abend, mit der heraufziehenden Dämmerung aber bewölkte sich der Himmel doch stark, so als wollte er das nahende Unheil ankündigen oder vielleicht auch nur die Augen davor verschließen.

Als die Nacht weiter fortschritt, bedeckte eine dichte Wolkendecke den Himmel und schaltete das Licht der Sterne und des Mondes einfach aus. Es wurde eine lakritzdunkle, totenstille Nacht. Fledermäuse huschten durch die Dunkelheit auf der Jagd nach den ersten Midges[1] des Jahres.

Auf dem Farmgelände konnte man plötzlich ein unheimliches Kratzen und Scharren vernehmen, gefolgt von einem angestrengten Schnaufen und

---

1 Midges: Schottische Stechmücken, durchaus artverwandt mit den Moskitos. Allerdings ist speziell die Highland Midge sehr viel kleiner. Ihre Flügelspannweite beträgt nur ca. 1,4mm. Auf den Flügeln hat sie charakteristische dunkle Flecken, die man aber nur unter einem Mikroskop sehen kann. Die Highland Midges sind vor allem von Juni bis August eine große Plage. Die Stechattacke der Midges beginnt erfahrungsgemäß morgens ab 5 Uhr. Einen gewissen Höhepunkt erreicht sie zwischen 7 und 9 Uhr morgens. Danach wird es ruhiger. Erst abends von 18.00 bis 23.00 Uhr tritt das Problem dann wieder verstärkt auf. Midges halten sich vor allem in der Nähe von Gewässern, in Torfmooren und nahe von Büschen und Sträuchern auf. Sie mögen kein direktes Sonnenlicht und sind windempfindlich. Bei starkem Wind verschwinden sie in der Regel. Von daher mögen Midges windgeschützte und schattige Bereiche. Ein einziger Stich ist weniger problematisch. Aber die Highland Midges tauchen oft zu Hunderten oder gar zu Tausenden auf. Dies führt zu massenhaften Stichen, die einen zur Verzweiflung treiben können.

kurz darauf einem fast unmenschlichen Knurren. Ein lauter, metallischer Klang hallte kurz durch die Nacht, war aber genauso schnell wieder verklungen. Das Quietschen von Scharnieren war für einen Moment im Dunkeln zu hören. Danach herrschte wieder die Todesstille der dünn besiedelten schottischen Heidelandschaft.

Eine Schleiereule hatte von ihrer Warte aus, mit ihren scharfen, an die Dunkelheit angepassten Augen, interessiert den Schatten beobachtet, der zu dem flachen Gebäude gehuscht war, sich dann an der Tür zu schaffen gemacht hatte und jetzt im Inneren verschwunden war. Da der Umriss aber für sie viel zu groß war, um als Beute infrage zu kommen, verlor sie schnell das Interesse an ihm. Da er offensichtlich auch im Gebäude blieb, stellte er zudem keine Gefahr für sie dar. Mit ihrem scharfen Gehör hörte sie kurz danach erst Klopfgeräusche und dann ein Gluckern und Sprudeln aus dem Gebäude dringen, das für sie keinen natürlichen Ursprung hatte, aber doch so ähnlich klang wie der Bach in der Nachbarschaft.

Kurz darauf verließ sie den nahen Baum und glitt lautlos durch die Nacht, denn sie hatte etwas Leckeres zum Fressen entdeckt. Die geheimnisvolle Gestalt hatte indes in der Lagerhalle geschickt den Spund aus einem der Fässer entfernt, sodass der darin enthaltene Whisky herausströmte und sich über den Boden ergoss. Die Gestalt zündete die herausgelaufene hochprozentige Flüssigkeit an und mit einem hörbaren "Puff" entzündete sich die gesamte Lache. Eilig machte sich die Gestalt wieder auf den Weg in Richtung Tür.

Als die Eule wieder auf dem Baum zurück war, und begann die erlegte Maus zu kröpfen, sah sie den Schatten wieder, der die Halle verließ, dabei die Tür wieder fest schloss und gleich darauf im Dunkeln verschwand. Kurz danach, Mitternacht war gerade vorbei, wurde die Stille der Nacht durch ein Knistern und Knacken unterbrochen, das immer lauter wurde. Hinter den kleinen vergitterten Fenstern des Gebäudes war Feuerschein zu erkennen. Nervös geworden flog die Eule davon, denn sie spürte die Gefahr.

Flammen suchten und fanden ihren Weg, denn es gab genügend Holz in ihrer Nähe. Es dauerte nicht lange und das Feuer hatte den ersten Brandbeschleuniger erreicht. Mehr als 200 Liter ausgelaufener hochprozentiger Whisky setzten das erste der gefüllten Fässer in Brand und brachten es kurz darauf zur Explosion. Brennender Whisky und brennende Holzstücke wurden in alle Richtungen innerhalb des Lagerhauses geschleudert und entzündeten weitere Fässer.

Benachbarte Fässer waren durch den Explosionsdruck ebenfalls durch die Halle geschleudert und dabei beschädigt worden. Ihr kostbarer Inhalt floss aus und entzündete sich ebenfalls. Bei einem der Fässer war der Fassdeckel abgesprengt worden und der Inhalt schoss in einer mehrere Meter langen Flammensäule senkrecht durch den Raum. Die Vernichtung der kompletten Lagerbestände schritt nun rasend schnell voran. Eine Kettenreaktion setzte ein und bald folgte Explosion auf Explosion.

Wo Feuer ist, da ist auch Rauch und wo Rauch ist, da sind auch immer Rauchgase. Bei der Verbrennung der Fässer und des Whiskys kam es zu einer unvollständigen Verbrennung, weil der Brennstoff sehr rasch abbrannte und dadurch das

Nachströmen der benötigten Menge an Sauerstoff unmöglich wurde. Dies wurde zusätzlich noch dadurch gefördert, dass die massive Tür und auch die kleinen Fenster geschlossen und auch von den Explosionen bisher nicht zerstört worden waren. Deshalb entstanden große Mengen von Rauchgasen, sogenannte combustible gases, die selbst brennbar waren. Wegen der thermischen Effekte stiegen die heißen Gase auf und sammelten sich unterhalb der Raumdecke. Binnen Kurzem entstand eine dichte Schicht brennbarer Rauchgase im oberen Bereich der Lagerhalle. Durch die Hitze des Brandes wurde auch diese Rauchschicht immer weiter aufgeheizt. Da sie nicht abziehen konnte, wurde sie immer dicker und strahlte ihre Hitze auf alle im Raum befindlichen Gegenstände aus. Die Temperatur der Rauchgaswolke hatte schon bald die 500 Grad Grenze überschritten. Die Pyrolysegase, die von dem Holz der Fässer abgegeben wurden, verdichteten sich.

Dort, wo normalerweise nur "Angel´s Share" entstehen sollte, waren plötzlich ganz andere, deutlich gefährlichere Engel unterwegs. "Dancing Angels" genannte Feuerzungen entstanden in der Rauchdecke und die Temperatur erreichte einen kritischen Punkt.

Ein Fass, das neben der geschlossenen Eingangstür stand, fing ebenfalls Feuer und explodierte wenige Sekunden später. Durch die Wucht der Explosion und die Nähe zur Tür sprang diese auf und das Unglück nahm vollends seinen Lauf. Denn das war genau das, worauf das Feuer scheinbar nur gewartet hatte. Die frische und kühle, aber vor allem sauerstoffhaltige Luft wurde förmlich ins Innere gesaugt. Das Feuer hatte plötzlich genug Sauerstoff zur vollkommenen Verbrennung.

In einem Flash-Over kam es zu einem schlagartigen Entzünden der Rauchgase und der Brand entwickelte ein Inferno, vor dem keiner der verbliebenen brennbaren Stoffe des Raumes noch sicher war. Und davon gab es immer noch genug. Die Temperatur stieg innerhalb von Sekunden auf knapp 1.000 Grad Celsius. Die Vollbrandphase war erreicht und ließ nichts und niemandem mehr eine Chance die völlige Vernichtung des Gebäudes zu verhindern.

Die neue, erst gut ein Jahr alte Lagerhalle auf dem Gelände der ehemaligen Dandaleith Distillery brannte schließlich lichterloh und die Flammen stiegen hoch auf in den vorher noch nachtschwarzen schottischen Himmel. Ein riesiger Feuerball legte alles in seiner Reichweite in Schutt und Asche und beseitigte ganz nebenbei auch sämtliche Spuren der Brandstiftung.

Sirenen heulten durch die Nacht und mehrere Fahrzeuge mit ihren flackernden Blaulichtern näherten sich den Überresten der brennenden Lagerhalle. Als die Rettungskräfte vor dem Farmgelände in der Nähe von Milltown of Edinvillie, südlich der heutigen Glenallachie Distillery, eintrafen, mussten sie einem ungeahnten Hindernis ausweichen. Die Straße zum Einsatzort war abschüssig und stand auf einer Länge von fast 300 Metern und in ihrer ganzen Breite durch den herabfließenden, brennenden Whisky in Flammen.

Den Feuerwehrleuten kam es so vor, als würde sich ein Strom glühender Lava den Hang herab bewegen oder als hätten die Insassen einer belagerten Burg in einem letzten verzweifelten Abwehrversuch den Burggraben in Brand gesetzt. Ein Einsatzfahrzeug, das zu schnell um die letzte Kurve vor dem Lagerhaus gefahren war, konnte dem Fluss von brennendem Whisky nicht mehr rechtzeitig ausweichen und wurde durch ihn in Brand gesetzt. Die Fahrzeugbesatzung konnte sich gerade noch rechtzeitig durch einen beherzten Sprung in Sicherheit bringen.

Der Einsatzleiter erkannte sofort, dass er die Lagerhalle nicht mehr retten konnte. Er entschied sich daher, sie kontrolliert abbrennen zu lassen und dafür zu sorgen, dass die restlichen Gebäude der Farm gerettet würden, auch wenn diese schon seit Längerem nicht mehr bewohnt waren. Da das Gelände zu weiträumig war, um die Rettung alleine mit eigenen Kräften sicherzustellen, rief er über Funk noch weitere Einsatzkräfte aus den Nachbarorten zu Hilfe.

Als diese am Brandort eintrafen, hatte er mit seinen Feuerwehrleuten schon begonnen, einen Schaumteppich über die Brandstelle zu legen. Mit der Unterstützung der herbeigeeilten Kollegen gelang es ihnen bald, das gesamte Gelände vor dem Überspringen der Flammen zu schützen.

In dieser Nacht waren insgesamt 43 Feuerwehrleute im Einsatz, um Schlimmeres zu verhindern. Immer wieder war in der windigen Nacht das Feuer an verschiedenen Stellen erneut aufgeflammt. Meist sogar genau dann, wenn die Feuerwehrmänner dachten, dass sie den Brand endlich gelöscht hatten. Erneut war dann der Einsatz aller Rettungskräfte erforderlich, da die Glutnester oft zeitgleich an mehreren Stellen auftraten. Nur durch den unermüdlichen Einsatz aller vor Ort konnte glücklicherweise ein Übergreifen der Flammen auf andere Gebäude überhaupt verhindert werden. Es dauerte allerdings fast bis gegen Morgen, bis die erschöpften Männer und Frauen den Brand endlich unter Kontrolle hatten.

Drei Feuerwehrmänner wurden abgestellt, um mit einem Feuerwehrfahrzeug für den Rest der Nacht am Brandherd Wache zu halten. Das Risiko eines Wiederaufflammens von Brandnestern war einfach zu hoch. Für den folgenden Morgen war aufkommender, starker Wind gemeldet worden, der bislang unentdeckte Glutnester unter Umständen wieder zu einem neuen Feuer hätte entfachen können.

Abgekämpft und müde fuhren die Feuerwehrleute wieder in ihre Gerätehäuser der umliegenden Ortschaften zurück und überließen der Brandwache die weitere Verantwortung. Diese war zwar ebenfalls vom Einsatz erschöpft, nahm ihren Job aber ernst und die Männer gingen abwechselnd auf Kontrollrundgänge über das gesamte Gelände.

Die verbleibende Nacht legte ihr dunkles Tuch wieder über die Stätte und die Stille kehrte zurück, fast so, als wäre nie etwas geschehen. Es dauerte auch nicht mehr lange, bis sich am Horizont der neue Tag ankündigte und die ersten Vögel lautstark den Morgen begrüßten.

Dunnage Warehouse

Im Jahr zuvor, Anfang Februar 2010

In einem Dunnage Lagerhaus mit seinen dicken Steinmauern, dem gestampften Lehmfußboden, seiner feuchten Atmosphäre und hauptsächlich seinem ganz eigenen "Klima" wird ein viel besserer Malt Whisky entstehen. Mit diesen Worten seines Vorgängers Iain McKenzie in den Ohren saß Graham Morrice an seinem Schreibtisch und plante das neue Lagerhaus für seine neueste Errungenschaft: den Dandaleith Single Malt Whisky.

Obwohl es heutzutage sehr ungewöhnlich war, wenn ein neues Lagerhaus als Dunnage Warehouse errichtet wurde, war Graham überzeugt, dass nur ein traditionelles Lager die ideale Umgebung war, um seinen Dandaleith Whisky darin zu reifen. *Circa zwei Drittel seines Geschmacks kommt schließlich aus der Reifung im Fass, deshalb ist die Lagerung ein entscheidender Faktor,* dachte er dabei. *Kann es also einen triftigeren Grund geben?* Diese Frage musste er sich erst gar nicht beantworten.

Bei seinen inzwischen nahezu wöchentlichen Besuchen von Charles Maclellan im Gefängnis in Glasgow hatte sich Graham bereits mehrfach mit ihm über die Herstellung des Dandaleith Whisky ausgetauscht. Inzwischen waren sich beide sicher, dass Graham so gut wie alles wusste, um den neuen Dandaleith Highland Single Malt Whisky herstellen zu können.

Bei diesen zahlreichen Besuchen in den letzten zwei Monaten waren zwischen den beiden Männern erst eine größer werdende Sympathie und mittlerweile sogar eine aufkeimende Freundschaft entstanden. Die schlimmen Ereignisse mit ihren negativen Auswirkungen auf Graham, für die Charles ins Gefängnis gewandert war, rückten langsam in den Hintergrund. Graham hatte insgeheim bereits darüber nachgedacht, Charles eine Stelle in einer seiner Brennereien anzubieten, für die Zeit nach seiner Entlassung. Mittlerweile hofften beide, dass Charles wegen guter Führung vorzeitig entlassen werden würde.

Als Graham ihn heute mit einem Stapel Papierrollen unter dem Arm besuchte, wollte er den nächsten wichtigen Schritt seiner Planung mit Charles besprechen: die Lagerung der Fässer. Sollte Charles dem Plan der Dunnage Lagerung beipflichten, würden schließlich auch noch einige Wochen ins Land ziehen, bis das Lagerhaus fertiggestellt war.

»Hallo Charlie«, begrüßte ihn Graham grinsend, als Charles Maclellan das triste, pastellgrüne Besucherzimmer betrat, in dem Graham bereits auf ihn wartete.

»Graeme, mein Lieber, schön dich wiederzusehen.«

Charles Maclellan freute sich wirklich jedes Mal, wenn ihn Graham besuchen kam, und das nicht nur deswegen, weil außer ein paar Reportern Graham der einzige Besucher für ihn war. Dies brachte schließlich Abwechslung in seinen doch recht eintönigen Gefängnisalltag und außerdem ging beiden nie der Gesprächsstoff rund um ihr gemeinsames Lieblingsthema "Whisky" aus.

Die Angestellten der Strafvollzugsanstalt sahen die Besuche von Graham allerdings eher mit gemischten Gefühlen. Es kam nämlich nicht selten vor, dass Graham kurzfristig einen Besuchstermin haben wollte, weil er dringend eine Information von Charles benötigte oder gar mehrmals in einer Woche vorbeischneite. Da der Justizminister persönlich aber ein gutes Wort für Graham eingelegt hatte, traute sich niemand etwas gegen die Wünsche von Graham einzuwenden. Heute war Graham allerdings zu einem der eher regelmäßigen "Jour fixe" Termine erschienen.

»Gut siehst du aus. Dein Urlaub auf Staatskosten scheint dir zu bekommen«, frotzelte Graham.

»Klar«, lachte Charles und zupfte demonstrativ an seiner schwarz-blauen Gefängniskleidung. »Immer schicke Klamotten und gutes Essen. Ich kann dir ein paar Tipps geben, wie du ebenfalls hier reinkommst, dann kannst du dich auch mal erholen.«

»Nein danke, wenn man dafür erst ein Verbrechen begehen muss, verzichte ich lieber darauf.« Für einen kurzen Moment schien ein dunkler Schatten über Grahams Gesicht zu huschen.

»Sorry!«, entfuhr es Charles. »Das hatte ich nicht so gemeint und ich wollte auch nicht in alten Wunden stochern. Tut mir wirklich leid.«

»Schon gut«, winkte Graham ab. »Lass uns lieber über die angenehmen Dinge des Lebens sprechen.«

Der anwesende Vollzugsbeamte rollte mit den Augen und ließ sich resigniert auf seinen Stuhl in einer Ecke des Raums fallen. Für ihn bedeutete dies wieder, einer endlosen theoretischen Litanei über Whisky beiwohnen zu müssen. All sein mittlerweile angesammeltes Fachwissen hätte er liebend gerne gegen nur ein einziges Glas des ausdiskutierten Getränks getauscht.

Nachdem sich beide an den am Boden befestigten Tisch in der Mitte des Besucherraums gesetzt hatten, breitete Graham die Architekturpläne des Dunnage Warehouses vor Charles aus und erläuterte ihm seine Überlegungen. Er musste nicht lange Überzeugungsarbeit leisten, sondern rannte bei diesem die sprichwörtlich offenen Türen ein, denn Charles war schnell Feuer und Flamme für Grahams Idee. Das Lagerhaus sollte im Dunnage Stil erbaut werden, darin waren sich beide bereits nach wenigen Minuten einig.

»Eins hast du mir in den letzten Wochen aber immer noch nicht gesagt. Wo lässt du das Lagerhaus denn nun errichten?«, fragte ihn Charles gefühlt zum einhundertsten Mal.

»Na gut, da wir uns über die Art nun endgültig einig sind, die Baugenehmigung endlich vorliegt und der Bau ohne Schwierigkeiten begonnen hat, kann ich dich ja nun wohl auch einweihen. Rate mal wo?«

»Auf dem Gelände der Ben Rhinnes?«

»Nein, viel besser. Nächster Versuch.«

»Keine Ahnung. Du bist der Chef von so vielen Destillerien. Da steht dir doch die halbe Speyside zur Verfügung.«

»Komm, gib dir Mühe. Was wäre der optimale Standort?«

»Optimal? Na, optimal wäre der Originalstandort. Aber das ist ja Träumerei. Also sag schon!«

»Wie du willst. Also, es entsteht wirklich auf dem Gelände der Dandaleith Distillery. Ganz ohne Träumerei.«

»Was? Auf der Cairndow Farm?« Charles war mehr als überrascht.

»Genau. Was schaust du so perplex? Mein Onkel wohnte auf den Grundmauern der Destillerie deiner Familie und hatte die Farm ja 1959 übernommen, nachdem sie '52 abgebrannt war.«

»Ja, ich weiß«, sagte Charles. Dabei verzog er schmerzlich das Gesicht, als er an den Tod von Grahams Onkel dachte und vor allem daran, dass er daran nicht ganz unschuldig war.

»Schon gut, Charles.« Graham hatte erkannt, dass seinen Freund das Thema und die Erinnerungen daran bedrückten. »Auf den Grundmauern der alten Brennerei wurden damals die neuen Hofgebäude errichtet. Und seit meine Tante zu ihrer Schwester gezogen ist, steht der Hof leer und wir finden keinen Käufer. Also was liegt näher, als das Lagerhaus genau dort auf eben den alten Grundmauern zu errichten. Dann kann der alte Geist der Dandaleith Brennerei wieder in den Whisky gelangen.«

»Das ist unglaublich. Danke!« Charles war echt gerührt von Grahams Plänen. »Ich hätte wirklich nicht geglaubt, dass dein Enthusiasmus so weit geht.«

Beide konnten allerdings nicht ahnen, dass der alte Geist der Dandaleith Distillery ganz eigene und völlig andere Pläne hatte.

»Hast du dir schon überlegt, in welchen Fässern du den Dandaleith lagern willst«, fragte ihn dann Charles.

»Ja, da habe ich natürlich auch schon darüber nachgedacht. Aber ich bin mir noch nicht sicher, ob ich Bourbon-Fässer nehmen soll.«

»Wieso das denn?« Charles war echt erstaunt. »Ich hatte eigentlich nach der Fassgröße gefragt, weil die Verwendung von Bourbon-Fässern doch wohl klar ist.«

»Ich weiß, was du meinst. Zu dem Zeitpunkt, als die Dandaleith Distillery abgebrannt ist, hatte man dort noch keine Sherry-Fässer im Einsatz.«

»Eben. Wenn du den Original Dandaleith erreichen willst, kannst du doch jetzt keinen anderen Fass-Typ nehmen.«

»Stimmt schon, Charlie, aber ...«

»Nichts aber,« unterbrach ihn dieser. »Die Sherrysüße, die sich durch die Lagerung des Whiskys in einem Ex-Sherry-Fass auf den Whisky überträgt, würde doch hundertprozentig zu einem anderen Geschmackserlebnis führen. Vom Einfluss auf die Farbe mal ganz zu schweigen.«

»Ja, ja, das weiß ich doch alles auch. Aber ich denke ja auch nicht an eine komplette Reifung des Dandaleith in reinen Sherry-Fässern.«

»Sondern?«

»Ich wollte schon Bourbon-Fässer nehmen, den Whisky aber die letzten Monate noch in Sherry-Fässern nachreifen lassen.«

»Ein Finish!«, Charles war sprachlos. »An so etwas hatte ich überhaupt nicht gedacht. Warum das denn?«, fragte er schon zum zweiten Mal.

»Na ja, ich denke, dass der Whisky durch die heutigen Bourbon-Fässer im Geschmack den von früher nicht mehr ganz erreichen wird. Und durch die Nachreifung wird auch die Farbe nicht so sehr beeinflusst. Zumal damals garantiert einige sehr alte Fässer als "Geschmacksverstärker" hinzu gemischt wurden, auf die wir aber noch etliche Jahre warten müssen, bis sie uns zur Verfügung stehen werden.«

»Hmm, ich weiß nicht. Vielleicht hast du ja recht, es käme zumindest auf einen Versuch an.«

Graham grinste: »Ich wusste, dass du das sagen würdest. Schau mal, was ich hier mitgebracht habe.« Aus seiner unförmigen Aktentasche, aus der er schon die Detailskizzen für das Dunnage Warehouse herausgeholt hatte, zauberte Graham drei kleine Sampleflaschen und ein Nosingglas hervor und stellte alles stolz vor Charles auf den Tisch. Da sein persönlicher Schutz durch den Innenminister auch die Nichtkontrolle seiner Tasche umfasste, hatte er dieses Privileg schamlos ausgenutzt und Whisky ins Gefängnis geschmuggelt.

Der Vollzugsbeamte ließ sich geräuschvoll nach vorne fallen. Ohne dessen ersten Kommentar abzuwarten, zauberte Graham ein weiteres Glas aus der Tasche und wandte sich zu dem Beamten. »Ihre Spürnase ist jetzt natürlich auch gefragt. Alles rein wissenschaftlich natürlich!«

Misstrauisch blickte der Beamte zwischen der Tür und dem ihm dargebotenen Glas hin und her. Hatte Graham vielleicht seine Gedanken gelesen? Schließlich griff er nach dem Glas. »Ihnen ist klar, dass ich alles, was sie hier mitgebracht haben, einer Kontrolle unterziehen muss?«

Schmunzelnd schüttete Graham dem Beamten einen Schluck aus einer der Sample-Flaschen ein. »Selbstverständlich müssen Sie das tun. Ich bitte sogar ausdrücklich darum. Und sie sollen auch nachher alles kommentieren.«

»Was ist denn das«, fragte Charles verblüfft.

»Das ist der eben von dir erwähnte Versuch.«

»Was?«

»Wir haben doch bei der Glenallan Distillery eine kleine Versuchsanlage, in der wir 300 Liter brennen können, und mein Freund der Manager Burt Hayman war gerne bereit mich zu unterstützen. Wir haben dort zahlreiche Versuchsbrände aus unseren Destillerien vorrätig. Ich habe einen Probewhisky aus unserem Labor ausgewählt, der meines Erachtens dem Dandaleith aus deinen Originalflaschen sehr, sehr nahe kommt. So wollte ich die Produktion in Zukunft laufen lassen. Das hier ist ein vier Monate alter Newmake. Und er ist aus der Ben Rhinnes Distillery, soviel kann ich verraten. Und jetzt probier den mal und sage mir, welcher deiner Meinung nach der beste Dandaleith werden dürfte. Alle drei sind nämlich verschieden«, fügte Graham noch geheimnisvoll hinzu.

Da Charles Maclellan nicht so recht wusste, was er momentan dazu sagen sollte, entschloss er sich Grahams Aufforderung nachzukommen und schenkte sich einen dram[2] aus dem ersten Fläschchen ein.

---

2 Ein **dram** entspricht eigentlich einer Menge von 3,55 ml. Umgangssprachlich und vor allem auf Whisky bezogen ist ein dram als Synonym für einen großen Schluck zu verstehen, der ungefähr einer Menge von 2 cl entspricht. Ein **nip** dagegen ist ein kleiner Schluck Whisky, der einer Menge von ca. 1 cl entspricht und den man sich bestellt, um "nur mal schnell zu probieren".

Graham hatte nochmals in seine Tasche gegriffen und zwei weitere Nosing Gläser hervorgeholt. »Damit sich der Geschmack nicht von einem auf den anderen überträgt«, grinste er Charles an. Der schüttelte nur beeindruckt den Kopf und schenkte dann einen ordentlichen Schluck aus den beiden anderen Fläschchen in die neuen Gläser. Abwechselnd roch er an den drei Gläsern und wiederholte diese Prozedur mehrmals, bevor er vorsichtig den ersten kleinen Schluck nahm. Anerkennend presste er die Lippen aufeinander und nickte. »Sehr gut, mein Lieber. Wirklich!«

Danach probierte er auch aus den beiden anderen Gläsern. »Die sind dir wirklich alle drei sehr gut gelungen. Alle Achtung!«

Graham platzte fast vor Stolz. »Und, welcher kommt jetzt unserem zukünftigen Whisky am nächsten?«

»Wie gesagt, alle drei sind sehr gut. Aber, ich würde den hier empfehlen, der ist so richtig rund und dürfte sich im Fass noch hervorragend entwickeln.« Dabei zeigte er auf das mittlere Glas.

»Siehst du«, jubelte Graham schon fast. »Der war auch meine erste Wahl. Und den haben wir kurz in einem second fill[3] Sherry-Fass nachgereift. Naja, natürlich nicht wirklich gereift. Wir haben dabei eine Reifung simuliert, die bei einem zehnjährigen Whisky einem Finish von drei Monaten entsprechen würde.«

---

3 Als **second fill** bezeichnet man ein Fass, das zum zweiten Mal mit Whisky gefüllt wurde. In unserem Fall ein Fass, in dem vorher spanischer Sherry gelagert war und das anschließend zum zweiten Mal in Schottland mit Whisky (der gleichen Brennerei) gefüllt wurde. Oft wird die Bezeichnung auch auf den Whisky angewandt. Als **Finish** wird dabei die Reifung bezeichnet, die ein Whisky erzielt, wenn er zum Abschluss in einem anderen Fasstyp nachreift, also erst in einem Bourbonfass, dann in einem Sherryfass oder Rumfass etc.

»Wow, alle Achtung. Du hast mich endgültig überzeugt, du alter Fuchs.« Charles war wirklich beeindruckt und Graham stolz wie ein Teenager, der von der Schulschönheit seinen ersten Kuss bekommen hat. »Und wie simuliert man so eine Lagerung? Künstliche Aromastoffe?«

»Das definitiv nicht! Aber ansonsten: Betriebsgeheimnis. Irgendwann könnte ich mir aber vorstellen, werde ich dich mal durch unsere geheimen Labore führen«, ergänzte Graham mit einem verschwörerischen Augenzwinkern.

»Und, was meinen sie so als Staatsdiener zu den verschiedenen Versionen?«, fragte Graham und drehte sich zu dem Vollzugsbeamten um.

»Alle schmecken ... gut. Ich kenn mich da nicht so aus.«

»Damit haben alle drei zunächst mal das wichtigste Kriterium erfüllt«, dozierte Graham. »Und welchen würden sie sich in einem Pub noch einmal bestellen?«

Der Beamte deutete auf die linke Flasche. »Den da.«

»Das ist ja perfekt! Der second-fill Sherry-Cask. Dann sind wir ja alle einer Meinung.«

Anschließend fachsimpelten beide unter der freundlichen Aufsicht des Beamten noch eine ganze Weile miteinander und wie durch ein Wunder waren alle Musterfläschchen leer, als Graham den Heimweg antrat. Er ließ einen sehr zufriedenen Charles Maclellan und einen glücklichen Vollzugsbeamten zurück.

Auf seiner Rückfahrt stattete Graham der Speyside Cooperage in der Dufftown Road bei Craigellachie einen Besuch ab, um an die richtigen Bourbon-

Fässer zu kommen, die er für den Dandaleith Whisky einsetzen wollte. Er hatte sich vorab mit dem Manager der einzigen noch arbeitenden Küferei in ganz Großbritannien verabredet, die sich seit drei Generationen im Besitz der Familie Taylor befindet.

Anders als bei den meisten Besuchern, die den Küfern nur durch eine Fensterzeile im ersten Stock bei ihrer Arbeit zusehen konnten, war er mit dem Manager direkt in den Arbeitsbereich gegangen und der hatte ihm dort verschiedene Fassmuster gezeigt. Sie diskutierten über light oder heavy toasted Fässer, ob besser frische oder aufbereitete Fässer eingesetzt werden sollten und gingen schließlich auch auf den Hinterhof, wo Hunderte von Fässern darauf warteten, dass sie endlich aufbereitet und wieder mit Whisky gefüllt werden würden.

Sie entdeckten dabei zwei Touristen, die mit ihren Fotoapparaten auf dem Gelände herumturnten, um Bilder von den aufgetürmten Fässern zu knipsen. Da sie sich dabei offensichtlich nicht selbst gefährdeten und auch den Ablauf der im Akkord arbeitenden Angestellten nicht behinderten, ließ der Manager sie gewähren. Allerdings schüttelte er über diese verrückten Schnappschussjäger schon den Kopf.

Sie waren sich schließlich handelseinig geworden, welche Fässer Graham für sein Projekt nehmen sollte und vereinbarten einen Liefertermin. Zur Nachreifung im Sherryfass empfahl ihm der Manager sich mit der Glen Turffield Distillery in Verbindung zu setzen, um von dort gebrauchte Sherry-Fässer zu beziehen.

Schon am nächsten Tag besuchte Graham Charles erneut im Gefängnis und informierte ihn über den aktuellen Stand zu den Fässern. Sie philosophierten noch etwas über die Tatsache, dass schottischer Whisky so gut wie nie in neuen, ungebrauchten Fässern gelagert wurde und wie die Schotten damals zu ihren ersten Fässern kamen.

»Ich erzähle in meinen Tastings die Geschichte mit den amerikanischen Fässern gerne so«, sagte Graham. »Es gibt ein Lebensmittelgesetz in den USA, das besagt, dass eine Lebensmittelverpackung nur ein einziges Mal verwendet werden darf. Eigentlich ein sehr vernünftiges Gesetz. Wenn man aber bedenkt, dass ein Whiskeyfass dort ebenfalls zu den Lebensmittelverpackungen gezählt wird, findet die Vernunft dieses Gesetzes schnell ein Ende. Ein Whiskeyfass hält schließlich durchschnittlich 50 Jahre. Amerikanischer Bourbon Whiskey wird selten länger als die vorgeschriebenen mindestens 2 Jahre darin gelagert. Danach muss das Fass entsorgt werden, weil die nächste Charge wieder in einem neuen Fass gelagert werden muss. Als wir Schotten damals von dieser Misere unserer amerikanischen Kollegen erfuhren, boten wir denen umgehend unsere Hilfe an. Sie sollten uns die Fässer kostenlos zusenden und wir würden uns um die Entsorgung in Schottland kümmern. Na ja, ein paar Jahre später haben die Amerikaner dann gemerkt, was wir unter "Entsorgung" in Schottland verstanden. Sie waren aber bereit uns die entleerten Bourbon-Fässer weiterhin zu liefern, allerdings nur noch gegen Bezahlung.«

»Ja«, lachte Charles. »So ist die Geschichte, wie wir Schotten letztendlich zu den Fässern für unseren Whisky gekommen sind, sehr anschaulich erzählt. Und sie entspricht sogar den Tatsachen.«

Auf dem Gelände der Cairndow Farm schritten die Bauarbeiten mittlerweile zügig voran und konnten bereits im März abgeschlossen werden. Graham lagerte zunächst nach und nach 800 Fässer seines Ben Rhinnes Whisky dort ein. Diese sollten das Lagerhaus schon mal beatmen und solange darin lagern, bis die erste Charge des neuen Dandaleith Whisky fertig produziert war, um dann darin ihre finale Reifung zu bekommen.

Parallel dazu lagerte er ebenfalls die fünfundzwanzig Fässer der Dandaleith-Replik dort ein. Durch eine Mischung von verschiedenen Fässern der SWS-Distilleries hatte er diese Replik produziert, die nach einem weiteren Jahr "Original-Lagerung" der Öffentlichkeit präsentiert werden sollte. Mit diesem ersten Dandaleith wollte er die Lager- und Reifezeit des neu gebrannten Destillats von mindestens drei Jahren – wenn nicht sogar deutlich mehr – überbrücken.

Dass es dazu nicht mehr kommen sollte, konnte er zu diesem Zeitpunkt noch nicht wissen. Wenn er allerdings auch nur geahnt hätte, welche Tragödien er mit seinem Projekt auslösen würde, hätte er wohl schleunigst Abstand davon genommen. Da er dies aber nicht wissen konnte, nahm alles seinen schrecklichen Verlauf ...

Tödliches Wasser

Montag, 09. Mai

Heute Morgen war Jimmy Drummond bereits sehr früh in der Ben Rhinnes Brennerei eingetroffen. Viel früher, als es sonst eigentlich seine Art war. Er war sogar der Erste an diesem Morgen. Da er, wie die meisten jungen Leute seines Alters, den Abend mit Kopfhörern vor dem PC verbracht hatte und dann für den Rest der Nacht in so etwas wie ein Koma gefallen war, hatte er nichts von dem Feueralarm gehört oder gar von dem Großbrand in der Nacht mitbekommen.

Als morgens sein Handy klingelte und ihn aus dem viel zu kurzen Schlaf riss, hatte er gerade noch genug Kräfte gesammelt, um seiner üblichen Morgentoilette nachzugehen, die eigentlich nur aus gründlichem Zähneputzen bestand - Rasieren musste er seinen Bart nach Stand der Mode und insbesondere seiner Meinung nach, nur alle zwei bis drei Tage - und sich mit dem angefeuchteten Kamm mehrmals durch seine strubbligen Haare zu fahren.

Als diese endlich so lagen, dass er in den Augen seiner Kollegen und vor allem von Graham und Ishbel als "ordentlich" durchgehen würde, war er in die Küche gegangen, hatte die Brotdose, die ihm seine Mutter am Abend vorher schon gerichtet hatte, aus dem Kühlschrank genommen und noch einen ordentlichen Schluck Milch direkt aus der Flasche getrunken. Nachdem er die Dose und die ebenfalls bereitgestellte Thermoskanne Kaffee in seiner Tasche verstaut und damit seine allmorgendliche Routine beendet hatte, war er mit seinem Fahrrad zu seiner Arbeitsstelle gefahren.

Jetzt stand er an der großen Brennblase im Still Room und polierte sie mit einem Tuch. Mit einem letzten liebevollen Wisch entfernte er auch noch die letzten kleinen Flecken. Dann trat er einen Schritt zurück, verschränkte die Arme über dem alten roten Pullover und der verwaschenen Latzhose und betrachtete stolz sein Werk. Das Kupfer mit seinem glänzenden Isolationsanstrich brach das Licht der vier Deckenfluter und streute es durch die sanften Rundungen der Brennblase in alle Winkel des Still House.

Jimmy, 22 Jahre alt und jüngstes Mitglied der Ben Rhinnes Distillery-Belegschaft, hatte es sich seit Abschluss seiner Ausbildung zu eigen gemacht, vor Beginn eines jeden Brennvorgangs die drei Brennblasen auf Hochglanz zu polieren. Nicht ganz freiwillig, wie er sich eingestehen musste. In den Jahren als Graham Morrice noch Distillery Manager war, kassierte er fast wöchentlich seine Abreibung, wenn dieser bei seinen Inspektionsrundgängen irgendeinen Fleck - sei es auch nur ein Schatten - auf den Stills fand. Nachdem Graham zum "Obermotz" aufgestiegen war und dessen jetzige Lebensgefährtin und ehemalige Visitor Centre-Managerin Ishbel McTaggert das Regiment übernommen hatte, konnte und wollte sich Jimmy die eingebläute Routine nicht wieder abgewöhnen.

Gedankenversunken wischte er sich den feinen Schweißfilm mit dem Poliertuch von der Stirn, was zwar die Stirn trocknete, aber sie auch gleichzeitig schwarz färbte. Ohne dies zu bemerken, verließ er seine Beobachtungsposition und lief zu seinem eigentlichen Arbeitsplatz für den heutigen Tag. Die Messwarte im hinteren Teil des Still House.

Auch hier hatte - trotz massivster nostalgischer Gegenwehr seitens Graham Morrice - unter nachhaltiger Mitarbeit Jimmys das Computerzeitalter Einzug gehalten. Die alten analogen Rundinstrumente dienten lediglich noch der historischen Kulisse für die zahlreichen Besucherströme. Sein Betätigungsfeld war mittlerweile ein interaktiver 21" Flachbildschirm.

Da Jimmy, wie fast alle in seinem Alter, mit Grafikkarten, iPhones, iPads und Facebook genauso routiniert umgehen konnte, wie die Generation seines Chefs mit Fußball und Seifenkisten beeindruckte ihn die Umstellung auf Digitaltechnik nicht eine Sekunde. Routiniert drückte er einige farbige Buttons auf dem Bildschirm, während er den Lappen gezielt in einen offen stehenden Lagerschrank warf. Mit einem herzerfrischenden Gähnen warf er sich auf den Bürostuhl und beobachtete die kleinen grünen Ziffern, die ihm die aktuelle Temperatur der Flüssigkeit in der Spirit Still anzeigte.

Als er beruhigt feststellte, dass die Temperatur in der vorgeschriebenen Weise anstieg, wandte er seinen Blick vom Bildschirm ab und konzentrierte sich voll auf sein Frühstücksbrot. Dies wurde, trotz seiner knapp 22 Jahre, immer noch regelmäßig von seiner Mutter geschmiert. Seit seine Ausbildung beendet war, lag sie ihm zwar immer wieder in den Ohren, doch endlich eine eigene Wohnung zu suchen, konnte letztendlich aber doch nicht von ihrem "Schnubbelchen" lassen. Für Jimmy hatte dies den unschätzbaren Vorteil permanent über frische Wäsche und einen gut gefüllten Kühlschrank zu verfügen. Nachteil war, dass sein Vater neuerdings einen guten Teil seines Einkommens als Aufwandsentschädigung und Schmerzensgeld einklagte.

Nachdem er auch den letzten Krümel seines Hühnchen-Sandwiches verspeist und den letzten Schluck Kaffee aus seiner Thermoskanne genossen hatte, wurde seine Aufmerksamkeit von einem roten Blinken auf dem Bildschirm in Anspruch genommen.

Immer wieder mal reagierten die elektropneumatischen Stellventile nicht so schnell, wie die Elektronik es verlangte und es kam zu vermeintlichen Fehlermeldungen. Da Elektronik, insbesondere die digitale Mess- und Regeltechnik, sein Steckenpferd war, hatte er es sich trotz der zahlreichen Mahnungen seiner Vorgesetzten nicht nehmen lassen einige der älteren Stellventile, Sensoren und sonstigen technischen Einrichtungen gegen moderne Komponenten auszutauschen. Diese konnten direkt auf digitalem Wege mit der Steuerung kommunizieren und ihr jeweiliger Zustand war auf dem Display ablesbar.

Da Jimmy sein Fachwissen zum überwiegenden Teil aus dem Internet erworben hatte, war ihm auch selbst völlig klar, dass einige seiner technischen Ideen nur durch das klassische "Try-and-Error"-Verfahren zum Erfolg führen konnten. Nur sein strotzender jugendlicher Optimismus hinderte seinen Verstand daran, darüber nachzudenken, dass er hier mit einem mehrere Millionen Pfund teuren Metallbaukasten spielte.

Daher beeindruckte das Blinken Jimmy keineswegs und er wischte seine leicht butterverschmierten Hände zunächst ausgiebig an seiner Arbeitshose ab, bevor er näher an den Bildschirm rückte.

Stirnrunzelnd wanderte sein Blick über alle Anzeigen. Die grafische Darstellung der drei Brennblasen und des gesamten Leitungssystems vereinfachte zwar dem Eingeweihten die Fehler- und Ursachenanalyse. In diesem Fall jedoch war selbst Jimmy mit seinem Latein am Ende. Die Temperatur in der Spirit Still hatte sich dem kritischen Wert von 90°C genähert. Eigentlich hätte der Aufheizvorgang bei 70°C automatisch gestoppt werden sollen, da ab diesem Wert der in der Flüssigkeit befindliche Alkohol zu verdampfen begann. Eine höhere Temperatur machte überhaupt keinen Sinn, da nun auch die unerwünschten Bestandteile bis hin zum Wasser den Siedepunkt erreichen würden. Damit wäre der Sinn der Destillation ja ad absurdum geführt.

Normalerweise hätte die Regelautomatik die Dampfzufuhr in die Heizschlangen im Inneren der Brennblase unterbrechen oder zumindest reduzieren müssen. Geschah dies nicht, sollten eigentlich die eingebauten Sicherheitsroutinen die komplette Dampfzufuhr aus dem Kessel im Nebengebäude unterbrechen, bevor es zu einer Überhitzung kam. Ausgerechnet bei der Destillation des neuen Dandaleith-Brandes musste so etwas passieren! Da es sich hierbei um eine extra von Graham Morrice persönlich zusammengestellte Zutat handelte, musste Jimmy umso mehr aufpassen. Dieser spezielle Brand war etwas Besonderes und konnte nicht mal eben wiederholt werden. Graham hatte extra hierfür besondere Gerstenmischungen anfertigen lassen, die dem Geschmack des Original-Dandaleith nahe kommen sollten. Da die bestellten 12 Tonnen bereits gemaischt und fermentiert waren, konnte diese Produktion erst frühestens in ein bis zwei Monaten, unter erheblichem Kapitaleinsatz, wiederholt werden.

Und ausgerechnet in diesem Fall klappte nichts, wie es sollte. Keine der Automatikroutinen schien zu greifen. Daher nahm Jimmy zunächst einmal an, dass der Temperaturfühler eventuell defekt sein könnte. Da die Visualisierung über einen anderen Temperaturfühler lief als die Regelung, war eine Abweichung der normalerweise abgeglichenen Fühler zwar selten, aber durchaus mal im Bereich des Möglichen. Zwar hatte Jimmy beim Kauf der beiden Fühler das teuerste Fabrikat gewählt, das am Markt war, kam aber nun doch in leichte Zweifel, ob er sie wirklich richtig eingebaut hatte.

Leicht genervt über die unzulängliche Technik oder - was eher unwahrscheinlich war - seine unzulänglichen Fertigkeiten, packte Jimmy seine Thermoskanne wieder in seine Tasche und lief zurück zu der blank polierten Brennblase. Die Kontrolle des im Hals der Blase angebrachten Manometers ergab allerdings ein beunruhigendes Bild. Auch hier auf der Analoganzeige kroch der schwarze Zeiger bedenklich Richtung 94°C. Ohne zu zögern, rannte Jimmy zurück zum Stellpult und drückte den signalroten Not-Aus-Knopf. Länger konnte und durfte er einfach nicht mehr warten.

Alle Bildschirme wechselten zu einer feuerroten Hintergrundfarbe und ein schrillender Signalton schallte durch die Halle. Damit die komplette Charge des Brandes nicht völlig für die Katz sein sollte, musste er die Temperatur in der Brennblase unverzüglich senken. Er wusste natürlich, dass es sehr gefährlich war, die Verschlussluke der Brennblase bei dieser Temperatur zu öffnen. Da der Druck im Inneren leicht höher war als in der Umgebung konnte es beim Öffnen zu einem Siedeverzug kommen. Die Flüssigkeit könnte im Extremfall anfangen zu kochen und ihm ins Gesicht spritzen. Da sich morgens um sieben Uhr aber niemand außer ihm auf dem Gelände der Ben Rhinnes Distillery befand und es mindestens eine halbe Stunde dauern würde, bis sein Kollege Greg Henderson oder einer der anderen eintreffen würden, musste er eine Entscheidung treffen.

Ohne weiter zu zögern, löste er den Sicherungsbolzen und drehte das Spannrad an der Luke. Als er es so weit gelöst hatte, dass er eigentlich den Bügel von der Luke schieben konnte, um diese zu öffnen, bewegte sich nichts mehr. Die Luke saß stramm im Gelenk und dem Sicherungsbügel, was in diesem Fall nur eins bedeuten konnte: Der Druck im Inneren der Blase war bereits so hoch, dass die Luke so fest angepresst wurde, dass er sie nicht einmal mehr die wenigen Millimeter zurückdrücken konnte, um den Bügel zu entfernen. Voller Schreck war ihm eines klar: Die Temperatur im Inneren überschritt gerade die 100°-C-Marke und stieg kontinuierlich weiter an.

Ein Crescendo von Maschinengeräuschen begann in seinen Ohren zu dröhnen. Ab jetzt fühlte sich Jimmy völlig überfordert. Eine Zeit lang starrte Jimmy, unfähig einen klaren Gedanken zu fassen oder irgendetwas Sinnvolles zu tun, auf die Brennblase und konzentrierte sich auf das Getöse, dessen Klang sich langsam veränderte und zu einem ohrenbetäubenden Fauchen und Kreischen anwuchs. Dann, nach gefühlten Stunden, griff er zu seinem Smartphone in der Hosentasche und überlegte, ob er zuerst Graham oder gleich die Feuerwehr anrufen sollte. Zu einem Ergebnis kam er aber nicht mehr, da, wie in diesen Fällen üblich, Murphy sein gesetzmäßiges Recht verlangte und alles, aber auch wirklich alles, was schief gehen konnte, auch schief ging.

Das Letzte, was Jimmy wahrnahm, war ein feines Sirren aus dem Inneren der Brennblase. Kurz darauf versank die Welt um ihn herum mit einem ohrenbetäubenden Knall, als die so liebevoll polierte Spirit Still dem inneren Druck nicht mehr standhalten konnte und explodierte.

Aus dem Augenwinkel nahm er noch einen grellen Feuerblitz wahr. Da es sich bei der Brennblase um Kupfer handelte und nicht um irgendein sprödes Material, hätte die Sache noch glimpflich ausgehen können. Die Explosion verursachte einen horizontalen Riss entlang der genieteten Verbindung, etwa in Jimmys Brusthöhe, der weit auseinanderklaffte. Das Dumme war nur, dass Jimmy exakt vor diesem Riss stand und von dem Druck von Tausenden Litern herausspritzender, kochend heißer Flüssigkeit von den Beinen gerissen und nach hinten über das Geländer geschleudert wurde. Dass er dabei wie eine Zeichentrickfigur mit

Armen und Beinen wackelte, nahm er gar nicht mehr wahr.

Selbst die schlimmen Verbrühungen und den Sturz in die untere Ebene des Still House hätte Jimmy vermutlich überleben können. Leider fiel er aber rücklings auf den Spirit Safe, durchschlug mit seinem Kopf und seinen Schultern die Glasfenster und landete in dem gläsernen Trichter, der den gerade produzierten, fast 70-prozentigen New Make des Dandaleith auffing. Einer der zahlreichen metallenen Gegenstände aus Jimmys Taschen - später konnte die Feuerwehr nicht mehr rekonstruieren, ob es seine Gürtelschnalle, sein Schlüsselbund samt Kette, sein Leatherman oder sogar sein Smartphone war - erzeugten wohl beim Aufprall einen Funken. Ob zuerst der alkoholgeschwängerte Dampf aus der geplatzten Brennblase oder das durch den zerstörten Spirit Safe auslaufende Destillat in Brand gesetzt wurde, konnte ebenfalls später niemand mehr rekonstruieren. Fakt war, es gab eine Verpuffung und Jimmys lebloser Oberkörper wurde solange von brennendem New Make überspült, bis kurz darauf kein neues Destillat mehr aus der geplatzten Brennblase und dem Kondensator nachströmte.

Die durch die Explosion zerrissenen Dampfleitungen zischten wie in einem schlechten amerikanischen Gruselfilm noch eine Zeit lang vor sich hin und nebelten die ohnehin schon dampfgeschwängerte Halle weiter ein, bevor die Sicherheitsautomatik des Dampferzeugers endlich griff und dessen Ventile absperrte. Der Alarm, der die Szenerie die ganze Zeit begleitet hatte, verstummte.

Langsam zog der Dampf durch die geborstenen Fenster ab und kondensierte auf allen Flächen, die er berührte. Wassertropfen fielen wie ein warmer Sommerregen von der Hallendecke, verdampften auf Jimmys teilweise verkohlter Leiche oder vermischten sich mit seinem Blut auf dem Hallenboden. Kurz darauf begannen die ersten Vögel wieder ihre Balzrufe anzustimmen und nichts ließ außerhalb der Destillerie noch darauf schließen, dass hier soeben ein junger Mann sein Leben lassen musste.

Torfleiche

Montag, 09. Mai

Graham hatte, ähnlich wie Jimmy auch, von dem nächtlichen Brand nichts mitbekommen, da er einerseits zu weit davon entfernt wohnte und außerdem einen todesähnlichen Schlaf hatte. Die Feuerwehr hätte mit drei Löschzügen mitten durch sein Schlafzimmer fahren können und er hätte sich höchstens auf die andere Seite gedreht, ohne dabei aufzuwachen.

Bis zum Einzug Ishbels hatte er noch in seinem alten Jugendzimmer gewohnt, weil er es nicht übers Herz gebrachte hatte, nach dem Tod seiner Eltern deren Möbel zu entsorgen und ihre angestammten Räume zu übernehmen. Mit Ishbel zusammen war das dann etwas anderes gewesen. Er hatte ihr zunächst den Verkauf der alten Möbel alleine überlassen. Sobald die Räume aber leer waren, hatte er tatkräftig bei der Renovierung mitgeholfen.

Mittlerweile war es für ihn eine Selbstverständlichkeit geworden, in dem cremefarben gestrichenen Schlafzimmer mit der zartgrün geblümten Bordüre in einem neuen Bett aus gewachstem Eichenholz zu schlafen, ohne weiter an seine Eltern denken zu müssen. Da dieser Raum im Obergeschoss und, anders als sein Jugendzimmer, nach hinten raus lag, ließ ihn die ungewohnte Ruhe noch tiefer schlafen als sonst.

Ishbel hatte zwar die Sirenen in der Nacht gehört, sich aber nichts dabei gedacht, da sie sich aus ihrem Heimatort Charlestown entfernt hatten und irgendwann ganz in der Ferne verklungen waren. Dadurch war für sie beruhigenderweise klar gewesen, dass es sich bei dem Einsatzziel der Feuerwehr weder um ein Haus von Bekannten noch um die Brennerei handeln konnte. Also drehte sie sich kurzerhand noch einmal um, betrachtete kurz das entspannte Gesicht ihres Lebensgefährten und lauschte den Gesängen der ersten Vögel am Morgen, bevor sie wieder einschlief.

Worum es bei der nächtlichen Störung wirklich ging, erfuhren Ishbel und Graham erst am frühen Morgen während ihres gemeinsamen Frühstücks, als sie von zwei Beamten der lokalen Polizei besucht wurden. Diese informierten sie nicht nur über das Feuer, sondern unterzogen sie auch gleich einer ersten Befragung.

Den Hinweis sich von der Brandstelle fernzuhalten, bis Polizei und Gutachter mit ihrer Arbeit fertig waren, nahm Graham allerdings als Aufforderung genau dieses nicht zu tun.

Kaum hatten die beiden Polizisten sie wieder verlassen, war er förmlich in seinen Land Rover gesprungen und wenig später am Brandort eingetroffen. Ishbel war gerade noch in der Lage gewesen, ihm seine festen Schuhe, seine Jacke und sein Handy hinten ins Auto zu werfen, bevor er mit durchdrehenden Reifen lospreschte.

Die Absperrung von Polizei und Feuerwehr am Brandort hinderte ihn aber dann doch daran, direkt bis zu der Stelle zu fahren, auf der bis vor Kurzem noch sein neues Warehouse stand und seine Hoffnungen auf die Wiederauferstehung des Dandaleith Whiskys ruhten. Beides war offensichtlich völlig vernichtet worden und hatte sich, nicht nur im sprichwörtlichen Sinne, in Rauch aufgelöst.

Minutenlang starrte er auf die verkohlten Trümmer und konnte es einfach nicht fassen. Tränen liefen ihm übers Gesicht, als ihm endgültig klar wurde, dass sein Lebenstraum völlig zerstört worden war. Dann bückte sich Graham unter dem Absperrband hindurch und ging schnellen Schrittes den Hügel hinauf. Nach wenigen Schritten wurde er allerdings von einem der Brandwache haltenden Feuerwehrleute gestoppt.

»Halt, Sir, Sie dürfen hier nicht durch!« Mit ausgestrecktem Arm trat der Feuerwehrmann auf Graham zu. »Ach, du bist es Graham«, fügte er dann etwas freundlicher hinzu, als er in dem vor ihm stehenden Mann einen Bekannten erkannte und wusste, dass er den ehemaligen Distillery Manager der Ben Rhinnes Distillery vor sich stehen hatte. Dennoch stoppte er Graham in seinem Vorwärtsdrang.

»Hallo Ron«, sagte Graham. »Lass mich durch. Es ist schließlich meine Lagerhalle, die da abgebrannt ist.«

»Tut mir leid Graham, ich kann dich nicht dorthin gehen lassen«, sagte Ron bestimmt und ließ keinen Zweifel daran, dass er Graham nicht an sich vorbeilassen würde. Egal, ob er ihn kannte oder nicht. Etwas versöhnlicher fügte er aber noch hinzu: »Am Brandherd ist es noch zu gefährlich und es darf niemand, auch du nicht, dorthin, bevor nicht die Polizei da war.«

»Aber ich will doch nur mal sehen, ob noch etwas zu retten ist«, entgegnete Graham mit weinerlicher Stimme und versuchte weiter, sich an Ron vorbei zu drängeln.

»Nein!« Dieses eine Wort und vor allem der Tonfall reichten, um Graham zu überzeugen, dass es in seiner derzeitigen Verfassung wohl besser war, wieder nach Hause zu fahren. Seine Weltuntergangsstimmung würde dadurch allerdings auch nicht verfliegen.

»Es gibt wirklich nichts mehr zu retten. Die Halle ist, mit allem, was darin war, vollständig abgebrannt. Kein Wunder bei dem hochprozentigen Stoff, der darin gelagert war. Aber mach dir keine Sorgen: Für den Schaden kommt doch in der Regel die Versicherung auf. Aber erst einmal geht es um die Ermittlung der Brandursache. Das weißt du doch zur Genüge. Irgendwann zahlt die Versicherung und der Schaden wird behoben.«

»Behoben! Behoben?« Graham sah Ron mit großen Augen an. »Den Schaden kann keine Versicherung der Welt beheben.« Graham war erneut zum Heulen zumute.

Ron erkannte, dass es Graham nicht um den materiellen Schaden ging, deshalb sagte er mitfühlend: »Komm Graham, du kannst leider nichts mehr daran ändern. Fahr nach Hause und genehmige dir einen ordentlichen Dram Whisky oder von mir aus auch vier oder fünf.« Dabei drehte er Graham um und schob ihn in Richtung seines Autos.

»Ja, vermutlich ist das das Beste«, nickte Graham und schlurfte zu seinem Wagen.

»Sei doch wenigstens froh, dass der Brand nicht auch noch auf das Farmhaus übergegriffen hat«, rief ihm Ron noch hinterher.

»Das hätte jetzt auch keine Rolle mehr gespielt«, murmelte Graham vor sich hin. Er ahnte nicht, dass dies noch lange nicht der Tiefpunkt des heutigen Tages sein sollte und dieser Morgen noch eine weitere, viel unschönere Überraschung für ihn bereithielt.

Am frühen Vormittag wurde die Brandwache endlich von zwei Kollegen abgelöst, die mit einer Inspektion der ausgebrannten Lagerhalle begannen, um die Brandursache zu ermitteln. Sie wurden dabei von zwei Polizeibeamten, die aus Inverness angereist waren sowie einem Sachverständigen für Brände und deren Ursachen unterstützt. Er würde auch als Gutachter für die Versicherung fungieren, bei der Graham die Lagerhalle versichert hatte.

Über eine Stunde lang durchsuchten die fünf Männer die Trümmer der Lagerhalle, konnten aber keine ungewöhnlichen Quellen für den Großbrand finden. Die Feuerwehrleute und der Gutachter dokumentierten den Brand so gut es ging. Aber, abgesehen davon, dass die in der Halle gelagerten Fässer allesamt als Brandbeschleuniger einzustufen waren, wurden keine zusätzlichen Brandquellen gefunden, mit denen der Brand vorsätzlich erzeugt worden wäre. Wie die Fässer in Brand geraten waren, konnte daher nicht mehr ermittelt werden. Die über 250 Tausend Liter Whisky hatten dem Feuer genügend Nahrung gegeben, um wirklich alle Spuren zu vernichten.

Die Brandursache blieb weiterhin unklar, wie ein Feuerwehrsprecher der lokalen Presse mitteilte, die über den Brand berichten wollte. Den Sachschaden schätzte der Sachverständige auf über 1 Million Pfund, von denen etwa 650.000 Pfund alleine der unversteuerte Wert des gelagerten Whiskys ausmachte. Die Staatsanwaltschaft würde Ermittlungen wegen fahrlässiger Brandstiftung einleiten, was aber eher als Routinemaßnahme bei der vorliegenden unklaren Situation zu werten war.

Nachdem der Sachverständige die Brandstelle freigegeben hatte, begannen die Feuerwehrleute mithilfe der mittlerweile eingetroffenen Bagger und Kräne mit den Aufräumarbeiten. Unter den wachsamen Augen des Sachverständigen und der Polizeibeamten wurden vorsichtig die Reste der verkohlten Deckenbalken sowie die Steine der Grundmauern beiseite geräumt und neben der Grundfläche der ehemaligen Halle gestapelt. Sie würden später abtransportiert werden.

Die Beamten überwachten dabei, dass sich unter den eingestürzten Mauerresten nicht vielleicht doch noch ein Hinweis auf Brandstiftung verbergen könnte. Die Explosionen der Whiskyfässer hatten auch an mehreren Stellen den gestampften Lehmboden der Halle aufgerissen und bis zu einem Meter tiefe Krater hinterlassen.

Als bereits über die Hälfte der Lagerhausfläche geräumt worden war, stieß einer der Feuerwehrleute plötzlich einen Schrei aus. Er hatte ein aus dem Boden eines Kraters herausragendes, gesplittertes Stück Holz herausziehen wollen und plötzlich erkannt, dass er eine teilweise verbrannte, vom Torf mumifizierte Hand in seiner hielt.

Da es nicht alle Tage vorkam, dass er einem Toten die Hand gab, hatte er sie vor Schreck gleich wieder fallen lassen und ein paar Sekunden lang seine übliche Professionalität vergessen. Seine Kollegen, die den Schrei natürlich gehört hatten, eilten gleich zu ihm, um ihm zu helfen und gemeinsam mit den Polizeibeamten und dem Gutachter standen wenig später alle um den Krater herum.

Kurz darauf nickte der Gutachter, der die Situation inzwischen richtig eingeschätzt hatte, dem Feuerwehrmann zu, der die Hand "gefunden" hatte. Dieser verstand die Geste und ging zögerlich wieder in den Krater hinunter, um dort dann vorsichtig etwas Erde um die Fundstelle der Hand zu beseitigen. Wenig später hatten sich die Vermutungen aller bestätigt: Im Boden steckten die Überreste eines Menschen.

Bei einem anschließenden Rundgang durch den Krater entdeckte der Feuerwehrmann eine weitere Hand, die wie Hilfe suchend nach ihm zu greifen schien. Die Beamten informierten die Kriminalpolizei und forderten die Kollegen zusammen mit dem Spurensicherungsteam an. Gemeinsam begannen alle wieder so lange Wache an der Fundstelle zu halten, bis die Ermittler eintreffen würden.

Graham war auf dem Heimweg von der Brandstelle zu seiner Distillery gefahren. Zum einen konnte er nicht einfach nach Hause fahren und vor lauter Nervosität und Verzweiflung Löcher in den Teppich treten und zum anderen musste er dort nachsehen, wie weit die Destillation des neuen Dandaleith Whiskys war.

Unterwegs hatte er einen dumpfen Knall gehört, als wäre in der Nähe etwas Schweres zu Boden gefallen. Als er wenig später die Einfahrt zur Brennerei erreichte und dort auf seinen Parkplatz einbog, hatte er diesen Knall aber schon wieder vergessen. Speziell, als er sah, dass Greg Henderson, von allen nur Percy genannt, ebenfalls gerade eingetroffen war und aus seinem alten Land Rover stieg. Sie winkten sich kurz zu und Greg wartete, bis sein Chef ebenfalls ausgestiegen war.

»Hi Percy«, begrüßte ihn Graham mit Grabesstimme.

»Hi Graeme«, grüße Greg zurück und musste natürlich einen seiner üblichen Sprüche noch oben draufsetzen: »Na, hat Ishbel dich rausgeschmissen oder warum bist du schon mitten in der Nacht hier und siehst dabei aus als hättest du die letzten Stunden auf einer Parkbank verbracht?« Er spielte dabei darauf an, dass man Graham bei seinen Besuchen selten vor neun Uhr morgens in der Distillery und zudem deutlich gepflegter sah.

»Nein, Percy. Zu Hause ist zum Glück alles in Ordnung«, erwiderte Graham, wurde dann aber schlagartig ernst. »Ich wollte vorhin zu unserem neuen Warehouse für den Dandaleith. Und stell dir vor das ist heute Nacht abgebrannt. Ron Salmond von der Feuerwehr war dort und hat mich nicht durchgelassen.«

»Der Brand heute Nacht war bei uns?«, rief Greg erschrocken und er ließ seine alte Ledertasche fallen.

»Ja, leider. Aber die Polizei war noch nicht da und laut Ron wurde alles restlos zerstört.«

»So ein Mist. Ich habe die Sirene gehört, aber nicht nachgesehen oder darüber nachgedacht, wo das herkommt. Und heute Morgen bin ich auch schon früh los und habe noch nichts darüber erfahren. Mein Gott, was machen wir jetzt nur mit unserem neuen Whisky? Wo lagern wir den denn jetzt?« Greg, der eigentlich kein Freund von Nebensätzen war, hatte wohl gerade eine der längsten Reden seines Lebens gehalten. Aber Graham war nicht in der Stimmung dies zu erkennen.

Beide waren inzwischen am Still House eingetroffen und Greg hatte die Scherben vor den zwei in ihrer Richtung angebrachten Fenstern entdeckt, die verstreut vor der Wand lagen. Außerdem zog feiner Dampf durch die zerstörten Fenster und es tropfte von der Fensterbrüstung herunter.

»Scheiße«, entfuhr Greg das meistbenutzte Wort der schottischen Sprache. »Da muss etwas passiert sein! Jimmy wollte heute vor mir da sein und schon mal anfangen.«

»Was hat der Bengel denn jetzt schon wieder angestellt?« Auch Graham war nervös geworden.

Sie eilten auf das Gebäude zu und bemerkten deshalb nicht, wie sich hinter ihnen erste Passanten und Nachbarn dem Eingangstor der Brennerei näherten, weil diese den Knall ebenfalls gehört hatten und inzwischen auch der Brennerei zuordnen konnten.

»Lass uns nachsehen«, sagte Greg, als sie das Still House erreicht hatten, und öffnete die Tür.

Nachdem sie das Gebäude betreten hatten, erkannten sie über ihnen sofort, dass die Pot Still, in der heute Morgen der Dandaleith Whisky gebrannt werden sollte, auf der ihnen zugewandten Seite ein großes Stück aufgerissen war. Jimmy war aber nirgendwo zu sehen.

Der Schaden, der durch die Explosion entstanden war, war groß genug, dass die Produktion bis zur Behebung der Schäden bestimmt eingestellt werden musste. Außerdem musste bestimmt auch überprüft werden, ob die anderen Kupferkessel Schaden genommen hatten. Eine echte Katastrophe zeichnete sich vor Grahams innerem Auge ab. Das Ausmaß der Zerstörung der Brennblase, zusammen mit der totalen Zerstörung der Lagerhalle, ließ seinen Traum zur Produktion eines neuen Dandaleith Whisky förmlich platzen. Für ihn brach eine Welt zusammen, die Dandaleith hieß.

Wo war nur dieser Jimmy? Der Bengel konnte was erleben. Der war doch bestimmt schuld an dem Unfall im Still Room.

Als beide weiter unter die zerstörte Brennblase herantraten und sich dabei seitlich dem Spirit Safe näherten, schlug ihnen plötzlich ein ekelerregender Gestank entgegen. Der Geruch von falsch gegrilltem und dabei total verbranntem Fleisch stach ihnen unangenehm in der Nase und verursachte fast schon einen Brechreiz. Beide rissen daher unwillkürlich den Blick von der Brennblase und sahen sich in dem Raum nach der Quelle dieses Gestankes um.

»Scheiße!«, rief Percy laut, als er den verdrehten Unterkörper eines Menschen oben aus dem Spirit Safe herausragen sah.

»Mein Gott, das ist Jimmy!«, rief Graham kurz danach. Er hatte den alten roten Pullover und die verwaschene Latzhose von Jimmy sofort erkannt. Außerdem war Jimmy als Einziger zum Dienst eingeteilt. Wer sollte es also sonst sein?

Er rannte um den Spirit Safe herum, dicht gefolgt von Percy. Nur um Millisekunden später wie vom Schlag getroffen stehen zu bleiben. Der Teil von Jimmys Körper, der sich im Inneren des Spirit Safe befand und erst aus der jetzigen Perspektive von Graham und Percy zu sehen war, konnte nur noch mit viel Fantasie als menschlich bezeichnet werden.

Graham würgte entsetzt und Greg erbrach sich neben ihm auf seine Schuhe, während Jimmy sie stumm aus seinen ausgebrannten Augenhöhlen anstarrte, aus denen zarter Rauch aufstieg.

Beide hatten dabei ein untrügliches Déjà-vu Gefühl.

Während Graham und Greg noch mühsam versuchten ihre Körperfunktionen wieder in den Griff zu bekommen, war die Kriminalpolizei, zusammen mit den Kollegen der Spurensicherung und weiteren Reportern der obligatorischen Lokalblätter an der Brandstelle des Lagerhauses eingetroffen.

Die Kriminaltechniker begaben sich als Erste zu dem Fundort der Torfleiche und sahen in ihren weißen Kapuzen-Overalls zwischen den schwarzverkohlten Gebäuderesten aus, wie Astronauten bei der Erforschung unbekannter Welten.

Nachdem die Kollegen der Spurensicherung alles rund um die Fundstelle der Leiche fotografiert hatten, gaben sie dem Forensiker ein Zeichen. Dieser begann auch sofort mit seiner Arbeit und untersuchte die verstreuten Überreste der Leiche. Er fand dabei weitere Körperteile, die offensichtlich durch die Explosion der Fässer am Rande des Kraters verteilt und teilweise verbrannt waren.

Nach erster Begutachtung vor Ort stellte er allerdings fest, dass die Leichenteile zu mehr als nur einem Menschen gehörten. Darauf ließ er von den Leuten der Spurensicherung den Boden rund um die Fundstelle weiter vorsichtig abtragen und dabei genau fotografieren und filmen. Interessiert und auch etwas schockiert sahen alle zu, wie der Torfboden nach und nach seine schrecklichen Geheimnisse preisgab.

Nach einer Stunde gewissenhafter Arbeit stellte sich heraus, dass sie ein Massengrab mit sieben sehr gut erhaltenen Toten entdeckt hatten. Die Explosionen hatten abstehende Körperteile abgerissen und rund um den Krater verteilt. Durch das Feuer waren einige Teile der Leichen völlig verbrannt. Andere wiederum, die noch vergraben waren, blieben vom Feuer verschont. Alle Gesichter der Torfleichen wirkten greisenhaft, aber nicht wirklich tot. Eine hatte eine Schnürfurche am Hals, war also mit einem Seil oder Ähnlichem erwürgt worden.

Für die anwesenden Kriminalbeamten war nun völlig klar, dass es sich hier um ein Kapitalverbrechen handeln musste. Da in diesem Fall allein durch die schiere Anzahl der Leichen das sogenannte öffentliche Interesse immens werden würde, hatten sie umgehend ihren Chef angerufen. Der hatte sofort seinen Chef kontaktiert und der wiederum seinen. Kurz darauf war man in den oberen Etagen der Northern Constabulary zu dem Schluss gekommen, die weiteren Ermittlungen in die Hände eines leitenden Beamten zu geben.

Die Kriminalbeamten an der Brandstelle wurden entsprechend informiert und wiederum begannen alle Wache zu halten, bis die nächste Gruppe an Ermittlern eintreffen würde.

Mit einem gequälten Gesichtsausdruck stieg Detective Chief Inspector Brian Strachan aus dem Fond des weißen Lieferwagens der Tatortermittlung.

»Immer am Montag! Und immer mitten in der Nacht! Ich hasse die Mörder und ich hasse diejenigen, die die Leichen immer sonntags nachts finden! Kann denn keiner mehr auf das Schlafbedürfnis von schwer arbeitenden Kriminalbeamten Rücksicht nehmen? Und muss der Tatort immer mitten in der Pampa im Matsch sein? Himmel noch eins!«

»Du kennst doch sicherlich das Sprichwort: der frühe Vogel ...«, begann Andy.

»Ja, kenn ich: Der frühe Vogel kann mich mal«, beendete Brian, immer noch übel gelaunt, das Sprichwort auf seine Art.

»Na, du bist heute wohl mit dem falschen Fuß aufgestanden?«, ergänzte Ewen.

»Gibt´s denn auch einen Richtigen?«, knurrte Brian zurück.

»Wir hätten es uns doch noch überlegen sollen ihn mitzunehmen«, murmelte daraufhin der Forensiker Ewen Gillies nach dem Aussteigen seinem Kollegen Andy McPhee zu, der auch als Coroner fungierte. Nachdem sie den Lieferwagen verlassen und ihre Overalls übergestreift hatten, ließen sie zunächst still Brians weitere Tiraden über sich ergehen.

»Das hätte aber bedeutet, dass wir hier noch heute Abend auf ihn warten müssten, bei seinen Fahrkünsten«, konnte sich Andy aber nicht länger zurückhalten.

»Das habe ich gehört!«, ließ Brian verlauten, während er hüpfend versuchte die Plastiküberschuhe anzuziehen. »Und das merke ich mir! Ihr Schnösel! Kann nicht einfach mal jemand mittwochs nachmittags in einem warmen Pub eine Leiche finden?«

»Nein, eher unwahrscheinlich«, antwortete Andy.

»Wieso nicht?«

»Na, weil Pubs in der Regel am Nachmittag geschlossen haben.«

»Klugscheißer! Ich hab's ja gewusst! Die ganzen Studierten sind alles Klugscheißer!«

»Jetzt beruhig dich mal wieder, sonst bringen wir dich nach Hause und du bekommst kein Eis«, lachte Gilly.

»Also los, an die Arbeit. Warum ist eigentlich Graeme noch nicht hier? Dem gehört doch die Farm, oder?«, grinste jetzt auch Brian.

»Wenn sie Graham Morrice meinen, Sir, der war heute früh schon da. Die Kollegen haben ihn aber gleich wieder weggeschickt«, meldete sich einer der uniformierten Beamten, der in der Nähe stand und "ganz zufällig" und genüsslich die Gespräche mitbekommen hatte.

»Na Gott sei Dank. Damit sind uns umfangreiche Theorien von Massenmördern und einer Weltverschwörung zunächst einmal erspart geblieben. Ich werde ihn dann später noch früh genug anrufen müssen.«

Bei der weiteren Untersuchung wurden dann auch an weiteren Körpern relevante Anzeichen für Gewalt entdeckt. Schädelbrüche und Messerstiche bestätigten die ersten Vermutungen, dass zumindest drei der gefundenen Leichen eines gewaltsamen Todes gestorben und von irgendjemandem umgebracht worden waren. Weitere Einzelheiten sollten bei der forensischen Untersuchung in der Rechtsmedizin in Aberdeen geklärt werden.

Langsam begann auch Brian, der die Arbeiten still aus der Nähe verfolgt hatte, den Fall zu verfluchen. »Es wird sich nichts ändern. Jedes Mal, wenn wir auch nur in die Nähe von Graeme Morrice kommen, entwickelt sich die Sache zu etwas Katastrophalem. Sprich: Arbeit. Viel Arbeit. Mist! Und verscheucht mir endlich dieses Reporterpack, verdammt noch mal!«, rief er den Polizisten zu, die immer wieder durch dreiste Fotografen ausgetrickst wurden, die sich heimlich nach vorne mogelten, um ihre Bilder zu schießen.

Parallel zu den Untersuchungen der Brandstelle und der gefundenen Torfleichen waren andere Kollegen der Kriminalpolizei in der Ben Rhinnes Brennerei eingetroffen. Graham hatte sie telefonisch informiert, als er physisch und psychisch wieder in der Lage dazu war. Sie begannen ebenfalls damit, den Unfallhergang und den Tod des zweiundzwanzigjährigen Jim Drummond zu ermitteln.

Strategie

Dienstag, 10. Mai

Detective Chief Superintendent Alan Derringer, Chef der Crime Management Business Area (CMBA), saß in seinem Appartement in Aberdeen am Frühstückstisch und schmierte sich ein Marmeladenbrot.

Als er damit fertig war, faltete er die Zeitung auseinander und legte sie vor sich auf den Tisch. Wie immer begann er zuerst den Sportteil zu überfliegen, obwohl ihn dieser nicht wirklich interessierte. Seine Kollegen und Mitarbeiter im CMBA sahen das leider etwas anders.

Fußball, der in Schottland schon seit dem 15. Jahrhundert gespielt wird, und Rugby, der ebenfalls schon seit dem 19.Jahrhundert eine Tradition in Schottland hatte, waren die allmorgendlichen Gesprächsstoffe in der Zentrale.

Damit er zumindest eine gewisse Ahnung hatte, von wem oder was seine Kollegen sprachen, überflog Alan jeden Morgen die aktuellen Nachrichten und Ergebnisse.

Nachdem er sein "Studium" für heute abgeschlossen hatte, wandte er sich dem Lokalteil zu, der ihn wesentlich mehr interessierte.

Sofort fiel ihm die Schlagzeile ins Auge.

> # Daily News
>
> **Massengrab bei Warehouse Brand entdeckt!**
> **Wer hat die Torfleichen ermordet?**
>
> gw (eigener Bericht) Dienstag, 10. Mai 2011
>
> Bei den Aufräumarbeiten nach dem Großbrand des Lagerhauses der Ben Rhinnes Distillery in der Nacht von Sonntag auf Montag stießen die Sachverständigen der Polizei zusammen mit dem Gutachter der Feuerversicherung gestern auf ein Massengrab, mit den Überresten von sieben Menschen, die sich im Torfboden unter dem Lagerhaus befanden. Aus einer gut unterrichteten Quelle erfuhr unsere Zeitung, dass die Toten vermutlich schon mindestens seit Jahrzehnten dort lagen und nur durch die Lagerung im Torfboden noch so gut erhalten waren. Unter den Toten sollen auch die Leichen von drei Kindern sein. ……

Typisch, dachte er. *Wann lernen die Schreiberlinge eigentlich endlich, dass man Leichen nicht ermorden kann? Was lernen die heute überhaupt noch in der Schule? Korbflechten?*

Noch bevor er Susan darauf ansprechen konnte, die gerade in der Küche war, um sich eine Tasse Cappuccino aus ihrem Kaffeeautomaten zu ziehen, fiel sein Blick auf eine weitere Schlagzeile. Diese war zwar etwas kleiner als die Vorhergehende, aber für Alan noch wesentlich interessanter, da sie einen guten Bekannten von ihm betraf.

Explosion bei Ben Rhinnes

gw Dienstag, 10. Mai 2011

Charlestown.

Gestern Morgen ereignete sich in der Ben Rhinnes Distillery aus noch ungeklärten Ursachen eine Explosion der Spirit Still. Dabei kam ein Mitarbeiter der Distillery ums Leben. Die Untersuchungen der Kriminalpolizei sowie eines Sachverständigen dauern noch an …

»Armer Graham«, entfuhr es ihm.

»Was hast du gesagt? Wer ist arm?«, rief Susan aus der Küche und kam dann neugierig zu ihm an den Tisch.

Dass sie dabei immer noch mit ihrem knappen hellgrauen Schlafhemd bekleidet war, lenkte Alan kurzfristig ab.

»Hallo, Erde an Alan! Mit wem hast du gerade gesprochen?« Sie stellte ihren Cappuccino auf den für ihren Geschmack recht billig wirkenden Resopaltisch und stahl Alan sein bereits geschmiertes Marmeladenbrot von seinem Teller. Auch wenn Alan das eigentlich nicht leiden konnte, hatte er es sich, aus Liebe zu ihr, angewöhnt, nichts dagegen zu sagen.

Da Alan nun schon seit zwei Jahren während der Woche alleine in Aberdeen wohnte, während sie in ihrem gemeinsamen Haus am Stadtrand von Inverness lebte, arrangierte sich ihr Privatleben lediglich rund um Wochenenden und dienstfreie Zeiten. Alans unerwartete Beförderung zum Leiter der

CMBA, der Crime Management Business Area, hatte allein aus praktischen Gründen einen Zweitwohnsitz in dem gut 110 Meilen entfernten Aberdeen erforderlich gemacht.

Susan wiederum wollte aber nicht ihr kurz zuvor beschlossenes Zusammenleben in seinem Haus in Inverness schon wieder aufgeben, zumal Aberdeen für sie das Regenloch Schottlands schlechthin verkörperte und sie sowieso am liebsten an die wettertechnisch stabilere Atlantikküste gezogen wäre. Der Kompromiss, sich in der Nähe ihrer Arbeitsstätte, dem Krankenhaus von Elgin, niederzulassen, kam für beide nicht infrage. Da blieb Susan lieber die Woche über allein in Inverness und pflegte mehr oder weniger halbherzig sein, nicht nur ihrer Meinung nach, völlig idiotisches Hobby und kümmerte sich um seine Sammlung von Weinstöcken in ihrem Garten. Auch Brian schüttelte nur den Kopf, wenn Alan ihm von einer neuen "aufregenden" Errungenschaft berichtete.

Da sie von seinem Entschluss, die Woche über in Aberdeen zu wohnen, nicht gerade begeistert gewesen war, überließ sie ihm allein die Wahl der Einrichtung seiner neuen Wohnung. Dies führte unweigerlich zu einem völligen Sammelsurium wahllos zusammengekaufter günstiger Möbelstücke, wie diesem Esstisch und den Stühlen aus Chrom und Kunstleder.

Kommentarlos reichte er ihr die Zeitung und deutete auf die beiden Artikel.

»Mein Gott«, sagte sie entsetzt. »Wer ist dabei denn gestorben. Ein Mitarbeiter? Etwa Greg, der alte Still Man? Oder am Ende Graham?« Sie sah Alan mit großen Augen an.

»Ich weiß es nicht. Wäre es Graham, hätten sie es wohl erwähnt. Das wäre den Schreiberlingen eine fettere Schlagzeile wert gewesen. Ich werde ihn nachher mal anrufen. Aber hast du das gelesen? Das mit dem Brand? Damit ist sein Projekt mit dieser alten Destillerie wohl gestorben. Das wird Graham zusätzlich hart treffen. Und dann auch noch dieser Leichenfund auf dem Gelände. Der Kerl zieht irgendwelche spektakulären Sachen ja geradezu magisch an. Langsam sollte er sich überlegen, ein eigenes Pressebüro einzurichten oder besser noch eine eigene Kriminalabteilung.«

»Lass die Scherze«, ermahnte ihn Susan und schluckte den letzten Bissen seines Brotes hinunter. »Die Sache ist überhaupt nicht lustig. Kannst du dich nicht darum kümmern? Ich meine, rein aus Freundschaft?«

»Ach, Schatz! Das sind zwei zugegebenermaßen scheußliche Unfälle, aber da habe ich doch nun gar nichts mit zu tun. Die Kollegen vom zuständigen Crime Squad werden beide Fälle untersuchen und gut ist's! Wenn ich mich da persönlich reinhänge, kommt Graham doch nur wieder auf die Idee, dass da irgendein größeres Verbrechen dahinter steckt. Ich werde ihn aber mal als Privatmann und Freund anrufen.«

Ungefähr zur gleichen Zeit saß auch Graham an seinem Schreibtisch und hatte mehrere Zeitungen vor sich liegen. Den seriösen Tageszeitungen waren der Brand und auch die Explosion in seiner Distillery nur eine Randnotiz wert gewesen. Lediglich der Fund eines Massengrabes war in einigen Artikeln diskutiert worden. Wobei sich die Spekulationen vom historischen Gräberfeld aus der Zeit der Wikinger über ermordete Nazis bis hin zu Mordopfern der Neuzeit bewegten. Viele Artikel spekulierten auch über die abgeschlachtete Familie eines Bauern zur Zeit der Vertreibungen durch die Gutsherren.

Aber die Boulevardpresse hatte natürlich aus den spärlichen Informationen, die sie erhalten hatten, wieder fette Schlagzeilen gezaubert. Vom Mafiamord bis zum politisch motivierten Gemetzel war mal wieder alles dabei. Selbst der "nur" wegen Schmuggels inhaftierte Charles Maclellan wurde zum potenziellen Massenmörder hochstilisiert. Eines der Blätter schreckte sogar nicht einmal davor zurück, die SWS als Mörderverein darzustellen, der seine Destillerien grundsätzlich nur durch das kaltblütige Dahinmetzeln der Konkurrenten erwerben würde.

Und dann auch noch die Zurschaustellung der Opfer. Genau das hatte er erwartet: reißerische Details über die Entdeckung und den Zustand der Toten und die durch die Explosion verursachten Verstümmelungen. Auch das obligatorische Interview mit einem Polizisten sowie dessen Hinweis auf vielversprechende Spuren fehlte nicht. *Der übliche Unsinn halt, wenn die Polizei im Dunkeln tappte und in Wirklichkeit keinerlei Ahnung hatte,* dachte er.

Wie üblich in solchen Situationen verfiel Graham in einen allgemeinen Weltschmerz. Warum musste denn immer alles auf einmal kommen? Nicht nur, dass er das Projekt Dandaleith von vorne beginnen musste und damit sein Traum kurz vor der Erfüllung geplatzt war; nicht nur, dass er die Ben-Rhinnes Distillery wieder einmal über Wochen hinaus schließen musste und zudem noch zermürbende Gespräche mit Versicherungsvertretern führen musste; nein, das Schlimmste war, einen lieb gewonnen Mitarbeiter verloren zu haben. Jimmy war fast so etwas wie ein Sohn für ihn gewesen. Und jetzt musste er dessen Eltern besuchen und ihnen die traurige Nachricht vom Tod ihres einzigen Sohnes überbringen. Dabei war er sich noch nicht einmal sicher, ob Jimmy nicht selbst Schuld an dem Unfall hatte. Oder ob vielleicht sogar die Distillery, also eigentlich er selbst, durch technische Nachlässigkeit den Tod mitverschuldet hatte.

Leise stellte Ishbel ihm einen frischen Kaffee auf den Schreibtisch und hob die am Boden verstreuten Zeitungen auf. In den zwei Jahren, die sie nun schon mit ihm zusammenlebte, hatte sie einige seiner kleinen "Unarten" kennen und lieben gelernt. Dazu gehörte auch, dass Graham jede mit nervlicher Anstrengung verbundene Arbeit ausschließlich unter der Begleitung einer starken Tasse frisch gebrühtem Kaffee bewältigen konnte. Daher hatte sie von ihrem Pad- oder Kapsel-Kaffee wieder völlig Abstand genommen und sich das Brühen von frischem, selbst gemahlenem Kaffee wieder zu eigen gemacht.

»Versuche nicht, alle Aufgaben gleichzeitig zu lösen«, ermahnte sie ihn liebevoll. »Greif dir eine Sache heraus und mach sie perfekt. Das kannst du doch.«

Dankbar nahm Graham einen Schluck des heißen Kaffees. »Das ist lieb von dir, danke für deine Unterstützung. Aber wie immer weiß ich nicht, wo ich anfangen soll. Eigentlich müsste ich zu Jimmys Mutter Joana. Aber ich weiß gar nicht so richtig, was ich ihr sagen soll. Dann muss ich auch noch wegen der Versicherungen ... Ach jeh!«

»Lass gut sein. Joana und ihren Mann übernehme ich. Schließlich bist du ja nicht mehr der Distillery Manager hier. Davon musst du dich wirklich langsam lösen. Deine Aufgaben sind, wie sagt man, doch etwas globaler geworden. Und solange ich noch kommissarische Chefin der Destillerie bin, ist es formal also meine Aufgabe. Und außerdem ist es eh besser, so von Frau zu Frau, okay?«

»Na, wenn du meinst, gerne. Warum passiert denn alles Schlechte immer auf einmal?«

»Könnte es nicht sein, dass das einem immer nur so vorkommt?«, erwiderte Ishbel und ging in die Küche.

Danach verabschiedete sie sich von Graham, um die Mutter von Jimmy Drummond zu besuchen, um ihr das Beileid der gesamten Ben Rhinnes Mannschaft auszudrücken.

Graham versank immer tiefer und tiefer ins Grübeln. *Nein, es kam ihm nicht nur so vor. Hier passierten unterschiedliche Katastrophen zeitgleich und das war eine Tatsache.* Dass es sich bei den beiden Ereignissen, die sich fast zeitgleich ereignet hatten, um ein zufälliges Zusammentreffen handelte, konnte und wollte er nicht glauben. Je mehr er darüber nachdachte, umso sicherer wurde er, dass es sich dabei nicht um einen Zufall handelte. Die beiden Unglücke hatten dafür einfach zu viele Gemeinsamkeiten: Beide trafen empfindlich das Dandaleith Whisky Projekt. Beide trafen unangenehm die SWS und ihre Produkte. Und, was das Schockierendste für ihn war, beide trafen ihn persönlich. Sein Beruf, sein Privatbesitz, seine Freunde, seine Ziele, seine Träume; alles stand hier im Fokus.

Was, wenn die Explosion in der Brennerei kein Unfall war? Wenn hier irgendjemand etwas an der Anlage manipuliert hatte? Wenn der Brand ebenfalls gelegt worden war? Aber, warum? Wer sollte mit Absicht sein Lagerhaus abfackeln und eine Explosion in der Brennerei herbeiführen. Und vor allem, warum dabei völlig sinnlos einen unschuldigen Menschen töten? Sollte am Ende etwa er selbst dabei ...? Hatte ihn da jemand quasi ins Visier genommen?

Ruckartig riss er sich aus diesen Gedanken und von seinem Stuhl hoch. Das würde nur in einer endgültigen Paranoia enden. Verzweifelt griff er zu der Flasche mit dem 18jährigen Ben Rhinnes und schüttete einen großzügigen Schluck in seinen restlichen Kaffee. Diesen stürzte er dann in einem einzigen Zug hinunter und wartete, bis die feinen Aromen seine vibrierenden Nerven beruhigten.

Was ihm wenig half, war, dass auch die Presse natürlich zum Teil in der gleichen Richtung rätselte und sich in Mutmaßungen erging, natürlich viel direkter und aggressiver. *Die mussten ja nicht erst auf Beweise warten,* dachte Graham noch. *Trotzdem bedeutet das doch wohl, dass meine Gedanken nicht derart weg vom Schuss sein können.*

Während Graham so in Gedanken versunken weitergrübelte, klingelte zum wiederholten Male an diesem Morgen sein Telefon. Erschrocken zuckte er zusammen und blickte auf das Display. *Nicht schon wieder ein Reporter,* dachte er. Die Presse sah in ihm natürlich den interessantesten Gesprächspartner, da er in beide Fälle verwickelt war. Und natürlich wäre ein Statement seinerseits der richtige Aufhänger für einen weiteren Artikel. So sehr er sich dagegen wehrte, war es ihm doch nur zu klar, dass er um irgendeine Stellungnahme nicht herumkam. Zumal seine Vorgesetzten ihn dahin gehend schon gestern Abend instruiert hatten. Dieses Mal jedoch erfreute ihn die angezeigte Rufnummer und er nahm den Anruf gerne entgegen.

»Hallo Graham. Alan hier.«

»Hallo Alan, schön dich zu hören. Was gibt es? Obwohl, ... blöde Frage, oder?«

»Stimmt! Ich habe natürlich gerade in der Zeitung vom Brand und auch der Explosion gelesen. Schlimme Sache. Tut mir wirklich leid für dich. Wer ist denn der Tote, der erwähnt wird?«

»Jimmy, unser jüngster Mitarbeiter. Du erinnerst dich vielleicht noch an ihn.«

»Na klar, der arme Kerl. Der war doch noch so jung. Mist, Mist.«

»Ja, das kannst du laut sagen.«

»Wie kam es denn zur Explosion, hast du schon eine Idee oder Informationen?«

»Was die Explosion ausgelöst hat, ist mir schon klar. Der Druck in der Spirit Still war zu hoch. Aber, wie es dazu kommen konnte, kann ich mir nicht erklären. Jimmy war inzwischen erfahren genug, um die Anlage zu beherrschen, sonst hätten wir ihn auch nie alleine in die Brennerei gelassen. Entweder hat er doch nicht aufgepasst und die Warnzeichen der Anlage ignoriert oder er hat in seinem technischen Wahn an irgendetwas rumgebastelt. Oder aber, wie gesagt, das kann ich mir nicht vorstellen, es ...«, Graham machte eine Pause.

»Was oder?«, fragte Alan.

»Na ja, ich glaube eigentlich nicht an einen Zufall. Ich denke, dass es einfach zu unwahrscheinlich ist, dass gleich zwei Unfälle im selben Umfeld passieren. Nun, eigentlich will ich nicht recht glauben, dass es sich in beiden Fällen um einen Unfall handelt.«

»Sondern?«, fragte Alan überrascht und etwas zurückhaltend. Er kannte Graham lange genug, um in ihm die heimliche Reinkarnation von Miss Marple zu vermuten.

»Ich bin inzwischen fest überzeugt, dass beide Ereignisse miteinander zu tun haben.«

»Willst du damit andeuten, dass hier jemand absichtlich die Finger im Spiel hatte?«

»Ich weiß nicht recht. Aber eigentlich ... Ja, genau das denke ich.«

»Dann würde es sich also deiner Meinung nach bei Jimmys Tod um Mord oder zumindest Totschlag handeln?«

»Stimmt«. Graham stellte erstaunt fest, dass ihm dieser Gedanke noch gar nicht gekommen war.

»Aber wer sollte das denn getan haben? Das wäre ja ein gezielter Anschlag gegen die Ben Rhinnes Distillery. Und warum dann ausgerechnet der junge Jimmy? Das macht doch keinen Sinn. Und warum sollte jemand eine Halle anzünden, unter der dann einige alte Leichen gefunden werden? Genau so etwas versucht man doch normalerweise eher zu vertuschen.«

»Keine Ahnung. Ich kann mir das doch auch nicht erklären. Das mit diesen vielen Leichen ist mir ja auch noch ein völliges Rätsel. Vor lauter unglücklichen Ereignissen habe ich darüber noch gar nicht richtig nachdenken können. So viele Tote an einem Tag. Und alle im selben Umfeld. Das kann doch alles kein Zufall sein ...«

»Graham? Geht das etwa schon wieder los?«, fragte Alan leicht schockiert. »Glaubst du etwa, du bist wieder mal in eine große Sache verwickelt?« Mittlerweile war sich Alan sicher, dass es doch ein Fehler gewesen war, Graham anzurufen. All seine Befürchtungen bezüglich Grahams "Verfolgungswahn" schienen sich zu bewahrheiten.

»Oh Gott nein, ich hoffe nicht. Mein Bedarf an solch schrecklichen Dingen ist eigentlich für die nächsten Jahrzehnte gedeckt.«

»Na ja, warten wir mal ab, was die Spurensicherung als Ursache für die Explosion und den Brand herausfindet. Dann sehen wir weiter. Ich kann dir aus Erfahrung versichern, dass es viel mehr unglaubliche Zufälle gibt, als man allgemein glauben mag. Nicht hinter jedem Baum steht ein Verschwörer.«

»Ach Alan, ich gebe dir ja recht. Obwohl, wenn ich an unsere letzten gemeinsamen Bäume ... ich meine Ereignisse denke ...«

»Graham steigere dich da jetzt bitte nicht rein. Selbst wenn es "nur" ganz normale Unfälle waren, hast du damit, glaube ich zumindest, schon genug zu tun. Lass die Ermittler ihre Arbeit machen und mach du deine. Wenn ich was hören sollte, werde ich dich garantiert informieren. Grüß bitte Ishbel von Susan und mir, ja? Wir telefonieren.«

»Gerne, das machen wir. Bis bald.« Graham legte den Hörer auf und versank erneut in tiefe Gedanken, die auch nach dem Telefonat mit Alan nicht angenehmer wurden.

Auch Alan kam nun wider Erwarten ins Grübeln, da er grundsätzlich ebenfalls nicht an solche Zufälle glaubte. Was er Graham natürlich am Telefon nicht sagen wollte. Waren beide Ereignisse tatsächlich kein Unfall, sondern absichtlich erzeugt? Steckte da sogar eine Strategie dahinter? Wenn ja, welche? Oder hatte er sich von Grahams Nachdruck letztendlich kirre machen lassen? Er würde bei den Kollegen, die beide Fälle bearbeiteten, mal nachfragen. Schließlich waren sie die misstrauischen Polizisten und nicht Graham.

Graham wiederum konnte sich nicht weiter in seinen Gedanken treiben lassen, da sein Telefon nach Alans Anruf nun immer häufiger klingelte. Glücklicherweise bot sich Ishbel an, die Anrufe entgegen zu nehmen und wählte als exklusiven Interviewpartner den Observer aus, der für seine etwas weniger reißerische Berichterstattung bekannt war. Außerdem hatte sich für den Nachmittag das Team des regionalen Fernsehsenders angemeldet, das einen Bericht für die Abendnachrichten mit ihm erstellen wollte.

Für Graham bedeutete dies, dass er in formellem Outfit um 14:00 Uhr in seinem ehemaligen Managerbüro in der Ben Rhinnes Distillery sitzen musste und den Fragen eines Reporters samt Fotografen Rede und Antwort stand. Zufrieden blickte er sich in seiner ehemaligen Wirkungsstätte um. Ishbel hatte alle kuriosen Möbelstücke und Gegenstände, vom alten Sessel bis hin zu seiner altmodischen Kaffeemühle an ihrem Platz belassen. So, als wäre er nur mal kurz weg und würde seinen Job bald wieder aufnehmen. Er fühlte sich heimisch und damit sicher genug für das kommende Gespräch.

»Was denken Sie über die beiden Vorfälle« und »Haben die gefundenen Leichen was mit der Destillerie zu tun« waren nur einige der harmloseren Fragen. »Trägt die Destillerie eine Mitschuld am Tod des Mitarbeiters« und »Wurde der Brand gelegt, um der Destillerie mehr Aufmerksamkeit zu verschaffen« wurden dann schon heikler. Auf Fragen wie »Können Sie sich vorstellen, dass Ihr verstorbener Onkel ein Massenmörder war?« und »Hat Jimmy die Explosion selber verursacht, weil er ein Burn-out-Syndrom hatte« versuchte er erst gar keine Antwort zu geben, die man ihm später im Mund herumdrehen konnte. Er wies sie gleich als pietätlose Unverschämtheit zurück. Was den Reporter aber nicht im Mindesten aus der Ruhe brachte oder gar hinderte weitere solcher Fragen zu stellen.

Glücklicherweise war Graham genug Profi und konnte das Erlernte aus den Kommunikationsschulungen abrufen, um auf jede noch so verfängliche Frage eine politisch korrekte, sprich ausweichende und nichtssagende Antwort zu geben. Irgendwann gab sich selbst der Interviewer geschlagen und kam zu den eher interessanten Themen zurück.

»Was wird nun aus Ihrem Dandaleith Projekt? Ist neben den zahlreichen Leichen nun auch dieser Whisky endgültig gestorben?«

»Keineswegs!«, antwortete Graham, ohne auf die sarkastischen Worte zu achten. »Egal warum und egal durch was oder wen diese schrecklichen Vorfälle geschehen sind: Wir werden unsere einmal getroffene Entscheidung, Dandaleith wieder aufleben zu lassen und der Region eine weitere historische Kostbarkeit hinzuzufügen auch weiterhin mit aller Kraft verfolgen. Die Rezepturen liegen uns vor und wenn bei dem Brand auch alle Bestände vernichtet wurden, dann werden wir eben neue Chargen ansetzen. Und wenn uns auch die zerstörte Brennblase momentan daran hindert, wir werden eine neue bauen und weitermachen. Das sind wir schon allein unserem Mitarbeiter Jimmy Drummond schuldig. Schreiben Sie das!«

Mit diesen letzten markigen Worten komplimentierte er die Presse hinaus und ließ sich anschließend völlig geschafft in seinen alten Sessel fallen, dass dessen Federn nur so ächzten. »Kaffee! Ich brauche jetzt sofort Kaffee! Stark, heiß, bitter. Und einen 20-jährigen. Fassstärke! Doppelt!«

Gerade als er sich aufraffen wollte, sich seine gemurmelten Wünsche selbst zu erfüllen, öffnete sich die Tür und Ishbel trat ein. In ihrer Hand balancierte sie ein Tablett in der Aufmachung eines Ben Rhinnes Fassdeckels. Darauf dampfte es aus zwei Tassen nachtschwarzen Kaffees und der Duft der Single Cask Abfüllung zog langsam durch das ganze Büro.

»Ich wusste, dass es Engel gibt«, grinste er sie an.

Um 15:00 Uhr traf dann das Fernsehteam ein. Auch wenn alle sehr routiniert ihrer Arbeit nachgingen, war die schiere Zahl an Personen, die, um lediglich einen kurzen Beitrag in den Abendnachrichten zu erstellen, vor Ort gekommen waren, für Graham überwältigend.

Als sie nach einer Stunde wieder verschwunden waren, um die ganzen Aufnahmen auf fünfzig Sekunden Sendezeit einzudampfen, hatte Graham immer noch nicht verstanden, welche Funktionen die ganzen Leute hatten. Eigentlich konnte er sich nur noch an den Reporter erinnern, der quasi den

Livebericht durchführte und Graham hauptsächlich mit seiner Frisur beeindruckte, die mindestens mit einem Acht-Wetter-Spray versehen war und bestimmt selbst einem Orkan standgehalten hätte. Vermutlich wären die Haare dann aber wohl wie Glas abgebrochen.

Außerdem war da noch eine junge, recht attraktive Frau, die Graham schminken wollte und irgendwann entnervt aufgab, weil er sich permanent dagegen wehrte, so als wollte sie ihm einen Weisheitszahn ziehen – ohne Narkose. Der Rest der herumwuselnden Fernsehleute blieb ihm einfach dubios.

Um 18:00 Uhr hatten Ishbel und Graham den Fernseher eingeschaltet, um sich die Lokalnachrichten anzusehen. Gerade noch rechtzeitig, denn der Moderator im Studio leitete gerade auf das Thema ein und blickte dabei ernst und verlieh seiner Stimme am Satzende dieses Vibrieren, das im Fernsehen normalerweise eine tragische Information begleitete.

»Bei dem Toten, der gestern Morgen bei der Explosion einer Spirit Still in der Ben Rhinnes Distillery auf tragische Weise ums Leben kam, handelt es sich, wie inzwischen feststeht, um den zweiundzwanzigjährigen Jim Drummond.« Ein Bild eines lachenden Jimmy wurde eingeblendet und Ishbel begann zu schniefen. Auch Graham bekam wässrige Augen.

»Die Polizei und der eingeschaltete Sachverständige gehen inzwischen von einem bedauerlichen Unglücksfall aus. Unser Regionalreporter Lloyd Ramsey ist live vor Ort und spricht mit dem ehemaligen Manager der Ben Rhinnes Distillery und jetzt Head of Distilleries & Maturation Mister Graham Morrice. Hallo Lloyd ...«

Schnitt auf den Reporter mit der einbetonierten Frisur und auf Graham, der ihm gegenüber auf seinem Schreibtischstuhl saß.

»Hallo Colin«, antwortete der lokale Reporter, ganz so, als würde es sich wirklich um eine Live-Übertragung handeln und nicht um eine Aufzeichnung. »Mister Morrice, was sagen Sie zu dem Unfall in Ihrer Brennerei?«

»Schrecklich, einfach schrecklich. Schlimm genug, dass die Brennblase explodierte. Aber, dass der arme Jimmy dabei sein Leben verloren hat, ist wirklich unfassbar.«

»Was wird nun aus Ihrem Dandaleith Projekt? Am 28. Mai sollte doch der neue Whisky der Öffentlichkeit vorgestellt werden.«

»Daraus wird nun leider nichts. Aber, auch wenn bei dem Brand alle Bestände vernichtet wurden und uns auch die zerstörte Brennblase momentan daran hindert, zu produzieren, wir werden weitermachen. Das sind wir schon allein unserem Mitarbeiter Jimmy Drummond schuldig. Nichts und niemand wird uns daran hindern, das Dandaleith Projekt zu Ende zu führen.« Grahams Stimme klang bei den letzten Worten fast so, als würde er ein Versprechen oder gar eine Drohung äußern.

Kurz darauf war das Interview zu Ende und man schaltete wieder zurück ins Studio, wo der Moderator zum nächsten Thema überging.

Bones

Mittwoch, 11. Mai

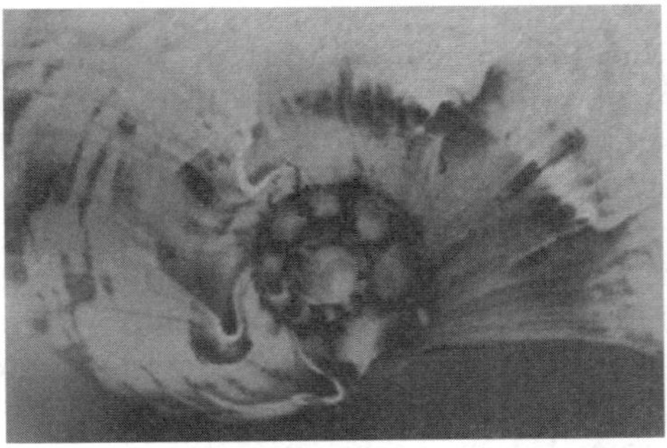

Alan, der abends zuvor ebenfalls die Lokalnachrichten im Fernsehen gesehen hatte, entdeckte am nächsten Tag beim Frühstück in der Zeitung die nächsten reißerisch aufgemachten Schlagzeilen:

> POLIZEI RATLOS!
> WER ERMORDETE DEN DISTILLERY-MITARBEITER?

> MASSENMORDE IM MOOR!
> IST DER YORKSHIRE RIPPER WIEDER UNTER UNS?!

Wilde Spekulationen waren aber alles, was die Artikel enthielten. Alan konnte darüber nur den Kopf schütteln, denn er wusste, dass Peter William

Sutcliffe, der als Yorkshire Ripper zwischen 1975 und 1980 mindestens 13 Morde an Frauen begangen hatte, 1981 verhaftet wurde und bis zu seinem tatsächlichen Lebensende in Haft verbleiben würde.

Da die Presse offensichtlich keine neuen Erkenntnisse oder gar wichtigen Informationen erhalten hatte, füllte sie den Artikel mit abfälligen Bemerkungen über die "unfähigen" Ermittler der Polizei. Der übliche Quatsch eben, wenn die Sensationsbedürfnisse der Leser nicht besser befriedigt werden konnten. Nur, dass es sich diesmal laut Presse wohl um eine ganze abgeschlachtete Familie handelte, was natürlich zu einem deutlich höheren öffentlichen Interesse führte - und zu einem deutlich höheren internen Druck.

Lediglich Grahams Interview, welches mit Fotos versehen im Observer unter der Überschrift

TROTZ LEICHEN: MORRICE GIBT NICHT AUF!

zu finden war, konnte zumindest im Ansatz einer korrekten Berichterstattung Genüge tun. Obwohl Alan auch hier bezweifelte, dass Graham wirklich der Meinung war, dass Massenfunde von Leichen der Region im Allgemeinen und seiner Brennerei im Speziellen touristisch sehr entgegen kommen würden.

Alan wusste, je länger sich die Ermittlungen in die Länge zogen oder gar in Sackgassen führten, umso häufiger würde die örtliche Presse über die Unfähigkeit der Polizei herziehen. So war das eben, fast schon ein Naturgesetz.

Der Tod war halt ein einträgliches Geschäft, nicht nur für die Medien, die aus den gewaltsamen Aktionen des Täters die Fantasien ihrer Leser fütterten und damit zu Geld machten. Auch die Bestattungsunternehmer, Sargverkäufer, ja selbst Wahrsager profitierten davon.

Aber, speziell die Journalisten bestimmter Blätter freuten sich auf jedes Verbrechen, weil sie damit immer großartige Nachrichten erstellen konnten, wenn unbescholtenen Bürgern etwas Schreckliches zustieß. Daraus schlugen sie ihr Kapital, auch wenn sie sich dabei nicht immer an die Tatsachen hielten. Für sie galt: Bad News are Good News!

Und kaum hatte er die Gedanken zu Ende gedacht, klingelte sein Handy. Er blickte auf das Display und verzog sein Gesicht zu einem gequälten Grinsen. »Ich hätte darauf wetten sollen, dann wäre ich jetzt steinreich. Hallo, Sir.«

Chief Constable Timmins ließ sich davon nicht irritieren. »Mein Geist eilt meinen Rufen voraus. Das wissen Sie doch, Alan. Und da Sie für mich offensichtlich so feine Antennen haben, wissen Sie ja dann wohl auch, was ich von Ihnen möchte, nicht wahr?«

»Höflich ausgedrückt möchten Sie, dass ich bezüglich der jüngsten Funde der Öffentlichkeit die permanent hohe Qualität der polizeilichen Arbeit nahebringe und die berechtigten Fragen der Medienvertreter offen aufnehme und sachlich beantworte. Oder unter uns ausgedrückt: Sie möchten, dass ich mit einem Lächeln den Kopf in die öffentliche Schlinge stecke und mich freudig genau in die Schusslinie stelle.«

»Das grenzt ja fast an Gedankenlesen, Alan. Ich merke, unsere Zusammenarbeit fruchtet doch immer mehr. Nur eine winzig kleine interne Anmerkung, bitte: Die Kernaufgabe für Sie ist nicht, sich selbst in die Schusslinie zu stellen, sondern mich genau da herauszuhalten. Alles klar?«

»Sonnenklar, Sir. Wie immer. Gibt es schon Ergebnisse, auf die ich zurückgreifen kann?«

»Was soll diese Frage denn? Ich dachte, sie sind so was wie enge Freunde?«

»Entschuldigung, Sir. Jetzt komme ich gerade nicht mit. Welche engen Freunde?«

»Na, Sie und DCI Strachan natürlich. Wer denn sonst?«

»Äh, ja, schon ...«, langsam verlor Alan den Faden. »Aber was hat das mit den aktuellen Fällen zu tun?«

»Na, weil Strachan der leitende Beamte im Falle des Massengrabes ist. Wussten Sie das etwa noch nicht?«

»Oh! Entschuldigen Sie, nein. Ich hatte seit Montag keine Gelegenheit mit Brian zu sprechen. Es war einfach zu viel los. Das werde ich dann sofort nachholen. Ich halte Sie auf dem Laufenden.« Leicht irritiert legte Alan auf. *Konnte er tatsächlich hellsehen oder kannte er den Polizeiapparat einfach nur zu gut? Und hätte er vielleicht doch auf Brians mehrfache Rückrufbitte reagieren sollen. Scheiß Schreibtischjob!*

Nachdem Alan eine halbe Stunde später in seinem Büro in Aberdeen eingetroffen war, rief er als Erstes seinen Freund Brian an.

»Hallo Brian, wie geht´s?«

»Oh, der viel beschäftigte Herr Chief Superintendent! Du lebst noch, wie schön. Ich habe schon seit Tagen mit deinem Anruf gerechnet und wollte schon eine Vermisstenanzeige aufgeben!«

»Ich weiß, ich weiß, tut mir leid; einfach zu viel zu tun. Dafür bin ich aber schon so gut wie im Bilde, Herr Chief Massengrabermittler.«

»Woher zum Teufel weißt du das denn schon wieder?«, fragte Brian, erstaunt von der Begrüßung seines Freundes.

»Es wird dich sicherlich wundern, aber es gibt auch bei uns in Aberdeen Zeitungen. Und falls du es noch nicht wissen solltest, ich kann sogar lesen.«

»Wow, das sind allerdings echte Neuigkeiten«, frotzelte Brian zurück. »Aber jetzt mal ohne Spaß, woher kommt dein plötzliches Wissen über meine spannenden Fälle?«

»Na, zum einen habe ich über die beiden Unglücke gelesen, die unseren Freund Graham heimgesucht haben.«

»Soweit verständlich. Da stand aber wohlweislich nirgendwo mein Name dabei«, konterte Brian.

»Richtig. Und zum anderen habe ich doch heute Morgen schon einen netten Anruf von "unser aller Chef" erhalten. Und dem passte das Pressegeheule überhaupt nicht und deshalb hat er mich prompt zum Buhmann des Monats ernannt.«

»Das war mir schon fast klar, dass er sich bald bei dir meldet und dich zu überreden versucht in dem Fall zu ermitteln. Nach den netten Zeitungsmeldungen.«

»Gut kombiniert Watson. Du solltest Polizist werden«, lachte Alan.

»Na, ich weiß nicht recht, ob das etwas für mich ist, aber ich kann es mir ja mal überlegen«, lachte auch Brian.

»Aber, es war nicht ganz so, wie du vermutet hast. Ich bin zwar von Timmins eingespannt worden, aber nicht zum Ermitteln. Das ist und bleibt dein Job. Er hat noch nicht einmal ansatzweise versucht, mich zu überreden. Daher würde ich mal behaupten, dass er dich für einen durchaus fähigen Beamten hält.«

»Hört, hört«, Brian war wirklich erstaunt. »So viele Blumen an einem Morgen.«

»Hast du denn schon mit Graham gesprochen? Oder seiner Tante? Schließlich war das bis letztes Jahr noch ihre Farm.«

»Nein, habe ich nicht. Die momentanen Ergebnisse sind nahezu eindeutig. Die Leichen sind vermutlich ganz schön alt. Es stimmt zwar, dass die zum Teil umgebracht worden sind, aber das muss vor Jahrzehnten passiert sein. Da wird uns Graham oder seine Tante kaum helfen können. Oder glaubt unser Graeme etwa, dass die Leichen was mit dem Tod von seinem Onkel vor eineinhalb Jahren zu tun haben? Hat er dich etwa schon angerufen?«

»Ich habe den Artikel mit seinem Interview heute Morgen gelesen. Da stand nichts von derartigen Spekulationen drin«, wich Alan der Frage von Brian aus. »Andererseits wird sich Graham auch vor der Presse hüten, irgendwelche Gerüchte zu streuen. Nein, diesmal hat er wirklich noch nicht wild spekuliert. Du wirst staunen, denn dieses Mal bin ich derjenige, der überzeugt ist, dass hier etwas nicht stimmt. Ich habe Graham diesmal angerufen und wie zu erwarten war, glaubt er tatsächlich an irgendwelche dunklen Zusammenhänge. Aber nur zwischen dem Brand und der Explosion in seiner Brennerei. Den Tod seines Onkels können wir meines Erachtens wirklich zu den Akten legen.«

»Traurige Sache, ich hab's mitbekommen. Der Kollege Mitchell hat die Sache auf dem Tisch. Der arme Junge. Jimmy hieß er, nicht? Habe kurz die Fotos in Mitchells Büro gesehen. Ganz widerlich sag ich dir. Scheint aber momentan wohl unter Unfall zu laufen, obwohl ... ja, ein wenig merkwürdig kommt mir das Ganze, speziell jetzt, wo du es sagst, ebenfalls vor. Zwei solcher Ereignisse rund um eine Brennerei und dann auch noch so zeitnah, das kann eigentlich kaum ein Zufall sein.«

»Siehst du, das Gleiche denke ich auch. Wenn wir jetzt noch das Wort "eigentlich" aus unserem Wortschatz streichen, hören wir uns fast wieder wie richtige Ermittler an und könnten mit der Arbeit anfangen.« Alan war zufrieden, dass sein Freund ähnlich reagierte wie er selbst. Wenn sie beide so ein komisches Bauchgefühl hatten, war bisher immer etwas dran gewesen. »Leider denkt Graham aber auch so. Ich habe allerdings versucht, ihn momentan etwas zu bremsen.«

»Was willst du also unternehmen?«, fragte der pragmatisch veranlagte Brian.

»Ich denke, wir sollten uns die Unterlagen zu den beiden Vorfällen mal gemeinsam ansehen.«

»Wir?«, fragte Brian, klang aber eher erfreut als erstaunt.

»Na klar, wer denn sonst?«

Brian am anderen Ende der Leitung konnte ihn förmlich grinsen hören. »Ich dachte, du sollst nicht ermitteln?«

»Um der Presse adäquate Informationen liefern zu können, muss ich mich ja wohl eingehend mit den Details der Fälle befassen, oder? Und außerdem: Wer außer uns ist denn sonst noch in der Lage, nicht nur die Welt, sondern auch Schottland zu retten?«, setzte Alan noch eins drauf.

»Keiner, da hast du schon recht«, stimmte Brian zu.

»Na also. Dann schauen wir mal die bisherigen Ergebnisse gemeinsam durch.«

»Schön nach dem Motto: Zeilen sind dazu da, dass man zwischen ihnen liest.«

»Genau.«

»Einverstanden. Wann und wo?« Mehr Worte waren aus Brians Sicht nicht nötig.

»Am besten bei mir in Aberdeen, dann haben wir dank meiner allmächtigen Stellung gegebenenfalls Zugriff auf alle verfügbaren Unterlagen und können sie uns dann auf meinem Computer ansehen.«

»Okay, dann stell schon mal ein paar Kannen Kaffee bereit. Ich mache mich auf den Weg.«

»Gerne, aber nur wenn du die Kaffeestückchen mitbringst.«

»Geht klar, schließlich will ich im fernen Aberdeen nicht verhungern. Ich bringe ein paar Sandwiches mit.«

Alan war klar, dass das nichts anderes bedeutete, als dass Brian so um die fünfzehn Sandwiches für sie beide mitbringen würde, von denen er dann aber selbst dreizehn verspeisen würde.

»Ach Alan, solltest du nicht sofort mit dem Kollegen Mitchell sprechen? Nicht dass der uns steinigt, weil er glaubt, wir wollen ihm den Fall wegnehmen. Oder gar, dass wir an seinen Fähigkeiten zweifeln.«

»Keine Sorge, ich kläre das mit dem Kollegen, der hat bestimmt nichts dagegen, wenn wir uns in den Fall einschalten. Schließlich bin ich immer noch sein Chef. Ich mach das schon, ohne dass sich jemand auf den Schlips getreten fühlt. Obwohl ich mir fast sicher bin, dass CC Timmins bereits ein entsprechendes Memo verteilt hat. Und dann sollten wir in den nächsten Tagen auch die zahlreichen Vorbesitzer der Farm abklappern. Also Graham, seine Tante und den Nachfahren der damaligen Besitzer: unseren Knasti, Charles Maclellan.

Alan hatte noch am gleichen Vormittag die Kollegen der Spurensicherung angerufen, die den Brand der Lagerhalle bearbeiteten. Bei der Suche nach der Brandursache waren nirgendwo Beweismittel auf den Einsatz von Brandbeschleunigern gefunden worden. Auch gab es keinerlei Hinweise, dass es sich um Brandstiftung handelte. Deshalb wurde der Brand von ihnen inzwischen als Unfall eingestuft. Die Ermittlungen würden zwar noch ein paar Tage weitergehen, aber man rechnete nicht mit neuen Erkenntnissen. Damit würde es sehr bald zu einem Fall für die Brandversicherung werden. Die Polizei würde die Akte schließen.

Als Nächstes hatte er den Kollegen Mitchell von der Crime Squad kontaktiert, die innerhalb der Organisation für Gewaltverbrechen zuständig war und der den unnatürlichen Todesfall im Rahmen der Explosion in der Brennerei untersuchte. Aber auch hier hatte er keine Informationen erhalten, die auf einen Anschlag oder Sabotage hindeuteten. Allerdings waren die Untersuchungen nach der Ursache der Explosion noch nicht ganz abgeschlossen. Da aber nicht nur die Brennblase, sondern unzählige technische Komponenten untersucht werden mussten, gestalteten sich die Ermittlungen entsprechend schwierig und würden vermutlich auch so schnell nichts Neues mehr erbringen. Mitchell war aber sofort damit einverstanden, dass sich Alan und Brian in die Ermittlungen einschalten wollten. CC Timmins war tatsächlich schon aktiv geworden und hatte alle an den beiden Fällen Beteiligte zu rückhaltloser Zusammenarbeit aufgefordert.

Gilles und McPhee, die Kollegen, die für die Untersuchung der Torfleichen eingeteilt worden waren, winkten ebenfalls nur ab. Auch wenn die Datierung der Leichen noch ausstand, handelte es sich für sie um lang zurückliegende Todesfälle. Da, ihrer Meinung nach, der Mörder inzwischen ebenfalls verstorben sein musste, machte eine Ermittlung aus Sicht der Forensiker zunächst keinen Sinn mehr und deshalb wollten sie auch gar nicht erst damit anfangen, sondern den Fall zu den Akten nehmen. Die Torfleichen waren als unbekannte Personen den Anthropologen zur weiteren Untersuchung übergeben worden.

Am Nachmittag des gleichen Tages, zur gleichen Zeit, als Alan und Brian alle verfügbaren Unterlagen zu den beiden Vorfällen sichteten, grübelte Graham in seinem Büro erneut über eventuelle Zusammenhänge zwischen den beiden Ereignissen. Er war gestern zu keinem Ergebnis gekommen und auch nach dem Telefonat mit Alan waren alle seine Mutmaßungen in Sackgassen geendet. Aber, nachdem er eine Nacht darüber geschlafen hatte, war ihm auf dem Weg zur Arbeit eine Idee gekommen. Was, wenn beide Ereignisse wirklich Anschläge waren, dann konnte der Zusammenhang doch nur der Dandaleith Whisky sein. Schließlich wurde der gerade in der Brennblase destilliert, als diese explodierte, und sollte anschließend in dem inzwischen abgebrannten Lagerhaus reifen.

Graham vermutete inzwischen sogar Parallelen zu dem Dandaleith-Brand von 1952. Nur, wie passten die gefundenen Torfleichen in dieses Bild? Er recherchierte im Internet und in den Aufzeichnungen, die er über die Familienchronik der Maclellans gefunden hatte.

Peter Maclellan heiratete 1952 seine Fiona, die ihn im Jahre zuvor bereits zum stolzen Vater eines Sohnes gemacht hatte. Der hieß natürlich Charles und war die Nummer fünf in der Familiengeschichte. Fünf Monate nach der Hochzeit passierte allerdings etwas, das die gesamte Geschichte der Familie dramatisch verändern sollte.

Durch einen Funkenflug des Kohlefeuers unter einer Wash Still entzündete sich ein achtlos stehen gelassener Eimer mit Waschbenzin. Das Feuer griff schnell auf den Dachstuhl über und das ganze Still House stand in Flammen. Da eine der Spirit Stills gerade geöffnet worden war, um gereinigt zu werden, kam es zu einer gewaltigen Explosion, die den Kupferkessel in Stücke riss und Teile durch den ganzen Raum fliegen ließ.

Peter wurde von einem der heißen, gezackten Kupferstücke so unglücklich getroffen, dass er auf der Stelle starb. Damit wurde ihm zumindest erspart, die völlige Zerstörung der Dandaleith Distillery miterleben zu müssen. Die Feuerwehr war zwar relativ schnell vor Ort, konnte aber nur das Übergreifen des Brandes auf die nahen Wohngebäude verhindern. Das Gebäude der Brennerei selbst war aber nicht mehr zu retten und wurde ein Opfer der Flammen.

Graham wusste, dass er genau dort, wo einst die Dandaleith Brennerei gestanden hatte, sein neues Lagerhaus errichtet hatte. Schließlich sollte damit ja auch der Zusammenhang zur zerstörten Brennerei hergestellt werden. Er rätselte, ob mit dem erneuten Brand an dieser Stelle ein altes, lange gehütetes Familiengeheimnis beschützt werden sollte?

Aber, wie hingen der längst vergangene Brand und der Tod von Peter Maclellan mit dem neu errichteten Lagerhaus oder dem neuen Dandaleith Whisky zusammen? Sollte eventuell eine Bluttat von einst damit etwa gesühnt werden? Fragen über Fragen, aber er fand keine passenden Antworten.

Am späten Nachmittag machten sich Alan und Brian gemeinsam in Brians Auto auf den Weg nach Inverness. Alan würde bei Susan in seinem Haus übernachten und beide würden am nächsten Tag die geplanten Besuche bei Charles und Graham durchführen.

Auf der Fahrt nach Inverness kam zwischen Alan und Brian lange kein Gespräch auf. Jeder hing seinen Gedanken nach, bei denen unter anderem natürlich die Torfleichen und alles, was sie über den Tag hinweg gelesen und erfahren hatten, eine Rolle spielten. Leider war dies nicht besonders viel gewesen. Die bisherigen Ergebnisse deuteten alle unmissverständlich auf Unfälle hin und eine Verbindung zwischen den Vorfällen schien auch nicht zu existieren.

Selbst die von den örtlichen Kollegen durchgeführte Befragung der Anwohner hatte nichts gebracht. Kein verdächtiges Fahrzeug, keine ungewöhnlichen Geräusche, keine unbekannten nächtlichen Spaziergänger. Nichts. Durch die zahlreichen Einsatzfahrzeuge an beiden Orten waren auch keine Reifenspuren oder ähnliche mögliche Indizien mehr auffindbar.

Während sich ihre Gedanken irgendwann im Kreise drehten, sprach Brian unvermittelt ein Thema an, das ihn auch schon die ganze Zeit beschäftigte.

»Alan habe ich dir eigentlich schon mal gesagt, dass ich das klasse finde, wie wir miteinander umgehen?«, fragte er plötzlich und für Alan völlig ohne erkennbaren Zusammenhang.

»Wie meinst du das denn jetzt?«, fragte dieser deshalb auch irritiert.

»Na ja, wir streiten uns nie, kabbeln uns höchstens ein wenig, verstehen uns aber ansonsten prächtig.«

»Willst du mir einen Heiratsantrag machen oder was soll das jetzt werden?« Alan war inzwischen mehr als verblüfft über seinen Freund. Dabei blickte er Brian so von der Seite an, als würde der jeden Moment anfangen, mit Barbiepuppen zu spielen.

»Nein, nein, keine Sorge. Gegen meine Jane hast selbst du keinerlei Chancen«, lachte Brian. »Ich meine halt nur, wenn wir Helden in einem Krimi im Fernsehen wären oder auch nur in einem Buch, müssten wir uns doch ständig streiten, so wie es alle anderen darin auch machen.«

»Zum Glück sind wir aber keine solchen Helden und verstehen uns halt wirklich gut. Also, warum sollen wir uns streiten. Willst du das etwa? Hast du plötzlich was gegen Friede-Freude-Eierkuchen?«

»Nein, nein, ich meine halt nur. Ich habe gestern Abend im Fernsehen einen Krimi gesehen und da war das halt so, dass die beiden Ermittler sich ständig gegenseitig genervt haben.«

»Du schaust dir eindeutig die falschen Filme an, mein Lieber. Im wahren Leben kann das halt schon passieren, dass sich zwei so gut verstehen wie wir. Wir haben schließlich Ärger genug mit allen anderen um uns herum.«

»Ja, das stimmt allerdings. Und überhaupt, was der einen gefällt, findet der andere blöd und umgekehrt. So richtig allen recht machen können die es im Film sowieso nie.«

»Stimmt, und wenn irgendeiner meint, dass sich Partner ständig streiten müssen, dann tut er mir leid. Der hat wahrscheinlich selbst nichts Positives in seinem Leben und meint, das müsste auch bei allen anderen so sein. Außerdem, mit deiner Jane habe ich dich auch noch nie streiten sehen. Findest du das etwa ebenfalls unrealistisch oder gar abwegig?«

»Nein, nein, das finde ich einfach klasse. Wir gehören zusammen wie Tag und Nacht, wie Schottland und Whisky, ja sogar wie Fish and Chips. Und du und deine Susan, ihr versteht euch ja auch sehr gut.«

»Stimmt. Also sind wir beide halt völlig ungewöhnliche Ermittler und führen zusätzlich auch noch völlig ungewöhnliche Partnerschaften. Fast wie in einem Märchen. Zwei, die sich nie streiten oder zumindest so selten, dass es keiner mitbekommt.«

»Na ja, damit kann ich aber sehr gut leben.«

»Na also, dann hätten wir diesen Streitpunkt doch auch mal wieder einvernehmlich geklärt.«

Nach einer längeren Pause griff Alan das Thema aber noch mal auf. »Ich habe mal über deine Filmhelden nachgedacht, und wenn ich es mir so recht überlege, kann ich dir da nicht zustimmen.«

»Wieso das denn nicht?«

»Na, weil ich gerade mal meine gesamte Filmerfahrung durchgegangen bin und dabei feststellen musste, dass die meisten Ermittler-Duos doch eigentlich ganz toll miteinander umgehen und oft sogar echte Freunde sind.«

Jetzt wollte es Brian aber genau wissen. »Ach ja? Und welche wären das zum Beispiel?«

»Na, William Bodie und Raymond Doyle aus "CI5 - Die Profis".«

»Hmm, na gut. Und weiter?«

»Tom Barnaby und Gavin Troy aus "Inspector Barnaby"; Inspector Lynley und Sergeant Havers aus "Inspector Lynley Mysteries" ...«

»Ha! Die zählen alle nicht!«, triumphierte Brian.

»Wieso das denn nicht. Die haben sich immer bestens verstanden.«

»Das ist egal, denn das waren alles Dienstverhältnisse. Keine echten Kollegen. Da durften sich die Untergebenen doch gar nicht mit ihren Chefs streiten. So!«

»Also gut, dann halt Jim Dempsey und Harry Makepeace aus der gleichnamigen Serie oder Somerset und sein ehrgeiziger Kollege Mills aus "Sieben".«

»Aber die haben sich doch dauernd gekabbelt.«

»Ja schon, aber im Grunde haben sie sich gemocht.«

»Na ja, gut. Weiter!«

«Jane Marple und Jim Stringer aus den Miss Marple Filmen.«

»Sind zwar keine Polizisten, aber von mir aus, gilt.«

»Sonny Crockett und Ricardo Tubbs aus "Miami Vice".«

»Hmpf, gilt auch.«

»Starsky & Hutch.«

»Ja, ja.«

»Timmy Martin und Lassie.«

»Häh? ... Idiot! Du willst also damit zum Ausdruck bringen, dass wir uns eigentlich hervorragend in eine lange Galerie von sympathischen Ermittler-Duos einreihen?«

»Genau das!«

Beide lachten laut und waren froh, dass sich ihre schwermütige Stimmung dadurch wieder etwas gebessert hatte.

Als sie in Brians Büro eingetroffen waren, um die mitgenommenen Akten wieder ordentlich zu deponieren, machte sich Brian erst einmal mit großem Appetit über die restlichen Sandwiches her und Alan hatte Mühe, dass er auch noch ein Letztes für sich abbekam.

Während ihnen Brians Assistentin freundlicherweise einen Kaffee brachte, was wohl eher dem Rang Alans geschuldet war, machten sie es sich in den beiden Sesseln gemütlich und kehrten gedanklich zu den Fällen zurück.

»Warum hat der Mörder nur die Leichen im Torf vergraben und nicht in normaler Erde. Ich kapier das einfach nicht. Hätte er das damals gemacht, wären heute wohl noch nicht einmal mehr Knochenreste übrig«, fragte Brian mit vollem Mund.

»Vermutlich hat er nicht damit gerechnet, dass irgendwann jemand an dieser Stelle graben würde«, antwortete Alan ebenfalls kauend.

»Ob die Leichen dort vergraben wurden, kurz bevor darüber was erbaut wurde? Dann könnte man ja einen direkten Zusammenhang zwischen den Morden, der Brennerei und damit den Maclellans konstruieren.«

»Mmh«, antwortete Alan, dem seine gute Erziehung verbot, mit mehr als 100 Gramm im Mund zu sprechen.

»Vielleicht liegen die dort aber auch schon länger als nur ein paar Jahrzehnte«, ergänzte er kurze Zeit später. »Oder die Leichen wurden verscharrt, als das Gebäude schon stand. Ist ja alles Lehm- und Torfboden. Uns bleibt nicht erspart, mit den jeweiligen Besitzern zu sprechen und herauszufinden, wann dort welche Bautätigkeiten stattgefunden haben. Und solange wir nicht exakt wissen, wie lange die Leichen tot sind, können wir eh keine Zusammenhänge finden. Wenn die Leichen beispielsweise erst seit 40 Jahren tot sind, wäre das nach dem Verkauf der Farm an Grahams Onkel.«

»Ja, auch denkbar«, kommentierte Alan.

»Wenn dem so wäre, dann haben die Maclellans damit quasi ein Alibi. Also gut, dann reden wir als Nächstes mit Grahams Tante, vielleicht weiß die etwas.« Nach diesem verhältnismäßig langen Monolog musste Brian erst mal wieder in sein Sandwich beißen. Er nahm dabei ein so ordentliches Stück in den Mund, dass ihn jedes Krokodil dafür beneidet hätte.

»Aber unseren Super-Detektiv Graham lassen wir da lieber mal aus dem Spiel. Der ist mir bereits jetzt schon wieder viel zu aktiv. Ich möchte den nicht schon wieder ständig bremsen und vor sich selbst beschützen müssen.«

»Stimmt, dann lass uns doch zunächst mal unseren Charlie im Gefängnis in Inverness besuchen, bevor wir Graham und seiner Familie zu nahe kommen. Vielleicht kann der uns ja etwas aus der Vergangenheit seiner Familie berichten«, antwortete Brian. Er hatte seinen Mund in Rekordgeschwindigkeit schon wieder geleert und hielt hungrig, aber vergeblich, nach einem weiteren Sandwich Ausschau.

»Gute Idee, genau das werden wir machen.«

Kurz darauf, gerade als Brian vorhatte, Alan zu Susan in ihr gemeinsames Haus zu fahren, klingelte Alans Telefon und Graham war am Apparat. Nach einer kurzen Begrüßung setzte sich Alan wieder hin und stellte den Telefonlautsprecher an, damit Brian mithören konnte.

Graham erzählte ihnen zunächst erneut, dass er inzwischen davon überzeugt sei, dass die Unfälle miteinander zusammenhingen und auch, dass er heute Morgen schon recherchiert hatte, was in der Vergangenheit bei den Maclellans vorgefallen war. Alan verdrehte die Augen und Brian grinste.

»Ich glaube, dass der Brand von 1952 und der Brand von heute zusammenhängen. Vielleicht sollte der Tod von Peter Maclellan damals damit gerächt werden«, sagte Graham dann aufgeregt.

»Das glaube ich zum Beispiel nicht, lieber Graham«, antwortete Alan.

»Wie kommst du denn darauf?« Graham klang enttäuscht.

»Brian und ich haben uns den ganzen Tag darüber Gedanken gemacht. Denn erstens ist überhaupt nicht klar, wie alt die Leichen sind. Zweitens müssten die Leichen ja dann erst nach dem Verkauf an deinen Onkel dort vergraben worden sein, was sehr unwahrscheinlich ist. Weil drittens es ja nur Sinn macht, Leichen zu vergraben, wenn anschließend ein Gebäude drauf errichtet wird; und nicht wenn es vorher abgebrannt ist. Umgekehrt, also wenn Peter Maclellans Tod und der Brand von 1952 ein Racheakt für diesen Massenmord gewesen sein sollen, hätte es definitiv schon damals zumindest Gerüchte gegeben und dieses erneute Feuer wäre völlig kontraproduktiv, da ja damit die Leichen erst zum Vorschein kamen. Das hätte wohl eher 1952 Sinn gemacht, um den Tod an Peter zu untermauern.«

»Schon alles richtig, Alan«, warf Graham ein, der auf eine Pause gewartet hatte, um weiter seine Theorien mitzuteilen. »Aber wenn es 1952 unter anderem das Ziel war, mit dem Abbrennen der Destillerie eben diese Toten aufzudecken und es bloß damals nicht geklappt hat? Sozusagen ein zweiter Versuch?«

Alan schloss die Augen und atmete tief durch. »Graham. Bitte! Brainstorming und so ist ja grundsätzlich eine feine Sache, aber deswegen sollten wir die Naturgesetze nicht ganz außer Acht lassen. Wozu dann noch die Regeln der Wahrscheinlichkeit kommen. Sprich: Der Brand von 1952 ist jetzt fast sechzig Jahre her. Wenn jemand damals selbst im zarten Alter von 19 oder 20 Lenzen den Feuerteufel gespielt hätte, so wäre er jetzt annähernd 80 Jahre alt.«

»Wenn er überhaupt noch leben würde«, warf Brian noch ein.

»Genau«, fuhr Alan fort. »Alle noch älteren Täter scheiden nun wirklich aus. Warum sollte dieser damals junge Bursche so lange warten, um im zarten Alter von Mitte achtzig erst sein Ziel zu erreichen? Warum hat er damals nicht einfach einen kleinen Tipp an die Feuerwehr oder die Polizei gegeben und alles wäre geritzt gewesen. Man hätte die Leichen gefunden und basta. Also, rein ermittlungstechnisch muss man zunächst davon ausgehen, dass die Toten entweder später dort vergraben wurden und dann wären die Maclellans nicht davon betroffen ...«

»Moment«, unterbrach Graham entrüstet, »willst du damit sagen, mein Onkel Ben hätte da eine Familie ermordet und verscharrt?«

»Langsam, mein Freund, ganz langsam. Ob es eine Familie war, wird - wenn überhaupt noch möglich - erst der DNA-Test zeigen und niemand hat gesagt, dass dein Onkel irgendwas damit zu tun hatte. Und wenn ich dann weiter erzählen dürfte? Also, wenn die Leichen dort früher vergraben wurden, ist das Geheimnis - sofern es tatsächlich eins gab - mit dem Tod von Charles Maclellans Vater ebenfalls gestorben. Punkt.«

»Jaah, aber vielleicht hat Peter Maclellan alles seinem Sohn erzählt ...«

»Der zum Zeitpunkt von Peters Tod etwas über ein Jahre alt war und dadurch ein adäquater Gesprächspartner ...?«

»Na gut, dann hat er alles seiner Frau erzählt und die hat dann alles ...«

»Stop!« Mit lauter Stimme machte Alan Grahams Gedankenspiele ein jähes Ende. »Es reicht jetzt. Charles sitzt im Knast, wie du sehr genau weißt. Er hat dein Lagerhaus nicht anzünden können.

Zumal er, wohl genau wie du, ein hohes Interesse an dem gelagerten Whisky hat. Die wahren Hintergründe werden Brian und ich recherchieren. Ende! Aus!« Genervt ließ sich Alan wieder in den Sessel zurückfallen.

»Moment mal, verstehe ich dich da jetzt richtig? Heißt das, dass ihr bereits in der Sache gemeinsam ermittelt?«, rief Graham erstaunt, aber auch positiv überrascht aus. Er hatte nicht erwartet, dass Alan und Brian sich beruflich in der gleichen Richtung Gedanken machten wie er. »Dann haben wir ja wieder einen gemeinsamen Fall zu lösen! Klasse!«

»Haben wir nicht!«, betonte Alan energisch, während sich Brian das Lachen kaum noch verkneifen konnte.

»Prima, dann lasst uns doch wieder zusammen ermitteln«, rief Graham hocherfreut aus und verdrängte völlig die letzte Bemerkung von Alan. Brian hielt sich mit einer Hand den Mund zu und schlug sich mit der anderen auf seinen Schenkel.

»Nein, mein Lieber«, bremste ihn Alan sofort wieder aus. »Wir ermitteln und du hältst die Füße still! Denk dran, dass du bei deinem letzten Detektivabenteuer fast erschlagen worden wärst.«

»Aber ich konnte euch doch bei der Klärung helfen«, erwiderte Graham kleinlaut und hörbar schmollend.

»Ja, das stimmt zwar, aber überlass uns die Arbeit. Wir werden schließlich dafür bezahlt. Und wenn du dich das nächste Mal in Lebensgefahr begibst und trotzdem überlebst, wird dich bestimmt Ishbel anschließend umbringen, weil du wieder nicht gehört hast.«

Dieses Argument schlug bei Graham ein wie eine Bombe. Denn er wusste genau, dass Alan völlig recht hatte. Ishbel würde ihn zwar nicht umbringen - das hoffte er zumindest - aber er würde mächtig Ärger bekommen und das wollte er nicht.

»Na gut«, antwortete er deshalb zerknirscht. »Aber, wir könnten uns doch wenigstens weiterhin über den Fall austauschen. Vielleicht kann ich euch ja ein paar interne Informationen geben, an die ihr sonst nicht rankommt.« Hoffnung keimte wieder in ihm auf.

»Ja, reden können wir natürlich weiterhin darüber«, gab Alan nach. Er sagte Graham aber nicht, dass er natürlich nicht die Absicht hatte, ihm irgendwelche Details zu erzählen, die ermittlungstaktisch zurückgehalten werden mussten. Selbstverständlich würde er ihm schon gar keine Details nennen, die Graham auch nur ansatzweise motivieren würden, seine eigenen Ermittlungen wieder aufzunehmen. Brian grinste und zeigte ihm den Daumen, denn er hatte Alan genau verstanden.

»Prima«, freute sich Graham denn auch. »Soll ich dann mal unseren Charles fragen, ob der etwas weiß?«, kam ihm noch der spontane Gedanke in den Sinn.

»Nein!«, antwortete Alan barsch. »Das machen wir. Du kümmerst dich um deine Arbeit und wir kümmern uns um unsere. Ende der Ansage!«

»Ja, ja, ist ja schon gut.«

»Also sei schön brav, sonst rufe ich Ishbel an«, drohte Alan ihm wieder etwas freundlicher. »Sag ihr einen schönen Gruß von uns.«

»Mach ich. Oh Gott, nein, besser nicht. Sonst will sie bestimmt wissen, warum wir telefoniert haben.«

»Na gut, dann halt nicht«, grinste Alan. »Bleib anständig und bis bald.« Er legte den Hörer auf.

»Mein Gott, womit habe ich das verdient?«, wandte er sich dann in Richtung Brian.

Brian warf sich in den zweiten Sessel und begann laut zu lachen.

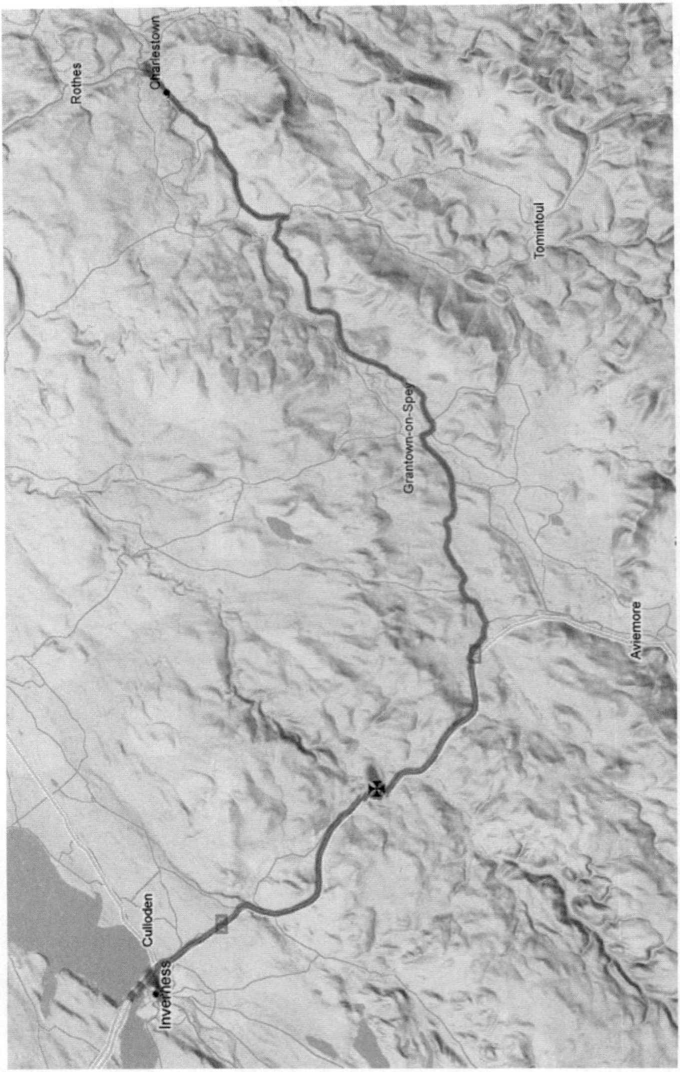

Rothes
Charlestown
Tomintoul
Grantown-on-Spey
Aviemore
Culloden
Inverness

Anschlag

Donnerstag, 12. Mai

Graham verließ tags darauf gegen 06:20 Uhr sein Haus, um die 87 Kilometer bis zur Zentrale der Scottish Whisky Society, seinem Arbeitgeber in Inverness, zurückzulegen. Da er nicht gerade ein Frühaufseher war, es aber noch mehr hasste, die milden Frühlingsabende in einem stickigen Büro zu verbringen, anstatt mit seiner Lebensgefährtin Ishbel auf ihrer Terrasse, quälte er sich normalerweise wohl oder übel jeden Morgen gegen 07:40 Uhr durch die Rush Hour auf der A9 in Richtung Inverness. Da er diese Nacht aber gar nicht richtig geschlafen hatte und sich ab 5:00 Uhr nur noch grübelnd im Bett herumwälzte, nutze er diese seltene Gelegenheit und fuhr gleich in aller Herrgottsfrühe los.

Seit er mit Ishbel gemeinsam in seinem Elternhaus lebte, musste er sich um sein Erscheinungsbild kaum noch Gedanken machen. Die zahlreichen zerrissenen Hosen und fehlenden Knöpfe, die einen schottischen Naturburschen - zumindest aber einen Single mit zwei linken Händen und dem Blick für das Wesentliche - charakterisierten, waren aus seinem Leben verschwunden.

Seit seiner Beförderung zum Head of Distilleries and Maturation, also sozusagen dem Manager mehrerer Destillerien gleichzeitig, nahm die Repräsentation des gesamten Konzerns einen großen Teil seiner Arbeitszeit ein. Ein gepflegtes und gefälliges Äußeres wurde von seinen Chefs und auch von den Kunden dabei als selbstverständlich vorausgesetzt. Dass er diese Beförderung nur dem Tod von mehreren seiner damaligen Vorgesetzten zu verdanken hatte, konnte er mittlerweile einigermaßen gut verdrängen.

Wie immer hatte Ishbel ihm zum Abschied nicht nur einen Kuss gegeben, sondern zugleich seine Krawatte strammgezogen. Und ebenfalls, wie immer, zurrte und zerrte er nun an diesem "Kulturstrick", wie er das modische Accessoire bezeichnete, um wieder einigermaßen ausreichend Atemluft zu bekommen.

Mit noch immer strahlenden Augen ging er auf seinen Land Rover Defender 110 Station Wagen zu und öffnete die Fahrertür. Dieses Geschenk des schottischen Innenministeriums hatte ihn mehr als nur überrascht. Da sein Wagen vor gut eineinhalb Jahren zunächst von Verbrechern gestohlen und dann bei dem folgenden Polizeieinsatz zerstört worden war, fand er es durchaus gerecht, dass der Staat ihm einen Ersatz besorgt hatte. Dass dies aber nicht wieder ein Antara, sondern ausgerechnet sein lange gehegter Traumwagen war, hatte er mit Sicherheit dem Chefermittler und seinem Freund Alan Derringer zu verdanken. Was der aber, trotz hartnäckiger Nachfrage, bis heute weder bestätigen noch dementieren wollte.

Ishbel, die bei der Entscheidung über die Anschaffung eines neuen Wagens im vorletzten Jahr vehement gegen einen "Bauern- und Försterwagen" gestimmt hatte, war dementsprechend missgestimmt. Nur das Argument, dass dieser Wagen ja schließlich teurer wäre, als ihr zerstörter und man den Innenminister nicht vor den Kopf stoßen konnte, indem man diesen Wagen nun ablehnte, änderte schließlich Ishbels Einstellung. Auch stellte die SE-Variante mit Ledersitzen, Sitzheizung, Klimaanlage und elektrischen Fensterhebern zumindest Ishbels Basisanforderung an Komfort zufrieden. Daraufhin beendete sie die Diskussion damit, indem sie feststellte, dass die Keswick-Green-farbige Lackierung mit dem weißen Dach ausgezeichnet zu den rostrot lackierten Holzteilen ihres Hauses passte. Frauen!

Schwungvoll warf Graham seine Aktentasche auf den Beifahrersitz und nahm hinter dem Steuer Platz. Bevor er den Motor startete, warf er wie üblich einen Blick auf die Hügelkette auf der gegenüberliegenden Seite des River Spey. Da sein Haus erhöht über dem Ort Charlestown lag, konnte er einen freien Blick auf die sanften Gras- und Rhododendren-bewachsenen Hügel genießen. Sie wurden lediglich vereinzelt unterbrochen durch die Warehouses der zahlreichen Destillerien in dieser Gegend Schottlands. Das Moray County oder touristisch auch Malt Whisky Country genannt, war und blieb seine angestammte Heimat. Nicht im Traum konnte er sich vorstellen, woanders auf der Welt zu leben.

Mit einem zufriedenen Lächeln fuhr er den Wagen aus seiner kiesbestreuten Einfahrt und die George Street hinab zur Hauptstraße. Die Sonne beleuchtete bereits die Hügelketten und ließ den Himmel in einem noch tieferen Blau erstrahlen.

Erst als er kurze Zeit später an der Ben Rhinnes Distillery vorüberfuhr und die weißblauen "POLICE"-Flatterbänder an dem geschlossenen Tor sah, verdunkelte sich seine Laune wieder. Der Tod von Jimmy saß allen in den Knochen.

Der Tod eines Menschen war immer und überall etwas Unbegreifliches. Der Tod eines so jungen und lebenslustigen Menschen aber war etwas, was sich für den Rest des Lebens in sein Herz schneiden würde. Eine Narbe, die niemals wieder verheilen konnte. Der dünne Schorf, der sich durch Alltagsroutine und Stress bildete, würde bei der geringsten Konfrontation mit dem Geschehenen wieder aufreißen und die Wunde zum Bluten bringen. Die Ben Rhinnes Distillery würde niemals wieder das werden, was sie für Graham immer gewesen war: ein Ort der Freude, des Genusses und der Liebe zu einem schottischen Kulturgut.

Und wieder ein Déjà-vu. Hatte er genau das Gleiche nicht schon einmal vor Jahren gedacht, als Paul Thornton von dem Serienkiller in der Ben Rhinnes Distillery abgelegt wurde? Wurde er nicht fast täglich von der von ihm angebrachten Gedenktafel daran erinnert? Und trotzdem war das Leben weiter gegangen. Und er hatte wieder viel gelacht und sich manchmal über noch so unwesentliche Kleinigkeiten geärgert. Dinge, die er damals nicht mehr für möglich hielt. Und jetzt? Wird es jetzt wieder genauso kommen? Dass man gar nicht so lange braucht, um in seine alltägliche kleine Routine zurückzufallen?

Zunächst stand aber die im Vergleich zum Tod von Jimmy eher nebensächliche aber doch notwendige Renovierung des Stillhouse an. Sobald die Polizei und die Versicherung den Unfallort freigegeben hatten, müsste unverzüglich mit dem Austausch der Geräte begonnen werden. Ishbel hatte bereits die Kostenvoranschläge für eine Brennblase und den Spirit Safe eingeholt. Glücklicherweise war der Schaden durch die Explosion und das Feuer an den weiteren Komponenten relativ oberflächlich. Trotz alledem musste ein spezialisiertes Ingenieursunternehmen die komplette Verrohrung und Steuerung überprüfen. Was das alles kosten würde! Und eine Brennblase bekommt man ja auch nicht von heute auf morgen. Das würde mehrere Monate dauern.

Da die Ben Rhinnes Distillery über jeweils zwei Wash Stills und Spirit Stills verfügte, war nicht alles verloren. So konnte man während der Renovierungsphase wenigstens mit halber Kraft weiterproduzieren – sofern er einen gebrauchten Spirit Safe auftreiben könnte.

Da die SWS aber nicht nur über eine Vielzahl erfolgreich produzierender Destillerien verfügte, sondern obendrein auch noch einige stillgelegte oder eingemottete Anlagen ihr eigen nannte, war er guter Hoffnung, hier eine passende Anlage zu finden. Wenn, ja wenn, seine obersten Dienstherren den notwendigen Investitionen zustimmen würden.

Hier hatte die Versicherung mit ihren Ermittlern einen nicht unerheblichen Einfluss auf den Vorstand der SWS. Sollte sich tatsächlich herausstellen, dass Jimmy an den Anlagen manipuliert und damit den Unfall mit verschuldet hatte, dann gnade ihm Gott. Dann könnte Jimmy fast froh sein, den Unfall nicht überlebt zu haben. Was die Anwälte aus ihm und seiner Familie gemacht hätten, wäre nicht besser gewesen.

Was aber, wenn hier eine Manipulation von ganz anderer Seite vorgenommen worden war? Langsam wusste Graham schon nicht mehr, in welche Richtung er überhaupt denken sollte.

Dumpf vor sich hinbrütend legte Graham die 51 Kilometer auf der A95 und der Abkürzung auf der A938 zurück, bis er bei Carrbridge die Schnellstraße A9 Richtung Inverness erreichte. Zu der Uhrzeit, zu der er sonst hier ankam, begannen normalerweise die von ihm gefürchteten Staus. Da er heute seiner Zeit aber deutlich voraus war, tummelte sich noch kaum Verkehr auf den Straßen. Lediglich einige ganz wenige Pendler waren schon unterwegs, während die zahlreichen Touristen um diese Tageszeit wohl noch in ihren B&Bs ein Full Scottish Breakfast genossen. Ungebremst konnte Graham auf die Schnellstraße einscheren und dem Motor die Arbeit überlassen, für die er gebaut worden war.

Er hatte allerdings nichts davon gemerkt, dass ihm schon seit dem Zeitpunkt, als er in Charlestown auf die Hauptstraße eingebogen war, ein Wagen folgte.

Nach weiteren acht Kilometern, in Höhe des Abzweigs zur Tomatin Distillery, sah Graham im Rückspiegel die Scheinwerfer eines Fahrzeugs schnell näher kommen. Da das Fahren mit Licht am Tage auch in Schottland immer populärer wurde, machte sich Graham zunächst keine weiteren

Gedanken. Erst als der Wagen auf gleicher Höhe mit seinem war und diese Position länger als erwartet hielt, ohne ihn zu überholen, warf er einen neugierigen Blick nach rechts. Die getönten Scheiben des riesigen Pick-ups vom Typ Dodge verbargen allerdings den Blick auf den Fahrer. Zudem wurde die hinter ihm stehende Sonne durch den verchromten Kuhfänger gespiegelt. Hatte er diesen Wagen nicht schon in Charlestown hinter sich gesehen? Er meinte sich plötzlich an diese markante Silhouette zu erinnern, war sich aber nicht sicher, da er dem Verkehr bislang kaum Aufmerksamkeit geschenkt hatte.

Graham musste ein paar Mal blinzeln und bekam nicht mit, wie der fremde Wagen plötzlich ausscherte und seine Fahrerseite rammte. Zunächst wusste Graham überhaupt nicht, was geschehen war. Erst als er die voluminöse Motorhaube des Pick-ups direkt neben sich sah und spürte wie dieser seinen Wagen langsam aber unausweichlich in Richtung des Randstreifens und der dahinter liegenden abschüssigen Böschung drängte, stieg Panik in ihm auf.

Verzweifelt versuchte er, zunächst gegenzulenken und dann zu bremsen. Gegen die schiere Masse der zwei oder drei Tonnen dieses Boliden konnte er aber selbst mit seinem Land Rover nichts ausrichten. Sein Bremsmanöver brachte ihn ruckartig noch näher an den Abgrund. Der Fahrer des anderen Wagens hatte wohl mit diesem Manöver gerechnet, denn er bremste ebenfalls und riss dabei das Steuer vollends rum. Graham hatte nicht mehr die geringste Chance.

Die Seilwinde am Kühler seines Wagens durchbohrte als Erstes die Leitplanke. Der Rest seiner

Kühlerpartie bog die entstehende Lücke weiter auf und so schoss gleich darauf der ganze Wagen über den Abhang und bohrte sich gut vier Meter tiefer in den Hang. Der Sicherheitsgurt griff und fixierte ihn auf seinem Sitz. Das Heck hatte noch genügend Schwung und so überschlug sein Auto sich zwei Mal, bis es in dem steinigen Bett des kleinen Baches am Grunde des Tals auf allen vier Rädern liegen blieb.

Er weigerte sich, dem Gefühl von Panik nachzugeben, als Graham so in seinem Sicherheitsgurt hing. Kurz empörte er sich gedanklich darüber, dass Land Rover es immer noch nicht geschafft hatte, den Defender mit Airbags auszurüsten, bis ihm, immer noch geistig völlig klar, einfiel, dass Airbags bei einer echten, holprigen Geländefahrt durch die Highlands doch manches Mal für eine ungeliebte Überraschung gesorgt hätten.

Dann drehte seine innere Uhr wieder auf Jetztzeit zurück und machte ihm seine momentane Situation deutlich. Er war sicherlich nervös, sogar aufgeregt. Ganz gewiss besorgt. Aber Panik? Nein, das war ein zu ernster Zustand, als dass er sich von ihm gefangen nehmen ließe. Scheiße, er hatte einfach nur eine Höllenangst! Alles Gutzureden half nichts, sein Körper begann zu zittern, seine Zähne klapperten, als wäre er plötzlichem, starkem Frost ausgesetzt.

Die zwei Kisten voll Whiskyproben, die er auf den Rücksitz gelegt hatte, waren wohl beschädigt worden, denn das durchaus wohlschmeckende Destillat tropfte ihm nun von irgendwo her in den Nacken. *Raus*, dachte er nur. *Ich muss hier raus.* Voller Schreck hatte er Bilder im Kopf von zahlreichen Fernsehfilmen, in denen bei solchen Gelegenheiten das abgestürzte Auto Feuer fing und dann explodierte. Und ein anderer, vielleicht sogar noch schlimmerer Gedanke brannte sich in sein Hirn. *Was, wenn der Fahrer des anderen Wagens ihn hatte umbringen wollen und jetzt schon den Hang herunterkam, um nachzusehen, ob ihm das auch wirklich gelungen war. Würde er gleich neben seinem Wagen auftauchen, um ihm den Rest zu geben?*

Hastig griff Graham nach dem Schloss seines Sicherheitsgurts und schaute dabei in Rückspiegel und Außenspiegel. Er konnte allerdings nichts sehen, da der Rückspiegel wohl vom Aufprall total verschoben worden und der linke Außenspiegel durch den Sturz abgebrochen war. Auch der rechte war total verdreht und zeigte ihm nur ein Stück Himmel. Als er sich im Wagen umdrehen wollte, um durchs Heckfenster zu sehen, durchzuckte ihn ein heftiger Schmerz im Nacken, begleitet von stechenden Schmerzen im Hinterkopf. Reflexartig griff er mit seiner rechten Hand in den Nacken und spürte eine deutliche und sehr druckempfindliche Verhärtung seiner Hals- und Nackenmuskulatur. *Schleudertrauma?*, schoss es ihm durch den Kopf.

Er drehte sich nach rechts, um seine Fahrertür zu öffnen und die nächste Schmerzwelle raste durch seinen Körper. Kaum hatte er sein linkes Bein bewegt, na ja, eigentlich hatte er nur versucht es zu bewegen, machte dieses ihn überdeutlich darauf aufmerksam, dass er zwar in einem eigentlich stabilen und sicheren Fahrzeug unterwegs war, aber ein Frontalaufprall mit dem gesamten Gewicht des Fahrzeuges auch die beste Knautschzone nicht aushalten konnte. Mit anderen Worten und einem ersten Blick nach unten stellte Graham fest, dass der Motorblock den Fußraum seines Wagens so nach innen gedrückt hatte, dass sein linkes Bein festgeklemmt war. Und irgendwie hatte er auch den Eindruck, dass mit diesem Bein etwas nicht ganz stimmte. *Bein gebrochen*?, ein neuer Gedankenblitz.

Er versuchte seinen Fahrersitz weiter nach hinten zu schieben und nach mehreren Versuchen gelang ihm dies auch. Dadurch konnte er den Druck auf sein Bein reduzieren. Aber bei dem erneuten Versuch sein Bein zu bewegen, schrie er auf, denn die durch die Bewegung verursachten Schmerzen waren fürchterlich. *Trümmerbruch*?, schrie ihm sein Gehirn entgegen.

Auch die Beinmuskeln gehorchten ihm nicht und zitterten nur ängstlich in Erwartung neuer Bewegungsversuche. Ganz vorsichtig nahm er sein linkes Bein in beide Hände, biss die Zähne zusammen und schob es nach rechts. Vor Schmerzen wurde er fast ohnmächtig und Tränen verschleierten ihm die Sicht.

Als er wieder einigermaßen klar sehen konnte und sich erneut in Richtung Tür drehte, sah er plötzlich einen Mann neben sich auftauchen. *Scheiße, der Mörder kommt. Jetzt ist alles aus!*, dachte er voller Panik.

Aber er konnte in seinem Auto keine Deckung finden und war damit dem Angreifer hilflos ausgeliefert. Schon griff der Mann nach der Fahrertür, zog daran, aber sie klemmte. *Gut! Glück gehabt!*

Aber der Mann stemmte ein Bein gegen das Auto und mit einem kräftigen Ruck riss er die Tür kurz darauf doch auf. *Oh Gott, Hilfe!*

Der Mann beugte sich zu Graham ins Auto. *Der bringt mich jetzt um!*

Tödliche Gefahr

Donnerstag, 12. Mai

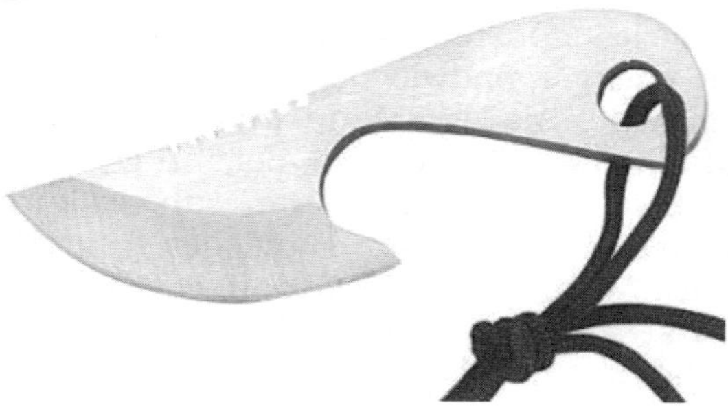

Alan informierte am Morgen den Direktor des Porterfield Prison telefonisch darüber, dass er Charles Maclellan heute am frühen Nachmittag gerne gesprochen hätte. Anschließend informierte er Brian über den Termin und bat ihn, ihn in seinem Haus in Inverness abzuholen, damit sie gemeinsam nach Glasgow fahren konnten.

Wie üblich nach dem Mittagessen, standen die Gefangenen noch in kleinen Gruppen auf dem Gang und unterhielten sich oder kehrten zu den ihnen zugewiesenen Arbeitsplätzen zurück.

Auch Charles befand sich auf dem Weg zur Gefängnisbibliothek, deren Leitung er durch sein starkes Interesse an Literatur ergattert hatte. Dadurch hatte er sich auch die Gelegenheit verschafft, an seinem Traum, ein Buch über die Geschichte seiner Familie zu schreiben, arbeiten zu können. Die Bibliothek verfügte als einzige, den Gefangenen zugängliche Abteilung, über einen kontrollierten Internetzugang, den er reichlich für seine Recherchen nutzte.

Kurz nachdem er die Eingangstür zur Bücherausgabe geöffnet hatte, näherte sich ihm einer der anderen Insassen, den Charles nur flüchtig kannte. Charles spürte instinktiv die Gefahr, da der Mann einen irgendwie bedrohlichen Eindruck auf ihn machte. Als der Mann ihm mit seiner linken Hand einen Stoß verpasste, der ihn gegen den Tresen der Ausgabe schleuderte, sah er kurz etwas Silbernes in der rechten Hand des Angreifers aufblitzen. Während der Gedanke "Messer" noch durch sein Gehirn schoss, drehte sich Charles reflexartig nach links, um seinen Körper aus der Stichlinie zu bringen.

Seiner langjährigen Ausbildung beim Militär und vor allem seiner Kampfkunsterfahrung hatte er letztendlich sein Leben zu verdanken. Aber seine Reflexe waren doch nicht mehr so schnell wie zu seiner aktiven Militärzeit. Das Leben hatte ihn langsamer werden lassen. Er konnte den Einstich in seiner linken Körperhälfte nicht mehr verhindern, sondern hatte durch die Drehung nur dafür gesorgt, dass ihn der Stich nicht in der Körpermitte, sondern in der Seite traf. Es gelang ihm dabei auch, die Messerhand seines Angreifers noch mit seiner eigenen linken Hand zu packen und mit einem eisernen Griff festzuhalten. Dadurch verhinderte er, dass dieser das Messer wieder aus seinem Körper herausziehen und erneut zustechen oder eine schlitzende Bewegung damit ausführen konnte.

Zum Glück hatte sein regelmäßiges Hanteltraining die Kraft in beiden Armen nicht erschlaffen lassen. Nur Millisekunden später traf die Handaußenseite seiner rechten Hand mit einem Shuto-uchi, einem Schwerthandschlag, den ungeschützten Kehlkopf seines Angreifers, der sich die Durchführung seiner Tat wohl einfacher vorgestellt hatte.

Charles spürte beim Aufprall seiner Hand, wie in der Kehle des anderen etwas nachgab und dessen Körper plötzlich erschlaffte. Während sein Angreifer zu Boden sank, zog dieser durch sein Körpergewicht dann doch das Messer aus Charles Körper und Charles schrie auf vor Schmerz. Er ging ebenfalls zu Boden und Blut strömte aus der Wunde.

Während der Angreifer neben ihm panisch zuckte und sich an die Kehle griff, weil er offensichtlich keine Luft bekam, hörte Charles, wie mehrere andere Gefangene vom Lärm angelockt in den Raum blickten und einige schon nach den Wärtern und einem Arzt riefen. Er selbst drückte seine linke Hand ganz fest auf seine Wunde, um die Blutung einzudämmen. Dabei beobachtete er mit schmerzverzerrtem Gesicht, ob außer dem einen Angreifer eventuell noch ein zweiter Gegner da war. Zum Glück konnte er aber niemanden sonst ausmachen, der einen aggressiven oder bedrohlichen Eindruck erweckte.

Kurze Zeit später hörte Charles das Geräusch von Schritten, die sich schnell näherten, und der Arzt der Vollzugsanstalt eilte auf die beiden Verletzten zu. Als er sich über sie beugte, erkannte er sofort, dass dem Mann neben Charles wohl nicht mehr geholfen werden konnte. Trotzdem führte der Arzt routiniert eine letzte mögliche Rettungsaktion durch und setzte dem Angreifer einen Luftröhrenschnitt, damit er wieder atmen konnte. Aber trotz weiterer Herzmassage und künstlicher Beatmung kehrte kein Lebensfunke mehr in den Körper zurück.

Daher wandte sich der Arzt Charles zu und begann mit dessen Erstversorgung. Da er sah, dass dieser bei Bewusstsein war und auch nicht den Eindruck machte, als würde er gleich ohnmächtig werden, gab er ihm eine Kompresse, die Charles weiterhin fest auf die Wunde drücken sollte. Von zwei Gefangenen ließ er ihn dann auf eine der zwei herbeigeholten Bahren legen und Charles in die Krankenstation bringen.

Die anderen Gefangenen diskutierten weiterhin lautstark und gestikulierend auf dem Flur, bis sie von den Aufsehern in ihre Zellen geschickt und eingeschlossen wurden. Einer der Aufseher, der zusammen mit dem Arzt herbeigeeilt war, hatte das Messer des Angreifers auf dem Boden liegen gesehen und sichergestellt.

Um die Mittagszeit trafen Alan und Brian vor dem Eingang des Porterfield Prison ein, meldeten sich beide beim Empfang und gingen in Begleitung eines Vollzugsbeamten zum Gefängnisdirektor.

Unterwegs erfuhren sie von dem Beamten, dass Charles mittlerweile als Chef der Bibliothek das allgemeine Niveau unter den Gefangenen ein wenig verbessert habe. Es wurde im gesamten Gefängnis deutlich mehr gelesen als früher. Wie er das allerdings geschafft hatte, konnte der Beamte ihnen nicht sagen. Seine Gestik deutete aber darauf hin, dass er alles für möglich hielt.

Nachdem sie dem Gefängnisdirektor in knappen Sätzen erzählt hatten, warum sie Charles Maclellan sprechen wollten und mit ihm die obligatorische Tasse Kaffee getrunken hatten, drückte dieser auf eine Taste an seinem Telefon.

»Norton hier. Bringen Sie bitte den Gefangenen Charles Maclellan aus Block D in den Besuchsraum 12. Danke.« Und zu Alan gewandt: »Raum 12 ist hier direkt am Verwaltungsblock. Ist etwas ansprechender als die anderen Räume.«

Alan nickte dankend und wollte sich bereits erheben, als das Telefon des Direktors klingelte.

Der setzte sich wieder hin und nahm den Hörer ab. »Norton? - Was? - Wann? - Wer? - Wieso ist ... - Und? - Wie sieht's aus? - Scheiße! - Na, wenigstens etwas. Ich komme.« Norton knallte den Hörer auf den Apparat und starrte Alan an.«

Alan blickte irritiert zurück. »Was ist los?«

Bevor Direktor Norton antworten konnte, öffnete sich seine Bürotür und ein weiterer Beamter stürmte in den Raum. »Entschuldigen Sie, Sir, aber wir haben ein Problem auf ...«

»Weiß ich schon, Sorani. Der Leitende von D hat gerade angerufen. Wir sind auf dem Weg.« Im Gehen streifte er sich sein Jackett über und gebot Alan und Brian mit einer Handbewegung, ihm zu folgen. »Da wollte wohl offensichtlich jemand nicht, dass Sie mit Maclellan sprechen.«

»Wieso?«, fragte Brian, der versuchte, dem Tempo des Direktors zu folgen.

»Jemand hat versucht, Maclellan aus dem Weg zu räumen. Es gab einen Mordanschlag.«

»Ist Maclellan tot?«, hakte Alan überrascht nach.

»Maclellan nicht.«

Charles lag inzwischen alleine in einem Krankenzimmer, was aber in erster Linie daran lag, dass die Krankenstation momentan nicht stark frequentiert war. Er war inzwischen operiert worden. Zum Glück waren bei ihm keine lebenswichtigen Organe verletzt worden, das Wegdrehen hatte ihm das Leben gerettet und er war mit einer tiefen Fleischwunde davongekommen. Er trug ein großes Pflaster auf seiner linken Seite, das seine operierte und vernähte Wunde bedeckte, und sah auf, als es kurz an seiner Tür klopfte und die drei Männer eintraten.

»Schön, dass Sie noch leben«, begrüßte ihn Brian, als sie das Krankenzimmer betraten.

»Unkraut vergeht eben nicht«, lächelte Charles gequält.

»Sie machen Sachen. Man kann Sie einfach nicht alleine lassen«, unkte auch Alan. »Warum hat der Sie denn angegriffen?«, fragte er dann aber ernst.

»Keine Ahnung. Wirklich!«

»Kannten Sie ihn denn? Oder hatten Sie Streit?«

»Nein, ich kannte ihn nur flüchtig. Eigentlich sogar nur vom Sehen, wir haben kein Wort miteinander gesprochen. Der lag nicht gerade auf meiner Wellenlänge.«

»Der lag eigentlich auf keiner Wellenlänge«, brachte sich nun der Direktor ins Gespräch. Ihm gefiel es offensichtlich nicht, dass Alan sofort die Gesprächsführung an sich gerissen hatte. »Er war ein Einzelgänger und hatte keine Freunde hier drin.«

»Also ein wirklich netter Zeitgenosse?«, fragte Brian.

»Ja genau. Keiner mochte ihn. Zumindest ist das das Bild, was meine Vollzugsbeamten von ihm zeichnen.«

»Charles, Mr. Norton war so freundlich uns bei den Gesprächen mit seinen Beamten teilnehmen zu lassen und uns, auf dem Weg hierher, alle weiteren Fakten über den Angriff mitzuteilen. Ich denke, es wäre für alle hilfreich, wenn Sie uns nochmals ihre Version erzählen würden. Ist das okay für Sie, Mr. Norton?« Alan wollte mit dieser Frage die leicht angespannte Situation wieder ein wenig entschärfen.

»Eine gute Idee«, nahm Norton das Friedensangebot an.

Also erzählte Charles das Erlebte nochmals aus seiner Sicht. Zum Schluss jedoch konnte er sich eine Frage nicht verkneifen. »Aber wegen dieses Angriffs sind Sie doch nicht zu mir gekommen, oder? Da hätten Sie hellseherische Fähigkeiten entwickeln müssen - oder den Angriff selber beauftragen ...« Mit einem Schmunzeln blickte er Alan an.

»Gut erkannt. Da sieht man mal, das Polizisten und zumindest clevere Verbrecher in die gleiche Richtung denken müssen. Nein, wir sind aus einem ganz anderen Grund hier. Zumindest hoffe ich mal, dass der Grund ein anderer ist. Aber dazu vielleicht ein wenig später. Bleiben wir noch mal bei der Messerattacke.«

In diesem Moment betrat ein uniformierter Beamter das Krankenzimmer und überreichte Norton einen Klemmblock mit einigen Formularen und Berichtskopien.

»Na, das ging ja mal richtig fix. Also, was haben wir denn hier? Es scheint so zu sein, als hätten Sie eindeutig in Notwehr gehandelt.« Mit einem fragenden Blick sah er Maclellan an. Als dieser nicht reagierte, las er weiter in den Unterlagen. »Meine Beamten und auch andere Mithäftlinge haben dies eindeutig bestätigt. Die Frage ist nur, ob es notwendig war, Ronnie Briggs mit einem Schlag zu töten. Laut Ihrer Aussage scheint es wohl eher ein dummer Zufall und keine Absicht gewesen zu sein. Was ich mir bei Ihrer Ausbildung aber nicht vorstellen kann, Mr. Maclellan.« Wieder sah Norton Charles Maclellan durchdringend an.

»Hören Sie, Herr Direktor, ich wurde unvermittelt angegriffen, ich habe glücklicherweise noch rechtzeitig das Messer gesehen und habe einfach nur, ohne groß nachzudenken, reagiert. Mehr nicht! Ich habe weder gezielt noch irgendwas mit Absicht gemacht. Wollen Sie mir jetzt einen Mord andrehen? Ich bin derjenige, der Schwein gehabt hat. Ein paar Zentimeter weiter und mindestens eines meiner Organe wäre hin.« Deutlich präsentierte er dem Gefängnisdirektor sein Pflaster.

»Gut, gut«, kommentierte dieser nur und las weiter. »Und was haben wir hier? Aha, der Angreifer hatte ein sogenanntes Sharp Finger benutzt.«

Allen Beamten im Vollzug war diese Waffe ein Begriff. Ein Sharp Finger ist ein Fingermesser, das in der Regel aus einem einzigen Stück Stahl gefertigt wird und so scharf ist wie ein Skalpell. Bei einer Gesamtlänge von nur knapp mehr als zehn Zentimetern und einer Klingenlänge von gut fünf Zentimetern, wog es nur etwa 70 Gramm. Ursprünglich war es für den Gebrauch von Jägern entwickelt worden, zum Enthäuten erlegter Tiere. Ein geübter Messerkämpfer konnte damit aber, mit einer einzigen fließenden Bewegung, einen Menschen von oben bis unten aufschlitzen, sodass er verblutete. Das Messer war so klein, dass es problemlos und unauffällig getragen werden konnte. Es wurde häufig in Gefängnissen aus irgendwelchen Gegenständen gefertigt. Oft wurde eine solche Waffe auch ins Gefängnis hineingeschmuggelt, da sie mittlerweile auch aus nicht-metallischen Werkstoffen hergestellt werden konnte.

»Was können Sie uns denn noch über den Angreifer sagen?«, wollte Alan wissen. »Wenn der keinen persönlichen Hass auf Sie hatte, von was bzw. wem und vor allem auch warum könnte er zu dem Angriff motiviert worden sein?«

Norton blätterte in seinen Unterlagen. »Ronnie Briggs, also der Mann, der Maclellan mit dem Messer angegriffen hat, ist ... war ein mehrfach vorbestrafter Gewaltverbrecher. Obwohl erst sechsunddreißig Jahre alt, gehörte schwere Körperverletzung wohl genauso zu seinen Hobbys, wie Einbruch und andere schwere Straftaten, für die er schon verurteilt worden war. Er hatte in seinem bisherigen Leben bereits mehr Zeit hier und in anderen Gefängnissen verbracht, als in der Schule.«

Norton machte eine Pause und blätterte weiter in der Akte Briggs. »Er hatte nach Einschätzung der Psychologen wohl ein aufbrausendes Temperament oder, mit anderen Worten, er war ein Choleriker. Wenn er in Wut geriet, was bei ihm fast schon als Dauerzustand anzusehen war, konnte er wie ein wild gewordener Stier, ohne Rücksicht auf sein eigenes Leben, mit dem Kopf durch die Wand gehen. Es gibt mindestens zehn dokumentierte Angriffe auf Beamte und Mitgefangene. Deshalb befand er sich auch in einem Therapieprogramm. Mit medikamentöser Unterstützung. Angeblich hat das vor gut einem halben Jahr positive Ergebnisse gezeigt. Deshalb hat man ihn wieder in den Regelvollzug reintegriert.«

»Wieso?«, unterbrach Brian ihn. »War er vorher in Einzelhaft?«

»Nicht ganz so martialisch, wie Sie sich das vielleicht gerade vorstellen«, antwortete Norton ihm. »Kein Kerker bei Wasser und Brot. Und auch Guantanamo werden Sie hier in Schottland nicht finden. Eher ein stark kontrollierter Vollzug. Aber gut, Briggs hatte meiner Meinung nach einen IQ wie 100 Gramm Kartoffelsalat und galt gemeinhin als moralamputiert. Wegen all dieser netten Eigenschaften war er bei seinen Mithäftlingen und den Beamten nicht besonders beliebt. Da war jede noch so tolle Therapie verschleudertes Steuergeld. Maclellan, Sie können meines Erachtens also von Glück sprechen, dass Sie den Angriff überhaupt überlebt haben.« Geräuschvoll klappte Norton die Akte zu. »Womit ich keineswegs zum Ausdruck bringen wollte, dass ich sehr froh bin, dass dieses Stück menschlicher Dreck das Zeitliche gesegnet hat.«

Nach einigen Sekunden unangenehmer Stille ergriff Alan endlich das Wort. »Äh, nun ja, können Sie uns sagen, wer Briggs in letzter Zeit besucht hat? Und, wer mit Briggs hier den engsten Kontakt hatte?«

»Ich werde die Informationen besorgen. Brauchen Sie mich noch? Wenn nicht, werde ich mal den offiziellen Bericht fürs Justizministerium verfassen und schauen, was wir der Presse hinwerfen können. Solange können Sie mit ihrem Glückskind hier noch ein wenig plaudern.« Norton wandte sich zum Gehen. »Ach, und Sie halten mich doch auf dem Laufenden, was die weiteren Ermittlungen angeht, nicht wahr?«

»Sofern es irgendwelche Zusammenhänge geben sollte, natürlich, Mr. Norton«, antwortete Alan diplomatisch.

»Mann, mann, das ist vielleicht eine Marke«, sagte Brian, als sich die Tür hinter Norton schloss.

»Urteile nicht zu schnell«, meinte Alan. »Gefängnisdirektor ist wirklich kein leichter Job. Immer hin- und hergerissen zwischen Todesstrafe und Resozialisierung. An das Gute im Menschen glauben oder die feine Gesellschaft nur noch vor ihm schützen. Schwierige Entscheidung. Aber gut, kommen wir doch noch zu dem eigentlichen Grund unseres Besuchs. Mr. Maclellan können wir trotz Ihrer Verletzung ein wenig mit Ihnen plaudern? Fühlen Sie sich dazu in der Lage?«

»Danke der Nachfrage, eigentlich geht es mir sogar relativ gut. Um ehrlich zu sein, ich fühle mich hier sogar recht wohl.«

»Wieso das denn?«, erwiderte Brian erstaunt, während er und Alan sich direkt ans Krankenbett setzten.

»Das Bett hier ist schon eine ganze Klasse besser, als das Gestell in der Zelle. Und ich bin hier allein. Keine schnarchenden Konsorten um mich herum. Nicht schlecht.«

»Und wie ist es mit Ihrem Aufenthalt hier im Allgemeinen?«

»Na ja, auch das ist mittlerweile nicht mehr so verkehrt. Irgendwie ein bisschen wie damals beim Militär. Nachdem ich mich erst einmal daran gewöhnt hatte, dass mir die Freiheit fehlt hinzugehen, wohin ich will - das war schon eine heftige Umstellung - finde ich es hier jetzt sehr angenehm und entspannt. Kein Stress, keine Hektik, ein geregelter Tagesablauf, gute Sportmöglichkeiten, eine gut sortierte Bücherei - quasi wie Urlaub mit Vollpension.«

»Das klingt ja fast, als müssten wir jetzt neidisch sein, weil wir nachher wieder diesen schönen Ort verlassen müssen«, grinste Alan.

»Nein, nein, ganz so schön ist es auch wieder nicht«, lachte Charles. »Aber ich kann jedem stressgeplagten Manager nur empfehlen sich drei bis vier Monate einsperren zu lassen. Hier kommt man garantiert zur Ruhe. So ein Gefängnis entschleunigt das eigene Leben wirklich gut, vermutlich genau so - oder gar noch mehr - als in ein Kloster zu gehen.«

»Ganz genau so, nur anders«, meinte Brian und schüttelte immer noch erstaunt den Kopf über Charles Einstellung zu seinem Gefängnisaufenthalt. »Andererseits fallen mir spontan ein paar Großkopferte ein, denen ein paar Monate oder auch Jahre Knast nicht schaden würden. Und wenn es nur dazu dienen würde, dass sich ihre Mitarbeiter etwas entspannen und in Ruhe ihre Arbeit machen könnten.« Alle grinsten sich an.

»Was machen Sie denn so den ganzen Tag?«, fragte Alan dann.

»Ich mache täglich Sport und helfe in der Gefängnisbücherei aus. Na ja, eigentlich leite ich die Bücherei inzwischen. Das hat den Vorteil, dass ich dort auch den Computer benutzen kann und, soll ich Ihnen was sagen, ich habe angefangen, ein Buch zu schreiben.«

»Ein Buch?« Brian kam aus dem Staunen nicht mehr heraus.

»Ja, so eine Art Biografie über mein Leben und das meiner Familie. Und auch darüber, was dazu geführt hat, dass ich momentan meine Zeit hier drin verbringen darf.«

»Klingt interessant. Wie soll es denn heißen?«, fragte Alan.

»Wasser des Todes«, sagte Charles Maclellan mit erkennbarem Stolz in der Stimme.

»Wow, das klingt gut«, sagte Brian. »Also ich kaufe garantiert ein Exemplar.«

»Ich auch«, ergänzte Alan. »Aber natürlich nur mit Signatur des Autoren.«

»Klar, das geht in Ordnung.« Charles Maclellans Augen leuchteten vor Stolz und glänzten auch etwas.

»Und Ihre "Kollegen" hier sind auch soweit okay?«, fragte Alan.

»Ich werde von den meisten anderen Insassen respektiert. Ein paar sehen in mir sogar so eine Art Robin Hood.«

»Und was ist mit den anderen?«

»Alle Knackis, die Stunk machen könnten, sehen, was ich im Kraftraum so alles stemme. Und dass ich beim Militär war und auch eine Einzelkämpferausbildung genossen habe, hat sich inzwischen auch bei jedem herumgesprochen. Außerdem habe ich schon seit Jahren den schwarzen Gürtel in Shorin Ryu Karate, und wenn ich meine Katas übe, sieht das für alle anderen schon beeindruckend aus. Und wenn ich dann, in Ermangelung eines adäquaten Partners, meine Kampfkunst am Sandsack trainiere, können Sie mir glauben, dass keiner, der das mal gesehen hat, mit dem armen Sandsack tauschen möchte. Jedenfalls lassen mich alle in Ruhe. Na ja, bis auf den einen halt. Aber nach diesem Vorfall heute wird erst recht keiner mehr versuchen, mich anzugreifen. Das macht meinen Aufenthalt hier noch sicherer als er die ganze Zeit schon war.«

»Prima, dann können Sie sich hier ja wirklich entspannen und auf Ihr Buch konzentrieren«, kommentierte Alan.

»Und genau deshalb sind wir auch hier«, sagte Brian. Als er Charles Maclellans fragenden Blick sah, fügte er schnell hinzu: »Nein, nicht wegen des Buches, davon wussten wir natürlich nichts, aber wegen Ihrer Biografie.«

»Aha. Ich verstehe aber trotzdem nicht, was Sie meinen«, Charles war sichtlich verblüfft.

»Na ja, Ihre Familiengeschichte halt«, ergänzte Brian.

»Was interessiert Sie denn an meiner Familiengeschichte? So berühmt sind die Maclellans nun auch wieder nicht.«

»Wir haben einen aktuellen Fall, der mit der Geschichte Ihrer Familie zu tun haben könnte«, übernahm Alan die Gesprächsführung.

»Das klingt aber interessant«, erwiderte Charles. »Lassen Sie mal hören. Vielleicht mache ich daraus sogar ein Kapitel in meinem Buch.« Er grinste seine beiden Besucher an.

Alan erzählte ihm von dem Brand des Lagerhauses und auch von der Explosion in der Brennerei.

»Oh Gott, der arme Graham.« Charles war erschüttert. »Wer macht denn so was? Das ist ja grauenhaft!«

»Wie kommen Sie darauf, dass hier eine Absicht dahinterstecken könnte und es sich nicht um ganz normale Unfälle handelt?«, fragte Brian und fixierte ihn.

»Unfälle? Das kann doch kein Zufall sein, dass sich zwei solcher angeblichen Unfälle so kurz hintereinander ereignen und dann auch noch mit der gleichen Brennerei zusammenhängen! Glauben Sie denn etwa daran? Natürlich nicht! Sonst wären Sie nicht hier aufgetaucht, stimmt's?«

»Nein, eigentlich glauben wir nicht direkt an zufällige Unfälle.«

»Sehen Sie. Das habe ich mir doch gedacht.«

»Stimmt. Und es geht noch weiter«, schaltete sich Alan wieder ein und informierte über die gefundenen Torfleichen, während Brian und er Charles jetzt beide genau beobachteten. Er erwähnte dabei allerdings nicht, wie alt die Leichen geschätzt worden waren.

»Leichen? Unter dem Boden des Lagerhauses? Im Torf? Das wird ja immer verrückter. Sieben Stück sagen Sie? Eine ganze Familie oder was?«

»Alle Fragen mit Ja bis auf die Letzte. Die Anzahl der männlichen und weiblichen Leichen sowie der Kinder deutet zwar auf eine Familie hin aber wir wissen es noch nicht genau. Und sie wurden eindeutig ermordet.« Alan schaute sein Gegenüber immer noch genau an.

»Da hat also vermutlich jemand eine ganze Familie ausgelöscht«, ergänzte Brian.

»Wer sollte denn so etwas tun und vor allem warum?«, Charles war geschockt und man sah ihm das auch an.

»Wir wissen es nicht, aber genau deshalb sind wir hier. Vielleicht können Sie uns ja etwas darüber erzählen, wie ihre Familie damals in den Besitz der Brennerei gekommen ist.«

»Meine Familie? Sie glauben doch nicht etwa, dass meine Familie die Leute damals umgebracht hat?«, rief Charles aufgebracht.

»Momentan glauben wir gar nichts. Wir versuchen nur Informationen zusammenzutragen«, beschwichtigte ihn Alan.

»Wenn es niemand aus Ihrer Familie war, dann helfen Sie uns das nachzuweisen«, ergänzte Brian noch, der sich inzwischen sicher war, dass Charles persönlich nichts mit den Anschlägen zu tun hatte.

»Und wie soll das gehen?«, beruhigte sich Charles wieder etwas. »Ich kann Ihnen nicht helfen, ich weiß nichts von Torfleichen. Wann sind die denn ermordet worden?«

»Genau das ist auch noch nicht völlig klar. Vielleicht sind sie erst nach dem Brand 1952 verscharrt worden, vielleicht sind sie aber auch wesentlich älter. Wir ermitteln im Moment in alle Richtungen. Denken Sie doch auch einmal nach. Vielleicht haben Sie in der Vergangenheit mal etwas über irgendwelche Vorkommnisse gehört. Irgendwelche dunklen Familiengeheimnisse oder alte Gerüchte?«

»Nein, als mein Vater damals bei der Explosion ums Leben kam, war ich ja erst ein Jahr alt und meine Mutter hat mir nie etwas in dieser Richtung erzählt.«

»Und wie war das noch früher, als Ihre Familie in den Besitz der Brennerei kam?«

»Sie meinen noch früher, als mein Namensvetter Charles II die Farm kaufte, auf der sich auch die kleine, nicht mehr genutzte Brennanlage befand?«

»Ja genau. Wissen Sie noch, wann das war?«

»Klar, das war 1835. Ich sagte doch, dass ich ein Buch schreibe und da ist die Historie meiner Familie ein Bestandteil der Geschichte. Aber das ist doch dann fast 180 Jahre her. So alt sollen die Leichen sein?«

»Vielleicht, vielleicht auch nicht. Wenn ja, ist es lediglich ein historisch interessantes Kapitel. Wenn nicht, müssen wir woanders weiter ermitteln. Dann erzählen Sie doch einfach mal, wie das damals war.«

»Peter II und sein Sohn Charles II konnten damals endlich den Familientraum einer legalen Brennerei realisieren. Dazu kauften sie 1835 die Dandaleith Farm samt Land und einer illegalen Brennerei. Nach Restaurierungs- und Umbaumaßnahmen erhielten sie für die Brennerei ein Jahr später die heiß ersehnte Brennerei-Lizenz. Und danach produzierte die dann Dandaleith genannte Brennerei den ersten legalen Whisky unserer Familie. Eine jahrzehntelange Familientradition, das Schmuggeln von selbst gebranntem Whisky, ging damit für uns zu Ende und alles wurde legal«, erzählte Charles voller Stolz.

»Schön und gut«, warf Alan ein. »Ich meinte aber den Erwerb der Farm. Gab es dazu irgendwelche Gerüchte?«

»Was soll das denn jetzt. Erst verdächtigen Sie meinen Vater und jetzt meine Vorfahren. Sind Sie verrückt?« Erbost richtete sich Charles auf.

Brian, der fast genauso schnell aufgesprungen war, konnte sich aber wieder entspannen, da Charles vor Schmerzen in die Kissen zurückfiel und sich die Wunde hielt. »Ruhig! Ganz ruhig«, sagte Brian gedehnt, aber nicht unfreundlich. »Legen Sie sich bitte einfach wieder ruhig hin, Charles.«

»Mister Maclellan, ich weiß noch sehr genau, dass Sie mir vor eineinhalb Jahren im Lake District das Leben gerettet haben. Das werde ich Ihnen auch nicht vergessen! Sie haben immer was bei mir gut – privat! Als Beamter halte ich mich aber an die Regeln, auch jetzt. Ich habe Ihnen schon gesagt, wir müssen momentan alles hinterfragen, was uns helfen könnte, die wahren Hintergründe hinter den aktuellen Vorkommnissen zu finden«, sagte Alan, als sich Charles und Brian wieder beruhigt hatten. »Momentan verdächtigen wir niemanden, ist das klar?«

»Scheiße, schon gut«, erwiderte Charles. Er befühlte schmerzverzerrt und vorsichtig zuerst das Pflaster und dann die verheilte Schussverletzung an seiner Schulter. »Geschenkt! Ich mag es aber trotzdem nicht, wenn meine Familie beleidigt oder des Mordes verdächtigt wird. Soweit ich weiß, bin ich das erste und einzige schwarze Schaf in unserer Familie.«

»Nach den Schwarzbrennern meinen Sie? Gut, dann erzählen Sie uns doch bitte, was Sie über den Kauf der Farm alles wissen. Das ist für uns ein interessanter Zeitraum.«

»Wieso denn das?« Charles schaute die Beiden fragend an.

»Na ja, noch mal: Sind die Leichen älter, sind Sie aus dem Schneider. Sind sie jünger, sehen wir uns wohl wieder und plaudern weiter über ihre Chronik. Klar soweit?«

»Mmh«, meinte Charles nachdenklich. »Ich kann mich nur daran erinnern, dass meine Vorfahren die Farm einer Familie abgekauft haben, die unbedingt nach Amerika auswandern wollte. Die wollten wohl in der Neuen Welt ihr Glück versuchen.«

»Kennen Sie dazu keine weiteren Details?«

»Nein, lediglich, dass ein Betrag von etwa 1.000 Pfund gezahlt wurde, was für die damalige Zeit zwar eine sehr stattliche Summe war; für die Farm mit allem Drum und Dran aber ein sehr fairer Preis, fast schon als Schnäppchen zu bezeichnen.«

»Und die Familie ist dann auch mit dem Schiff nach Amerika aufgebrochen?«

»Keine Ahnung, ob die nach Amerika oder sonst wohin gefahren sind, ich gehe aber davon aus.«

»Und sonst?«

»Nichts und sonst, das ist alles, was ich weiß.«

»Kennen Sie wenigstens den Namen der Vorbesitzer?«, fragte Brian.

»Nein. Ich kann aber mal in meinen Unterlagen nachsehen, die ich mir für mein Buch besorgt habe. Vielleicht steht da ja was drin. Mir ist bisher nichts dazu aufgefallen, aber das war für meine Geschichte auch nicht so wichtig,.«

»Fein. Ist ja wohl auch völlig in Ihrem Interesse, diesen Punkt zu klären. Warum glauben Sie haben die Leute die Farm damals so günstig abgegeben?«

»Keine Ahnung. Vielleicht weil sie sonst keinen Käufer gefunden haben? Oder einfach nur schnell in die USA auswandern wollten. Warum kosten Turnschuhe mal 60 Pfund und mal nur 10?«

»Witzig, sehr witzig. Wäre es nicht auch im Nachhinein für eine ehrliche Familiengeschichte besser, auch die gegebenenfalls unangenehmen Kapitel zu beleuchten?« Alan blickte Charles mit offenen Augen an.

»Schon gut. Sie haben ja recht. Ich war nur die ganze Zeit auf dem Trip, dass alle meine Vorfahren gute und ehrliche Leute waren. So ein echtes Vorbild eben. Falls es da ein paar miese Sachen gegeben hat, wäre es schon eine echte Enttäuschung für mich. Aber es ist richtig, ich schau mal, ob ich auch da was rauskriegen kann.«

»Was ist mit den großen Vertreibungen damals, den Highland Clearances? Könnte der vermeintliche Verkauf eine schön getarnte Vertreibung gewesen sein?«

»Möglich ist alles. Aber eigentlich ging es doch dabei um Schafzucht. Und Schafe wurden in meiner Familiengeschichte wirklich nie erwähnt. Auch in den Chroniken der Gegend um Glenallachie sind solche Geschichten nie erwähnt worden. Das soll aber nichts heißen. Die Adeligen haben sich doch angeblich ihrer Bauern und Pächter auf alle möglichen Arten "entledigt". Und ich glaube nicht, dass solche Geschichten freudig in die Dorfchroniken aufgenommen wurden. Aber wie gesagt, ich schau noch mal genauer nach.«

»Okay, machen Sie das mal. Sie können sich ja bei uns melden, wenn Sie was gefunden haben«, empfahl ihm Alan.

»Klar, ich komme dann gerne persönlich bei Ihnen vorbei«, grinste Charles ihn an.

»Wir dachten da eher ans Telefon«, grinste Brian zurück.

»Weiß ich doch. Ich schaue mal, was ich machen kann.«

»Fein«, meinte Alan und erhob sich gemeinsam mit Brian.»Dann also bis bald.« Doch kurz bevor sie die Tür erreichten, drehte sich Alan noch einmal um. »Ach, noch was. Glauben Sie, die Attacke auf Sie hat etwas mit unserem Gespräch zu tun?«, fragte Alan.

»Mit unserem Gespräch? Nein, warum denn das? Ich habe doch selbst keine Ahnung gehabt, dass Sie heute vorbeikommen und mit mir sprechen wollten.« Charles war erstaunt.

»Ich meine nicht das Gespräch als solches, sondern den Inhalt. Glauben Sie, dass Briggs Sie angegriffen hat, damit irgendein Geheimnis Ihrer Geschichte bewahrt wird?«

»Warum sollte ihn das denn interessieren? Der ist doch viel zu schlicht, um irgendwelche Zusammenhänge aus der Vergangenheit zu verstehen.«

»Schon klar. Aber Sie schreiben jetzt ein Buch über ihre Familie. Und das weiß wahrscheinlich das halbe Gefängnis, nicht wahr? Und genau jetzt scheinen Sie jemandem im Weg zu sein. Komisch, oder? Vielleicht wurde er ja von jemandem angestiftet, der bereit ist zu töten oder besser gesagt töten zu lassen, damit irgendeine Wahrheit nicht ans Licht kommt.«

»Ein Auftrags-Mord? Sie meinen da hat jemand einen Killer auf mich gehetzt? Jetzt, nach so langer Zeit? Das kann ich mir nicht vorstellen. Und für welche Wahrheit? Ich sagte Ihnen doch, dass ich nichts Negatives in der Geschichte meiner Familie gefunden habe.«

»Noch nicht. Aber wer weiß, was andere vielleicht in ihrem Buch vermuten? Also danke. Alles Gute und bis bald«, verabschiedeten sich Alan und Brian.

Sie ließen einen nachdenklich gewordenen Charles zurück, der sich erneut tiefschürfende Gedanken über die Geschichte seiner Familie machte. Gab es doch ein dunkles Geheimnis in seiner Familiengeschichte? Er musste es unbedingt herausfinden. Sobald er wieder in seiner Zelle zurück war, wollte er die ganzen gesammelten, alten Unterlagen nochmals genauer durchforsten.

Überraschung

Donnerstag, 12. Mai

»Haben Sie sich verletzt? Kann ich Ihnen helfen?«, fragte der Mann, der sich zu Graham ins Auto beugte, freundlich.

Graham war einen Moment verblüfft. *Seit wann gibt es höfliche Mörder? Wollte der ihn etwa gar nicht umbringen?* Dann siegte sein Überlebenswille.

»Helfen Sie mir bitte aus dem Auto«, stöhnte er. Mit der Erleichterung, dass ihn dieser Mann nicht töten wollte, kamen die Schmerzen wieder zurück.

»Soll ich Sie nicht lieber im Auto lassen, bis die Ambulanz kommt?«

»Nein! Ich will hier raus, bevor noch mehr passiert und das Auto Feuer fängt«, reagierte Graham panisch und sah wieder explodierende Autos vor seinem geistigen Auge.

»Keine Sorge, das passiert nur im Film. Autos explodieren nicht, auch nicht wenn sie in Brand geraten sind«, plapperte der Mann munter drauflos. Er war selbst etwas nervös und das führte bei ihm zu einem Redeschwall. »Die Temperatur eines heißen Motors reicht nicht aus, um Benzin in Brand zu setzen. Selbst mit der in Filmen gerne genommenen Zigarette ist es noch aussichtsloser. Die Glut ist wesentlich weniger heiß als der Motorblock. Selbst ein in ein fast leeren Benzintank geworfenes brennendes Streichholz führt nicht zur Explosion.«

Als Graham darauf mit einem verzweifelten Stöhnen antwortete, reagierte der Mann endlich so, wie es Graham von ihm erwartete, und beugte sich tiefer zu ihm herunter. »Beruhigen Sie sich, ich helfe Ihnen ja. Drehen Sie sich bitte zur Seite, damit ich Sie besser packen kann«, sagte er dabei.

Nachdem Graham dieser Aufforderung unter Schmerzen gefolgt war, griff ihm der Mann unter den Armen hindurch und zog ihn in diesem Rettungsgriff aus dem Auto. Graham schrie laut auf vor Schmerz, als sein linkes Bein diese Vorgehensweise äußerst übel nahm. *Da schien wirklich etwas gebrochen zu sein*, dachte er noch.

Da der Mann ihn mit seiner ersten, beherzten Bewegung schon halb aus der Tür heraus hatte, konnte er ihn schlecht wieder ins Auto hineindrücken. Also zog er Graham vollends aus dem Wagen, schleifte ihn drei Meter vom Auto weg und legte ihn vorsichtig zu Boden. Das bekam Graham allerdings nicht mehr mit, da er inzwischen durch die Schmerzen bewusstlos geworden war.

Als er kurze Zeit später wieder zu sich kam, hörte er, wie der Mann in sein Handy sprach. »Ja, er ist bewusstlos. Es sind keine äußeren Verletzungen erkennbar, aber ich glaube mit seinem einen Bein stimmt etwas nicht.« Kurze Pause, während der Mann zuhörte. »Na klar, ich warte, bis Sie da sind.«

Der Mann beendete sein Gespräch und drehte sich zu Graham um. »Oh, Sie sind ja wieder wach.«

»Ja«, jammerte Graham, denn vor lauter Schmerzen konnte er nicht mehr sagen. Sein linkes Bein fühlte sich an, als hätte er kein Blut mehr in den Adern, sondern flüssiges Magma. Es brannte und schmerzte höllisch.

»Die Polizei und der Notarzt sind unterwegs. Die werden gleich da sein. Dann geht es Ihnen bald wieder besser.« Der Mann schaute Graham besorgt und voller Mitleid an.

Graham zog es vor, wieder bewusstlos zu werden. Der Mann hatte bereits zuvor schon versucht, ihn in eine halbwegs stabile Seitenlage zu bringen. Als er sah, dass Graham erneut das Bewusstsein verloren hatte und er momentan nichts für ihn tun konnte, drehte er sich um und kletterte den Hang hinauf. Oben angekommen setzte er sich auf die Leitplanke, schaute immer wieder zu Graham hinunter und wartete auf das Eintreffen der Rettungskräfte.

Noch vor dem Rettungswagen traf allerdings ein Polizeifahrzeug bei ihm ein und eine junge, hübsche Polizistin trat auf ihn zu und befragte ihn nach dem Tathergang. Danach gingen beide hinunter zu Graham, der gerade mal wieder bei Bewusstsein war und die Polizistin, die sich als Police Constable Tuesday vorgestellt hatte, befragte auch Graham, bis der wieder in Ohnmacht fiel. Dann waren auch die Kollegen vom Rettungsdienst eingetroffen und transportierten Graham nach oben zu ihrem Wagen.

Als Graham zum dritten Mal kurz zu sich kam, bemerkte er flackernde, bunte Lichter und fremde

Hände, die ihn am Körper berührten, an seinen Armen, seinem Bein und seinem Gesicht. Erschrocken dachte er an den Mann, der ihn hatte umbringen wollen und dass dieser es gerade erneut versuchte. Aber dann fiel ihm wieder ein, dass ja ein anderer Mann bei ihm gewesen war und dass der den Notarzt gerufen hatte. Sein Bewusstsein hatte Mitleid mit ihm und zog sich in einen dunklen, stillen Winkel zurück.

Als er das nächste Mal erwachte, war alles falsch. Wo war er nur gelandet? Das Zimmer kannte er nicht, den Mann, der sich über ihn beugte schon gar nicht und auch die Schmerzen in seinem Bein passten nicht. Er lag in einem Bett, ein Schlauch steckte in seinem linken Arm und neben ihm standen irgendwelche Geräte, die blinkten und leise vor sich hin piepten.

»Können Sie mich hören?«, fragte ihn der Mann.

»Jaah«, antwortete Graham gedehnt.

»Sehen auch?«

Graham nickte dieses Mal nur.

»Wie viele Finger sehen Sie?« Der Mann streckte ihm zwei abgespreizte Finger hin.

Graham sagte es ihm und der Mann nickte zufrieden. Dann hatte Grahams Bewusstsein scheinbar keine Lust mehr auf weitere Fragespielchen und schaltete das Licht erneut aus.

Als Alan und Brian wieder auf dem Parkplatz des Gefängnisses vor Brians Auto standen fragte Brian: »Was heißt das jetzt eigentlich für uns? Ermitteln wir in einem neuen Fall?«

»Gut kombiniert Watson. Aber, um ehrlich zu sein, die korrekte Antwort wäre: ja und nein.«

»Häh?«

»Das heißt "häh bitte"«, grinste Alan seinen Freund an. »Ein Toter, der eventuell durch einen Unfall ums Leben kam, plus der Brand eines Lagerhauses sind zwar tragisch, aber leider noch kein Grund, dass wir persönlich die Ermittlungen aufnehmen. Du weißt doch, erst drei Tote machen eine Serie und sorgen dann dafür, dass wir uns gemeinsam darum kümmern dürfen. Wir beide zusammen sind halt mal nur für die Serientäter zuständig.«

»Und was ist mit dem Briggs? Können wir den nicht wenigstens mitzählen?«

»Wohl eher nicht. Da gibt es weder für uns noch für sonst jemanden was zu ermitteln. Das Ganze wird eine kurze Routinegeschichte für die örtlichen Kollegen. Der Fall ist eindeutig, auch wenn Direktor Norton gerne die Schuld ein wenig umverteilt hätte. Lediglich der Grund des Mordversuchs könnte in unser Ressort fallen. Aber auch das ist Spekulation. Das wird CC Timmins nicht überzeugen.«

»Das wird unseren Graeme aber gar nicht freuen. Der hat sich bestimmt schon heimlich Hoffnungen gemacht.«

»Ja, das glaube ich auch, aber da muss er durch. Und du auch.« Alan hatte natürlich schon erkannt, dass Brian den bisherigen Verlauf mehr als nur interessant fand und gerne weiter ermitteln wollte.

»Ich kann dir einfach nichts verbergen«, meinte der auch gleich. »Vielleicht ist ja damals bei dem Kauf der Farm wirklich ein Massaker passiert. Mein Bauch sagt mir zumindest, dass da was nicht mit rechten Dingen zuging.«

Alan, der schon immer Brians Bauch ernst genommen hatte, bestätigte seinem Freund, dass er ähnliche Gedanken hatte: »Aber selbst wenn unsere Ermittlungen konkrete Hinweise zu einer Straftat von damals ans Tageslicht bringen würden, wäre der Fall nicht nur längst verjährt, sondern auch der Täter ja wohl längst verstorben. Oder glaubst du etwa, dass hier ein Zombie sein Unwesen treibt, der die Jahrhunderte überlebt hat.«

»Nein, das ganz bestimmt nicht«, lachte Brian. »Obwohl, das wäre mal etwas Neues. Zombies haben wir noch nie gejagt.«

»Ein Zombie, der sich mit gutem schottischen Whisky am Leben erhält, genau. Klingt absolut plausibel. Na ja, warten wir mal ab, ob unser Charlie noch irgendwelche Informationen zu damals findet.«

»Und wenn?«

»Tja, dann müssen wir uns immer noch überlegen, ob das für einen Fall reicht oder schlicht von historischem Interesse ist. Aber, solange nicht mehr passiert, ist das nichts für uns, sondern nur was für die Kollegen.«

»Schade, aber andererseits wünsche ich mir auch nicht, dass noch etwas Schlimmes passiert.«

»Eben, ich auch nicht.«

»Aber zunächst werden wir zeitlich gesehen noch in die andere Richtung ermitteln. Wenn die Leichen erst nach 1952 vergraben wurden, ist Grahams Tante Sally unsere nächste Ansprechpartnerin. Also werde ich Graham jetzt auf der Rückfahrt anrufen und ihn informieren. Das wird nicht lustig. Der will dann 100%ig bei dem Gespräch mit seiner Tante dabei sein. Wobei ich dir eigentlich schon jetzt sagen kann, dass es auch dabei dann nichts zu ermitteln geben wird.«

»Ja, alles andere würde mich auch wundern«, sagte Brian. Beide stiegen dabei in seinen Wagen, um zurück nach Inverness zu fahren.

Sie konnten allerdings nicht ahnen, dass Ihnen die nächsten Stunden genügend Grund geben würden, um doch noch weiter zu ermitteln.

Nachdem das Handy von Graham eine Weile geklingelt hatte, meldete sich eine Männerstimme: »Hallo?«

»Graham, bist du das?«, fragte Alan, dem die Stimme irgendwie bekannt vorkam.

»Wer spricht denn dort?«, fragte die Stimme und Alan war sich jetzt absolut sicher, dass es sich nicht um Graham handelte. Aber wer war das dann und warum hatte er Grahams Handy?

»Hier spricht Chief Superintendent Alan Derringer und mit wem spreche ich?«

»Oh, hallo Chief Superintendent. Hier spricht Sergeant Eddie Thompson aus Rothes. Sie erinnern sich vielleicht noch an mich.«

»Hallo Sergeant«, erwiderte Alan, der ein sehr gutes Personengedächtnis hatte. »Ja, ich erinnere mich noch an Sie. Wir hatten uns beim "Whisky-Mörder"-Fall in der Ben Rhinnes Distillery kennengelernt.«

»Stimmt genau.« Ed Thompson war beeindruckt.

»Aber, Sergeant, jetzt sagen Sie mir endlich, warum Sie im Besitz des Handys von Graham Morrice sind. Ist etwas passiert?«

»Tut mir leid, Sir, dass ich Ihnen das sagen muss, aber er hat einen Unfall gehabt.«

»Was?!«, rief Alan erschrocken aus und Brian wäre, vor Schreck über den Ausruf, mit seinem Wagen fast von der Straße abgekommen.

»Ja, aber er lebt und ist in keinem lebensbedrohlichen Zustand«, beeilte sich der Sergeant schnell zu sagen.

»Gut, dann erzählen Sie mal, was passiert ist.«

»Er hatte einen Autounfall. Und, so wie es sich uns darstellt, ist sein Wagen wohl von der Fahrbahn abgedrängt worden und hat sich überschlagen.«

»Abgedrängt?« Alan hatte den Lautsprecher an seinem Telefon angeschaltet, damit Brian mithören konnte.

»Ja. Ruby Tuesday war gerade in der Nähe, als der Notruf kam und deshalb auch als Erste vor Ort, sogar noch vor dem Rettungsdienst. Sie hat dort auf den Notarzt gewartet und konnte Mister Morrice sowie dem Mann, der ihn gefunden hatte, noch ein paar Fragen stellen.«

Alan konnte sich ebenfalls noch sehr gut an die junge Kollegin des Sergeants erinnern und musste über deren Namen grinsen. »Und weiter.«

»Mister Morrice war in einem schlechten Zustand, er hatte große Schmerzen, weil eines seiner Beine gebrochen war, und war deshalb immer wieder ohnmächtig geworden. Aber, er konnte ihr dennoch sagen, dass er, seiner Meinung nach, absichtlich von einem schwarzen Pick-up von der Straße gedrängt worden war. Allerdings hatte er weder das Kennzeichen noch den Fahrer erkannt.«

»Absichtlich abgedrängt?«, fragte Alan nachdenklich geworden. »Sie meinen, das war ein Anschlag?« Alan und Brian sahen sich entgeistert an.

»Ja, Sir. So ähnlich bestätigt es auch der Zeuge. Man könnte die Vermutung nahelegen, dass da jemand versucht hat, Ihren Mister Morrice umzubringen.«

»Mein Gott, was denn noch alles?«, Alan war erschüttert.

»Wie meinen Sie das?«, fragte Ed Thompson.

»Nichts, schon gut Sergeant. Wo hat man ihn denn hingebracht«, fragte Alan noch.

»Ins Royal Northern Infirmary in Inverness.«

»Gut danke Sergeant. Wie sehen die laufenden Ermittlungen aus?«

»Der Zeuge konnte uns den Wagen auch nicht viel präziser beschreiben. Soll halt ein großer schwarzer Pick-up gewesen sein. Der hatte abgebremst, als der Wagen von Mister Morrice die Leitplanke durchbrochen hatte, fast als wollte er anhalten, hatte gleich darauf aber sofort wieder beschleunigt und war davon gerast. Der Zeuge vermutet, dass der Fahrer des Pick-up ihn im Spiegel gesehen und deshalb geflohen war. Der Zeuge konnte das Nummernschild nicht erkennen, da es völlig verdreckt war, und hatte sich auf Mr. Morrice Fahrzeug konzentriert und nicht mehr auf das Tatfahrzeug. Nun, deshalb läuft momentan die Fahndung etwas allgemein ab. Die üblichen Kontrollen halt.«

»Das reicht ganz und gar nicht!«, antwortete Alan etwas zu barsch. »Ich möchte das volle Programm. Sofort! Die Aufzeichnungen aller Kameras auf den Streckenabschnitten sollen unverzüglich überprüft werden. Das hat Priorität. Geben Sie das unverzüglich an die Kollegen weiter und wenn Sie auf Widerstand stoßen, sollen die mich persönlich anrufen. In dem Fahrzeug könnte ein von uns gesuchter Täter sitzen. Also los!« Ohne die Antwort abzuwarten, beendete Alan das Gespräch.

Auf ihrer Weiterfahrt grübelten Alan und Brian über die Ereignisse der letzten Stunden und Tage und stellten sich erneut die Frage, was das alles zu bedeuten hatte. Das konnte nun wirklich kein Zufall mehr sein. Irgendetwas ging hier vor, aber sie konnten den Grund für die vier Anschläge nicht erkennen. Sie waren sich aber inzwischen sicher, dass es sich in allen vier Fällen um absichtlich herbeigeführte Ereignisse durch ein und denselben Täter oder Täterkreis handelte.

Alan ließ sich telefonisch nochmals mit Charles Maclellan auf der Gefängnis-Krankenstation verbinden. Der Beamte versprach, ihn zurückzurufen, sobald ein Telefon ins Krankenzimmer gebracht worden wäre.

Tatsächlich klingelte keine zehn Minuten später Alans Handy und er schaltete die Freisprecheinrichtung in Brians Wagen an, mit der er sein Handy inzwischen verbunden hatte.

»DCSI Derringer hier noch mal. Eine Frage habe ich doch noch. Wenn das alles nichts mit der alten Destillerie zu tun hat, warum wurde dann heute auch noch ein Anschlag auf Graham Morrice verübt?«, ließ Alan die Katze aus dem Sack.

»Auf Graham?« Alan hörte förmlich, wie sich Charles erschrocken in seinem Bett aufrichtete, aber gleich darauf vor Schmerzen wieder zurücksank. »Was ist passiert?«, quetschte er dann zwischen den Zähnen hervor.

»Sein Auto wurde vermutlich absichtlich von der Fahrbahn gedrängt und hat sich überschlagen. Aber er lebt. Wir sind auf dem Weg zu ihm.«

»Mein Gott, was soll das alles plötzlich? In den ganzen Jahren zuvor hat sich doch kein Mensch für die alte Farm, geschweige denn mich interessiert.« Charles schüttelte nur ahnungslos den Kopf.

»Genau diese Frage stellen wir uns auch«, sagte Alan.

»Vielleicht habt Ihr ja recht und es hat wirklich etwas mit der Brennerei zu tun. Aber was nur, ich habe echt keine Ahnung. Warum sollte man mich also umbringen wollen und Graham ebenfalls?« Charles war spürbar frustriert.

»Das werden wir schon noch herausfinden«, sagte Alan zuversichtlich.

Nachdem er noch ein paar weitere Sätze mit Charles Maclellan gewechselt und ihm nochmals gute Besserung gewünscht hatte, beendete er die Verbindung und sie machten sich auf den Weg ins Krankenhaus zu Graham.

Oberschwester

Donnerstag, 12. Mai

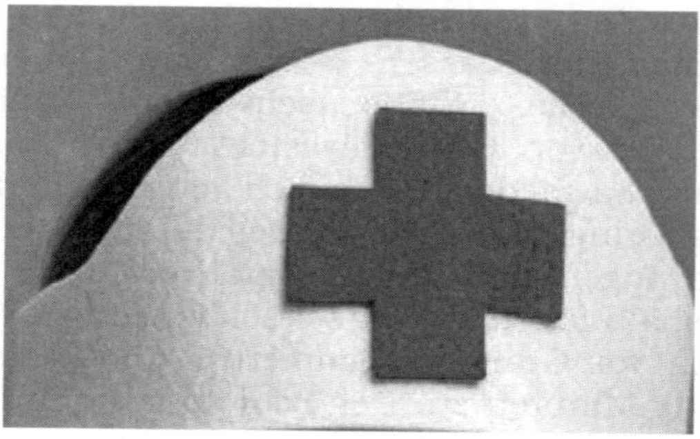

Ein Polizist saß vor der Tür zu Grahams Krankenzimmer und lauschte interessiert und halb belustigt dem Disput der beiden Frauen, die auf dem Flur vor der Schwesternstation standen. Alan hatte, gleich nachdem er von dem möglichen Anschlag auf Graham gehört hatte, angeordnet, dass Graham bewacht werden sollte, um etwaige weitere "Zufälle" zu verhindern.

Eine der beiden Frauen war ihres Zeichens die leitende Stationsschwester, die der Polizist schon kannte und von der er auch wusste, dass sie sehr resolut sein konnte. Und genau das machte sie gerade deutlich, als sie der ihr gegenüberstehenden Frau erneut erklärte, dass niemand zu Graham durchgelassen werden durfte und er außerdem seine Ruhe brauchte. Immerhin sei er erst vor Kurzem aus der Narkose aufgewacht und in sein Zimmer gebracht worden. Lediglich die engsten Angehörigen hätten nach Freigabe durch die Polizei das Recht auf einen kurzen Besuch.

Sie hatte allerdings in der Diskussion mit der noch resoluteren Ishbel, die ihr gegenüberstand und gerade den Eindruck erweckte, als würde sie der Krankenschwester gleich die Halsschlagader durchbeißen, wenn die sie nicht sofort zu IHREM Patienten durchlassen würde, auf Dauer keine Chance. Die Stationsschwester kapitulierte schließlich vor "Oberschwester" Ishbel, da sie eingesehen hatte, dass diese sich von niemandem davon abbringen lassen würde, zu ihrem Graham vorzudringen, noch nicht einmal von ihr.

Deshalb führte sie Ishbel schließlich zu dem Polizisten vor Grahams Zimmertür und gestand ihr zwanzig Minuten zu. Der Beamte rief der Einfachheit halber direkt bei Alan an, was dazu führte, dass Ishbel endlich erlaubt wurde, zu Graham ins Krankenzimmer zu gehen. Von den erlaubten 20 Minuten weinte Ishbel achtzehn davon, während sie bei Graham auf der Bettkante saß und seine Hand umklammerte, als wolle sie diese nie wieder loslassen.

Graham hatte selbst unter den Nachwirkungen der Narkose natürlich auch die lauten Stimmen auf dem Flur gehört und die Stimme seiner Ishbel erkannt. Er hatte sich seelisch schon auf das Schlimmste vorbereitet. Er hatte mit heftigen Vorwürfen gerechnet, aber Ishbel war einfach nur besorgt um seine Gesundheit und überglücklich, dass er den Unfall überhaupt lebend überstanden hatte.

Sein linkes Bein lag in einem Gipsbett und man hatte inzwischen diverse Knochenbrüche operiert und die Knochen miteinander verschraubt.

»Ist ja schon gut, Ishbel-Schatz«, versuchte er sie erneut zu beruhigen. »Es ist ja noch alles dran an mir und ich lebe noch. Das wird schon wieder.« Dabei nuschelte er noch etwas. Einerseits, weil das Narkosemittel wohl noch nicht vollständig abgebaut war, andererseits behinderte ihn offensichtlich die Schwellung am Kiefergelenk.

Alles in allem sah Grahams Kopf eher wie eine ramponierte Tomate aus. Da er bei dem Unfall wohl mehrfach mit dem Kopf auf Lenkrad, Seitenfenster und Holm geschleudert worden war, bildeten sich mittlerweile diverse Blutergüsse aus. Eine Gehirnerschütterung wurde zum Glück ausgeschlossen. Auch die Halswirbelsäule schien nach eingehender Untersuchung nichts Gravierendes abbekommen zu haben. Zur Sicherheit trug er trotzdem eine Halskrause. Damit und in Verbindung mit seinem weißen, viel zu großen Nachthemd hinterließ er alles in allem den Eindruck, als hätte jemand die ramponierte Tomate als Kopfersatz auf einen Schneemann gesetzt.

Ishbel fand diesen Anblick allerdings alles andere als erheiternd. »Es ist momentan einfach alles zu viel«, schluchzte sie. »Erst der Brand, dann Jimmys Tod und das kaputte Stillhouse und jetzt auch noch das. Das halten meine Nerven einfach nicht aus.«

»Ja, ja. Das verstehe ich gut, das geht mir ja auch so«, antwortete Graham. Dabei streichelte er ihr mit seiner freien Hand - in der anderen steckte eine große Braunüle - über den Kopf. »Sobald ich wieder laufen kann, muss ich deshalb unbedingt herausfinden, was dahintersteckt.«

Ishbel hörte schlagartig auf zu schluchzen und der Blick, den sie Graham zuwarf, ließ den Beginn des dritten Weltkrieges befürchten. Graham wand sich verlegen. »So habe ich das doch gar nicht gemeint, Liebes«, stotterte er.

»Komm mir nicht so. Ich kenne dich viel zu gut. Du denkst schon wieder daran, Detektiv zu spielen.« Ishbels Ton war scharf wie ein Messer.

»Nein, nein. Ich will doch höchstens so ein bisschen Alan bei seiner Arbeit unterstützen. Außerdem, möchtest du denn nicht auch wissen, ob dieser Unfall nicht vielleicht doch mit Absicht geschehen ist?«

»Vergiss es. Wenn du das machst, breche ich dir höchstpersönlich auch noch das andere Bein«, drohte Ishbel und Graham wusste, dass Sie es ernst meinte. Nicht dass sie ihm wirklich das Bein brechen wollte, aber sie würde es nicht tolerieren, wenn er sich wieder leichtsinnigerweise in Gefahr begeben sollte.

»Aber Schatz, du willst doch bestimmt nicht, dass derjenige, der mich von der Straße abgedrängt hat, weiterhin frei herumläuft und es eventuell noch mal versucht. Da ist es doch wirklich besser, dass ich wenigstens Alan alle Informationen gebe, die ich habe, um ihn möglichst schnell zu fassen.«

»Mmh. Welche Informationen hast du denn?«, fragte Ishbel mit einem lauernden Unterton.

»Äh, ... keine«, antwortete Graham nach kurzem Zögern.

»Siehst du. Das habe ich mir nämlich gedacht! Also halte dich raus aus dem Fall.«

»Aber vielleicht kann ich ja im Gespräch mit Charles etwas herausfinden«, versuchte Graham erneut sein Glück. »Irgendwie glaube ich nämlich, dass alles zusammenhängt und mit der Dandaleith Distillery zu tun hat.«

»Das mag ja sein«, antwortete Ishbel, die selbst schon in diese Richtung gedacht hatte. Aber sie wollte natürlich auf gar keinen Fall Graham dabei unterstützen, dass der sich wieder in Gefahr begab, nur um erneut an einem Fall mitarbeiten zu können. Davon hatte sie wirklich genug. Den Angriff mit dem Totschläger bei seinem letzten Fall und jetzt der Anschlag mit dem Auto waren genug lebensbedrohliche Situationen gewesen. Mehr als genug für den Rest ihres gemeinsamen Lebens. »Aber das kann sicherlich auch Alan alleine mit ihm besprechen.«

Ishbels Tränen, die in den letzten Minuten getrocknet waren, begannen erneut zu fließen. »Graham, als die Polizei mich anrief und mir von deinem Unfall erzählte, da dachte ich ...«

»Was denn, Schatz? Ist ja gut.« Graham versuchte sie zu sich zu ziehen und sie in den Arm zu nehmen, was ihm trotz seiner Lage auch teilweise gelang.

»Ich dachte, so ein verdammtes Glück zu haben, den Menschen, den man am meisten liebt - und braucht, zweimal in wenigen Jahren *nicht* zu verlieren, soviel Gnade wird einem kein drittes Mal geschenkt. Beide Male hättest du tot sein sollen, das war die Absicht. Und beide Male hat man mir – dir –, diese Gnade erwiesen ...« Ishbel befreite sich aus Grahams Umarmung und sah ihn direkt an. »Ich bin weder sehr religiös noch besonders esoterisch. Aber ich weiß, dass dies nicht noch einmal passiert. Wärst du jetzt tot, dann hätte ich nichts mehr von dir. Alles wäre weg, unsere Träume, unsere Pläne. Dann könnte ich auch gleich ...«

»Sag es nicht!« Scharf unterbrach Graham ihre nächsten Gedanken. »Das darfst du niemals auch nur im Ansatz denken! Es wird nichts mehr passieren, das verspreche ich dir.« Und diesmal meinte es Graham wirklich ernst. Sehr viel ernster als jemals zuvor.

Dass er wirklich mal sterben würde, war für ihn irgendeine von vielen Optionen. Da er keine Familie hatte, musste er sich um die Menschen, die zurückbleiben würden, bislang keine Gedanken machen. Doch jetzt, mit Ishbel, war plötzlich alles anders. Zum ersten Mal konnte er sich in die Gedankenwelt eines anderen hineinversetzten und was er dort sah und spürte, schockierte ihn zutiefst. Den wichtigsten Menschen, seinen Halt im Leben, zu verlieren, wäre auch für ihn nicht tragbar gewesen. Von einem Tag auf den anderen wieder allein zu sein, nur umgeben von Erinnerungen - unvorstellbar!

»Ich meine es mehr als ernst. Der Gedanke, dich zu verlieren wäre auch für mich ... ich meine, wenn du ... also, was ich wirklich sagen möchte, ist das ...« Graham brach ab. Er fand einfach nicht die passenden Worte.

»Sag es einfach so, als würdest du mir einen Brief schreiben, ja?« Ishbel strich seine Bettdecke gerade und sah ihn dabei bewusst nicht an.

»Gut, also noch mal, was hältst du davon - nein, jetzt aber - liebe Ishbel, ich möchte, dass unsere Beziehung alles übersteht und überdauert. Daher möchte ich dich fragen, ob du ...«, stammelte er. Verzweifelt ließ Graham seinen freien Arm auf die Bettdecke fallen. »Ach Ishbel, das klingt alles so ungeheuer kitschig. Und damit wirkt es auch nicht so, wie ich möchte.«

»Bei mir schon.« Mit einem Lächeln sah sie ihn wieder an. »Ja, ich will! - Wolltest du, dass es so bei mir wirkt?«

Ohne ein weiteres Wort zog Graham Ishbel wieder zu sich heran und diesmal standen ihm die Tränen in den Augen. Aber nicht nur deswegen weil Ishbel sich auf seine geprellten Rippen legte.

»Und wie kann ich dir helfen, mein Schatz?«, fragte Graham nach einigen stillen Minuten. »Du musst doch auch so schon in Arbeit ersticken. Ich hatte jetzt durch den blöden Unfall ja nicht mal Gelegenheit mit unseren hohen Herren vom Vorstand zu sprechen wegen Ben Rhinnes und der Brennblase ...«

Mit erhobenem Zeigefinger brachte ihn Ishbel zum Schweigen. »Das ist doch jetzt Nebensache! George Latimer hat mich auf dem Weg hierher angerufen, wo du denn bleiben würdest. Als ob er was gerochen hätte! Ich hab ihn wohl ein wenig barsch abserviert, vermute ich. Aber egal, als er von deinem Unfall hörte, ist er fast ausgerastet. Ich soll mich nur um dich kümmern und die restlichen Probleme ihm und Robert überlassen. Keine zehn Minuten später hat Iain aus der Glen Turffield Distillery angerufen. Er will dich morgen besuchen und hat sich bereits mit unserem Percy in Verbindung gesetzt. Er richtet dir aus, dass du ab jetzt die Füße stillhalten sollst – was mit deinem Gips ja auch keine Kunst sein sollte. Du sollst aber auch die Finger von allen Problemen lassen. Er würde das mit Ben Rhinnes in die Hand nehmen.«

Graham war sichtlich beeindruckt. Da zeigte sich doch mal wieder der Spruch *Freunde in der Not sind Freunde fürs Leben.* Da lag er keine fünf Stunden flach und schon wuselte ein ganzes Rudel seiner Bekannten los, um ihm zu helfen. »Ich bin etwas von den Socken. Warum helfen die mir alle?«

»Na, weil es deine Freunde sind! Lass sie die Sachen machen, die du momentan nicht schaffst und fertig, okay?« Wieder legte Ishbel sich vorsichtig auf seinen Oberkörper. »Und den gefährlichen Teil überlässt du ab jetzt den Leuten, die dafür bezahlt werden?«, fragte sie in sein Nachthemd hinein.

»100%ig! Das ist ab jetzt nur noch Sache der Polizei!«

Wie aufs Stichwort klopfte es in diesem Moment an die Tür und Alan schaute ins Krankenzimmer. Als er sah, dass Graham wach war und es beiden offensichtlich ganz gut ging, betrat er, gefolgt von Brian, den Raum.

Ishbel erhob sich aus Grahams Umarmung und zog etwas verlegen ihren verknautschten Rock gerade.

»Hallo Ishbel, meine Liebe«, begrüßte er sie als Erstes und nahm sie kurz in die Arme. Während Brian das ebenfalls tat, hatte sich Alan schon dem "schottischen Patienten" zugewandt.

»Na, Patient«, begrüßte er ihn. »Das wird wohl langsam zum Hobby bei dir, dass du deine neuen Autos verschrottest. Hat dir dein Land Rover doch nicht so gut gefallen?«, frotzelte er.

»Danke, Alan, mir geht es soweit ganz gut.« Graham kannte ihn inzwischen gut genug, dass er wusste, dass Alan damit nur seine Sorge um Grahams Wohl überspielen wollte.

Brian schaffte es irgendwie, besorgt zu grinsen. »Du machst mir ja Sachen«, sagte er dann.

»Wir wollen euch nicht lange stören«, hakte Alan ein, der inzwischen gemerkt hatte, dass die Luft im Zimmer ganz schön "privat" roch und Ishbel einen angespannten, aber zugleich auch glücklichen Eindruck machte. Graham schien auch in einem Gefühlshoch zu schweben, sodass sich Alan schon denken konnte, dass Brian und er ihn wohl gerade in einer sehr intimen Situation mit seiner Lebensgefährtin gestört hatten. »Wir wollten nur sehen, ob du von ein paar "Blessuren" abgesehen, alles gut überstanden hast.«

»Und natürlich würde uns auch interessieren, ob dir inzwischen vielleicht doch noch etwas eingefallen ist zu dem Fahrer des anderen Autos«, ergänzte Brian.

»Danke, dass ihr gekommen seid. Mit meinem Bein werde ich wohl keinen Fußball mehr spielen können. Aber da ich das auch vorher noch nie gemacht habe, werde ich es wohl nicht vermissen.«

»Fußball, was ist das denn?«, tat Brian erstaunt.

»Fußball ist wie Schach, nur ohne Würfel«, grinste Graham, der wusste, dass Brian ihn nur aufmuntern wollte. »Aber ansonsten denken die Ärzte, dass sie mich soweit wieder hinbekommen, dass ich zumindest wieder wandern gehen kann und mit viel Glück auch wieder den einen oder anderen Munro besteigen kann.«

»Schön, das freut uns.« Alan sah ihn jetzt fragend an und Graham kapierte, was die beiden noch mehr interessierte als seine Gesundheit.

»Aber zu dem Fahrer kann ich euch leider nichts sagen. Es war ein schwarzer Pick-up mit getönten Scheiben, sodass ich noch nicht einmal sagen kann, ob da ein Mann oder mehrere im Auto saßen, geschweige denn, wie der oder die aussahen.«

»Schade, aber dann ist da wohl nichts zu machen.«

»Glaubt ihr denn nicht auch, dass alle diese Ereignisse etwas miteinander zu tun haben?«, getraute sich Graham zu fragen, da er sich durch die Anwesenheit der Beiden sicherer fühlte. Ishbel schaute ihn schon wieder so komisch an. Ihr Blick hätte Stahlbeton zerschneiden können.

»Ja, da sind wir uns inzwischen tatsächlich sicher. Zumal ...« Alan machte eine Pause, da er überlegte, ob er Graham vom Anschlag auf Charles erzählen sollte oder ob das seinen Gesundheitszustand eventuell beeinträchtigen würde.

»Zumal, was?«, hakte Graham nach, dem die Pause zu lange dauerte und der ahnte, dass dies nichts Gutes zu bedeuten hatte.

»Na ja, zumal heute im Gefängnis auch ein Anschlag auf Charles verübt wurde.« Alan hatte sich entschieden, Graham reinen Wein einzuschenken.

»Ein Anschlag auf Charles. Oh Gott! Was ist denn passiert?«

Alan informierte ihn in kurzen Sätzen über den Anschlag und schloss mit den Worten: »Er hat aber mehr Glück gehabt als du und ist auch in einem besseren Zustand.«

»Schön für ihn, aber, zum einhundertsten Mal, was soll das alles?«

Nachdem Ishbel inzwischen alle so giftig ansah, dass sie wussten, dass sie dieses Thema heute besser nicht vertiefen sollten, lenkte Alan ein: »Das werden WIR schon herausfinden. Deshalb gehen WIR jetzt auch wieder. Erhol dich gut und bleib anständig.«

»Ja, genau. Besser dich!«, ergänzte Brian noch schnell, als sich beide verabschiedeten.

Nachdem sich die Tür geschlossen hatte, kehrte Ishbel an Grahams Bett zurück. »Du siehst, dass das Ganze wohl noch ernster ist, als du dachtest, stimmt's? Ich möchte dich an dein Versprechen von eben erinnern. Es ist mir mehr als ernst! Und was deine unausgesprochene Frage und meine Antwort darauf angeht ...«

Graham nahm ihre Hand wieder fest in die Seine. »Ja! Ja! Ja! Ja! Ja!«

»Puh, da wurde die Luft zum Schluss nochmals ganz schön dick im Raum, was?«, sagte Brian zu Alan, als sie wieder auf dem Weg zum Auto waren.

»Ja, das hatte ich auch bemerkt«, grinste Alan zurück. »So nett Ishbel auch ist, Streit wollte ich keinen mit ihr haben.«

»Ja, da ist unser Graham nicht zu beneiden.«

»Aber andererseits hat Ishbel es auch nicht immer leicht mit ihm.«

»Stimmt auch wieder. Ich denke aber, sie hält unseren Hobby-Detektiv dieses Mal wirklich im Zaum.«

»Na, wegen seiner Detektivarbeit habe ich da so ein Gefühl, als würde er uns bald wieder auf der Pelle hängen. Warte nur ab.«

»Jetzt mal den Teufel nicht gleich an die Wand«, grinste Brian. »Und, was machen wir jetzt?«

Alan schaute seinen Freund fragend an, denn er konnte sich schon denken, was ihn umtrieb und ihm auf der Seele brannte. Und Brian enttäuschte ihn natürlich nicht.

»Na mein Lieber, ein Brand, ein Haufen alter Leichen, eine Explosion, ein Toter und zwei Mordanschläge! Das sollte doch jetzt wohl reichen, damit wir offiziell ermitteln können«, grinste Brian seinen Freund an.

»Ja, das sehe ich auch so«, grinste Alan zurück. »Ich werde gleich Chief Timmins anrufen, mit ihm sprechen und alle Formalitäten einleiten. Wir sind wohl wieder im Spiel. Und trotz der persönlichen Schicksale freue ich mich darüber.«

»Ja, ich auch. Zum Glück ist weder Graham noch Charles wirklich Schlimmeres passiert. Bis auf den armen Jimmy halt.«

»Genau!«

»Aber vorher könnten wir noch eine Kleinigkeit essen gehen. Ich kenne da ein Restaurant, bei denen gibt es riesige und superleckere Steaks.«

»Okay, gerne. Ich hoffe die haben auch Portionen für Leute wie mich.«

»Na klar. Da gibt es auch "Kinder- und Seniorenteller".«

Lachend stiegen beide ins Auto und fuhren zu Brians Lieblings-Steakrestaurant.

Nach einem doppelten Espresso am Ende ihres frühen Abendessens - zumindest war es das aus Alans Sicht; für Brian war es eher eine kleine Zwischenmahlzeit - griff Alan zu seinem Handy und wählte die Nummer von Chief Constable Bill Timmins, seinem Chef.

Als dessen Sekretärin ihn umgehend zum Chef durchgestellt hatte, informierte ihn Alan über die Details zu den aktuellen Vorfällen, von denen sein Vorgesetzter inzwischen natürlich auch schon längst gehört hatte. Und natürlich hatte er auch schon auf den Anruf von Alan gewartet, denn dazu kannte er seinen besten Mann nur zu gut.

»Und sie würden jetzt natürlich am Liebsten weiter machen«, sagte er dann auch, ohne dass Alan eine Frage in dieser Richtung gestellt hatte.

»Ja, genau. Charles Maclellan und Graham Morrice hatten einfach nur Glück gehabt, sonst wären beide jetzt tot.«

»Ja, ja, und mit dem Tod des armen Distillery Mitarbeiters haben Sie ihrer Meinung nach die magische Zahl von drei jetzt erreicht.«

»Wir sollten auch den Brand des Lagerhauses nicht vergessen. Das hängt garantiert alles zusammen«, ergänzte Alan ohne auf Timmins' provokante Bemerkung einzugehen.

»Ich kenne Sie. Trotzdem haben wir es nach meinen bescheidenen Informationen zunächst einmal mit zwei Unfällen zu tun. Der Angriff auf einen Gefangenen durch einen Mithäftling fällt weder in unser Ressort noch in unser Territorium. Dies ist Sache der Kollegen aus Glasgow. Und der Verkehrsunfall ist nicht zwangsläufig mit einem Mordanschlag gleichzusetzen.«

»Stimmt zunächst schon ...«

»Unterbrechen Sie mich nicht. Ich denke, Sie kennen mich so gut? Dann wissen Sie auch, dass ich meinen Stall grundsätzlich sauber halten will. Aus rein ermittlungstechnischer Sicht der einzelnen Vorfälle ergibt sich keine stichhaltige Notwendigkeit, leitende Beamte hierfür zu binden. Allerdings sind wir uns alle im Klaren, was die Presse daraus machen wird. Ich bin mir natürlich bewusst, dass einige findige Reporter alle Fälle in Zusammenhang bringen werden und dann die kompromittierende Frage stellen, warum wir es nicht gemerkt haben. Um dem vorzubeugen, wird es mir wohl möglich sein, hierfür Ressourcen bereitzustellen und meine Kollegen der zuständigen Abteilungen davon zu überzeugen, dass es für alle das Beste ist, die Untersuchungen hier bei uns zu bündeln.

»Da stimme ich ihnen voll und ganz zu, Sir.« Alan war, wie immer, begeistert von Timmins' Fähigkeit, einen derartigen Monolog, ohne irgendwelche Unterbrecher, hinzulegen.

»Gut, mein Lieber, dann also weiter. Da ich Sie sowieso mit der Öffentlichkeitsarbeit im Fall Massengrab beauftragt habe, können Sie auch gleich die anderen Fälle mit berücksichtigen. DCI Strachan bleibt weiterhin leitender Ermittler in dem hoffentlich einzigen Fall mit Leichen.«

»Wir sollten den jungen Distillery Mitarbeiter nicht vergessen ...«

»Habe ich gewiss nicht. Danke für die Erinnerung. Solange Sie mir aber nicht anderslautende Fakten liefern, bleibt es bei der offiziellen Version eines bedauerlichen Unfalls. Punkt. Wenn ihre Spürnase auch diesmal richtig liegt, finden Sie den Zusammenhang und klären schnellstens die Fälle. Ich möchte nicht schon wieder eine Mordserie in Schottland und erst recht nicht noch mal im Whiskymilieu erleben. Die letzten Fälle reichen mir. Die Industrie ist schon besorgt genug, dass irgendwann keiner mehr ihren Whisky trinken will.«

»Heißt das ...«

»Ja genau, das heißt das«, unterbrach ihn CC Timmins. »Die entsprechenden Vollmachten werde ich schnellstens besorgen, die können Sie sich morgen abholen und dann fassen Sie mir den oder die Kerle.«

»Ja, Sir. Danke!«

»Und einen schönen Gruß an Strachan, der sitzt Ihnen doch bestimmt gerade gegenüber.« Damit beendete CC Timmins das Gespräch.

»Manchmal glaube ich, der Alte kann hellsehen. Das passiert mir jedes Mal, wenn ich mit ihm telefoniere«, wandte sich Alan an seinen Freund. »Der wusste genau, dass du hier bei mir bist.«

»Vielleicht schmatze ich einfach nur zu laut«, grinste Brian.

»Wie auch immer, wir haben unseren "Dandaleith"-Fall.«

Der Fall würde polizeiintern unter irgendeinem völlig nüchternen Aktenzeichen geführt und später archiviert werden. Inoffiziell würde er aber den Arbeitstitel "Dandaleith" tragen, den ihm Alan gerade gegeben hatte.

Zur gleichen Zeit saß CC Timmins in seinem Büro und grübelte. Was war nur los mit seinem geliebten Schottland? Tötungsdelikte waren zwar schon immer vorgekommen, waren aber eher einfache Angelegenheiten: häusliche Gewalt, die eskalierte, Familienfehden, Ehedramen, ein Einbruch, der schrecklich schief lief. Aber solche Albtraumorgien wie in anderen Ländern - wozu er auch England zählte - gab es in Schottland nicht: keine Serienkiller, keine Leichen, die in einem Keller gestapelt waren. Und jetzt das! War etwa schon wieder ein Serientäter in Schottland aktiv geworden? Er sah schon den neuesten schottischen Trend "Morden im Norden".

Beim Verlassen des Restaurants wandte sich Alan nochmals an Brian. »Ich denke, ich rufe heute Abend mal Nicky an«, fuhr Alan fort. »Hoffentlich ist sie verfügbar und dann treffen wir uns am Montag zu dritt in Inverness. Ich sage dir dann noch Bescheid.«

»Auch wenn ich mich schon auf ein Wiedersehen mit ihr freue, wieso willst du Nicky dabeihaben?«

»Ganz einfach. Um hier voranzukommen, ist wohl eine Menge Recherchearbeit notwendig. Da ich Graham bei dem Fall außen vor und so weit wie es geht unter Kontrolle haben will und Maclellan nur begrenzt arbeiten kann, brauchen wir eine "Profi-Suchmaschine mit Polizeiqualitäten". Wer wäre da wohl besser geeignet?«

»Miss Google von Schottland. Das wird ihr gefallen. Und was ist mit dem Rest von unserer alten SoKo, willst du die auch alle aktivieren?«

»Nein, dieses Mal nicht. Gilly und Andy waren zwar schon bei der ersten Untersuchung der Torfleichen dabei, aber ich will sie und auch Charly Pollock außen vorlassen. Ich hatte auch CC Timmins so verstanden, dass wir in kleiner Besetzung vorgehen sollen.«

»Schade zwar, aber ich denke auch, dass wir erst einmal im intimen Kreis loslegen sollten. Falls sich der Fall doch noch zu einem weltumspannenden Thema ausweitet, so wie beim letzten Mal, können wir die immer noch mitspielen lassen«, grinste Brian.

»Genau. Nimm du doch bitte morgen früh in Inverness zu den Kollegen Kontakt auf, die die Fälle von Charles Anschlag und Grahams Autounfall bisher bearbeitet haben, und informiere sie, dass wir ab sofort übernehmen. Lass dir alle Akten geben.«

»Klar, mache ich doch gerne.«

»Dann sollten wir morgen Nachmittag mal unseren Leichenschänder in Aberdeen besuchen und uns von ihm aufklären lassen, was er zu den Torfleichen herausgefunden hat.«

»Gute Idee«

»Prima, dann nehme ich jetzt den Zug nach Hause und überlege mir dabei schon mal einen Schlachtplan für nächste Woche.«

»Warum bleibst du nicht hier in Inverness. Bei Susan?«, fragte Brian erstaunt. »Ich könnte dich doch morgen bei euch zu Hause abholen und wir fahren gemeinsam nach Aberdeen.«

»Weil sie leider Nachtschicht im Krankenhaus hat und es nichts Frustrierenderes gibt als sich morgens die Klinke in die Hand zu geben. Deshalb!«, antwortete Alan etwas gereizt.

»Das glaube ich dir gerne«, pflichtete Brian ihm bei, ohne weiter auf Alans Unterton zu achten. »Nur mal so von Freund zu Freund: Solltest du nicht vielleicht was an eurer Situation ändern? Ich fürchte, so was geht nicht sehr lange gut.«

Zuerst lag Alan eine scharfe Erwiderung auf der Zunge, doch dann atmete er einfach nur tief aus und legte Brian die Hand auf die Schulter. »Du hast ja recht. Das weiß ich selber und ja, es gibt bereits die eine oder andere spitze Bemerkung. Es passt mir selbst ja am allerwenigsten und - ach, lass es für heute gut sein. Glaub mir, diese Akte liegt bei mir ganz oben im Stapel.«

»Also gut, eure Entscheidung. Wann soll ich dich denn abholen oder wollen wir uns direkt in der Rechtsmedizin treffen?«

»Nein, du kannst mich gerne abholen. Sei doch bitte um 13:00 Uhr bei mir, dann kannst du vorher noch eine Kleinigkeit essen, damit dir der Besuch auch besser auf den Magen schlagen kann«, grinste Alan, der genauestens um Brians Vorliebe für Besuche in der Rechtsmedizin wusste.

Mit diesen Worten drehte sich Alan um und machte sich auf den Weg über den Ness Walk und die Ness Bridge in Richtung Bahnhof,

Cladh Hallan

Freitag, 13. Mai

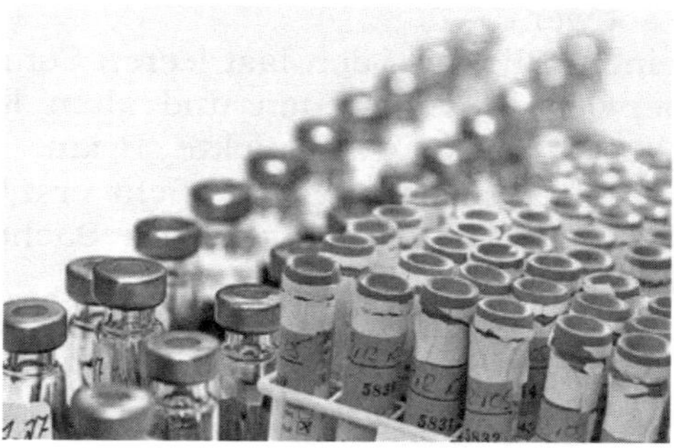

Am nächsten Morgen um 08:00 Uhr betrat Brian das Büro seines Kollegen Rob Mitchell, den er bislang nur flüchtig kannte, da er in einer anderen Abteilung arbeitete. Lediglich in der Kantine oder bei Feierlichkeiten hatten sie sich das eine oder andere Mal unterhalten. Mitchell füllte seinen Schreibtischstuhl so aus, als wäre er ihm direkt auf den Leib geschneidert worden. Glücklicherweise hatte der Schneider noch genug Platz für ein völlig zerknittertes Jackett in undefinierbarem blaugrau gelassen. Der Anblick wurde nur noch durch eine Kaffeetasse getoppt, die fast schon Badewannenausmaße hatte.

Brian wusste, dass Mitchell viel zu viel Kaffee trank, zu fett und zu süß aß und auch viel zu kohlenhydratreich. Außerdem rauchte er wie der viel zitierte Schlot. Zusätzlich lebte er auch noch nach dem Motto: Sport ist Mord. Er würde seine Pension sicherlich nicht lange genießen können, wenn er sie denn überhaupt erlebte. Da war sich Brian sicher.

»Hallo Rob, wie geht´s?«

»Am liebsten gut. Aber bei der vielen Arbeit fällt das oft schwer.«

Mit einem Blick auf den fast leeren Schreibtisch, der überwiegend von neuen und alten Kaffeetassenflecken bedeckt war, nickte Brian. »Ja, das kenne ich.« Er setzte sich gar nicht erst, sondern kam gleich zur Sache. »Hör mal, die Sache mit der Explosion in der Destillerie.«

»Ja, was ist damit? Du hast dir die Akte doch schon angesehen«, antwortete Mitchell zögerlich und hoffte dabei, dass ihm Brian nicht noch mehr Arbeit machen wollte.

»Wir vermuten, dass es da einen Zusammenhang gibt, zwischen der Explosion in der Ben Rhinnes Brennerei sowie meinem Fall, dem Brand auf der Cairndow Farm.«

»Tatsächlich?« Mitchell befürchtete das Schlimmste. *Aus einem Fall werden plötzlich zwei.* »Sollte die Presse dann tatsächlich recht haben? Die Reporter nerven mich schon die ganzen Tage.«

»Tja, sieht wohl so aus. Alan Derringer hat schon mit Chief Timmins gesprochen und der will die Betreuung der beiden Fälle in eine Hand legen.«

»Aha«, *ihm blieb auch nichts erspart.*

»Alan will sich der Sache annehmen«

»Oh«, *Glück gehabt.* »Das heißt, er will die beiden Fälle übernehmen?«

»Mehr oder weniger. Alan wird das Ganze koordinieren. Es gibt nämlich noch zwei weitere Fälle, die ins Muster passen. Die Leitung der Ermittlung soll ich übernehmen.«

»Du ermittelst jetzt in Unfallsachen? Sind dir die Morde ausgegangen?«

»Keineswegs, du siehst sie direkt vor dir.«

»Das soll ein gezielter Mordanschlag gewesen sein? Eine Brennblase in die Luft sprengen? Seit wann gibt's denn so was?« Mitchell war völlig aus dem Häuschen.

»Seit jetzt. Zumindest müssen wir von einem gezielten Anschlag mit Todesfolge ausgehen.«

»Na, das ist ja mal 'ne Nummer!«

»Hast du schon irgendwelche neuen Erkenntnisse?«

»Nö, wir sind noch auf dem gleichen Stand wie die letzten Tage. Auch bei unserer letzten Teambesprechung gestern Morgen konnten keine weiteren Erkenntnisse gemeldet werden. Alle Spuren verlaufen im Sande und ergeben nichts weiter als einen bedauerlichen Unfall. Und da wird sich wohl auch nichts dran ändern.«

»Das wird sich hoffentlich bald ändern. Ihr habt ja nicht in Richtung Anschlag ermittelt.«

»Stimmt. Da kommt ja auch keiner drauf, oder?«

»Kaum. Aber wenn man erst einmal weiß, dass man nach Mäusen suchen soll, blickt man nicht mehr zur Zimmerdecke, stimmt's?«

»Was? Ihr sucht nach Mäusen? Wieso das denn jetzt?« Mitchell hatte jetzt völlig den Faden verloren.

»Schon mal was von Metaphern gehört, Rob? – Nicht? – Ach, lass es gut sein.«

»Ich verstehe nur noch Bahnhof, Brian. Ehrlich. Wenn das eure gängigen Methoden sind, eure Spezialfälle zu lösen, dann bleibe ich doch lieber bei meinen verdächtigen Unfällen.«

»Okay Rob, dann gib mir einfach die Akten mit, wir kümmern uns dann mit unseren Spezialmethoden ab jetzt darum.«

»Prima. Hier sind sie.« Damit reichte ihm Mitchell zwei dünne Aktenordner, von denen einer ebenfalls mit einem Kaffeefleck verziert war und den anderen, der Fotos enthielt, die Brian möglichst nie mehr sehen wollte. »Die kannst du gerne mitnehmen, ich habe noch genügend anderes zu tun.«

»Ja, sicher.« Damit verabschiedete sich Brian und schüttelte den Kopf, als er draußen auf dem Flur außer Sicht war. *Wenn der nur das Wort Arbeit hört, bekommt er schon Flecken ins Gesicht*, dachte er dabei. Der Mangel an ausgebildetem Fachpersonal war eindeutig nicht mehr zu leugnen.

Zurück in seinem Büro rief er als erstes Alan an und informierte ihn von der spontanen und sehr freundlichen Übergabe der Unterlagen. Anschließend wollte er mit dem Kollegen in Aberdeen telefonieren, um sich den Obduktionsbefund von Jimmys Leiche und die Stellungnahme des Sachverständigen schicken zu lassen. Dann fehlten nur noch die Ergebnisse des Brandsachverständigen zum Brand des Lagerhauses und das Gutachten zu den Torfleichen und sie hatten alle offiziellen Dokumente zu den ersten beiden Fällen zusammen.

Alan informierte Brian, dass er den leitenden Beamten aus Glasgow telefonisch erreicht hatte und CC Timmins schon die entsprechenden Anforderungen an die zuständigen Dienststellen verschickt hatte. Damit konnte er auch in diese Akten Einsicht nehmen und entsprechende Schritte einleiten. Die erforderlichen Vollmachten hatte Alan heute Morgen schon als Erstes von Timmins Büro gefaxt bekommen. »Es kann losgehen, mein Lieber. Wir sind wieder im Spiel.«

»Aye«, benutzte Brian das gälische Wort für "Ja". »Endlich!«

»Am Montag möchte ich mit dir zur Einsatzzentrale der Verkehrspolizei, um die Ermittlungen rund um Grahams Unfall kennenzulernen. Mit Nicky habe ich auch schon gesprochen. Sie wird von ihrem Chef freundlicherweise halbtags für unseren Fall abgestellt. Da hat Timmins wohl wieder ganze Überzeugungsarbeit geleistet. Ich kläre heute im Laufe des Tages noch das erforderliche technische Equipment. Nicky hatte natürlich wieder ein paar Sonderwünsche. Das wird wieder kosten! Ich denke, wir sollten bei dir in der Dienststelle ein Besprechungszimmer benutzen. Das ist für alle der kürzeste Weg. Kümmere dich bitte darum, dass wir den Raum bekommen, der die Tür zur Feuertreppe hat.«

»Damit du zwischendurch wieder deinem qualmenden Hobby nachgehen kannst. Hab schon verstanden. Könnte es obendrein auch sein, dass eine Zentrale in Inverness dir die Möglichkeit gibt, wieder öfter bei Susan zu schlafen?«

»Unterstellst du mir etwa private Interessen? Ich bitte dich!«, empörte sich Alan.

»Schon klar«, antwortete Brian grinsend.

»Also gut, wir treffen uns dann alle Montagmorgen um 09:00 Uhr in unserem neuen Raum. Schaffst du das?«

»Was, mitten in der Nacht?«, fragte Brian amüsiert. »Klar, ich bin pünktlich da. Ich stell dann schon mal den Kaffee bereit und vielleicht auch noch ein paar Plätzchen. So circa 20 Kilo sollten reichen.«

»Okay, du Nimmersatt. Ich möchte bloß wissen, wo du das alles hinfutterst. Ich nehme schon zu, wenn ich nur sehe, was du alles isst.«

»Alles Muskeln, mein Lieber. Ich wandle das alles in Muskeln um«, lachte Brian, der genetisch einfach Glück hatte.

»Du hast es gut. Also, dann mach dich mal auf den Weg zu mir, damit wir pünktlich bei unserem Butcher sind. Du weißt doch, der hasst Unpünktlichkeit.«

»Ja, ja, der hat vermutlich Angst, dass ihm die Leichen weglaufen, wenn er sie zulange aus den Augen lässt.«

»Was auch immer. Fahr anständig und rase nicht so«, neckte Alan.

»Ja, Mama!«

Kopfschüttelnd ging Brian zu seinem Dienstwagen und stieg ein. Danach sortierte er die mitgebrachten Brote und Kuchenstückchen auf dem Beifahrersitz, um für die gut dreistündige Fahrt gewappnet zu sein.

Pünktlich um 13:00 Uhr kam Brian bei Alan in Aberdeen vorbei und holte seinen Freund im Büro ab. Gemeinsam fuhren sie dann in Brians Dienstwagen zur Universität von Aberdeen, auf deren Gelände sich auch das Institut für Rechtsmedizin befand.

In der forensischen Pathologie angekommen, gingen beide in den Keller und zum Sektionsraum 2, in dem sich Alan mit Professor Butcher telefonisch verabredet hatte. Ein Schwall kühler, formalingetränkter Luft empfing sie, nachdem sie die Tür geöffnet hatten. Die Örtlichkeit wirkte auf Brian nach wie vor nicht gerade stimmungshebend.

Der Raum war mit einer speziellen Entlüftungsanlage ausgestattet sowie Abzugshauben für Chemikaliendämpfe. Dennoch hing dieser typische Geruch, den alle Sektionsräume gleich hatten, in der Luft: eine einzigartige Kombination aus Tod, Desinfektionsmittel und Kälte. Das eigentlich Besondere in der Rechtsmedizin allerdings waren die begehbare Kühl- und Gefrierkammer und der Raum für verwesende Leichen. Wände und Boden waren mit wasserfestem Lack versiegelt, sodass alles nass abgespritzt werden konnte.

Auf einem der wannenförmigen Stahltische lag die Leiche eines Mannes. Der Rechtsmediziner trug die vorgeschriebene Schutzkleidung bestehend aus Schürze, Schuhe aus Kunststoff sowie Handschuhe und einen Mundschutz. Als Chris Butcher die beiden Beamten bemerkte, zog er den Mundschutz vom Gesicht, steckte die Hände in seinen grünen Kittel und trat auf sie zu. Sein Mundschutz baumelte dabei um seinen Hals wie ein seltsames Amulett. Er zeigte wortlos auf einen Behälter neben der Tür, aus dem sich Alan und Brian einen Mund- und Nasenschutz nahmen und umlegten. Daneben waren Einwegkittel und Überschuhe gestapelt, die sie sich ebenfalls anzogen.

In der Rechtsmedizin von Aberdeen gab es keine Mentholcreme, die sich die Mediziner oder die Beamten unter die Nase schmieren konnten. Anders als aus entsprechenden Fernsehserien bekannt, hatte die Erfahrung nämlich gezeigt, dass dies nicht wirklich half und man neben dem Leichengeruch nur noch zusätzlich den strengen Duft von

Wick Vaporub in der Nase hatte. Eine nicht gerade optimale Kombination.

Das ganz besondere Aroma, das in dem Raum hing, spiegelte den Kampf zwischen dem natürlichen Prozess der Verwesung und dem ihrer künstlichen Verhinderung wieder. So hatte es Dr. Butcher einst prosaisch bezeichnet. Brian hatte damals darauf geantwortet: »Mit anderen Worten, es stinkt!« Danach hatte er es so gut wie immer vermieden, an diesen Ort zurückzukehren.

»Ist es nicht völlig ungewöhnlich, dass man in Schottland Torfleichen findet?«, eröffnete Alan das Gespräch. Er wusste, dass Chris Butcher keinen Wert auf Wortgeplänkel oder gar förmliche Eingangsfloskeln legte und kam deshalb gleich zur Sache. »Ich dachte, die werden nur auf dem Festland gefunden.«

»Überwiegend schon, das stimmt. Aber, wie heißt es so schön: Ausnahmen bestätigen die Regel. Und Torf haben wir in Schottland ja schließlich genug.«

»Warum legt man die Körper überhaupt in den Torfboden?«

»Der Kult der Mumifizierung wurde von fast allen Völkern der Erde praktiziert, doch jeweils mit unterschiedlichen Methoden und aus unterschiedlichen Motiven.«

»Handelt es sich dabei wirklich um echte Mumien? Die gibt es doch nur in Ägypten, oder?«, fragte Brian.

»Auch in Europa gab es gegen Ende des Mittelalters eine Mumifizierungskultur, ähnlich wie in Ägypten und in Südamerika. In Schottland wurden sogar schon viele Tausend Jahre früher Tote einbalsamiert. Haben Sie vor ein paar Jahren von den

Ausgrabungen bei Cladh Hallan gehört?«, fragte Chris Butcher.

»Ich kann mich noch dunkel daran erinnern, in der Zeitung darüber gelesen zu haben«, antwortete Alan und auch Brian nickte pflichtschuldigst, obwohl er in der Tageszeitung immer nur den Sportteil las und sich nicht daran erinnern konnte, dass dort etwas über diese Ausgrabungen drinstand.

Offensichtlich von der Antwort befriedigt fuhr Professor Butcher fort: »Vor wenigen Jahren stolperten Archäologen bei ihren Ausgrabungen auf der Hebrideninsel South Uist über erstaunlich gut erhaltene Skelette in ungewöhnlicher Pose - ein Fund, der manches Rätsel aufgibt. Auch heute noch!« Er schaute die beiden Ermittler ernst an.

»Die Knie an die Brust gezogen, die Knochen von Ober- und Unterschenkeln parallel nebeneinanderliegend. So fanden die Archäologen zwei Skelette unter dem Fußboden eines Rundhauses aus der späten Bronzezeit im sogenannten Cladh Hallan auf South Uist. Zunächst war der Grabungsleiter nur durch die ungewöhnliche Haltung, die an peruanische Funde denken ließ, irritiert. Anzeichen einer Mumifizierung waren nicht erkennbar, weder am Skelett der zwischen 40 und 60 Jahre alten Frau noch am Skelett des mindestens 40 Jahre alten Mannes waren Reste von Körpergewebe erhalten. Die erste große Überraschung kam dann, als im Labor Radiokarbondaten für beide ermittelt wurden. Demnach starb die Frau um 1300 vor Christus, der Mann sogar rund 200 Jahre früher. Ins Grab gelegt wurden sie aber beide erst um das Jahr 1000 vor Christus.«

»Das verstehe ich jetzt nicht«, unterbrach Brian erstaunt. »Was haben die denn 300 beziehungsweise 500 Jahre lang mit den Toten gemacht? Sie mit sich herumgetragen?«

Chris Butcher grinste. »Langsam, mein Lieber. Darauf komme ich noch. Was nämlich die Wissenschaftler am meisten verblüffte«, kurzer Seitenblick auf Brian, der diesen als nicht zu dieser Kategorie gehörend definierte, »war die Tatsache, dass ohne besondere Behandlung die sterblichen Überreste der beiden zu diesem Zeitpunkt nur noch aus einem ungeordneten Haufen Knochen hätten bestehen dürfen. Gefunden wurden beide Skelette aber im anatomischen Verband, das heißt, die Knochen befanden sich also noch in ihrer natürlichen Anordnung, so wie im Körper. Das wiederum bedeutet, dass zu dem Zeitpunkt, an dem das Paar schließlich bestattet wurde, zumindest noch Haut und Sehnen die Skelette zusammengehalten haben müssen. Also Körpergewebe vorhanden sein musste, das 300 bzw. 500 Jahre nach dem Tod noch erhalten war.«

Bevor Brian, der bereits zu einer erneuten Erwiderung ansetzte, etwas sagen konnte, hob der Rechtsmediziner die Hand und gebot ihm damit zu schweigen. Erstaunlicherweise befolgte Brian diese Anweisung und schloss den Mund wieder.

»An diesem Punkt begannen die Wissenschaftler ernsthaft in Erwägung zu ziehen, dass sie auf die Reste der ältesten Mumien Europas gestoßen sein könnten. Um dies klar zu belegen, galt es, die Methode der Mumifizierung zu untersuchen. Aufgrund der im zweiten vorchristlichen Jahrtausend verfügbaren Konservierungstechniken konnte das nur auf eine von vier Möglichkeiten erfolgt sein: Das Paar wurde im Wind luftgetrocknet, sie wurden langsam über einem Torffeuer getrocknet, sie wurden in Salz eingelegt oder sie wurden eine Weile in einem Torfmoor versenkt.«

Jetzt ließ sich Brian aber nicht mehr länger zurückhalten. »Das klingt ja wie das Drehbuch aus einem Horrorfilm.«

»Das ist nüchtern betrachtet nichts als eine kurze Auflistung der gängigen Praxis. Vorrichtungen für die Lufttrocknung von Fleisch sind ethnografisch und archäologisch auf den schottischen Inseln belegt. In Cladh Hallan selbst ist aus einer späteren Phase der Siedlung eine Räucherei bekannt. Weitere forensische Untersuchungen erbrachten schließlich den Nachweis, dass bei dem Mann und der Frau von Cladh Hallan die vierte Konservierungsmethode angewandt worden war. Denn wenn ein Körper in einer bestimmten Art von Torfmoor versenkt wird, werden Sehnen und Haut in einer Weise gegerbt, die der handwerklichen Ledergerbung stark ähnelt. So zeigen die bekannten Funde von Moorleichen wie dem Tollund-Mann ebenfalls dieses Phänomen. Meine Kollegen von der Hamburger Rechtsmedizin haben vor Kurzem den "Mann von Bernuthsfeld", auch Bernie genannt, mithilfe der Computertomografie durchleuchtet, um seine ursprüngliche Körperform am Computer zu rekonstruieren. Und der ist circa 1.200 Jahre alt.

Aber auch die Knochen verändern sich in dem sauren Milieu, das ihnen Mineralstoffe entzieht. Je länger der Körper im Moor verbleibt, desto tiefer dringt die Demineralisierung in die Knochen vor. Gerade mal zwei Millimeter waren es bei den Skeletten von Cladh Hallan, immerhin genug, um eine Verweildauer im "Moorbad" von 6 bis 18 Monaten plausibel erscheinen zu lassen, die ihrerseits ausreicht, um Sehnen und Haut zu konservieren, die wiederum das Skelett im anatomischen Verband halten. Die Annahme einer Mumifizierung war damit in überraschender Deutlichkeit belegt.«

»Woher wissen Sie das alles so genau?«, fragte nun Alan.

»Aus zwei Gründen. Erstens interessiere ich mich sehr für Mumien. Aufgebahrt zur Totenverehrung, gefangen im Moor oder konserviert im ewigen Eis: Mumien sind Zeugen einer längst vergangenen Zeit und erzählen uns ihre Geschichten noch lange nach ihrem Tod. Sie erzählen uns Details aus einem Leben, lange bevor die Schrift erfunden wurde. Forschungen an Mumien geben Aufschluss über Hungersnöte, Seuchen und Umweltkatastrophen, aber auch über Inzest in Königshäusern und Erbkrankheiten. Und zweitens war ich der Rechtsmediziner, der damals die forensische Untersuchung durchgeführt hat.«

»Sie?« Das kam natürlich wieder von Brian und der hatte in dieses eine Wort so viel Ungläubigkeit gelegt, dass Chris Butcher sicherlich zutiefst beleidigt gewesen wäre, wenn er nicht noch eine Trumpfkarte gehabt hätte.

»Ja, ich«, erwiderte er deshalb nur grinsend. »Zufälligerweise bin ich nicht nur der Leiter der Rechtsmedizin in Aberdeen, sondern auch eine international anerkannte Koryphäe zum Thema Moorleichen.«

»Das glaube ich jetzt nicht«, entfuhr es Brian. Und dieses Mal klang es nicht beleidigend, sondern nur total erstaunt.

»Stimmt aber!« Professor Butchers Grinsen konnte die Schadenfreude nicht länger verbergen, während er auf ein Bücherbord über dem Schreibtisch an der Rückwand des Raumes zeigte. Dort standen zahlreiche Fachbücher der Pathologie und Forensik, von denen nicht wenige den Namen Butcher als Autor aufwiesen. »Deshalb hatte ich mit unserer modernen Forensik noch einen weiteren Beitrag zur Erklärung des Vorgehens bei der Mumifizierung zu bieten: Nach dem Tod eines Menschen sind es unter anderem die Magenbakterien, die zur Zersetzung des Leichnams beitragen und die auch das Skelett angreifen. Wie schwer ein Skelett durch diesen Bakterienbefall in Mitleidenschaft gezogen worden ist, lässt sich recht exakt durch ein als Quecksilber-Porosimetrie bezeichnetes Verfahren bestimmen. Hierbei wird ein Knochenstück bekannten Volumens in einen Behälter bekannten Volumens gelegt, in den anschließend unter Druck Quecksilber eingeleitet wird. Ein Teil des Quecksilbers dringt nun in Hohlräume im Knochen ein, die der Bakterienbefall verursacht hat. Im Falle der Skelette von Cladh Hallan nahm der Knochen nur eine sehr geringe Menge Quecksilber auf, was eine nur geringe Schädigung durch die Bakterien anzeigt.«

»Ah ja, verstehe.« Brian hatte wieder seine alte Form zurückgewonnen und natürlich nichts verstanden.

Chris Butcher ließ sich davon aber nicht beirren und fuhr ungerührt fort: »Demnach wurden die beiden Leichname nicht lange der natürlichen Verwesung überlassen. Vielleicht wurden sie schon nach ein oder zwei Tagen im Moor versenkt. Gut denkbar ist aber ebenfalls, dass - wie übrigens auch in Ägypten üblich - zur Vorbereitung der Mumifizierung die inneren Organe entfernt worden waren. Wie auch immer, damit lässt sich nun die

Geschichte des Mannes und der Frau von Cladh Hallan folgendermaßen rekonstruieren: Beide lebten im zweiten Jahrtausend vor Christus bis in ein nach damaligen Maßstäben hohes Alter. Bereits kurz - nach archäologischen Maßstäben unmittelbar - nach ihrem Tod werden Maßnahmen zur Erhaltung der Leichname getroffen, deren wichtigste die zeitweilige Versenkung der Körper in einem Torfmoor ist. Nach vielleicht einem Jahr werden die Körper geborgen und eng in Binden gewickelt - hierauf lassen die eigentümlich angezogenen Beine schließen. So waren die beiden gut für die nächsten 500 bzw. 300 Jahre vorbereitet.«

»Jetzt weiß ich allerdings immer noch nicht, was die solange mit den Mumien gemacht haben. Warme und trockene Lagerung, was bedeutet das?«

»Na ja, "Lagerung" ist unter Umständen nicht ganz der richtige Begriff, denn es ist durchaus denkbar, dass der Mann und die Frau von Cladh Hallan auch nach ihrem Tod eine wichtige gesellschaftliche Rolle einnahmen. Genau dasselbe ist nämlich auch für die Mumien der peruanischen Inka-Herrscher belegt, die sogar an besonderen Staatsbanketts "teilnahmen".«

»Wie, die saßen dabei, während die anderen Party machten? Am Ende haben die noch mit denen getanzt.«

»Brian!« Mit dem Blick, den Alan seinem Freund zuwarf, hätte er Ishbel Konkurrenz machen können.

»So makaber dies für heutige westliche Ohren klingen mag, ist es doch durchaus plausibel. Aufgrund des hohen Sterbealters der beiden und der besonderen Behandlung des Paares lag zunächst die Vermutung nahe, dass hier zwei wichtige Mitglieder einer vorgeschichtlichen Gemeinschaft zu Ahnenfiguren erhoben wurden.«

»Mann oh Mann, das waren noch Zeiten.«

»Und es kommt noch besser. Als wären der Fragen damit nicht genug, barg das Skelett des Mannes von Cladh Hallan noch eine weitere Überraschung: Sowohl Schädel und Halswirbelsäule als auch der Unterkiefer waren 100 bis 200 Jahre jünger als der restliche Körper und stammen von einem zweiten und dritten Mann.«

»Jetzt verstehe aber auch ich gar nichts mehr«, unterbrach Alan erstaunt. »Sie hatten doch gesagt, dass die beiden Mumien einbalsamiert waren. Wo kommen jetzt plötzlich die anderen Knochenteile her?«

»Zusammengefügt wurden diese Teile spätestens um das Jahr 1000 vor Christus, als die Mumien schließlich beigesetzt wurden. Dieser Akt der Bestattung - und damit verbunden die Entfernung der Mumien aus der Welt der Lebenden - deutet einen wichtigen Wandel in der Geschichte von Cladh Hallan an, der zurzeit noch nicht zu erklären ist. Vielleicht änderten sich die Glaubensvorstellungen der dort lebenden Menschen. Vielleicht wurden ihnen von Neuankömmlingen neben ihrem Land auch ihre Ahnen geraubt. Vielleicht waren es sogar Neuankömmlinge, die ihre mumifizierten Ahnen nach Cladh Hallan mitbrachten. Genaues lässt sich bis heute immer noch nicht sagen. Jedenfalls wurden die drei Mumien in einem offenkundig mit dem Bau in Verbindung stehenden Ritual, also als eine Art Gründungsgabe, unter den Böden zweier Rundhäuser beigesetzt.«

»Das ist aber eine komische Art der Grundsteinlegung.«

Als hätte Brian nichts gesagt fuhr Butcher fort: »Diese Rundhäuser sind Teil einer Gruppe von bis zu sieben Bauten, von denen die Archäologen bislang nur drei ausgegraben haben. Auch unter dem ältesten Boden des dritten erforschten Hauses fand sich ein Grab, das allerdings keine Mumie enthielt. Diese Bestattungen oder Gründungsgaben dokumentieren nur die Ersten in einer Reihe von Ritualhandlungen, die sich mit den neuen Bauten verbinden. Die Mumien von Cladh Hallan aber verblieben nach dem Bau der Rundhäuser über 3000 Jahre im Boden. Die Binden zerfielen und genauso das bis dahin konservierte Körpergewebe. Zurück blieben die nackten Knochen.«

»Und Sie waren mit diesem Fund tatsächlich auf die ältesten Mumien der Welt gestoßen, beeindruckend«, erwiderte Alan.

»Na ja, inzwischen nicht mehr.«

»Wie meinen Sie denn das jetzt?«, fragte wieder Brian.

»1991 wurde dieser "Ötzi" gefunden. Das wurde sogar bei uns im Fernsehen übertragen. Inzwischen hat sich herausgestellt, dass diese Mumie sogar eine noch größere archäologische Sensation ist. Nicht nur, dass sie mit ca. 5.300 Jahren die älteste erhaltene Mumie der Welt ist und dagegen sehen die ägyptischen Könige wie Babys aus. Nein, bereits 2001 stellte sich heraus, dass der im Gletscher gefundene Tote ermordet worden war. Der Steinzeitjäger ist also das älteste bekannte Mordopfer der Welt.«

»Das ist wirklich sehr interessant«, meinte Alan ehrlich, lenkte aber mit seinem nächsten Satz die Informationen zu ihrem eigentlichen Grund des

Besuches. »Was können Sie uns denn zu den gefundenen Torfleichen sagen?«

»Aha, also doch nur Interesse an der Gegenwart. Konnte man ja nicht anders erwarten. Und Gillies und McPhee, diese beiden Banausen von Forensikern, hätten so einmalig an diesen Leichen lernen können. Nein, schmeißen mir die Funde einfach auf den Tisch mit den Worten "zu alt für uns" und verschwinden wieder. Diese Gesellschaft wird an ihrem eigenen Desinteresse noch zugrunde gehen, ich schwör's euch! Aber gut, solange ich noch da bin, ist ja nichts verloren. Es handelt sich um Tote verschiedener Altersgruppen und auch beiderlei Geschlechts. Und es handelt sich nicht um Mumien, denn sie wurden nicht einbalsamiert. Aber, sie wurden damals alle im gleichen Zeitraum beerdigt und wir haben einen vorläufigen Todeszeitraum ermittelt der circa 170 bis 200 Jahre in der Vergangenheit liegt.«

»Was?«, entfuhr es Brian, »so alt? Ich dachte wir reden hier über höchstens ein paar Jahrzehnte. Aber knapp 200 Jahre! Sind Sie wirklich sicher?«

Chris Butcher sah ihn mit einem nahezu tödlichen Blick strafend an. »Ich hatte mir schon gedacht, dass irgendein Banause die Einschätzung des Alters anzweifeln würde. Deshalb habe ich meinen Befund mit einem renommierten Archäologen abgestimmt. Und der hat das von mir ermittelte Alter ebenfalls bestätigt. Eine ^{14}C-Datierung einiger Kopfhaare mittels Beschleuniger-Massenspektrometrie, kurz AMS genannt, hat diesen Todeszeitpunkt ebenfalls bestätigt. Damit sind alle Zweifel beseitigt.«

»Dann brauchen wir jetzt aber wirklich kein Hirnschmalz mehr in den Fall investieren. In dem

Licht betrachtet erscheinen mir Andy und Ewen dann doch ganz vernünftig. Komm, Alan, lass uns hier raus und lieber Fälle bearbeiten, bei denen die Staubschicht nicht dicker ist, als die Leiche.«

Alan griff den im Gehen befindlichen Brian an seinem Kittel und zog ihn zum Seziertisch zurück. »So schnell kommst du mir hier noch nicht raus, mein Lieber! Bitte, was gibt es über die Leichen noch zu sagen? Todesursache?«

Professor Butcher war durch seine Studenten einiges gewöhnt, daher zeigte er auf Brians Fluchtversuch keinerlei Reaktion. »Nach so langer Zeit konnte keine eindeutige Todesursache für alle mehr festgestellt werden, allerdings waren bei drei der gefundenen Körper eindeutige Spuren von äußeren Gewalteinflüssen erkennbar. Sie waren mit ziemlich großer Wahrscheinlichkeit erschlagen, erstochen und erwürgt worden. Da alle vermutlich zur gleichen Zeit den Tod gefunden hatten, gehe ich von einer unnatürlichen Todesursache, also Mord, bei allen aus. Bei den Kindern vermute ich, wie gesagt, es gibt dafür keine Beweise, dass sie erstickt wurden. Verglichen mit den vielen Leichen, die wir aus der gleichen Periode schon gefunden und untersucht haben, stellen diese aber - abgesehen von der Mumifizierung – keine Abnormalität dar.«

»Wie ist das denn bitte zu verstehen? Haben sie eine ganze Sammlung davon?«

»Schon mal etwas näher mit der schottischen Geschichte auseinandergesetzt?«, konterte Butcher mit einer Gegenfrage, ohne aber hierfür eine Antwort zu erwarten. »Schon mal etwas von den Landvertreibungen, den Highland Clearances gehört? Ende des 18. bis Ende des 19. Jahrhunderts? Was glauben Sie, was die damaligen Landlords – wobei Warlords die bessere Bezeichnung wäre – mit Pächtern gemacht haben, die nicht freiwillig den Schafen weichen wollten? Es wurden vereinzelt ganze Dorfgemeinschaften in Massengräbern gefunden. Nicht alle haben von ihren Gutsherren eine Fahrkarte 1. Klasse nach Amerika oder Australien bekommen. Manche Verwalter, die mit der Räumung beauftragt wurden, haben sich wohl auch gedacht, dass sie das Geld, was ihre Auftraggeber ihnen für die Bauern gegeben haben, lieber selbst behalten. Die Vertreibung haben sie dann etwas "kostengünstiger" gestaltet. Sie sollten vielleicht mal öfter historische Bücher lesen und nicht immer nur Comics und diesen Krimiquatsch.«

»Na, dann danke ich für die kostenlose Lehrstunde! Können wir eine der Leichen denn bitte mal sehen. Ich möchte mir selbst einen ersten Eindruck machen«, fragte Alan. Brian guckte plötzlich etwas seltsam.

»Klar, kein Problem. Die haben wir nach unserer Untersuchung bei uns auf Eis gelegt.«

»Auf Eis gelegt?«, fragte Brian zögerlich.

»Wenn Torfleichen einmal dem schützenden Moor entnommen sind, trocknen die Körper rasch ein, verwesen oder verschimmeln, wenn man nicht umgehend umfangreiche konservierende Maßnahmen ergreift. Anfänglich wurden die Funde in Öfen getrocknet oder in Eichenlohe gegerbt, um die durch das Moor begonnenen Prozesse abzuschließen. Anschließend mussten die Objekte zur Stabilisierung jedoch mit Ölen oder Teeren behandelt werden. Dies führte jedoch zu starken, irreversiblen Veränderungen und Verunreinigungen an den Funden. Nur wenige Funde wurden feucht aufbewahrt, beispielsweise in Formalinbädern, was aber das Fundmaterial ebenfalls stark mit Fremdstoffen kontaminiert und für viele Untersuchungsmethoden unbrauchbar macht.«

»Und was hat das mit Eis zu tun?«, fragte Brian.

»Gegenwärtig werden die meisten Funde kontrolliert gefriergetrocknet und die zwangsläufige Schrumpfung wird dabei mit einer Durchtränkung mit Polyethylenglykol vermindert. Aktuell wird versucht, die Funde zumindest eine Zeit lang unter den gleichen Bedingungen zu lagern, wie sie im Moor mehrere Jahrhunderte überdauerten, dazu werden sie gekühlt und mit Feuchtmaterial und Moorflüssigkeit aus der Fundstelle aufbewahrt. Unsere Hübschen liegen bei uns schön kuschelig in einem Moorbad, allerdings in einem sehr kalten.«

Nachdem scheinbar keiner der beiden Ermittler weitere Fragen hatte, drückte der Professor eine Taste an seinem Telefon und sprach, ohne eine Antwort abzuwarten, hinein: »Steve, bring doch bitte mal eine von den Torfschönheiten in die Zwei.«

Kurz darauf erklang das Klappern von Metallrädern hinter der geschlossenen Tür zum Gefrierraum und schien sich zu nähern. Die Tür zur Kühlkammer öffnete sich automatisch mit einem gequälten Schmatzen und ein Assistent von Professor Butcher schob eine rollbare Edelstahlbahre in den Sektionsraum.

Beim Professor angekommen, schlug dieser das Tuch zurück und deckte eine unverkennbar weibliche Leiche auf, die auf einem Gitterrost lag und von der braunes Wasser in eine darunter befindliche Auffangwanne tropfte.

»Die sieht ja fast noch so aus, als würde sie leben oder zumindest so, als wäre sie erst vor Kurzem gestorben«, rief Brian erstaunt aus.

»Stimmt, ein an der Luft liegender toter Körper verwest etwa doppelt so schnell, wie eine im Wasser liegende Leiche und viermal so schnell, wie eine begrabene. Moorleichen dagegen sind, solange sie im Moor liegen, quasi unbegrenzt haltbar!«

»Beeindruckend.« Brian war verblüfft.

»Das ist es ja, was mich an Mumien und auch an Moorleichen so fasziniert. Speziell Letztere bieten aufgrund ihres oft ausgezeichneten Erhaltungszustands eine einmalige Gelegenheit, Menschen aus der Eisenzeit zu untersuchen. Die meisten Funde stammen nämlich aus dem 3. und 4. Jh. n. Chr., also aus der nordeuropäischen Eisenzeit, allerdings gibt es auch weit ältere Funde. Es kann bei ihnen festgestellt werden, an welchen Krankheiten sie litten, sogar der Mageninhalt kann in Einzelfällen analysiert werden und gibt oft Aufschluss über den möglichen Todeszeitpunkt. Der ausgezeichnete Erhaltungszustand der Weichteile bis hin zu den individuellen Gesichtszügen erlaubt es, einem Menschen der damaligen Zeit "ins Gesicht zu sehen". Diese Möglichkeit der Begegnung erklärt die Faszination, die Moorleichen auf viele Menschen ausüben. Und auch auf mich.«

»Verstehe«, sagte Alan respektvoll. »Und warum ist diese Frau so schwarz?«

»Chemisch gesehen sind Moore sehr sauer sowie sauerstoffarm und sie enthalten Schichten von Bleichmoosen. Durch die in Mooren vorhandenen Humin- und Gerbsäuren werden Haut, Gewebe, Haare, Knorpel und Fingernägel regelrecht gegerbt und somit konserviert. Diese Faktoren tragen dazu bei, den Verwesungsprozess zu stoppen und die Weichteile zu erhalten. Dabei verändert sich die Farbe der Materialien jedoch sehr stark.«

»Dann kann man ja in den Mooren von ganz Europa die Entwicklung der einzelnen Volksstämme nachvollziehen«, sagte jetzt auch Brian beeindruckt.

»Schön wäre es«, sagte Chris Butcher fast ein wenig traurig. »Aber, mit der zunehmenden Mechanisierung im Torfabbau werden Moorleichenfunde immer unwahrscheinlicher. Das Risiko steigt, dass wertvolles Fundmaterial mit dem Torf unerkannt abgebaut und damit für immer zerstört wird.«

»Das ist in der Tat schade. Na, jedenfalls herzlichen Dank für die ausführlichen Informationen«, beendete Alan das Gespräch.

»Gerne.« Butcher streckte Alan die Hand entgegen, dann zog er sie aber gleich wieder zurück. »Da fällt mir noch ein, wollen Sie auch die Überreste von dem Distillery Mitarbeiter sehen, der bei der Explosion getötet wurde?«

Brian wurde plötzlich käsig im Gesicht, als er an die Fotos aus Mitchells Akte dachte.

»Nein danke«, wiegelte auch Alan schnell ab. »Dass der eines unnatürlichen Todes gestorben ist, steht ja wohl eindeutig fest.«

»Stimmt«, grinste Chris Butcher, dem es offensichtlich Spaß gemacht hätte, die beiden mit den sterblichen Überresten zu konfrontieren.

»Oder gibt es irgendwelche speziellen Erkenntnisse?«, hakte Alan doch noch nach. Brian zog es unwiderstehlich zum Ausgang hin.

»Nein! Das, was ich auf den Tisch bekommen habe, bestätigt, dass der Körper durch den Druck der Explosion fortgeschleudert wurde. Der Aufprall auf den Spirit Safe brach ihm das Genick und beide Schlüsselbeine. Das anschließende Feuer verbrannte den kompletten Kopf und Teile des Oberkörpers. Durch den enormen Hitzeeintrag ist das Gehirn ...«

Brians Gesichtsfarbe wechselte von käsig weiß auf ein ungesundes Olivgrün. Sein Kopf erinnerte fast schon an den Hut eines Knollenblätterpilzes. Mit einer kurzen Abschiedsgeste rannte er aus dem Sektionssaal hinaus, ohne sich noch der Schutzkleidung zu entledigen.

»Also gut, sonst konnte ich keinerlei Fremdeinwirkung erkennen«, schloss Chris Butcher seine Informationen.

»Okay, dann auch danke dafür.« Alan machte den Eindruck, als wäre er froh, dass auch ihm die Details erspart geblieben waren und er jetzt gehen konnte. Brian schaute fast schon glücklich aus, als Alan ihn auf dem Flur einholte. Zumindest soweit wie ein Knollenblätterpilz glücklich schauen konnte. Alan konnte die Aversion von Brian gegenüber den schnoddrigen Rechtsmedizinern und speziell ihrem Gewerbe gut verstehen. Er hatte am Anfang ähnliche Probleme und konnte sich auch noch gut an seine erste Leiche erinnern, bei deren Obduktion er auch nicht die ganze Zeit anwesend sein konnte. Heute war es ihm immerhin schon möglich, bereits am nächsten Tag wieder feste Nahrung zu sich zu nehmen.

Aufatmend verließen beide wenig später die Rechtsmedizin und auch das Institut und fuhren, zunächst ganz in Gedanken versunken, zur Polizeizentrale in Aberdeen zurück. Brians Gesichtsfarbe hatte sich inzwischen wieder normalisiert und sein Hunger war auch zurückgekehrt.

Jeder Polizeibeamte hat bestimmte Fälle, die er persönlich unerträglich findet und bei denen der persönliche Schutzschild aus professioneller Distanz durchbrochen wird. Bei dem einen sind es Vergewaltigungsfälle, bei den meisten aber ist es Kindesmissbrauch. Bei Brian reichte nur schon der Gedanke an einen Besuch in der Rechtsmedizin aus, dass ihm übel wurde. Er musste dabei immer wieder an seine erste Obduktion denken, bei der er anwesend sein musste. Als der Pathologe die Kopfhaut einschnitt und das Gesicht des Opfers vom Schädel löste, fast so als wäre es nur eine Faschingsmaske, die er dem Opfer abnahm, war das zu viel für ihn gewesen. So sollte man keinen Menschen behandeln, auch dann nicht, wenn er schon längst tot war. Das wollte er nie wieder erleben.

Nachdem er sich von diesen Gedanken wieder gelöst hatte, sah Brian zu Alan rüber. »Ein Gutes hatte unser Besuch bei unserem Metzger ja auch noch«, sagte er dann.

»Was?«, Alan schreckte aus seinen Gedanken hoch.

»Na, wir können uns den Besuch bei Grahams Tante Sally sparen.«

»Stimmt, jetzt wo wir wissen, dass die Leichen fast 200 Jahre alt sind, ist Grahams Familie aus dem Schneider. Nicht dass ich überhaupt damit gerechnet hätte, dass die etwas mit den Toten zu tun haben.«

»Zum Glück hatten wir unseren Besuch bei ihr noch nicht vereinbart, dann müssen wir ihn auch nicht mehr absagen. Und der armen Frau ist damit auch ein Schreck erspart geblieben.«

»Ja, die hätte sich bestimmt wieder Sorgen gemacht, wenn die Polizei sich bei ihr gemeldet hätte.«

Schweigend fuhren Sie weiter zur Zentrale.

Was beide nicht wussten, war, dass eine Info über das Alter der Torfleichen inzwischen auch bei der Presse eingetroffen war. Steve musste schließlich sein bescheidenes Gehalt irgendwie aufbessern.

Deshalb erschien auch am nächsten Tag eine entsprechende Pressemitteilung in den lokalen Gazetten.

Seilschaft

Montag, 16. Mai

Pünktlich um 09:00 Uhr hatten sich am Montagmorgen alle drei Mitglieder der neuen Sonderkommission im Besprechungsraum der Polizeizentrale in Inverness eingefunden. Allein die Bezeichnung Sonderkommission für ihre Minitruppe war für Brian einfach nur ein Witz. Dennoch sagte er sich: Besser in einer kleinen Einheit gemeinsam ermitteln, als gar nicht.

Nachdem Alan Nicky herzlich begrüßt und ihr die Hand geschüttelt hatte, wurde sie auch von Brian empfangen, der sie liebevoll umarmte und dabei fest an sich drückte. Nachdem Nicky wieder atmen konnte, gingen alle zum Besprechungstisch, auf dem bereits Kaltgetränke und eine große Kanne Kaffee bereitstanden. Mitten auf dem Tisch standen außerdem noch mehrere Kartons mit Plätzchen. Und für Nicky, die bekennende Teetrinkerin war, hatte Brian auch eine Kanne heißes Wasser bereitstellen lassen.

Brian hatte sich eine große Tasse Kaffee eingeschenkt, stellte sie auf den Tisch und ließ sich auf einen Stuhl fallen, als wolle er ihn für alle Schandtaten bestrafen, die ihm bisher in seinem Leben angetan worden waren. Der Stuhl dankte es ihm mit einem lauten Knacken, hielt das Gewicht von Brian aber tapfer aus. Brian verschränkte die Arme und streckte seine langen, muskulösen Beine aus, die er dann in Knöchelhöhe übereinanderlegte. Natürlich saß er mittig an dem ovalen Tisch, sodass sich die Plätzchen für ihn in Reichweite befanden. Aber noch hielt er sich zurück, obwohl seine letzte Nahrungsaufnahme schon fast zwei Stunden zurücklag.

Während sich Nicky auf die andere Seite des Tisches setzte und ebenfalls mit Getränken versorgte, stand Alan als Einziger noch an der Frontseite und ließ seinen Blick rüber zu Nicky wandern, die er seit ihrem letzten gemeinsamen Fall nicht mehr gesehen hatte. Nicolette "Nicky" McGovern, seine IT-Spezialistin. Sie war 169 Zentimeter groß, 32 Jahre alt und hatte einen durchtrainierten, fast knabenhaften Körper. Ihr beruflicher Ehrgeiz und ihr ausgeprägtes Ego standen einer festen Bindung allerdings bisher stets im Wege, sodass sie immer noch solo war. Alan kannte aber niemanden, der mit Computern so umgehen konnte wie sie.

Nicky hatte sich in ihrer Anfangszeit bei der Polizei nie mit einem Mann an ihrer Seite gezeigt und auch alle Fragen bezüglich eines Freundes oder Lebenspartners nicht beantwortet. Viele spekulierten deswegen sie sei vermutlich lesbisch. Irgendwann hatte sie die Tuscheleien und Gerüchte satt und ging auf ihre Art zum Angriff über: Sie erschien zur Weihnachtsfeier in einem ausgeschnittenen und körperbetonenden Kleid, dass für reichlich Gesprächsstoff sorgte, speziell unter den Frauen der anwesenden Kollegen. Aber noch mehr beeindruckte der große, muskulöse und sehr attraktive Mann an ihrer Seite. Von da an war Ruhe, da niemand ahnte, dass ihr Begleiter namens Seamus nur ihr Cousin und glücklich verheiratet war. Er hatte aber seiner Lieblingscousine gerne den Gefallen getan, sie den ganzen Abend lang anzuhimmeln. Alan wusste allerdings, dass Nicky immer noch Single war und einfach noch nicht den Richtigen gefunden hatte.

Und da war natürlich Brian, der die wenigen Sekunden, während Alan diese Gedanken durch den Kopf gegangen waren, genutzt hatte, um die erste Packung Plätzchen zu öffnen und demonstrativ vor sich hinzustellen. Fast die Hälfte der Plätzchen war bereits daraus verschwunden. Nicky grinste dazu nur. Mit einem Blick in die kleine Runde eröffnete Brian das Gespräch: »Guckt nicht so, ich bin schließlich schon seit Tagen von zu Hause weg und habe ewig nichts mehr gegessen. Und außerdem kann ich den Kaffee nicht so trocken herunterwürgen.«

Alan ließ sich auf das Gesprächsniveau ein, um von Anfang an für eine gelockerte Gesprächsstimmung zu sorgen und sagte, mit Blick in Richtung Brian: »Susan hat mir vor Kurzem ein Buch mit lauter Rezepten geschenkt. Der Titel heißt: "Die BESTEN Köche Englands". Der Untertitel heißt: *Gehen Sie lieber in Schottland essen.* Und in der Tat sind nur schottische Rezepte darin enthalten.«

»Du weißt doch, dass die Schotten im 13. und 14. Jahrhundert in der Auld Alliance mit den

Franzosen gegen die Engländer kämpften. Und damals haben die Franzosen bei uns kochen gelernt«, antwortete Brian prompt, der sofort die Absicht von Alan erkannt hatte.

»Wenn ich daran denke, wie viele Kochsendungen es mittlerweile bei uns im Fernsehen gibt, müssten wir alle längst ein Volk von lauter Spitzenköchen sein. Tatsächlich aber ist nur noch eine verschwindend kleine Minderheit in der Lage oder willens sich selbst eine Mahlzeit zuzubereiten«, ergänzte nun auch Nicky.

»Stimmt«, meinte Brian. »Die überwiegende Mehrheit schaut den Fernsehbrutzlern doch nur in die Töpfe und Pfannen, während sie darauf warten, dass das "Ding" der Mikrowelle ertönt und anzeigt, dass ihr aufgewärmtes Fertiggericht für sie zum Essen bereit ist.«

»Auch wenn der Säbelzahntiger längst ausgestorben ist, so hat unser steinzeitliches Essverhalten doch überlebt. Allerdings jagen wir nicht mehr, sondern sammeln nur noch. Und zwar überflüssige Pfunde. Wir jagen nicht mehr stundenlang hinter Nahrung her, sondern schleppen unsere adipösen Körper auf der Nahrungssuche nur noch vom Sofa bis zum Kühlschrank und wieder zurück.« Damit hatte Nicky einen weiteren Beitrag geleistet.

»Okay Leute«, sagte nun Alan. »Lassen wir Brian in Ruhe essen, bevor er noch vollends "vom Fleisch fällt" und zum eigentlichen Grund unseres Meetings kommen. Nicky, ich hatte dir am Telefon ja schon gesagt, dass wir den Verdacht haben, dass wieder einmal ein Serientäter sein Unwesen in der schottischen Whiskyindustrie treibt. Aber dieses Mal ist es völlig anders, als bisher. Die bisherigen Ereignisse und speziell diese beiden Mordversuche bereiten uns gehörig Kopfschmerzen und ich glaube nicht, dass wir den Mörder schnell finden werden. Er wusste offensichtlich genauestens über die Opfer Bescheid.«

Alan schaltete den Beamer an der Decke des Besprechungsraumes, der bereits mit seinem eingeschalteten Laptop verbunden war, über die vor ihm liegende Fernbedienung ein. Nur wenige Sekunden später sahen die Anwesenden ein Bild des brennenden Lagerhauses, das von den Feuerwehrleuten aufgenommen worden war.

»Soweit wir es bis jetzt beurteilen können, fingen alle seine Taten mit dem Brand dieses Lagerhauses an«, fuhr er fort. Weitere Bilder des Brandes bis hin zur verkohlten Ruine waren auf der Leinwand zu sehen.

»Nach dem Brand wurden im Boden des Lagerhauses insgesamt sieben Torfleichen gefunden, von denen wir ebenfalls noch nicht wissen, wer sie sind und wie sie in das Bild passen.« Bilder der Torfleichen am Fundort und in der Rechtsmedizin wurden gezeigt. Brian konzentrierte sich solange verstärkt auf die Plätzchen.

»Wenig später ereignete sich eine Explosion in der Ben Rhinnes Distillery, bei der Jimmy Drummond, der dir ja noch bekannt sein sollte, getötet wurde.« Alan blickte wieder in Richtung Nicky, die zustimmend nickte und Bilder der Explosionsstelle in der Brennerei sowie ein Bild von Jimmy zu Lebzeiten erschienen wie von Zauberhand.

»Aber damit nicht genug, es gab inzwischen auch noch definitiv zwei Anschläge auf unseren Graeme und auch auf Charles Maclellan, den wir ebenfalls noch von unserem letzten Fall her kennen.« Auch hier zeigte Alan Bilder von der Unglücksstelle und

Grahams zerstörtes Auto sowie das Bild eines finster drein blickenden Mannes. »Das ist Ronnie Briggs, der Mann, der Charles mit dem Messer angegriffen hat. Zum Glück haben sowohl Graham als auch Charles die Attentate mehr oder weniger heil überlebt. Ronnie Briggs dagegen nicht.« Damit schaltete Alan den Beamer wieder aus und setzte sich.

»Wir wissen immer noch nicht, ob und wenn ja welcher Zusammenhang zwischen den einzelnen Taten besteht und was den Täter antreibt. Aber wir sind uns sicher, dass es einen Zusammenhang geben muss und dass der etwas mit dem Dandaleith Whisky, den Graham herstellen wollte oder zumindest mit der ehemaligen Dandaleith Brennerei zu tun hat. Wir müssen die Verbindung finden.«

»Na, das ist mal wieder leichter gesagt als getan«, erwiderte Brian. »Aber zum Glück hast du ja uns zusammengerufen. Wir finden das schon heraus.« Er klang dabei sehr zuversichtlich.

»Wissen wir schon etwas über das Auto, mit dem Graham Morrice abgedrängt wurde?«, fragte Nicky. Sie war immer schon sehr pragmatisch veranlagt gewesen.

»Nein. Wir haben aber die Kollegen von der Verkehrspolizei bereits kontaktiert. Die sollen die Kameraaufzeichnungen von dem Tag und der Region des Unfalls auswerten. Sobald die Ergebnisse vorliegen, melden die sich bei uns. Da bleiben wir dran, denn das könnte unsere erste konkrete Spur sein.«

Nicky nickte. »Haben Graham und dieser Maclellan irgendetwas zu den Tätern oder eventuellen Hintergründen sagen können?« Nicky hatte vorhin erst die Unterlagen von Alan zu den bisherigen Fällen erhalten und noch keine Gelegenheit gehabt sie sich anzusehen.

»Zweimal nein«, antwortete Alan. »Graeme hat außer einem dunklen Auto mit getönten Scheiben nichts erkannt, auch der Zeuge, der zuerst am Unfallort war, konnte das Nummernschild nicht erkennen. Charles kannte zwar diesen Briggs, hatte aber keine persönlichen Kontakte zu ihm. Und es gab keinerlei Streit zwischen den beiden vor dem Angriff. Deshalb schließen wir hier einen internen Racheakt aus.«

»Hast du schon einen Plan für unser weiteres Vorgehen?«, fragte Nicky.

»Alan hat immer einen Plan«, erwiderte Brian, während Alan darüber schmunzelte.

»In der Tat habe ich eine Idee. Unsere momentan heißeste Spur ist der Wagen, mit dem der Unfall herbeigeführt wurde. Wie gesagt, die Überprüfung läuft bereits. Wir sollten aber auch in der Vergangenheit recherchieren, denn ich bin überzeugt es hängt alles mit der Dandaleith Distillery und ihrer Geschichte zusammen. Und da kommst du ins Spiel Nicky. Du solltest mit Charles und Graham zusammen mal Geschichtsunterricht beziehungsweise Ahnenforschung betreiben.«

Nicky schaute Alan fragend an. »Wie soll ich denn dabei helfen?«

»Na, wenn es irgendwo Spuren in irgendwelchen nicht so leicht zugänglichen oder gar geheimen Systemen geben sollte, wer könnte die wohl am Besten finden?«, Alan grinste sie an.

»Stimmt«, antwortete Nicky bescheiden und in berechtigtem Vertrauen auf ihre Fähigkeiten.

»Siehst du, ich wusste es doch«, sagte Brian. »Mit Nicky an unserer Seite wird die Aufklärung dieses Falles ein Klacks.«

»Danke mein Lieber«, grinste Nicky. »Aber warten wir erst einmal ab, ob die von uns benötigten Informationen auch tatsächlich irgendwo existieren. Denn ich kann nur finden, was auch wirklich da ist.«

»Na gut. Was machen wir als Nächstes? Wie soll unsere Soko light vorgehen?« Brian schaute in Alans Richtung, während er das letzte Päckchen Kekse zu sich heranschob und öffnete.

»Sag mal Brian, wird es dir von den vielen Plätzchen nicht schlecht?«, frotzelte Alan mit Blick auf die leeren Schachteln, die vor Brian verteilt auf dem Tisch lagen. »Nicht dass du dich noch erbrechen musst.«

»Erbrechen? Ist das nicht so etwas wie Sommerschlussverkauf des Körpers: Alles muss raus!«, grinste Brian zurück. »Keine Sorge, das kommt bei mir nicht vor. Der Hunger treibt es rein und der Geiz hält es drin.«

Alle lachten.

»Aber, um auf deine Frage zurückzukommen«, meinte Alan wieder ernst. »Ich denke wir fahren erst einmal alle zusammen unseren Graeme im Krankenhaus besuchen und bereiten ihn darauf vor, dass er Detektiv spielen darf, aber unter der Kontrolle von Nicky. Sobald er aus dem Krankenhaus herauskommt und auch Charles wieder transportfähig ist, bringen wir die Beiden mit Nicky zusammen.«

»Okay, und was ist mit diesem Briggs?«, fragte Brian.

»Wir beide fahren morgen früh mal zu seiner Mutter nach St Andrews. Mal sehen, ob die uns etwas über irgendwelche Hintergründe zu seiner Tat sagen kann.«

»Ein gemeinsamer Ausflug zum Golfen? Prima! Ich muss mir nur noch Schläger besorgen.«

»Brauchst du nicht mein Lieber. Du wirst nämlich mein Caddie sein«, antwortete Alan.

»Immer auf die Kleinen, Schwachen«, grummelte Brian und bemühte sich dabei vergebens beleidigt zu gucken.

Eine gute halbe Stunde später erreichten die Drei das Royal Northern Infirmary und gingen zum Krankenzimmer von Graham Morrice im vierten Stock. Wie immer in Krankenhäusern gestaltete sich das Warten auf den Fahrstuhl zur Geduldsprobe, da entweder ein vorrangiger Bettentransport stattfand oder aber gerade heute die regelmäßige Wartung der Aufzugstechnik durchgeführt wurde.

Nach gefühlten 30 Minuten entschieden sie sich dann doch für die Treppe, was dazu führte, dass der Polizeibeamte, der vor Grahams Tür saß, ihnen zwar freundlich aber grinsend zunickte, da er Alan und Brian bereits kannte - allerdings ohne die kleinen Schweißperlen auf der Stirn. Als sie an Grahams Tür geklopft hatten und an ihm vorbei das Zimmer betraten, schaute der Polizist noch anerkennend hinter Nicky her.

Graham richtete sich etwas im Bett auf und Alan registrierte erleichtert, dass er alleine im Zimmer war. Ishbel war zumindest nirgendwo zu sehen. Es war nicht so, dass Alan etwas gegen Ishbels Anwesenheit gehabt hätte. Er hatte zu Brian sogar schon gesagt, dass man eigentlich den Polizeibeamten vor der Tür abziehen könnte, denn solange Ishbel bei ihrem Graeme wachte, hätte wahrscheinlich ein ganzes Killerkommando keine Chance gehabt, zu ihm vorzudringen. Trotzdem war es für alle Anwesenden leichter über ihr gemeinsames Vorhaben zu sprechen ohne durch Ishbels giftige Blicke permanent irritiert zu werden.

Graham legte seine Zeitschrift neben sich aufs Bett und grinste seine Besucher erfreut an. »Hey, das ist aber schön, dass ihr mich besuchen kommt. Hallo Nicky, lange nicht mehr gesehen.«

»Hallo Graham. Na, was machst du denn wieder für Sachen?«, antwortete sie.

»Ich kann dieses Mal wirklich nichts dafür, ehrlich«, entschuldigte sich Graham.

»War doch nicht so gemeint«, beruhigte ihn Nicky. »Ich freue mich doch, dass es dir schon wieder besser geht.« Dabei blickte sie auf sein linkes Bein und die Halskrause.

»Ja, klar, ich könnte schon wieder Bäume ausreißen ... zumindest so ganz kleine Setzlinge. Setzt euch doch. Möchtet ihr was Süßes? Ich hab anscheinend zahlreiche Freunde, die mich irgendwie für unterernährt halten«, sinnierte er mit Blick auf die zahlreichen Pralinenschachteln auf seinem Nachttisch.

»Na, deinen Humor hast du zum Glück nicht verloren«, begrüßte ihn Alan und trat an Grahams Bett.

»Hi du kleiner Verreckling«, begrüßte ihn Brian ebenfalls auf seine übliche charmante Art. Da sein mühsam mit Keksen aufgefüllter Kalorienspeicher durch die unplanmäßigen Leibesübungen im Treppenhaus wieder Gefahr lief trocken zu laufen, fand

Grahams dargebotene Pralinenschachtel sofort einen dankbaren Abnehmer.

Alan blätterte inzwischen in Grahams Magazin. »Eine Zeitschrift für Whiskyliebhaber«, sagte er kopfschüttelnd. »Heutzutage gibt es wohl für jedes Hobby eine eigene Hochglanzbroschüre. Fehlt nur noch, dass die Serienmörder demnächst auch noch ein eigenes Magazin herausbringen. "Killer News" oder so ähnlich.«

Brian grinste: »Na, das wäre doch super. Dann brauchen wir nur noch die Abonnenten zu verhaften und alle potenziellen Täter wären geschnappt.«

»Apropos Täter«, mischte sich Nicky geschäftsmäßig ein. »Ist dir inzwischen noch etwas zu dem Fahrzeug oder dem Unfallverursacher eingefallen?«

»Nein, ich habe mir schon ein paar Mal das Hirn zermartert, aber mir fällt wirklich nichts ein, was euch helfen könnte, den Kerl zu finden. Ich bin mir aber absolut sicher, dass das kein Unfall war, sondern ich absichtlich von der Fahrbahn abgedrängt wurde.«

»Na, warten wir mal ab, ob uns die Verkehrsüberwachung weiterhelfen kann.«

»Wir haben Nicky gebeten uns zu helfen«, sagte jetzt Alan. »Vielleicht kannst du ja mit ihrer Hilfe und auch zusammen mit Charles etwas über die Vergangenheit herausfinden, was uns weiterhilft.«

»Klar, sehr gerne.« Graham war sichtlich erfreut und machte den Eindruck, als wäre er schlagartig genesen.

»Aber immer mit der Ruhe. Erst musst du wieder gesund werden. Denk an Ishbel.« Ein Schatten huschte über Grahams Gesicht.

»Nicky wird dich regelmäßig besuchen und alle neuen Informationen mit dir abstimmen. Das Gleiche wird sie auch mit Charles machen. Momentan seid ihr beide, Charles und du, nicht in der Lage euch persönlich einzuschalten.« *Zum Glück*, dachte Alan noch.

»Ja, schon gut.« Graham war sichtlich enttäuscht. »Ich habe mir auch schon so meine Gedanken über Charles und seine Familie gemacht. Was meinst du, Alan, könnte es sich bei den Torfleichen eventuell auch um Angehörige von Charles Familie handeln?«

»Du glaubst die verkohlten Leichen sind Verwandte von ihm?«, fragte Alan erstaunt.

»Na ja, vielleicht Verbrannte vierten Grades oder so«, frotzelte Brian.

»Nein, mal ohne Spaß. Was wäre denn, wenn es sich bei den Torfleichen um Vorfahren von Charles handeln würde?«, fragte Graham interessiert.

»Den Gedanken hatten wir auch schon. Wir haben Charles gefragt. Er konnte uns dazu allerdings nichts sagen. Er wird das aber in seinen alten Unterlagen überprüfen. Und Nicky wird ihm dabei helfen. Vielleicht finden die beiden ja etwas heraus.«

»Gut. Und mit mir zusammen kann Nicky ja mal die Unterlagen der Whiskyindustrie zur alten Dandaleith Distillery durchforsten.«

»Genau. Das ist der Plan und auch die Aufgabe, für die wir Nicky ins Team geholt haben. Euch Dreien sollte es gelingen etwas herauszufinden, falls es da wirklich irgendein dunkles Familiengeheimnis geben sollte.«

»Stimmt, zu dritt ist es einfacher eins und eins zusammenzuzählen«, meinte Graham.

»Um auf zwei zu zählen, muss man doch nicht zu dritt sein«, grinste Brian.

»Du weißt doch, fünf von vier Menschen haben Probleme mit Mathematik«, ergänzte Alan.

»Äh, ja, genau.«

Nachdem sie sich noch etwas weiter unterhalten hatten, machten sich die drei Kriminalbeamten wieder auf den Weg zurück zur Zentrale. Speziell als Graham mit einem Blick auf die Uhr ihnen gesagt hatte, dass Ishbel bald wiederkommen würde, waren alle Vier der Meinung, dass es wohl besser sei, wenn sie ihr nicht im Krankenhaus begegneten.

Während der Rückfahrt erhielt Alan einen Anruf von der Verkehrsbehörde, die bei der Sichtung der Kameraaufzeichnungen etwas über den Pick-up herausgefunden hatte. Sie verabredeten, sich sofort in deren Zentrale zu treffen und die herausgefundenen Informationen gemeinsam in Augenschein zu nehmen.

Alan und Brian waren nicht verwundert, dass es den Kollegen gelungen war, den Pick-up in ihren Kameraaufzeichnungen zu finden. Die Überwachungskameras gehörten inzwischen zu den schärfsten Waffen der Polizeibehörden, neben DNA-Spuren und Handy-Überwachung. Die Videos, die mit diesen Kameras erstellt wurden, blieben 24 bis 72 Stunden erhalten, bevor die Datenträger wieder überspielt wurden. Die technische Entwicklung versorgte die Kriminalbeamten dabei mit immer besseren Bildern, sodass inzwischen aus Entfernungen von deutlich über 100 Metern gestochen scharfe Bilder und Nahaufnahmen erstellt werden konnten.

Auf dem Londoner Flughafen wurde sogar bereits mit einer Software gearbeitet, die Livebilder von Personen mit einer sogenannten "Watch List" abglich und reale Menschen in Echtzeit identifizieren konnte. Diese "biometrische Gesichtserkennung" auf Basis der digitalen Vermessung und Erfassung menschlicher Gesichtszüge war inzwischen so ausgereift, dass sie eine Person genauso eindeutig identifizieren konnte wie ein Fingerabdruck.

Das Verhältnis zwischen den Polizisten der Divisions und den Kollegen in der Zentrale war, wie fast überall auf der Welt, überaus gespannt. Die Polizeibeamten vor Ort waren der Meinung, dass die "Schreibtischhengste" keine Ahnung von wirklich harter Polizeiarbeit hatten. Die Sonderbeamten wiederum schauten herablassend auf die "Dorftrottel" herunter. Alan hatte sich allerdings durch seine Kompetenz auf beiden Seiten Achtung, Respekt und Anerkennung erworben.

Deshalb herrschte auch eine angenehme Atmosphäre, als die drei Kriminalbeamten die Verkehrsüberwachungsstelle in Inverness betraten und die anwesenden Beamten freundlich begrüßten.

Nachdem Stuart Byrne, der Leiter der Verkehrszentrale, die Anwesenden gegenseitig vorgestellt hatte, kam Alan dann zum Punkt. »So, dann zeigt uns doch mal bitte, was ihr herausgefunden habt.«

Alle nahmen auf bereitgestellten Stühlen vor der Monitorwand in dem abgedunkelten Raum Platz. Stuart Byrne nickte einem seiner Mitarbeiter zu und der drückte ein paar Tasten vor einem großen Überwachungsmonitor. Gleich darauf erschien das Bild einer vierspurigen Straße, auf der sehr wenig

Verkehr herrschte. Alan erkannte ein Teilstück der A9 zwischen Carrbridge und Inverness.

»Aufgrund der Informationen zu Unfallzeitpunkt und Unfallort haben wir mal die Kameras bei Slochd und Daviot ausgewertet.«

Auf dem Bildschirmbild lief eine Uhr mit und zeigte 05:43 sowie die laufenden Sekunden. Ein Fahrzeug fuhr vorbei in Richtung Norden. Kurz darauf beugten sich Alan und Brian unisono nach vorne, als ein ihnen sehr gut bekanntes Fahrzeug durchs Bild fuhr: Grahams Land Rover. Und beide atmeten tief ein, als mit ca. 200 Meter Abstand ein schwarzer Pick-up folgte.

»Das ist er«, rief Brian aus und der Leiter der Verkehrszentrale grinste.

»Ja, das haben wir uns gedacht, dass euch das interessieren könnte. Weiter!«

Das letzte Wort galt wiederum seinem Mitarbeiter, der weitere Knöpfe drückte und ein anderes Teilstück der A9 erschien im Bild.

»Das ist die Aufnahme aus Daviot«, erklärte der Mitarbeiter.

Kurze Zeit später fuhr der schwarze Pick-up durchs Bild, während von Grahams Auto keine Spur zu sehen war. Alle Anwesenden wussten warum.

»Auf der Kamera in Inverness ist der Pick-up allerdings nicht mehr zu sehen. Er muss also vorher abgebogen sein.«

Damit beendeten die beiden Beamten der Verkehrsbehörde ihre Vorführung und der Bildschirm wurde wieder dunkel.

»Moment mal«, setzte Brian an. »Das kann doch nicht alles gewesen sein. Ihr habt doch bestimmt noch mehr, oder? Was ist mit dem Kennzeichen?«

Stuart Byrne, der Leiter der Verkehrszentrale lachte. »Wie, das reicht euch noch nicht? Ihr wollt immer alles ganz genau wissen, was?«

»Na komm schon, Stuart. Du hast doch bestimmt noch mehr.« Alan kannte den Leiter gut und wusste, dass dieser sich nie mit nur einem Bild auf dem Video zufriedengegeben hätte.

»Ist ja schon gut, du kennst mich halt. Hier haben wir noch etwas für euch.« Damit reichte er Alan eine Ausschnittvergrößerung des Pick-up, auf dem das Kennzeichen klar zu erkennen war. »Leider haben wir keine Frontaufnahme, auf der wir das Gesicht des Fahrers hätten eindeutig erkennen können«, fügte er bedauernd hinzu. »Es handelt sich aber um einen Dodge Ram Doppelkabine in Nachtschwarz. Baujahr zwischen 2006 und 2009, das sieht man an den Scheinwerfern. Das Ding hat mindestens 218 PS, wenn nicht sogar weit über 300! Mit dem Monster fegt man alle anderen von der Bahn – wenn man will.«

»Super, das bringt uns dennoch einen enormen Schritt weiter«, freute sich Brian. »Von den Dingern gibt es in Schottland doch wohl nicht gerade übermäßig viel, oder?«

»Nein, vermutlich nicht.« Stuart Byrne zuckte mit den Schultern. »Wir haben den Halter natürlich auch gleich überprüft und festgestellt, dass es sich um einen Gebrauchtwagen handelt, der in Grantown-on-Spey zum Verkauf angeboten wird.«

»Und?«, fragte Alan, als Stuart eine kleine Pause machte.

»Na ja, als wir den Verkäufer angerufen haben, war der gerade erst in sein Geschäft gekommen und hatte gemerkt, dass jemand eingebrochen war und den Schlüssel des Pick-up nebst Wagen gestohlen hatte. Er wollte uns gerade selbst anrufen.«

»Scheiße!« Das war natürlich Brian, der seiner Enttäuschung Luft machte.

»Jetzt müssen wir also den Wagen suchen. Der Kerl hat den bestimmt irgendwo abgestellt.« Alan dachte schon wieder pragmatisch an die nächsten Schritte. »So eine Riesenkarre wird doch garantiert überall auffallen.«

»Die Fahndung läuft bereits.« Stuart beherrschte sein Metier. Alan nickte dankbar und anerkennend.

Zusammen mit dem Ausdruck des Kennzeichens und einer Kopie des Überwachungsfilmes verließen sie wenig später wieder die Kollegen und fuhren in ihr Büro in Inverness zurück.

Nichts als die Wahrheit

Montag, 16. Mai

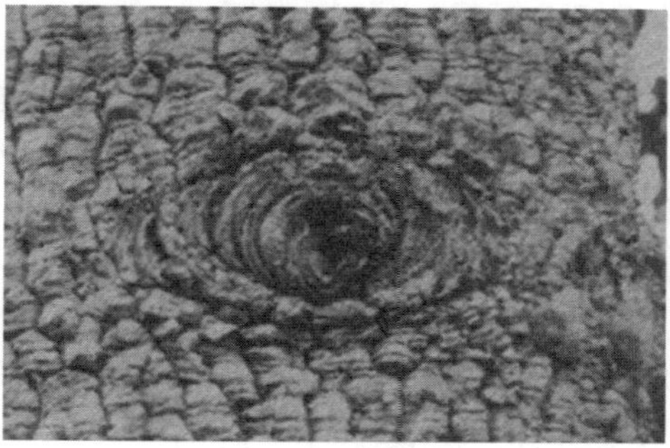

Die Zeitungsausschnitte liegen verteilt im ganzen Zimmer herum, alte und neue, wild durcheinander geworfen. Sie alle stammen aus verschiedenen Zeitungen und Illustrierten. Sie liegen nicht nur auf Tischen und dem Boden, sondern hängen auch an der Wand, teils mit Nadeln, teils mit Klebefilm befestigt. Dazwischen sind auch etliche handschriftliche Notizen sowie zahlreiche Bilder.

Auch wenn die Anhäufung dieser Informationen für einen, der zufällig ins Zimmer kommen würde, wie das reinste Chaos wirken würde, so stimmt das nicht für mich. Erstens würde ich niemanden in dieses Zimmer lassen - weder zufällig noch absichtlich - und zweitens hat alles hier drinnen eine ganz bestimmte Ordnung – meine.

Ich brauche dieses Durcheinander an Informationen, um einen klaren Kopf zu behalten. Und den brauche ich unbedingt bei meinem Tun. Nur mit ei-

nem klaren Kopf wird es mir gelingen alles richtig zu machen und - quasi so nebenbei - auch dafür zu sorgen, dass mir keiner auf die Spur kommt.

Ich bin schließlich nicht verrückt und auch nicht blöd! Was ich mache, muss einfach getan werden! Und wer sonst außer mir könnte es tun? Aber danach will ich in Frieden weiterleben, den Erfolg genießen und natürlich nicht meine restliche Zeit im Gefängnis verbringen.

Alle Informationen in diesem Raum hätte man mit einem Wort überschreiben können: DANDALEITH!

Dieser verfluchte Name ist schuld daran! Und natürlich alle, die damit zu tun haben!

Und jetzt: Sie haben die Leichen gefunden! Die ganze Familie. Alle! Am Samstag stand es in der Zeitung. Das war die Bestätigung. Es muss sich bei den Leichen tatsächlich um die ehemaligen Besitzer handeln, denn die waren von der Rechtsmedizin auf ein Alter von fast 200 Jahren datiert worden. Es stimmte also alles, was in meiner Familie überliefert wurde. Und ich hatte richtig gehandelt. Und nicht nur ich. Alles Handeln, Fühlen und Denken meiner Familie, meiner Vorfahren war tatsächlich rechtens! Auch wenn ich natürlich niemals daran gezweifelt habe. Es darf nicht sein, dass diese Schande weiterlebt. Sie *waren tatsächlich die Mörder. Mein Gott! Und es darf auch nicht sein, dass Dandaleith wieder lebt.*

Es war doch alles ruhig, alles war geregelt, der verdammte Name Dandaleith schien von der Erde getilgt zu sein. Bis dieser Graham Morrice unbedingt einen neuen Dandaleith Whisky erschaffen wollte. Seit einem Jahr verfolge ich jetzt schon genauestens sein Vorhaben und jeden weiteren Schritt von ihm.

Und sammele die entsprechenden Zeitungsberichte darüber, damit mir ja nichts entgeht.

War nicht alles gut gewesen? Wurde nicht irgendwann ein Schlussstrich gesetzt? Die Gerechtigkeit hatte aber nicht für immer gesiegt. Das Schicksal hatte es nicht geschafft, dass es endgültig Gerechtigkeit gab. Das leider nicht. Aber alles hatte doch seinen Platz gefunden. Und jetzt? Was habe ich nur verbrochen, dass es einfach nicht aufhören will? Fängt jetzt alles wieder von vorne an?

Der Artikel in der Zeitung vom 30. April hatte für mich dann den Ausschlag gegeben. Da musste ich einfach aktiv werden, das war ich schließlich meiner gesamten Familie und vor allem meinen Vorfahren schuldig. Da gab es kein Zögern oder Zaudern mehr, ich musste einfach handeln. Der Name Dandaleith sollte nie mehr auferstehen. Das war nicht akzeptabel und musste auch weiterhin mit allen Mitteln unterbunden werden. Alles sollte so bleiben, wie es war!

Das Lagerhaus in Brand zu stecken war einfach gewesen. Ich hatte den Spund aus einem Fass entfernt und einen Teil des hochprozentigen Whiskys auslaufen lassen und entzündet. Die gelagerten Fässer brannten dann fast von alleine. Ein wirklich schönes Feuer, das ich aus sicherer Entfernung noch sehr gut sehen konnte. Eine echte Augenweide!

Bei der Brennerei war es etwas schwieriger. Ich musste in gewissen zeitlichen Abständen die Experience Tour der Destillerie buchen und mir bei dem Rundgang alles genau ansehen und erklären lassen. Speziell der Still Room hatte es mir dabei angetan. Durch mein Fachwissen konnte ich später die Technik und die Brennblase manipulieren, ohne dass davon etwas zu merken war. Die Prozessleittechnik, die in den meisten dieser Brennereien genutzt wird, ist immer noch so dermaßen simpel gestrickt und problemlos zu manipulieren. Zumindest von mir. Und dass dieser kleine Möchtegern-Techniker auch noch an der ganzen Anlage rumgebastelt hatte, machte es mir erst recht leicht. Zumal er mir auch noch in seinem Größenwahn alles genau beschrieben hatte ... ein Witz!

Dass dabei dieser arme, kleine Brennereimitarbeiter aber dann zu Tode kam, hatte ich allerdings nicht geplant und auch nicht wirklich gewollt. Aber, das lässt sich jetzt leider nicht mehr rückgängig machen. Trotzdem ärgert es mich, weil dadurch mein ursprünglicher Plan, das Problem Dandaleith sauber zu lösen, jetzt nicht mehr unblutig durchgeführt werden kann. Warum musste der Trottel aber auch genau zum Zeitpunkt der Explosion vor der Brennblase stehen? Na ja, egal, selbst schuld. Damit sollte die ganze Sache doch endlich vom Tisch sein. Ein weiteres Mal hatten wir, unsere Familie, ihr Schicksal selbst in die Hand genommen.

Und dann dieser Auftritt des verdammten Managers im Fernsehen und auch noch sein Interview in der Zeitung: "Er lasse sich durch nichts und niemanden aufhalten. Dandaleith wird weiterproduziert!" *Was glaubt der denn? Das kann er mit mir doch nicht machen! Hatte sich denn die ganze Welt gegen mich verschworen?*

Wegen des Todes dieses blöden Distillery Mitarbeiters kann ich jetzt nicht mehr an die Öffentlichkeit gehen und denen meine *Geschichte erzählen. Das war ein Unfall, klare Sache! Jeder klarsehende Mensch würde das sofort erkennen! Aber die Bul-*

len? Die brauchen doch nur einen Schuldigen und fertig ist ihr Job! Die würden mir jetzt nicht mehr glauben, sondern mich einfach verhaften und Ende! Spätestens durch seinen Tod bin ich jetzt in deren Augen zum Kriminellen geworden.

Also was soll ich tun? Ich muss mich weiterhin persönlich um die Lösung des Problems kümmern. Dieser Charles Maclellan muss sterben und dieser Morrice ebenfalls. Der Maclellan aber ganz besonders. Dieser Name muss genauso ausgelöscht werden, wie der Name Dandaleith. Dann gibt es keinen mehr, der die Geschichte wieder ändern kann. Dass der letzte Maclellan im Gefängnis war, störte mich dabei gar nicht. Das war ein Wink des Schicksals. Da konnte ich Ronnie Briggs aktivieren.

Und um diesen Morrice hatte ich mich selbst gekümmert. Immerhin wusste ich inzwischen, wo er wohnt und da ließ sich ein Unfall auf dem Weg zur Arbeit arrangieren. Es passiert ja heutzutage soviel auf den viel befahrenen Straßen. Da kommt es auf einen Unfall mehr auch nicht mehr an. Ich hatte mir einen schönen, fetten Pick-up besorgt, den ich mir von einem Gebrauchtwagenhändler "geliehen" hatte. Sicher ist schließlich sicher! Ich hatte dort vor einigen Wochen ein anderes Auto Probe gefahren, dann aber doch nicht gekauft. Dabei hatte ich aber gesehen, wo er die Schlüssel seiner Gebrauchtwagen aufbewahrt. Die dann später zu besorgen, war auch kein größeres Problem gewesen. In Schottland sind die Sicherungsmaßnahmen, zumindest auf dem Land, nicht wirklich sicher. Kaum einer schließt seine Tür ab und Sicherheitsschlösser oder gar Alarmanlagen sind fast überall ein Fremdwort.

Leider konnte ich nach dem Unfall nicht mehr überprüfen, ob er wirklich tot war und ihm gegebe-

nenfalls den Rest geben, da hinter mir ein weiteres Auto kam und ich fliehen musste. Bis heute habe ich leider noch nichts darüber in der Zeitung gelesen und kann daher nur hoffen, dass es ihn erwischt hat. Sonst …

Es lässt sich im Nachhinein schwer sagen, ob vielleicht nicht doch alles ganz anders gekommen wäre und einen glücklicheren Verlauf genommen hätte, wenn sich Graham nicht so vehement in seinem Fernsehinterview und auch in der Zeitung für die Einführung des Dandaleith Whisky ausgesprochen hätte.

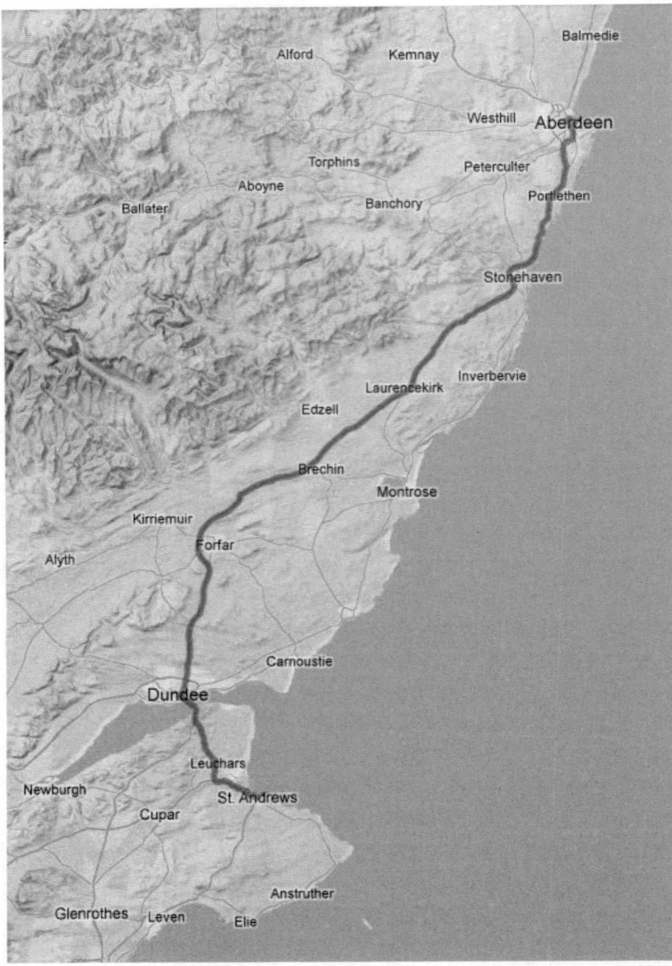
Balmedie
Alford
Kemnay
Westhill
Aberdeen
Torphins
Peterculter
Aboyne
Portlethen
Ballater
Banchory
Stonehaven
Inverbervie
Laurencekirk
Edzell
Brechin
Montrose
Kirriemuir
Forfar
Alyth
Carnoustie
Dundee
Leuchars
Newburgh
St. Andrews
Cupar
Anstruther
Glenrothes
Leven
Elie

Golfen

Dienstag, 17. Mai

Brian traf sich an diesem Morgen gegen 10:00 Uhr schon mit Alan vor dessen Appartement in Aberdeen, da sie nicht wussten, wie lange das geplante Gespräch mit Ronald Briggs Mutter in Anspruch nehmen würde. Da sie zudem mit gut zwei Stunden Fahrt rechnen mussten, blieb heute sonst eh nicht mehr viel vom Tag übrig.

Alan hatte als Route für die heutige Fahrt die A90 bis Dundee gewählt, denn er wollte möglichst schnell am Ziel ankommen. Hätten sie sich mehr Zeit genommen oder wäre er privat gefahren, so wäre er sicherlich hinter Stonehaven auf die A92 abgebogen und dann an der Küste entlang gefahren. Dann hätte er nämlich die zusätzliche halbe Stunde Fahrtzeit gerne in Kauf genommen, um sich ein paar der Sehenswürdigkeiten an Schottlands Nordseeküste anzusehen. Wobei Dunnottar Castle und die fantastische Küstenlandschaft mit der Lunan Bay hinter Montrose und den Seaton Cliffs nördlich von Arbroath aus der halben Stunde auch schnell mal einen Tagesausflug gemacht hätten. So aber musste der Besuch von Dunnottar Castle[4] bis zu einer nächsten Gelegenheit warten.

Sie fuhren stattdessen zügig Richtung Süden und zunächst bis Stonehaven an der Küste entlang; die graue und im Licht der aufgehenden Sonne leicht nebelig wirkende Nordsee zur linken Seite. Dann schwenkte die Schnellstraße ins Landesinnere, südlich an Fettercairn vorbei, mit einer der wenigen noch produzierenden Destillerien in den Eastern Highlands.

Weiter südlich erreichten sie Brechin mit dem Schloss des Earl of Dalhousie und dem sehenswerten Country Park. Durch ihre Kontakte mit Graham Morrice wusste Alan, dass sich in Brechin mit Glencadam eine weitere noch lebende Destillerie befand. Ganz in der Nähe hatte eine Destillerie namens North Port ihr unrühmliches Ende genommen und einem Safeway Supermarkt Platz gemacht. Ähnlich erging es auch der Glenesk Distillery weiter östlich in Montrose.

Nach weiteren zwölf Meilen erreichten sie Forfar und sahen das Hinweisschild zum Glamis Castle,

---

4 Dieses Schloss wurde recht dramatisch auf die 50 Meter hohen Klippen bei Stonehaven gesetzt, die fast nach allen Seiten senkrecht zum Meer hin abstürzen. Die riesige, halb verfallene, an drei Seiten vom Meer umspülte Festung ist ein hervorragendes Fotomotiv. Die ältesten Gebäudeteile stammen aus dem 9. Jahrhundert. Auf der Landseite ist die Burg durch eine tiefe Klamm geschützt, damit war das mächtige Castle lange Zeit uneinnehmbar. So wundert es nicht, dass hier 1651, während Oliver Cromwell mit seinen Engländern Schottland heimsuchte, die schottischen Krönungsinsignien (Krone, Zepter und Schwert) in Sicherheit gebracht wurden und auch nach einer achtmonatigen Belagerung nicht in die Hände der Engländer fielen. Die Burg wurde eingenommen, aber neun Jahre lang suchten die Engländer vergebens nach den Staatsinsignien, bis 1660 Charles II damit ausgezeichnet wurde. 1685 stopfte man hier 167 Gefangene (auch Frauen und Kinder) in das Verlies (Whig´s Vault), das heute noch so aussieht wie damals; für die Toten wurde später ein Gedenkstein errichtet. Im Jahr 1718 wurde die stark befestigte Burg nach einer blutigen Schlacht und einjähriger Belagerung von den verhungernden Schotten aufgegeben und dann vollständig geschleift.

das über die A94 zu erreichen war. Brian erinnerte sich gerne an seinen letzten Besuch mit Janet, bei dem sie in dem schönen Schloss[5] und vor allem im tollen Parkgelände einen halben Tag lang sich gefühlt hatten, als wären sie in einer anderen Zeit.

Nach weiteren dreizehn Meilen kamen sie schließlich an der Sweet Factory vorbei und erreichten Dundee, ehemals Schottlands wichtigster Walfängerhafen. Später, im 19. Jahrhundert, trug Dundee sogar den Titel Jute-Welthauptstadt. Den Firth of Tay überquerten sie auf der Tay Road Bridge mit Blick auf die weiter westlich gelegene Tay Rail Bridge. Jedem Schotten ist auch heute noch die unrühmliche Geschichte dieser Brücke bekannt, die 1878, mit gut zwei Meilen Spannweite, als die längste Brücke der Welt galt. Bereits am 28. Dezember des folgenden Jahres brach in einem verheerenden Sturm das Mittelstück der Brücke zusammen, gerade als ein Zug die Brücke passierte und dadurch 75 Menschen in den Tod riss.

Kurz hinter der Brücke verließen sie die A92 und fuhren die letzten dreizehn Meilen bis St Andrews über die Landstraße A914, weiter auf der A919 und bogen bei Guardbridge auf die A91 ab, die sie bis ins Zentrum von St Andrews führte.

---

5 Die Burg gehört zu den bekanntesten Schlössern Schottlands und befindet sich seit 1372 im Besitz der Familie Bowes-Lyon, der Earls of Strathmore and Kinghorne, die das Schloss von King Robert II of Scotland erhalten haben. Es ist seit dieser Zeit auch königliche Residenz. Schon die Zufahrt über die 1 Meile lange Flanierstraße ist beeindruckend, wenn das Schloss vor den Angus Glens immer näher kommt und größer erscheint. Die eigentliche Zufahrt flankieren Statuen von James VI und Charles I. Das heutige Aussehen zeigt den typischen Baronial-Stil mit verspielten Zinnen, Türmchen und Kaminen und stammt weitestgehend aus dem 17. Jahrhundert. In Schloss Glamis verbrachte die Königinmutter Elizabeth I (HM Queen Elizabeth The Queen Mother oder einfach „Queen Mum“) ihre Kindheit (geboren 03.08.1900). Prinzessin Margaret (HRH The Princess Margaret) wurde hier am 21.08.1930 geboren.

Viele Straßen führten nach St Andrews hinein, aber von dort aus führten sie nicht weiter. Wer nach St Andrews[6] fuhr, war nicht auf der Durchreise, sondern hatte diesen Ort als Ziel. Er bestand aus drei großen Straßen, in denen die meisten Geschäfte und Pubs sowie die studentischen Einrichtungen lagen. Sie waren durch enge Seitenstraßen miteinander verbunden. Im Osten endeten sie an den Ruinen der einstigen Kathedrale und dem Friedhof. Im Westen und Süden lagen die moderneren Wohngebiete.

Da Brian bereits seit einer halben Stunde ständig auf *so ein komisches Gefühl im Magen* hinwies, hatte sich Alan entschlossen erst einmal im Zentrum anzuhalten, um eine Tasse Kaffee zu trinken und eine Kleinigkeit zu essen.

Als sie wenig später den Costa Coffeeshop betraten und sich an einen freien Tisch am Fenster setzten, bemerkte Alan, dass Brian fast schon gierig an dem blumengeschmückten ehemaligen Brunnen auf der Market Street vorbei zum schräg gegenüberliegenden Subway schaute.

»Was schaust du denn so«, fragte Alan seinen Freund. »Es gibt hier doch auch Sandwiches und Paninis und der Kaffee soll wirklich sehr gut sein.«

»Ja, ich weiß schon. Costa ist UKs Antwort auf Starbucks, nur besser. Aber die Sandwiches da drüben sind halt einfach größer.«

---

6 St Andrews ist eine Kleinstadt an der Ostküste Schottlands in der Grafschaft Fife, die 1620 zur königlichen Stadt erkoren wurde. In ihr befindet sich die kleinste und älteste Universität des Landes (St Salvator College) und die Stadt ist als Heimat des Golfsports berühmt geworden. Außerdem ist sie mit ihrer malerischen Lage an der Nordsee, und speziell seit ein gewisser William Windsor hier studiert und seine Kate Middleton kennengelernt hatte, ein beliebtes Ziel für Touristen geworden. Ihre knapp 17.000 Einwohner bestehen zu einem guten Drittel aus Studenten der Universität. Auch die Ruine der größten jemals im Land gebauten mittelalterlichen Kathedrale (St Andrews Cathedral) befindet sich hier.

»Bist du dir sicher, dass du keinen Bandwurm hast?«, fragte Alan besorgt.

»Ich habe keinen Wurm, ich habe Hunger. Schließlich musste ich heute Morgen schon ganz früh aufstehen und da konnte ich einfach noch nicht richtig essen.«

Alan bestellte für sich einen Cappuccino medium und Brian orderte einen Americano large sowie zwei Sandwiches.

Die kurze Wartezeit, bis das Bestellte serviert wurde und die nicht viel länger dauernde Zeit, bis Brian die beiden Sandwiches verspeist hatte, nutzten beide, um sich auf das Gespräch mit der Mutter von Ronald Briggs vorzubereiten. Dass das Gespräch völlig anders verlaufen würde, als sie es sich ausgemalt hatten, konnten sie zu diesem Zeitpunkt noch nicht einmal ahnen.

Nachdem Alan bezahlt hatte, fuhren Sie wieder aus St Andrews heraus und weiter in Richtung Crail. Wenig später erreichten sie den Kinkell Braes Caravan Park an der A917. Sie bogen am Fahnenmast mit der schottischen Flagge auf das Gelände ab und hielten am Rezeptionsgebäude. Wobei Gebäude eine eher schmeichelhafte Bezeichnung war. Der flache Holzschuppen sah eher aus wie eine ehemalige Doppelgarage, dessen abblätternde vormals weiße Farbe nur durch verblichene Fotos von irgendwelchen angeblichen Golfprofis zusammengehalten wurde, die gegen jede Vernunft hier wohl residiert haben sollten. Der Verwalter, dessen Ausstrahlung in etwa der seiner Behausung glich, erklärte ihnen den Weg zu einem der blassgrün gestrichenen Holiday Homes, in dem Frau Briggs wohnte. Nachdem sie mit dem Auto an langen Reihen mit nahezu identischen Wohnwagen dorthin gefahren waren, gingen sie zu der angelaufenen Aluminiumtür und klopften an.

Eine Frau mit holzsplitterdünnen Beinen öffnete ihnen die Tür. Sie trug einen geblümten Morgenmantel und um den Kopf hatte sie irgendetwas gewickelt, das aussah wie Frischhaltefolie. Und sie roch nach irgendwelchen Kopfschmerzen auslösenden chemischen Sachen. Ihre Haut an Armen und Beinen sowie im Gesicht, die aus dem Bademantel herausragte, demonstrierte anschaulich, was permanente Sonneneinstrahlung so alles bewirken kann: Sie war runzlig, zerfurcht und so rau, dass sie fast an Holz erinnerte. Allerdings an altes sprödes Holz, das dringend einen neuen Anstrich benötigte.

Alan und Brian hielten ihr ihre Polizeiausweise entgegen.

»Frau Briggs?«, fragte Brian. Eigentlich hoffte er, dass sie sich in der Adresse geirrt hatten und möglichst schnell wieder von hier verschwinden konnten.

»Was wollen Sie?«, fragte die Dorfschönheit barsch zurück.

»Wenn Sie Frau Sheila Briggs sind, möchten wir uns gerne mit Ihnen über Ihren Sohn unterhalten. Dürfen wir reinkommen?«, fragte Alan höflich, obwohl er eigentlich auch lieber wieder gegangen wäre.

»Mein Sohn ist tot«, kam die Antwort. Die Frau machte dabei keinerlei Anstalten, die Blockade ihrer Haustür aufzugeben.

»Genau deswegen sind wir hier«, brachte sich Brian wieder ins Gespräch und trat einen kleinen Schritt auf die Blockerin zu. »Aber das würden wir wirklich gerne drinnen mit Ihnen besprechen«, setzte er leicht drohend hinzu.

Nach kurzem Zögern drehte sich Frau Briggs dann doch noch um und ging wieder in ihr Heim zurück. Da sie die Tür dabei offen ließ, betrachteten Alan und Brian das als Einladung ihr zu folgen. Sie gingen die drei Stufen der Klapptreppe hinauf und hinter ihr her in ein Wohnzimmer, in dem sie sich in einen Fernsehsessel plumpsen ließ und auf das Sofa neben dem Tisch zeigte.

»Also was wollen Sie?«, wiederholte sie ihre Frage genauso unfreundlich wie an der Haustür.

Während sich Alan und Brian vorsichtig auf das Sofa setzten, nahm sie einen Schluck aus einer Tasse, die vor ihr auf dem Tisch stand. Natürlich hatte sie den Besuchern nichts zu Trinken angeboten.

»Sie wissen, dass Ihr Sohn Ronald getötet wurde, als er versucht hatte, einen Häftling im Gefängnis zu ermorden?«

»Quatsch, ermordet hat der Kerl meinen Ronnie.«

»Es war eindeutig Notwehr.«

»Lüge!«

»Wie auch immer. Was können Sie uns über Ihren Sohn sagen?«, fragte Alan leicht genervt.

»Nix.«

»Was heißt hier nix? Sie werden uns doch wohl etwas über Ihren Sohn erzählen können. Sie hatten doch nach wie vor Kontakt zu ihm und ihn bestimmt auch im Gefängnis besucht. Das steht doch wohl fest.« Brian war inzwischen deutlich genervt.

»Nix ist fix!«

»Jetzt seien Sie bitte mal vernünftig. Sonst nehmen wir Sie mit und dann können wir das Gespräch auch gerne in Inverness im Polizeipräsidium fortführen. Und wenn Sie dann immer noch nichts sagen wollen, können Sie dort auch gerne übernachten. Wir haben wunderschöne Zellen.« Alan reichte es jetzt ebenfalls.

»Was wollen Sie wissen?«, entgegnete Sheila Briggs. Sie wirkte dabei schon etwas zahmer und leicht eingeschüchtert.

»Bevor Ihr Sohn ins Gefängnis kam, hat er doch noch bei Ihnen gewohnt.« Dabei blickte sich Alan deutlich angewidert in dem gut 30 m² großen Mobile Home um. Wie sollten hier zwei Menschen, die nicht dem Klischee einer innigen Liebesbeziehung entsprachen, dauerhaft zusammenleben, ohne sich nach spätestens zwei Tagen an die Kehle zu gehen? Außer dem sogenannten Wohnzimmer konnte er im hinteren Teil nur ein kleineres Schlafzimmer mit Doppelbett sehen. Der abgetrennte Teil am Kopf des Wohnwagens musste der Sanitärbereich sein. Alan war froh, dass die Tür dahin geschlossen war. Alles, vom Boden bis zu den Wänden, selbst Teile der Einbaumöbel, waren mit einem Fußmatten-artigen Stoff verkleidet. Alan zog seine Arme näher an den Körper heran.

»Stimmt nicht ganz. Er war zwar bei mir gemeldet, aber gewohnt hat er meist bei irgendwelchen Flittchen. Oder bei einem von seinen Kumpels, die ihn auf die schiefe Bahn gebracht haben.«

Alan war beeindruckt, dass Sheila Briggs plötzlich in ganzen Sätzen reden konnte und sogar Nebensätze benutzte. »Na ja, mit seinen sechsunddreißig Jahren war er nicht zum ersten Mal im Gefängnis, sondern wegen schwerer Körperverletzung sowie Einbruch und anderer schwerer Straftaten auch früher schon verurteilt worden.«

»Nachdem er seinen Job verloren hatte, war er in die falschen Kreise geraten und seine neuen Freunde haben ihn immer wieder zu derartigem Unsinn angestiftet. Und er hat schon früh lernen müssen, dass er sich nichts gefallen lassen darf.«

»Ihr Sohn hatte sich also entschlossen, dass er nicht die Lösung, sondern lieber die Ursache für die Albträume vieler seiner Mitmenschen sein wollte«, fasste Alan zusammen.

»Häh?«

»Schon gut. Wissen Sie zufälligerweise, wer sonst noch Kontakt mit ihm gehalten hat. Hatte er gute Freunde? Speziell in der Zeit, während er im Gefängnis war?«, fragte Brian.

»Nee, keine Ahnung. Seine Schwester war ganz am Anfang einmal bei ihm und ich ab und zu. Aber sonst? Nein, keine Idee. Seine Kumpels haben bestimmt jeden Kontakt zu ihm abgebrochen, die haben selbst genug Dreck am Stecken und wollen in nix hineingezogen werden.«

»Wohnt Ihre Tochter auch hier?«

»Nein, die wohnt und arbeitet in der Nähe von London.«

»Was ist mit dem Vater der Beiden? Hat der noch Kontakt zu Ihrem Sohn?«

»Nein, das Schwein ist mit unserem Geld auf und davon und hat sich nicht mehr blicken lassen.«

»Wie meinen Sie das?«

Ihr Lächeln war so messerscharf, dass sie damit einen Stier von oben bis unten hätte aufschlitzen können.

»Bei der Scheidung wurde unser gesamtes Vermögen geteilt. Er bekam alles und ich den Rest!«

Wortreich wünschte sie ihrem Ex dann noch alle übertragbaren Krankheiten der Welt an den Hals.

»Das heißt, Sie sind sich sicher, dass auch Ihr Sohn keinen Kontakt mehr zu ihm hat?«

»Ja, verdammt, das habe ich doch gesagt,«

»Kann ich mal Ihre Toilette benutzen«, fragte Brian. Der Kaffee drängte ihn zwar schon etwas, aber er wäre lieber geplatzt, als wirklich die Toilette in dieser Unterkunft zu benutzen. Er wollte sich einfach einen Überblick in den anderen Räumlichkeiten verschaffen, ohne dafür einen Hausdurchsuchungsbeschluss beantragen zu müssen.

»Von mir aus. Aber setzen Sie sich gefälligst zum Pinkeln hin«, kam die freundliche Antwort. Brian schluckte und machte sich in die Richtung auf den Weg, die sie ihm dabei zeigte.

»Kannten Sie oder Ihr Sohn Charles Maclellan?«, fragte Alan.

»Ist das der Kerl, der meinen Ronnie ermordet hat?«

»Ja. Kannten Sie ihn?«, wiederholte Alan seine Frage.

»Nein, den Namen habe ich noch nie gehört. Und auch mein Sohn hat ihn nie erwähnt.«

»Sagt Ihnen der Name Dandaleith etwas?«

»Nein, wer soll das denn sein?«

»Der Name einer Whisky Distillery.«

»Nee, kenne ich nicht. Ich trinke keinen Whisky, das kann ich mir nicht leisten.«

Als Alan die Toilettenspülung im Hintergrund hörte, fühlte er sich erleichtert, denn jetzt würde Brian zurückkommen und sie konnten wieder gehen. Von Sheila Briggs war eh nichts Vernünftiges zu erfahren.

»Okay, das war es dann fürs Erste. Danke für das Gespräch.« Alan erhob sich, als Brian den Raum betrat. Er legte seine Visitenkarte vor Sheila Briggs auf den Tisch. »Wenn Ihnen noch etwas einfällt, rufen Sie mich bitte an. Danke!«

Als Frau Briggs keinerlei Anstalten machte sich ebenfalls zu erheben, geschweige denn die beiden zur Tür zu geleiten, drehte sich Alan um und ging mit Brian zur Eingangstür. Brian hatte der Dame zum Abschied lediglich zugenickt, aber auch das wurde von ihr ignoriert.

»Die Alte ist doch genauso abgebrüht, wie ihr Blasentee oder was auch immer sie da getrunken hat«, meinte Alan, als sie den heimeligen Wohncontainer verlassen hatten und zum Auto zurückgingen.

»Mit dem Inhalt ihrer Hausapotheke hätte ein Arzt in Afrika ein ganzes Dorf medizinisch versorgen können«, erwiderte Brian. »Aber sonst habe ich nichts entdeckt, was uns weiterhelfen könnte. Sie scheint wirklich alleine zu wohnen.«

»Diese Frau ist ein einziger Albtraum. Ein Gespräch mit der Tapete wäre bestimmt unterhaltsamer gewesen.«

»Ja, und den Weg hierher hätten wir uns sparen können.«

»Stimmt. Vielleicht hätten wir mit ihr lediglich telefonieren sollen.«

»Na, da wäre vermutlich noch weniger herausgekommen.«

»Auch wieder wahr.«

Beide stiegen ins Auto und verließen den Caravan Park, um den Rückweg anzutreten. Beide waren heilfroh, dass sie von dort weggekommen waren und hofften, dass sie sich durch den Besuch nichts Ansteckendes eingefangen hatten.

Auf dem Rückweg durch St Andrews ließen sie ihren Blick über den berühmten Golfplatz[7] schweifen, bevor es wieder auf die A92 ging.

Auf dem weiteren Weg zurück nach Aberdeen klingelte Brians Handy und er erfuhr, dass der Pick-up gefunden worden war. Das Spurensicherungsteam war schon vor Ort, hatte aber bislang noch keinerlei Hinweise auf den Fahrer entdecken können.

Brian bedankte sich für die Infos und informierte Alan: »Sie haben den Wagen gefunden, er scheint aber sauber zu sein. Irgendwie scheint der Kerl uns immer einen Schritt voraus zu sein.«

»Mist. Fast glaube ich, dass der tatsächlich einen IQ hat, der höher als der Ben Nevis ist. Den werden wir wohl nicht so leicht überführen können.«

Sie diskutierten noch eine Weile die spärlichen Informationen, die sie bei ihrem Besuch erhalten hatten, bis dann jeder seinen eigenen Gedanken nachging.

Als sie Alans Büro wieder erreicht hatten, fanden Sie dort einen Fax-Ausdruck vor, den ihnen Direk-

---

7 Der Old Course ist der älteste 18-Loch-Golfplatz der Welt (von 1764) und sehr schön gelegen. Der "Royal & Ancient Golf Club of St Andrews", 1754 als Society of St Andrews Golfers gegründet und achtzig Jahre später umbenannt, wird heute kurz R&A genannt. Er bestimmt noch heute die Golfregeln der ganzen Welt. Die Swilcan Bridge ist nur eine kleine alte Brücke auf dem Golfplatz, aber über diese sind sie alle schon gegangen: John Daly, Tiger Woods, Nick Faldo. Der Grannie Clark´s Wnyd ist eine öffentliche Straße, so wie das ganze Land, auf dem alle Golfplätze hier liegen. Auf dieser Straße können Autos mitten durch den Golfplatz fahren und dies auch bei laufendem Spiel. Heute gibt es in St Andrews 6 Golfplätze, die zu den Besten in Großbritannien gehören, daher ist St Andrews das Mekka für ein Spiel, das hier früher "The Gowf" (= Schlag) genannt wurde. Der älteste Golfklub der Welt (1744) stammt ebenfalls aus Schottland: Der "Gentlemen Golfers of Leith", heute in "The Honourable Company of Edinburgh Golfers" umbenannt.

tor Norton aus dem Gefängnis geschickt hatte. Es handelte sich um eine Kopie des Besucherbuches, das dort elektronisch geführt wurde. Norton hatte offensichtlich die Besucher nach Briggs sortiert, wie die Überschrift der gefaxten Liste erkennen ließ.

Die Liste selbst aber war sehr übersichtlich und bestand aus weniger als einer halben Seite Einträge, die den gesamten Zeitraum von Ronald Briggs Inhaftierung abdeckten.

Seine Mutter hatte ihn insgesamt dreimal besucht, was sie nur an dem elektronischen Eintrag erkennen konnten und nicht an dem Gekrakel ihrer Unterschrift. Und da war noch eine andere weibliche Besucherin gewesen, offensichtlich die Schwester, die allerdings auch mehrere Monate vor seinem gewaltsamen Tod zum letzten und einzigen Mal da gewesen war. Ansonsten hatte ihn immer wieder mal ein Mann namens David Haggisson besucht, neben dessen Namen "Anwalt" vermerkt worden war. Aber auch hier lag der letzte Besuch schon länger zurück. Ansonsten gab es keine weiteren Einträge.

»Der hat wirklich keine Freunde mehr gehabt«, bemerkte Brian trocken.

»Wir sollten uns mit dem Anwalt mal unterhalten.«

»Glaubst du, der kann uns weiterhelfen?«

»Nein, eigentlich nicht. Aber sicher ist sicher.«

Health Angel

Mittwoch, 18. Mai

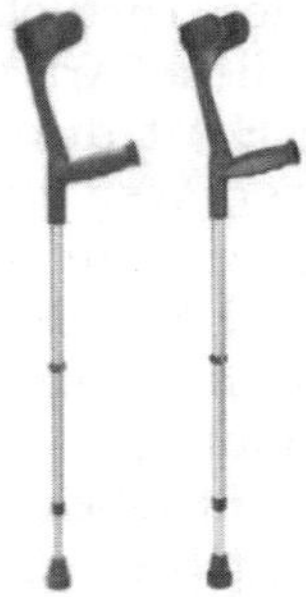

Der Krankenwagen erreichte die Einfahrt kurz hinter Ishbel. Sie parkte ihren Kleinwagen extra weiter hinten, kurz von dem alten zweiflügeligen Garagentor, um den Weg für die beiden Sanitäter so kurz wie möglich zu halten. Während sie schon mal die Haustür aufschloss und die beiden Taschen im Hausflur deponierte, klappte einer der beiden Sanitäter die Hebebühne des Krankenwagens hoch, um Graham samt der Transportliege, auf der er während der Fahrt sicher angeschnallt worden war, so sanft wie möglich vor seinem Haus abzusetzen.

Zunächst hatte er darauf bestanden, von Ishbel heimgefahren zu werden, musste aber schließlich kapitulieren, als er damit konfrontiert wurde, sein völlig eingegipstes und ausgestrecktes Bein in einen normalen Pkw zu bugsieren. Da er obendrein auch noch keine Hose anziehen konnte, lenkte er schließlich ein und ließ sich durch den Klinikdienst nach Hause fahren.

Der Regen, der regelmäßig wie eine Thrombose die Autos in den Verkehrsadern von Inverness zum Stocken brachte, hatte auch bei ihrer Heimfahrt dafür gesorgt, dass sie anfangs nicht schnell vorankamen. Auch den restlichen Tag regnete es in Strömen. Es war diese Art von Regen, der einen schon bis auf die Haut durchnässte, selbst wenn man nur den kurzen Weg zum Auto läuft. Mit anderen Worten: Es regnete wieder einmal die berühmten Katzen und Hunde. Der schottische Wetterbericht im Radio hatte die aktuelle Situation allerdings mit »Es gibt nur wenig Regen zwischen den Schauern« umschrieben.

So ähnlich sah auch die Laune von Alan aus als Graham ihm morgens telefonisch mitteilte, dass er nun gedenke, nach Hause zu fahren. »Bist du denn von allen guten Geistern verlassen? Da hat gerade jemand versucht, dich umzubringen, Mensch! Im Krankenhaus bist du sicher. Da können wir auf dich aufpassen. Wie sollen wir dich denn schützen, wenn du ...« Und so weiter und so weiter. Graham konterte mit dem Argument, dass ja schließlich Ishbel noch da wäre und die Nachbarn auch immer aufpassen würden. Alan fand dies alles weniger erheiternd und versprach ihm, eine Streife vor seinem Haus zu postieren. Und damit Basta!

Nur mit dem Klinikhemd, ein Paar Socken und seinem alten braun-rosa gestreiften Frotteebademantel bekleidet wurde Graham also bis vor die Haustür gefahren. Vor der Treppe angekommen ließ er sich seitlich von der Liege herunter gleiten und nahm die ihm von dem Fahrer gereichten Krücken entgegen. Auf diese gestützt, kämpfte er sich dann die drei Stufen bis zum Eingang hoch, während Ishbel ständig versuchte einen großen Familienschirm über ihn zu halten.

Dies alles ließ Graham still mit sich geschehen, da ihm seine Erscheinung eh schon hochnotpeinlich war. Daher wollte er tunlichst jeden möglichen Kommentar gar nicht erst provozieren. Im Flur übernahm Ishbel dann die Führung, hängte sich bei ihm ein und versuchte ihn, am Arm gestützt, direkt in den ersten Stock zu führen, während sie mit einem Blick und Nicken über die Schulter die beiden Sanitäter verabschiedete.

»Danke für alles. Auf Wiedersehen.« An Graham gewandt fügte sie hinzu: »So, mein armer Held, dann wollen wir es mal mit der Treppe wagen.«

Graham zuckte ein wenig zurück. »Was hast du denn vor?«

»Na, dich ins Bett bringen. Was denn sonst?«

Graham sah sie irritiert an. »Was soll ich denn im Bett? Da komm ich doch gerade her. Lass mich erst mal in die Küche, einen echten Kaffee kochen. Den Geschmack von dieser Anstaltsbrühe habe ich immer noch im Mund. Und dann setze ich mich ins Wohnzimmer und schau mal meine E-Mails durch.«

Ishbel schaute überrascht zurück, wechselte aber in eine etwas resolutere Stimmung, was man bei ihr immer auch an den leicht schmaler werdenden Lippen erkennen konnte. »Du bist wohl nicht ganz bei Trost, mein Schatz! Du wirst hier keineswegs zum Alltag übergehen und morgen am besten noch die Hecke schneiden. Du bist ausschließlich durch meine Intervention beim Oberarzt entlassen worden. Und auch nur unter der strikten Auflage, dass du dein Bein ruhig in ebener

Lage hältst. Sprich: im Bett. Ansonsten hättest du noch mindestens eine ganze Woche im Krankenhaus verbringen dürfen.«

Graham hatte bei dem Unfall Glück im Unglück gehabt. Er hatte "nur" einen glatten, doppelten Oberschenkelbruch und ein verdrehtes Knie davon getragen. Die anderen Blessuren beschränkten sich auf zahlreiche Abschürfungen und Prellungen, die Teile seines Gesichts und anderer Körperstellen inzwischen in den schönsten Farben erstrahlen ließen.

»Moment, bitte. Es war von Liegen die Rede und nicht von Bett. Ich war bei dem Gespräch schließlich ebenfalls dabei. Und liegen kann ich auch im Wohnzimmer auf der Couch.«

»Himmelherrgott bist du ein Querulant!«, rief Ishbel aus und ließ ihn gewähren. »Dann geh halt ins Wohnzimmer. Aber nicht in die Küche; den Kaffee koche ich.«

Dann versuchte sie ihn am Arm gestützt zu seiner Couch zu führen. Das ging aufgrund der schmalen Diele und Grahams unbeholfenen und ausladenden Krückenbewegungen natürlich schief. Zuerst blieb er an einem Mantel an der Garderobe hängen, dann stieß er mit der Krücke gegen eine von Ishbels abgestellten Taschen und schließlich rutschte Ishbel auch noch in der Pfütze unter dem achtlos abgestellten Schirm aus und blieb an einer der Krücken hängen. Hätte sie sich nicht im letzten Moment an dem kleinen Sideboard festgehalten, auf dem sie immer ihre Schlüssel und sonstigen Tascheninhalte deponierten, wären beide unweigerlich zu Boden gefallen.

Mit vor Anstrengung hochrotem Kopf befreite sich Graham aus Ishbels Griff. »Schatz, es tut mir

Leid und ich weiß auch, dass du es nur gut meinst, aber ich habe genug damit zu tun, mich mit diesen Dingern zu bewegen. Da ist dein Gefummel nicht besonders hilfreich ...«

Schnell senke sie ihren Blick, nachdem auch sie sich wieder aufgerappelt hatte. Tränen schossen ihr in die Augen, was sie krampfhaft zu verhindern versuchte.

»Ich - ich will ja nur - das Gefummel ...«

Etwas unbeholfen zog Graham sie an sich heran. »Es tut mir leid. So war das nicht gemeint. Es ist doch auch so schon schwer genug. Du brauchst doch nicht auch noch meine Krankenschwester zu spielen. Ich bin doch schon groß und ...«

»Ja, schon klar. Und du bist auch bis jetzt ohne mich ganz gut durchs Leben gekommen.« Sie sah ihn verzweifelt an, während ihr die Tränen über die Wangen liefen.

»Bitte sei doch jetzt nicht zynisch. Das haben wir beide doch nicht nötig, oder?«

Schniefend kramte sie nach einem Taschentuch in den diversen Verstecken ihres Blousons, den sie immer noch anhatte. »Nein, du hast recht. Das haben wir auch nicht. Ich - ich hab bloß eine solche - eine solche Scheißangst. Ja, Scheißangst, verdammt noch mal! Dass dir noch irgendetwas passieren könnte. Ich möchte dich am liebsten in Schaumstoff packen und in meiner Tasche deponieren.« Ihr Tonfall wurde immer lauter und schriller. »So, jetzt weißt du es!« Wie zur Bekräftigung putzte sie sich mit ihrem alten Papiertaschentuch lautstark die Nase.

Grinsend sah Graham sie an. »Was du alles für Wörter kennst! Das wusste ich ja gar nicht. Aber im Ernst, ich versteh dich nur zu gut und umgekehrt würde ich wohl auch so handeln. Nur wenn du ganz ehrlich bist, musst du zugeben, dass du für die Mutterrolle zwar nicht zu alt bist, ich für die Kinderrolle aber definitiv. Ich habe dir im Krankenhaus in den letzten Tagen etwas versprochen und das werde ich halten. Ich passe auf mich auf.« Und nach einer Pause, in der er ihr durch das Haar strich, ergänzte er noch: »Und außerdem habe ich mich ja gegen die kleine Gebühr eines goldenen Rings komplett an dich verschenkt. Damit wäre ich ja also praktisch schon in deiner Tasche, nicht?«

Mit geröteten, aber glücklichen Augen sah Ishbel ihn an. »Verschwinde endlich auf dein Sofa und entlaste dein Bein. Den Kaffee bring ich dir gleich. Und zwar so stark, dass du ihn als Knochenleim verwenden kannst.« Dann gab sie ihm einen leichten Klaps auf den Po und ging in die Küche.

Während er ins Wohnzimmer humpelte, hörte er sie noch leise aus der Küche murmeln.

»Scheißangst! Jawohl, Scheiß - Scheißangst.«

Kurz nachdem Graham endlich eine für sein Bein angenehme Position auf dem Sofa gefunden hatte, kam Ishbel auch schon mit einem Tablett in beiden Händen ins Wohnzimmer. Graham erkannte, dass neben einer großen, dampfenden Tasse Kaffee auch ein Teller mit mehreren Shortbread Fingers darauf stand.

»Hmm, das riecht aber wirklich lecker«, sagte er und grinste Ishbel an.

»Der wird dich wieder putzmunter machen«, antwortete sie schelmisch.

»Ich fühle mich eigentlich auch so schon ganz schön munter. Wie wird das wohl erst nach dem

Kaffee sein?« Graham hatte ihre Anspielung verstanden.

»Wenn ich dann wirklich so richtig munter bin, könnte ich ja anfangen etwas in dieser Sache zu ermitteln«, neckte er sie. Er wusste schon, dass er mit diesem Einwand ein gewisses Risiko einging.

Ishbel hatte inzwischen das Tablett neben ihm auf den Couchtisch gestellt und natürlich sofort verstanden, dass er sie bewusst etwas reizen wollte. Deshalb ging sie darauf ein: »Du musst nicht ermitteln. Ich mache dir jetzt den Tätertyp C: sanfte sexuelle Verführung eines wehrlosen Opfers.« Dann beugte sie sich über ihn und knabberte an Grahams Ohrläppchen.

Später ließ sich Graham dann von Ishbel sein Smartphone bringen, um seine Mails zu checken und zu beantworten. Seinen Argumenten, dass er das auch sehr gut im Liegen machen könne, es seiner Heilung nicht abträglich wäre und auch nicht wirklich gefährlich sei, konnte sie nichts entgegensetzen und ließ ihn daher gewähren. Sie versuchte sich in der Zwischenzeit, mit den anstehenden Problemen der Destillerie zu beschäftigen.

Da der Unfallort immer noch gesperrt war und von der Aufnahme der Produktion erst recht nicht die Rede sein konnte, hatte sie alle Mitarbeiter erst mal in Zwangsurlaub geschickt. Greg und John hatten unter Aufsicht der Polizei und eines Versicherungsfachmanns die beiden Wash Stills entleeren dürfen, bevor die Flüssigkeit die Blasen vollends versauen würde. Auch durften sie das verbleibende intakte Rohrsystem spülen. Die fast 12 Tonnen Maische fassende Mash Tun war zum Glück während des Unglücks gerade leer. Allerdings befanden sich in vier der acht Wash Backs gerade über 80.000 Liter Wash oder auch Sour Beer genannt. Diese hatten sie abpumpen und mit Tankwagen zur Glenallan Distillery fahren lassen.

Lediglich Jenny Munroe, ihre Visitor Centre Managerin, hielt den regulären Alltag der Destillerie aufrecht. Gerade nach dem Unfall strömten die Touristen zuhauf nach Charlestown. Und der Visitor Shop machte Umsätze bis zum Geht-nicht-mehr.

Gegen Abend des gleichen Tages hatte Ishbel das Gefühl, die drängendsten Aufgaben erledigt zu haben und konnte guten Gewissens endlich durchatmen. Lediglich der Besuch bei Jimmy Drummonds Mutter Joana steckte ihr immer noch in den Knochen. Glücklicherweise hatte sie eine gute Bekannte und ehemalige Krankenschwester auftreiben können, die sich unter anderem auf die Hinterbliebenenbetreuung spezialisiert hatte. Sie war sich sicher, dass Joana fürs Erste in guten Händen war. Nachdem sie auch den letzten Anruf mit der Firmenzentrale erledigt hatte, machte es sich Ishbel auf der anderen Seite der über Eck gebauten Ledercouch bequem. Als Graham sah, wie sie dabei ihre in Wollsocken steckenden Füße gemütlich seitlich auf das Sofa legte, musste er grinsen.

Ishbel hatte schon zahlreiche Socken in allen Farben und Mustern gestrickt und damit auch schon etliche, überwiegend weibliche Angestellte der Brennerei versorgt. Sie selbst liebte es, sich abends auf dem Sofa in ihren Wollsocken und mit einer Wolldecke einzukuscheln, um ein Buch zu lesen oder auch sich einen spannenden Film anzusehen. Fast jeden Abend kam bereits nach wenigen

Minuten ihre Katze auf sie gesprungen, machte es sich auf ihrem Bauch gemütlich und fing an wohlig zu schnurren.

Graham war natürlich auch schon von Ishbel mit Wollsocken versorgt worden. Da er aber so gut wie nie kalte Füße hatte, konnte er nicht verstehen, warum sie nur in Wollsocken warme Füße hatte. Für ihn hatten die keinen erkennbaren Unterschied zu seinen normalen Socken, die er zur Arbeit trug und die überwiegend aus Viskose bestanden. Deshalb ließ er diese abends meistens an.

»Oh, Wollsocken - das ideale Kleidungsstück für die moderne, modebewusste Frau«, konnte er sich nicht verkneifen.

Ein gespielt giftiger Blick ließ ihn schweigen. »Sei ruhig und iss jetzt«, antwortete sie dann grinsend.

Bevor Ishbel sich auf das Sofa gelegt hatte, hatte sie einen großen Teller mit belegten Broten vor Graham auf den Couchtisch gestellt und einen kleineren Teller in ihrer Reichweite platziert. Es war ein üppiges und gleichzeitig deftiges Abendbrot mit Käse, Schinken, Wurst und Gurken. Eine Flasche Bier für ihn und ein Glas Rotwein für sie perfektionierten das Bild der Gemütlichkeit.

Frauen, die nur genau abgewogene Salatportionen aßen, waren Graham schon immer suspekt gewesen. Er mochte es, wenn Frauen auch eine ordentliche Portion verdrücken konnten, ohne ständig über eventuelle Gewichtsprobleme zu jammern. Ein Kollege hatte mal zu ihm gesagt: »Ich habe lieber eine Frau zu Hause, die aussieht wie ein Dönerspieß, als so einen Hungerhaken, wie ihn uns die Werbung als Ideal vorgaukelt.« Grahams Geschmack lag da eher dazwischen, aber ein paar Pfund zu viel waren ihm auch deutlich lieber als ein wandelndes Röntgenbild. Bei Ishbel fand er die Verteilung goldrichtig. Genüsslich beugten sich beide vor, nahmen sich etwas zu essen in die Hand und aßen ihre "Schnittchen".

»Du Ishbel«, sagte Graham dann noch kauend. »Wenn mir wirklisch ma´ was Schlimm´s paschieren sollte, möchte isch, dasch du abgesichert bischd.«

»Mir wäre es viel lieber, wenn du dich endlich mal so verhalten würdest, dass dir nicht andauernd etwas Schlimmes passiert. Außerdem hast du auch schon deutlicher gesprochen. Mach endlich mal deinen Mund leer.«

»Aber ich kann doch dieses Mal wirklich nichts dafür, dass der mich von der Straße gedrängt hat.« Ein großer Schluck aus seinem Glas Lager Bier hatte seine Aussprache wieder verständlicher gemacht.

»Ja schon, aber so wie ich dich kenne, bist du bei nächster Gelegenheit wieder so leichtsinnig, dass dir was zustößt.«

»Deshalb will ich ja auch, dass du finanziell abgesichert bist. Meine Rente und was ich sonst so alles an Wertsachen habe, soll dann alles dir gehören.«

»Deine abgelegten Plüschtiere etwa auch?«, neckte sie ihn.

»Nein wirklich, ohne Spaß. Es ist mir ernst damit.«

»Okay, sorry, war nicht böse gemeint. Willst du etwa ein Testament machen?«

»Nein, wollen wir deshalb nicht lieber möglichst bald heiraten? Dann wäre das alles doch viel einfacher zu regeln.«

»Du Romantiker!«, lachte Ishbel laut. »So ein Heiratsantrag kann ja auch nur von dir kommen. Obwohl, immerhin ist es jetzt schon der zweite vorbildlich formulierte Antrag, den du mir machst – und das in wenigen Tagen. Du scheinst es wirklich ernst zu meinen.«

»Würdest du meinen Antrag denn wirklich annehmen und mich heiraten?«

»Ja, ich will. Das habe ich dir schon im Krankenhaus gesagt und ich habe meine Meinung bislang nicht geändert. Ich gestatte dir sogar, dass du mich nicht ein drittes Mal fragen musst. Und dass du es plötzlich so eilig hast finde ich ausgesprochen süß!« Ishbel stand auf, ging zu Graham und gab ihm einen innigen Kuss.

»Schön.« Etwas außer Atem aber glücklich ließ sich Graham zurück aufs Sofa sinken.

Double Trouble

Mittwoch, 18. Mai

Seit letztem Donnerstag war Alan, als Ermittler im "Dandaleith-Fall", wieder öfter in Inverness und verbrachte die Abende in seinem Haus bei Susan. Obwohl er sich anfangs sehr darüber gefreut hatte, dass ihre Wochenendbeziehung dadurch wieder in normaleren Bahnen verlief, schien das Ganze doch unter keinem guten Stern zu stehen.

Schon seinen ersten Abend am Donnerstag verbrachte er allein zu Haus, da Susan – mal wieder – Nachtschicht hatte. Das fand er immer noch frustrierend, obwohl er natürlich Verständnis dafür hatte, dass Susan ihren Job genauso ernst nahm, wie er den seinen.

Aber es war auch in der Vergangenheit schon öfter passiert, dass sie an ihrem lang ersehnten gemeinsamen Wochenende doch wieder kurzfristig getrennt wurden und das speziell durch Susans Tätigkeit. Sie arbeitete in der Notaufnahme des Raigmore Krankenhauses und musste dort fast immer bis zu 24 Stunden am Stück Dienst tun.

Und da es nur drei Ärzte in der Notaufnahme gab, die sich den Dienst teilten, kam es immer wieder zu kurzfristigen Dienstplanänderungen, weil einer der Notärzte entweder krank war oder einfach nach mehr als 30 Stunden Dauereinsatz auch mal eine Pause benötigte.

Oft hatte Alan montags morgens Susan an der Haustüre getroffen, wenn er wieder nach Aberdeen aufbrechen musste und sie gerade von einem Sonntagmorgen Termin endlich wieder nach Hause kam. Aber am Schlimmsten war es für sie beide, wenn sie samstags morgens zum Dienst musste und sonntags morgens nach 24 stressigen Stunden ohne Schlaf nach Hause kam, denn dann war das ganze Wochenende für sie versaut.

Alan selbst hatte zumindest an den Wochenenden fast immer dienstfrei, denn es kam nur selten vor, dass er auf eine Fortbildung ging oder ein besonders großer Fall auch am Wochenende seine volle Aufmerksamkeit verlangte. Unter der Woche pflegte aber auch er einen 10 bis 14 Stunden Tag und schrieb das Wort Freizeit extrem klein.

Kein Wunder also, wenn es in ihrer Beziehung immer wieder mal kriselte und beide diesen Zustand ändern wollten. Sie wussten beide, ohne dass sie darüber sprechen mussten, dass es so nicht mehr lange gut gehen würde und irgendwann in nächster Zeit eine Trennung unvermeidbar war.

Aber, wie sollten sie ihre Situation ändern? Susan liebte ihren Job im Krankenhaus, trotz all dem Stress, der damit verbunden war und konnte und wollte deshalb nicht unbedingt aus Inverness wegziehen. Alan arbeitete in Aberdeen und konnte nur wegen seines Privatlebens auch nicht einfach die gesamte Abteilung nach Inverness verlagern und ein tägliches Pendeln von Inverness nach Aberdeen und zurück kam einfach nicht infrage.

Sie hatten sich schon oft darüber unterhalten und die einzige Lösung, die sich ihnen anbot, war eine gemeinsame Wohnung oder besser noch ein Haus, ungefähr auf halbem Wege zwischen Inverness und Aberdeen.

Nachdem Alan und Brian gestern Briggs Mutter in St Andrews besucht hatten, waren Susan und er heute Abend bei Brian und seiner Jane eingeladen. Brian wollte feierlich die Grillsaison eröffnen. Für Susan und Alan war es quasi der erste Abend, den sie für sich alleine ohne sonstige Termine und Verpflichtungen gehabt hätten. Deshalb war ihre Lust zu den Strachans zu gehen stark eingeschränkt. Dennoch siegte letztendlich die Freundschaft, die sie mit den beiden verband und sie hatten den Termin zugesagt.

Pünktlich um 18:00 Uhr trafen sie am Haus von Jane und Brian Strachan ein und wurden herzhaft begrüßt. Nachdem alle vier einen Aperol Spritz getrunken hatten, machten sie sich gemeinsam über die Vorspeise her, eine scharf gewürzte Lachscreme, die Jane mit einem 10-jährigen Laphroaig verfeinert hatte. Eine wunderbare Kombination, wie alle fanden. Selbst Brian, der nicht so sehr auf die Whiskys von Islay stand, hatte an dieser Kombination Gefallen gefunden und als Einziger eine weitere Portion genommen, was in der Praxis bedeutete, dass die große Schüssel danach so sauber wie ausgeleckt war.

»So, ihr Lieben, dann werde ich mich mal ums Fleisch kümmern«, läutete Brian die zweite Runde ein. Für die Anwesenden war dies das eindeutige

Zeichen sich in "Männergespräche" und "Frauengespräche" aufzuteilen. In geübter Praxis begleitete Alan seinen Freund nach draußen zum Grill, während die beiden Damen es sich auf dem Wohnzimmersofa bequem machten und die wichtigen Dinge des Lebens besprachen.

In einem der Nachbargärten konnte man laute Stimmen und Gelächter hören. Brian war scheinbar nicht der Einzige, der beschlossen hatte, die Grillsaison zu eröffnen.

Alan hatte Brian eine Grill Bibel mitgebracht, die dieser gerade durchblätterte. »Endlich mal ein Buch, in dem keine grilltechnischen Fragen offenbleiben, also ein echtes Männerbuch. Schließlich sind es ja wir Männer, die einem uralten Ruf aus steinzeitlicher Vorzeit folgen und uns am liebsten in Gruppen zusammenrotten, um gemeinsam Fleisch zu erhitzen.«

Alan grinste. Er wusste genau, dass Brian keiner dieser Männer war, die glaubten, es reiche, Kohle ordentlich zu erhitzen und dann das Grillgut einfach auf den Rost zu werfen, Flammen ablöschen mit Bier und, wenn alles schön schwarz ist, ab auf den Teller. Das Ankokeln toter Tiere zählte bei ihm in keinster Weise zum Begriff Grillen. Er war kein Kampfgriller, auch wenn er heute zur Saisoneröffnung traditionell sein knallrotes T-Shirt "Natural Born Griller" trug. Das hatte für ihn keinen Stil, mal ganz abgesehen davon, dass es auch anerkanntermaßen ungesund war.

»Welche Tierrasse versuchst du denn heute auszurotten«, fragte Alan, als er die mächtigen Steaks sah, die Brian liebevoll auf dem Grill platzierte.

»Och, die sind schon lange ausgestorben«, grinste ihn Brian an. »Das sind die letzten Flugsaurierstücke, die ich in unserer Gefriertruhe ganz unten noch gefunden hatte. Die müssen endlich mal weg, bevor die sich alleine aus der Truhe auf und davon machen.«

»Flugsaurier - so, so. Das sieht mir aber gar nicht aus wie Geflügel, die Stücke sind viel zu Dunkelrot.«

»Gut kombiniert, Holmes. Du hast doch schon was bei mir gelernt. Das ist gutes schottisches Rind. Vor drei Tagen noch auf der Weide, inzwischen abgehangen und bei mir auf dem Grill.«

»Mhm, lecker. Das riecht ja jetzt schon sehr gut.«

»Na, warte mal, bis das auf deinem Teller liegt. Das schmeckt noch viel besser, als es jetzt schon riecht. Versprochen.«

Nach einer kurzen Pause schaute Brian ihn nachdenklich an und leitete die ernsteren Themen ein. »Wie läuft es denn so zwischen euch? Geniest ihr die gemeinsame Zeit, die euch unser neuer Fall bietet?«

»Warum fragst du das auf diese Art? Hast du etwa etwas Gegenteiliges gehört?«

»Oh Mann, vergessen wir doch einfach mal, dass wir Bullen und in Verhörtechniken geschult sind«, lachte Brian. »Nein, ich habe nichts Negatives über eure Beziehung gehört. Warum auch. Ich frage mich nur, wie das mit euch weitergehen soll. So als reine Fernbeziehung sehe ich eure Beziehung schon auf Dauer gefährdet. Zumindest habe ich nicht den Eindruck, dass du mit der momentanen Situation zufrieden bist.«

Brian vermutete zwar, dass er damit einen wunden Punkt von Alan berührt hatte, ahnte aber nicht, dass er genau ins Schwarze getroffen hatte.

Hätte er das gewusst, wäre die Reaktion von Alan für ihn noch unverständlicher gewesen.

»Stimmt, du hast absolut recht.« Alan klang zerknirscht.

»Wie, was soll das denn jetzt? Du stimmst mir da so einfach zu? Kein Widerspruch oder wenigstens ein paar Einwände? Das ist mir zu leicht!«

Alan grinste seinen Freund an. »Gell, das überrascht dich jetzt.«

»Das kannst du laut sagen«

»Na ja, das liegt daran, dass Susan und ich in den vergangenen Tagen und eigentlich auch schon in den Monaten davor, zu dem gleichen Ergebnis gekommen sind, wie du. So kann es mit unserer Beziehung nicht mehr weitergehen. Wir haben doppelte Schwierigkeiten und müssen uns unbedingt räumlich verändern.«

»Gut, das Problem ist sicherlich irgendwie zu lösen. Solange die Beziehung als solche nicht gefährdet ist, kann man alles andere in den Griff bekommen.«

»Ja, unsere Beziehung ist uns beiden immer noch sehr wichtig. Ich habe auch keine Lust mehr als einsamer Wolf durchs Leben zu ziehen und Susan ist schon die ideale Frau für mich.«

»Na klasse, dann ist ja alles in Butter.«

»Na, so einfach ist das jetzt aber auch wieder nicht«, seufzte Alan.

»Wieso das denn jetzt?«

»Na ja, wir streiten öfter mal und das nicht nur wegen der räumlichen Trennung, sondern auch wegen der blöden Dienstzeiten die Susan hat.«

»Aber das würde doch bestimmt auch entspannter für euch werden, wenn ihr endlich, wo auch immer, zusammenzieht.«

»Na, ich weiß nicht. Momentan sind wir ja quasi zusammengezogen und trotzdem ... Susan verbringt mehr Zeit bei ihren Kollegen im Krankenhaus, als mit mir.«

»Hört, hört. Spricht da die gute alte Eifersucht gerade ein Wörtchen mit.«

»Ach, ich kann doch nicht wie ein Kater mein Revier mit Pipi markieren, um die Dame meines Herzens auf mich aufmerksam zu machen und die Konkurrenz fernzuhalten. Oder versuchen sie von ihrer Herde zu trennen, damit ich sie für mich alleine habe und über sie herfallen kann.«

Brian lachte. »Nein, das sollst und musst du ganz sicher nicht. Deine Herzdame gehört dir schon und keiner kann sie dir streitig machen, außer die räumliche Trennung halt, die auf Dauer Gift ist, selbst für eine noch so gute Beziehung.«

»Trotzdem, die ständigen Diskussionen nerven mich einfach. Auch wenn ich sonst der Chef bin, kann und will ich das in unserer Beziehung nicht ausleben. Das wäre auch nicht gut für eine Partnerschaft.«

»Wenn es bei uns mal Stress gibt, was zum Glück nur sehr extrem selten vorkommt, schaue ich Jane fest in die Augen und rufe: ich Brian, du Jane! Und schon gehorcht sie wieder.«

Alan schaute ihn verblüfft an und Brian lachte laut. »Nein, nein, das träume ich noch nicht einmal nachts. In Wirklichkeit zoffen wir uns dann kurz und schmollen vielleicht auch mal ein paar Stunden. Aber länger hält das keiner von uns aus und wir versöhnen uns dann schnell wieder.«

»So einfach?«

»Ja, so einfach. Obwohl, wenn ich da an manche Versöhnungsaktion denke, sollten wir uns vielleicht öfter zoffen«, schmunzelte Brian.

»Du Schuft! Ich dachte immer du interessierst dich nur fürs Essen«, grinste auch Alan.

»Du kennst doch den Spruch von Konfuzius: Essen und Beischlaf sind die beiden großen Begierden des Mannes. Ich glaube der ist irgendwie mit mir verwandt. Apropos Essen ...« Brian wandte seine volle Aufmerksamkeit jetzt wieder den Steaks zu, die aus seiner Sicht fertig waren, und legte sie auf eine bereitgestellte Silberplatte.

Alan versank kurz in Gedanken über Brian und seine Jane. Es war ihnen ganz offensichtlich gelungen, den kostbaren Funken der Verliebtheit zu bewahren. Jeder der sie sah, wusste, hier waren zwei, die sich nicht nur verstanden und gegenseitig schätzten, sondern zwei, die sich immer noch liebten. Ihre Beziehung war noch lange nicht der Trivialität des täglichen Einerleis zum Opfer gefallen. Ob Susan und ihm das auch gelingen würde?

Sie gingen wieder hinein zu den Frauen und konzentrierten sich auf das leckere Essen und vor allem auf die von Brian genau auf den Punkt gegrillten Steaks, die butterzart geworden waren.

Da alle, außer Jane, am nächsten Tag wieder Dienst hatten, trafen Susan und Alan gegen 23:30 Uhr wieder in ihrem Haus in Inverness ein.

Alle vier hatten den gemeinsamen Abend, das sehr gute Essen ergänzt mit einem hervorragenden Shiraz richtig genossen. Das Gespräch zwischen Brian und Alan wurde in der großen Runde nicht fortgesetzt, sondern eher bewusst vermieden. Aber bereits auf der Heimfahrt hatte Susan Alan bestätigt, dass es sich am Grill heute Abend wohl eher um Frauengespräche gehandelt hatte, denn auch Jane und Susan hatten die gleichen Themen besprochen und waren zu ähnlichen Ergebnissen gekommen.

Vor dem Schlafengehen setzten sich beide noch kurz auf die Couch und tranken noch ein Glas Wasser. Alan schaute dabei Susan nachdenklich an und fragte schließlich: »Was erwartest du eigentlich von jemandem, mit dem du dauerhaft zusammenleben möchtest?«

»Ich will einen Mann, mit dem ich abends einschlafen und morgens gemeinsam aufwachen kann. Einen Mann, der mich so liebt, wie ich bin, mit all meinen Fehlern und Schwächen. Der nicht nur mit mir ins Bett will, aber dort auch seinen Mann steht. Der mir eine starke Schulter bietet, wenn ich sie zum Anlehnen brauche, der mein Fels in der Brandung ist, wenn um mich herum alles verrücktspielt. Kurz und gut, ich will dich!«

»Na dann. Dann sollten wir das Thema mal endlich ernsthaft angehen und Nägel mit Köpfen machen.«

»Vielleicht sollten wir heute Abend erst einmal noch etwas anderes mit Köpfen machen«, grinste Susan schelmisch.

»Ja, okay, okay, wenn´s denn sein muss.« Alan tat so, als würde Susan etwas Unangenehmes von ihm verlangen, schaute sie dabei aber mit strahlenden Augen an. Und es dauerte nicht lange, bis sie im Schlafzimmer der Sache mit den Köpfen auf den Grund gingen.

Am nächsten Abend erwartete Alan Susan bereits, als sie von ihrem Dienst im Krankenhaus nach Hause kam.

Nach einer kurzen aber herzlichen Begrüßung zeigte Alan auf die Couch. »Lass uns doch noch mal über das Thema von gestern reden.«

»Was, das mit den Köpfen«, lachte Susan.

»Nein, nein, ausnahmsweise mal nicht. Na, obwohl, vielleicht später. Aber ich meine eigentlich unser Umzugsthema.«

»Okay, gerne.«

Susan setzte sich aufs Sofa und entdeckte dabei eine Flasche Rotwein und zwei Gläser, die auf dem Tisch vor dem Sofa bereitstanden. Alan ergriff die Flasche und öffnete einen neuseeländischen Pinot Noir von 2007, Cloudy Bay, und goss ihn in eine Karaffe, die er ebenfalls schon bereitgestellt hatte. Susan beobachtete ihn dabei und ahnte bereits, dass er wohl wirklich etwas Wichtiges mit ihr bereden wollte.

»Der sieht aber ganz schön teuer aus«, sagte sie, als Alan den Wein in die Gläser schenkte.

»Nö, nö, war ein Sonderangebot bei Tesco.«

»Lügner!«

»Stimmt, ich gestehe, der ist von Aldi.«

»Nochmals Lügner«, lachte Susan.

Beide prosteten sich zu und rochen am Glas, aus dem der Wein bereits sein beeriges Aroma verströmte.

»Wow, der riecht aber klasse.« Susan probierte den Wein. »Und im Geschmack ... genau meine Richtung. Das ist mein Wein. Sehr gute Wahl.«

»Ja, ein ganz besonderer Wein für eine ganz besondere Frau.« Alans Augen strahlten wieder und er freute sich, dass Susan der Wein schmeckte.

Immerhin hatte er 24 Pfund für die Flasche ausgegeben, dafür konnte man ja wohl auch einen tollen Wein erwarten.

»Das heißt, den trinken wir jetzt jeden Tag?«, neckte ihn Susan.

Alan schluckte kurz, sagte aber dann: »Wenn du das möchtest, gerne.«

»Na komm, jetzt mal ohne Spaß. Ich kann mir schon denken, dass der Wein ganz schön teuer war. Also, was möchtest du jetzt mit mir bereden?« Nach einem kurzen Zögern fügte Susan noch schnell hinzu, bevor Alan antworten konnte: »Willst du mir etwa einen Heiratsantrag machen oder nur über eine Umzugsplanung reden?«

»Am liebsten beides«, antwortete Alan ernst. »Aber lass uns nichts überstürzen. Lass uns erst einmal zusammenziehen und uns gemeinsam einleben. Und, wenn du mich dann noch immer willst, würdest du mich sehr glücklich machen, wenn du auch meine Frau werden möchtest.«

»Puh, mein lieber Freund«, Susan war wirklich verblüfft. Sie hatte das mit dem Heiratsantrag nur gesagt, um Alan etwas zu foppen. Aber, dass er es wirklich ernst mit ihr meinte, so ernst sogar, damit hatte sie nicht gerechnet. »Das kommt jetzt wirklich überraschend.« Als sie Alans enttäuschtes Gesicht sah, der wohl mit einer anderen Antwort gerechnet hatte, fügte sie noch schnell hinzu: »Ich könnte mir nichts Schöneres vorstellen, als dich zu heiraten. Aber du hast recht, lass uns nicht alles auf einmal machen. Erst die Wohnung, dann das Vergnügen.«

»Super!« Alan strahlte wieder und sie prosteten sich erneut zu, bevor sie sich zärtlich küssten.

»So, aber jetzt zum eigentlichen Thema: Umzug.« Alan war halt einfach pragmatisch veranlagt. »Ich habe mir heute im Laufe des Tages mal wirklich ernsthafte Gedanken gemacht und auch schon etwas vorbereitet.«

Damit griff er nach einem Schnellhefter, der neben dem Sofa lag, und zog daraus eine Landkarte hervor, die das Gebiet zwischen Inverness und Aberdeen zeigte. »Wichtig ist erst einmal die Region oder möglichst der genaue Ort, wo unser neues Domizil stehen sollte. Und dann natürlich auch die Art unseres neuen Zuhauses.«

Beide beugten sich über die Karte und Susan entdeckte dabei drei rote Markierungen in der Nähe von Huntly. »Hast du da schon etwas für uns gefunden«, fragte sie ihn überrascht.

»Vielleicht, aber bitte der Reihe nach. Du sollst meine Überlegungen, die zu den Punkten geführt haben auch verstehen.«

»Na, da bin ich jetzt aber mal gespannt.« Susan lehnte sich wieder auf dem Sofa zurück, nippte an ihrem Wein und schaute Alan interessiert an.

»Also, ich habe mir zu der Region folgende Überlegungen gemacht. Wir haben zwar immer schon von einem Haus am Meer geträumt, aber das ist einfach zu weit abgelegen, um verkehrstechnisch für uns einen großen Vorteil zu bieten, speziell im Winter. Deshalb scheidet für mich die Küste aus und ich habe mich mehr ins Landesinnere orientiert, in die Nähe der A96, von der aus wir beide eine gute Anbindung nach Inverness und auch nach Aberdeen haben. Das ist zwar nicht genau die Hälfte der Strecke, aber Huntly gefällt mir besser, als in der Nähe von Keith zu wohnen.«

»Klingt schlüssig, Herr Kommissar.«

»Schön, dass du das auch so siehst, Frau Doktor.«

»Hattest du dir denn nicht immer schon eine große Farm gewünscht, so mit Tieren und allem Drum und Dran?«

»Ja, das ist schon so ein Traum von mir. Eine große Farm, mit Haupt- und Nebengebäuden, in denen man schön eine Sauna und so einbauen könnte. Mit mehreren großen Hunden, vielen Katzen und eventuell auch Kühen, Pferden und vielleicht ein paar Schafen, einem großen Garten und viel Land drum herum.«

»Und warum suchst du für uns nicht so etwas«, fragte Susan irgendwie lauernd.

»Weil das momentan völlig idiotisch wäre. Du hast einen anstrengenden Job und meiner gibt mir auch nicht immer so viel Zeit, wie ich es mir wünsche. Da wäre so ein Projekt völlig fehl am Platz, das können wir uns zeitlich gar nicht leisten. Ich möchte meine Freizeit mit dir verbringen und nicht auf irgendeinem Acker.«

»Sehr vernünftig, mein Schatz. Wirklich sehr vernünftig.«

»Danke. Wenn ich mal irgendwann in Rente gehe, könnten wir aber gerne noch mal darüber nachdenken.«

»Gut, einverstanden. Auch das Haus am Meer, wäre dann vielleicht wieder eine Überlegung wert«, grinste Susan.

»Ich freue mich, dass du das ebenfalls so siehst. Und außerdem musst du dich in deiner Freizeit ja auch ausführlich um mich kümmern, mich hegen und pflegen und so. Da bleibt keine Zeit mehr für Farm oder Meer.«

»Typisch Mann. Ishbel hat mir vor Kurzem mal gesagt: Frauen, die bereit sind zu Hause zu bleiben, um sich in Vollzeit um einen männlichen Mitmenschen zu kümmern, gemeinhin Ehemann genannt, gehört ein Orden. Speziell dann, wenn sie darauf verzichten, ihn in Kneipen, auf Fußballplätzen, Baumärkten oder ähnlichem Männergelände abzugeben und stattdessen daheim verpflegen und bemuttern. Schließlich tragen sie damit dramatisch zur Erhöhung der inneren Sicherheit unseres Landes bei und senken die Kosten der Krankenkassen.«

»Hört, hört«, lachte Alan.

»Also, jetzt aber mal Butter bei die Fische. Warum du auf die Region um Huntly gekommen bist, kann ich nachvollziehen. Die Ecke kenne ich und sie gefällt mir auch. Speziell Huntly ist ein schönes Städtchen.«

»Gut!«

»Was aber bedeuten die roten Punkte?«

»Na ja, das sind Häuser, die aus meiner Sicht für uns infrage kommen und die momentan auf dem Markt angeboten werden.«

»Häuser?«

»Ja, Häuser. Ich möchte mich nicht unbedingt verkleinern und würde schon ganz gerne ähnlich wie hier wohnen wollen. Eine große Eigentumswohnung wäre mir auf Dauer zu klein.«

»Okay, einverstanden.«

»Und etwas Grund drum herum, mit schönem, großen Garten, wäre doch auch nicht schlecht. Da könnten wir dann auch Brian und Jane mal zum Grillen einladen.«

»Und auch deine Weinstöcke dorthin umpflanzen?«

»Na, mal sehen. Irgendwie habt ihr alle mir ja schon oft genug gesagt, dass dies ein bescheuertes Hobby wäre. Und, na ja, so langsam glaube ich das auch.« Alan schaute zerknirscht.

»Denk bitte an die 63 Trauben, die du letztes Jahr geerntet hast. Die waren doch wirklich lecker. Aber na ja, warten wir erst einmal ab, was wir finden und wie viel Platz dann dort vorhanden ist.«

»Gut, dann zeige ich dir jetzt mal die Häuser, die ich gefunden habe, im Internet. Wenn dir die ebenfalls soweit gefallen, dann lass uns in den nächsten Tagen mal Termine vereinbaren, damit wir uns die Häuser gemeinsam ansehen können. Vielleicht ist ja das Passende für uns dabei.«

Später am Abend, als der Rotwein schon leer war, wurde die Sache mit den Köpfen dann doch noch mal zum gemeinsamen Thema.

Private Ermittler

Donnerstag, 19. Mai

Nachdem Nicky schon mit Graham telefoniert hatte, besuchte sie heute zunächst Charles im Gefängnis. Sie hatte eine richterliche Verfügung dabei, die dank der Unterstützung von CC Timmins unbürokratisch und vor allem extrem schnell erstellt worden war. Mit dieser Verfügung konnte sie Charles ein Laptop ins Gefängnis bringen, das nicht nur über eine Webkamera verfügte, sondern auf dem auch einige andere Tools von ihr installiert worden waren, von denen sie lieber niemandem etwas erzählt hatte.

Jedenfalls konnten Charles, sie und Graham, dem sie auf dem Heimweg ebenfalls so ein Laptop vorbeibringen würde, damit nicht nur alle drei gleichzeitig miteinander telefonieren und sich dabei auch sehen, sondern jede Menge Daten austauschen. Das geschah auf einer sicheren Leitung, die selbst vom MI5 nicht geknackt werden konnte. Dafür hatte Nicky gesorgt.

In der Verfügung war außerdem vorgegeben worden, dass Charles Maclellan zwar weiterhin im Gefängnis verbleiben würde, aber quasi einen VIP-Status erhalten sollte. Ihm sollte es zu jeder Zeit ermöglicht werden, dass er den Laptop benutzen durfte und dafür entsprechend von all seinen Verpflichtungen im Vollzug freizustellen war. Mit anderen Worten: ab sofort hatte Charles einen all-inclusive Status im Gefängnis, bei voller Verpflegung und ansonsten keinerlei Beschränkungen seiner Zeit.

Als Nicky diese Verfügung Direktor Norton vorgelegt hatte, schüttelte dieser nur erstaunt den Kopf. So etwas hatte er in seiner ganzen Laufbahn noch nicht erlebt. »Warum nehmen Sie ihn denn nicht gleich mit? Das wäre doch für alle Beteiligten am Einfachsten und der Steuerzahler müsste nicht sinnlos für seine Vollpension zahlen.«

»Weil er jetzt hier drinnen sicherer ist als draußen.« Nicky schaute dem Gefängnisdirektor dabei gelassen in die Augen.

»Wie meinen Sie das denn?«

»Wir glauben nicht, dass es dem Täter gelingen wird, einen weiteren Attentäter im Gefängnis zu aktivieren.«

»Was?« William Norton wirkte geschockt.

»Ja, solange wir den Drahtzieher hinter den Anschlägen noch nicht erwischt haben, besteht weiterhin Gefahr, dass ein neues Attentat verübt wird. Und die Gefahr ist außerhalb der Gefängnismauern einfach größer.«

»Okay, ich verstehe. Aber wenn es doch noch einen zweiten Helfer geben sollte?«

»Dann muss vorher schon verhindert werden, dass dieser eventuell an Charles herankommen kann. Deshalb sollte er in einen eigenen Trakt verlegt werden, in dem er sich zwar frei bewegen kann, aber zu dem sonst kein anderer Gefangener Zugang hat.«

»Und das Essen sollen wir ihm wohl im Zimmer servieren, was? Und nachmittags gibt es dann Massage und abends Cocktails?« Direktor Norton war erregt aufgesprungen.

»Gute Idee. Der Innenminister persönlich war sehr daran interessiert, dass Charles Maclellan vorbehaltlos dabei unterstützt werden soll uns zu helfen«, meinte Nicky kühl.

»Oh!« Mehr brachte der Direktor erst einmal nicht heraus, nachdem sein oberster Dienstherr ins Spiel gebracht wurde.

»Sollten wir mit Mister Maclellans Hilfe und auch dank Ihrer Unterstützung den oder die Täter fassen können, bevor noch mehr Anschläge verübt werden und weitere Menschen ums Leben kommen, wurde eine vorzeitige Haftentlassung in Aussicht gestellt. Und Ihrer beruflichen Laufbahn würde dadurch sicherlich auch kein Schaden entstehen, im Gegenteil.« Nicky grinste den Direktor freundlich an.

»Nun, ich verstehe schon, mir bleibt keine andere Wahl. Und weitere Verbrechen zu verhindern ist natürlich ein persönliches Anliegen von mir.«

»Ich wusste, dass Sie das Ganze positiv sehen würden, und bin Ihnen dafür natürlich auch sehr dankbar.«

»Ja, schon gut. Ich werde gleich die Verlegung von Mister Maclellan vorbereiten lassen.«

»Danke, das ist wirklich sehr nett von Ihnen.«

»Wollen Sie ihn auch noch persönlich sprechen?«

»Ja, natürlich. Ich habe ja noch den Laptop für ihn und muss ihm zur Nutzung noch ein paar technische Details erläutern.«

Direktor Norton griff zum Telefonhörer und veranlasste, dass ein Vollzugbeamter Nicky zu Charles bringen sollte. Er selbst gab dann in einem zweiten Telefonat den Auftrag für die Verlegung von Charles Maclellan in einen Trakt, der für den Zugang durch die anderen Gefangenen abgetrennt werden konnte. Dafür mussten zwei andere Gefangene verlegt werden, aber seine weitere Karriere war ihm das durchaus wert. Etwas säuerlich verabschiedete er sich dann von Nicky, als der Beamte angeklopft hatte, um Nicky abzuholen.

Zufrieden mit dem Gesprächsverlauf mit Direktor Norton und auch anschließend mit Charles Maclellan machte sich Nicky auf den Weg zu Grahams und Ishbels Haus. Die lange Autofahrt gab ihr Gelegenheit alles Besprochene und auch die heute von Charles erhaltenen Informationen nochmals in Ruhe durchzugehen und in ihrem Kopf zu strukturieren. Dass sie dafür keinen Computer brauchte, um auch komplexere Themen zu sortieren und zu ordnen, hätten ihr viele nicht zugetraut. Die Meisten glaubten nämlich, dass sie ohne ihren Computer gar nicht lebensfähig sei. Aber die kannten sie halt nicht wirklich. Ihre interne Festplatte – gemeinhin als Gehirn bezeichnet – funktionierte ebenfalls reibungslos und die externen Rechnerkapazitäten dienten ihr nur zur Unterstützung und Entlastung von unnötigem Ballast.

Auch wenn es sonst nicht ihre Art war, andere Menschen zu zwingen etwas zu tun, was die eigentlich gar nicht wollten, hatte sie von Anfang an gewusst, wie sie Direktor Norton am Schnellsten "überzeugen" konnte. Das Ziel hatte sie schneller erreicht, als gedacht. Mit den richtigen Leuten zu drohen, half meistens.

Charles war natürlich sehr erfreut über seine Vergünstigungen gewesen, konnte er sich jetzt doch in Vollzeit um sein Buch kümmern und ganz nebenbei auch noch den Polizisten und vor allem Graham helfen. Charles und sie hatten sich gleich von Anfang an verstanden und er war sehr gerne bereit, der charmanten und attraktiven Polizistin zu helfen. Wenn sie deshalb öfter mal zu Besuch kommen würde, wäre das außerdem ein Lichtblick in seinem sonst so männerdominierten, grauen Alltag.

Er und Nicky waren die bisher von ihm zusammengestellten Informationen zu seiner Familienchronik durchgegangen und Nicky hatte alle interessanten Dateien, Stammbäume, Bilder und Lebensläufe auf einen Stick kopiert. Charles war beeindruckt gewesen von dessen Fassungsvermögen, da scheinbar seine gesamte Festplatte drauf passte. Noch erstaunter war er, als ihm Nicky auf seine Frage nach der Speicherkapazität des USB-Sticks geantwortet hatte: "320 GB". Nicky musste grinsen, als sie bei dieser Antwort an seinen ungläubigen Gesichtsausdruck dachte. Auf den Kommentar von ihm: "Ich wusste gar nicht, dass es so große Sticks zu kaufen gibt", hatte sie geantwortet "Gibt es ja auch nicht." Irgendwie hatte Charles von da an ein sehr gutes Gefühl gehabt, dass es ihm mit Nickys Hilfe gelingen würde, Licht in die Vergangenheit seiner Familie zu bringen und hoffentlich auch deren Namen von dem in der Luft hängenden Makel zu befreien.

Die nächste Zeit verbrachte Nicky damit, Charles in die weiteren Feinheiten der elektronischen Welt einzuführen. Da man ihnen hierzu ein sonst als Verhör- oder Gesprächsraum - je nach Sichtweise - benutztes Zimmer zur Verfügung gestellt hatte, blieb ihnen wenigstens das besondere "Zellenambiente" erspart. Da Charles zum einen keine Steckdose in seiner Zelle hatte und zum anderen trotz aller Sonderfreiheiten weder ein Stromkabel noch den Laptop mit in seine Zelle nehmen durfte, würde dieses "Arbeitszimmer" in nächster Zukunft sein Hauptaufenthaltsort im Gefängnis werden.

Charles sichtete unter Nickys Anleitung alle vorhandenen Dateien und machte sich mit deren Strukturen und Verknüpfungen bekannt. Relativ schnell war sie sich sicher, dass er nun alleine weiter arbeiten könnte.

Als Nicky Stunden später bei Graham und Ishbel eintraf, hatte sie Ordnung in ihren Gedanken geschaffen und auch schon die eine oder andere Idee, wie sie die weitere Suche durchführen konnte.

Bevor sie die Einfahrt des Hauses betrat, ging sie kurz hinüber zu dem unauffälligen Vauxhall Astra, der auf der gegenüberliegenden Straßenseite parkte. »Hi, ich bin Nicky McGovern«, sagte sie zu dem Mann hinter der halb geöffneten Scheibe und zeigte ihren Ausweis.

»N' Abend. DCI Strachan hat mich schon informiert. Alles klar. Ich bin DS Paul Ryan.«

»Angenehm, Paul. Und? Gab's schon was Sehenswertes?«

»Fehlanzeige. Hier oben in dem Kaff ist der Hund begraben. Kein einziges Auto seit drei Stunden und nur eine einzige Fußgängerin. Und die war mindestens neunzig! Langsam gehen mir meine Sudokus aus. Hoffentlich kommt irgendwann mal die Ablösung.«

»Sie sind sich der Situation schon bewusst? Auf Graham Morrice wurde höchstwahrscheinlich ein Anschlag verübt. Ohne Erfolg. Man kann davon ausgehen, dass der Täter es wieder versuchen wird.«

»Keine Sorge, das ist mein Job.« Mit einem leisen Lächeln öffnete Ryan seinen Lederblouson und präsentierte das Halfter mit seiner Pistole. »Die Herren haben vorgesorgt. Wir nehmen die Sache sehr ernst.«

Nicky schürzte beeindruckt die Lippen. »Eine Knarre? Für so einen Einsatz muss Derringer aber ganz weit nach oben gekrochen sein. Und es muss den Herren wirklich ernst sein. So was sieht man selten.«

»Keine Sorge. Ich habe eine fundierte Ausbildung und gelte ansonsten als besonnener und ruhiger Mensch.«

Grinsend wandte sich Nicky zum Gehen. »Na, dann ist ja alles im Lot. Ich wünsche mal frohes Schaffen. Ich bin jetzt gut ein bis zwei Stunden da drin. Also die beste Gelegenheit mal das zu machen ... na ja, was ihr Jungs in so einer Situation halt machen müsst.«

Im Gehen hörte sie noch ein freudiges "Danke!" hinter sich.

Auf ihr Klingeln hin öffnete ihr wenig später Ishbel die Haustür und bat sie herein. Alan hatte ihren Besuch bereits angekündigt und Graham war, nachdem Ishbel ihn darüber informiert hatte, fast schon euphorisch geworden und schwärmte nur noch von der doch so patenten Kollegin von Alan und dass er sich überaus freue, mit ihr zusammenzuarbeiten. Er merkte dabei natürlich nicht, dass bei Ishbel nach und nach Eifersucht heranwuchs.

Als sie der sehr hübschen und auch noch jungen Frau die Tür geöffnet hatte, schlug daher ihr Eifersuchtsbarometer in Millisekunden auf 100 Prozent aus. Ohne sich dies allerdings anmerken zu lassen, ging sie mit Nicky ins Wohnzimmer, wo Graham schon ungeduldig wartete.

»Hast du schon etwas Interessantes herausgefunden?«, eröffnete Graham das Gespräch statt einer Begrüßung.

Ishbel hatte währenddessen schweigend auf einen Sessel gezeigt, der am Weitesten von Graham entfernt stand.

»Hallo Graham, freut mich auch dich zu sehen«, antwortete Nicky herzlich. Sie war zu ihm an die Couch herangetreten und beugte sich über ihn, um ihm links und rechts einen Kuss auf die Backen zu hauchen. Ishbels Blicke wurden zu tödlichen Waffen.

»Was, ach so, ja, bitte entschuldige. Ich wollte nicht unhöflich sein.« Graham versuchte linkisch sie zu umarmen, was kläglich misslang.

»Ich habe dir etwas mitgebracht«, sagte Nicky dann, ohne sich zu setzen. Sie reichte Graham den Laptop, den sie die ganze Zeit in der Hand gehalten hatte. »Mit den besten Grüßen des Innenministers und ein paar zusätzlichen Programmen von mir.«

»Wow!«, antwortete Graham, als er den matt glänzenden Laptop entgegennahm. »Aber, was soll ich denn damit machen?«

»Na, zum Beispiel, telefonieren.«

»Wie? Soll ich mir das Teil etwa ans Ohr halten? Seit wann kann man denn mit einem Computer auch telefonieren?«

Selbst Ishbel begann die Augen zu verdrehen. Nicky aber grinste nur.

»Na, das geht schon seit vielen Jahren und sogar auf der ganzen Welt, auch in Schottland.«

»Ich verstehe das immer noch nicht. Das musst du mir erst einmal zeigen. Dafür habe ich doch mein Handy.« Graham zeigte auf sein Smartphone, das vor Ihnen auf dem Tisch lag.

Als Distillery Manager kannte er zwar die Technik von mehreren Brennereien in und auswendig und selbst nachts, aus dem Schlaf geweckt, konnte er diese problemlos herunterleiern. Mit der modernen Computertechnik war er aber nicht vertraut. Mails schreiben, auch mit dem Handy, konnte er natürlich, auch Word und Excel waren ihm bekannt, aber der andere moderne Schnickschnack interessierte ihn nicht, den brauchte doch kein Mensch. Zumindest er nicht.

»Nichts leichter als das. Deswegen bin ich ja hier.« Nicky setzte sich neben ihn auf die Couch, stellte den Laptop auf den Tisch vor ihnen und klappte ihn auf. Sie registrierte dabei den giftigen Blick, den ihr Ishbel zuwarf, ignorierte ihn aber. Nachdem sie seitlich einen Knopf gedrückt hatte, erschien bereits nach wenigen Sekunden eine Eröffnungsseite.

»Wow«, sagten dieses Mal Ishbel, die sich mittlerweile seitlich hinter Nicky gestellt hatte, und Graham aus einem Mund.

Ishbel, die täglich mit Computern arbeitete, hatte damit allerdings in erster Linie die Schnelligkeit gemeint, mit der der Computer betriebsbereit war.

Wenn sie das mit ihrer lahmen Gurke im Büro verglich, lagen da Welten dazwischen.

Graham indes war nicht von der Schnelligkeit beeindruckt, da er die gar nicht richtig einschätzen konnte, sondern von dem Eröffnungsbild. Es wurde nämlich eine tolle Aufnahme der Ben Rhinnes Brennerei angezeigt.

»Möchten Sie etwas trinken?«, fragte Ishbel mit frostiger Stimme.

»Wenn Sie einen Tee hätten, das wäre toll.«

»Wenn ich keinen hätte, würde ich es Ihnen schon sagen«, antwortete Ishbel schnippisch. Nicky hatte das Gefühl, dass gerade eine neue Eiszeit begann.

Ohne weiter auf ihre Besucherin zu achten, ging Ishbel in die Küche. Man hörte sie kurz danach laut mit Geschirr hantieren.

»Wenn du den Computer benutzen möchtest, musst du auf die einzelnen Buttons tippen«, setzte Nicky das Gespräch fort und zeigte auf mehrere Symbole, die über den Bildschirm verteilt waren. »Mach das doch mal«, fügte sie dann hinzu.

Nachdem Graham auf das Tastaturfeld des Laptops gesehen hatte, hob er irritiert den Blick. »Wie denn, das Ding hat ja gar keine Maus und auch kein Mauspad.«

»Braucht es ja auch nicht. Du hast doch Finger. Das ist ein Touchscreen, mein Lieber. Du musst die Symbole auf dem Bildschirm nur anstupsen oder mit dem Finger hin und her schieben.«

Mit diesen Worten erhob sie sich von der Couch. »Mach dich doch schon mal mit dem Bildschirm vertraut und übe etwas, ich muss mal für kleine Mädchen.«

»Okay, mache ich. Übrigens, da lang«, Graham zeigte in Richtung der Toilette.

»Danke, ich bin gleich zurück.«

Nicky ging allerdings nicht zur Toilette, sondern bog zu Ishbel in die Küche ab. Ishbel schaute etwas irritiert, als sie Nicky im Türrahmen erblickte.

»Brauchen Sie sonst noch etwas?«, fragte Ishbel.

Nicky druckste etwas herum und suchte nach den passenden Worten, um mit Ishbel ein klärendes Gespräch zu führen. »Ich weiß nicht, wie ich es sagen soll. Ich habe das Gefühl, dass Sie mir gegenüber gereizt reagieren und verstehe einfach nicht warum.«

»Warum sollte ich denn gereizt sein?«, fragte Ishbel gereizt. Nicky hatte sofort erkannt, dass die Gesprächstemperatur unter die Temperatur des Kühlschrankes gefallen war und sich gerade dem Eisfach näherte.

»Genau das kann ich mir nicht erklären. Darum frage ich ja. Habe ich vielleicht etwas Falsches gesagt oder getan?« Etwas verlegen griff Nicky nach einer der Teetassen auf der Anrichte und betrachtete das Blumenmuster.

»Nein, ich hoffe zumindest nicht.«

»Ich verstehe Sie immer weniger. Können Sie bitte mal konkreter werden. Was ist denn eigentlich los?«

Jetzt war Ishbel an der Reihe nach den richtigen Worten zu suchen und sie wand sich ebenfalls dabei. »Ich weiß einfach nicht, was ich von Ihrem Verhältnis zu Graham halten soll.«

»Wie, was denn für ein Verhältnis?«

»Ah ja, er schwärmt nur noch von Ihnen und seine Augen glänzen, wenn er nur Ihren Namen erwähnt.«

Nicky war erst wie versteinert, dann lachte sie herzhaft. »Ach deshalb sind Sie so seltsam zu mir. Da kann ich Sie aber völlig beruhigen. Graham ist eher so was wie ein väterlicher Freund für mich und sonst gar nichts. Wir verstehen uns zwar sehr gut, aber damit hört unser Verhältnis auch schon auf. Er schwärmt nur von Ihnen, wenn ich mit ihm zu tun habe. Er kann sich keine andere Frau an seiner Seite vorstellen. Hat er wirklich gesagt!««

»Und das soll ich Ihnen glauben?«

»Das können Sie mir glauben. Großes Indianerinnen-Ehrenwort!«

Ishbel entspannte sich sichtlich. »Ah, der Tee ist fertig. Möchtest du Zucker oder Zitrone?« Ishbel ging in einen vertraulicheren, freundlicheren Ton über.

»Milch wäre mir lieber«, grinste Nicky. Ishbel ging zum Kühlschrank und goss etwas Milch in ein kleines Milchkännchen.

Nicky schaute sich in der Küche um und entdeckte direkt oberhalb der Futterschüssel der Katze ein Metallschild, auf dem eine herablassend blickende Katze den Betrachter anschaute. Daneben stand:

> *A dog knows its master.*
>
> *A cat knows it's master!*

Wie alle Katzenliebhaber und auch alle Hundefreunde wussten offensichtlich auch Graham und Ishbel, wie sich des Menschen liebste Haustiere unterschieden. Auch der Spruch: "Ein Hund braucht sein Herrchen, eine Katze Personal" beschrieb diesen Unterschied sehr gut. Nicky grinste.

In diesem Moment öffnete sich die Katzenklappe an der Küchentür, die von dort in den Garten führte und der Stubentiger der Beiden gab sich die Ehre seine Besucherin zu begrüßen. Das machte die Katze, indem sie Nicky einfach ignorierte, ganz so als wäre sie überhaupt nicht da. Sie stolzierte vielmehr auf Ishbel zu, strich um ihre Beine und miaute jämmerlich.

Wer Futter will, muss sich bemerkbar machen. Katzen haben sich für diesen Fall einen Trick ausgedacht. Sie beherrschen das "Miau" mit mitleiderregendem Unterton und treffen damit einen sensiblen Nerv - den Mutterinstinkt. Deshalb ließ Ishbel auch den Tee und die Milch einfach stehen und ging erneut zum Kühlschrank, um das Futter der Katze herauszuholen.

Erst nachdem sie ihr eine Portion in ihrem Fressnapf gelöffelt hatte, nahm sie den Tee und wandte sich Nicky zu. »So, dann gehen wir jetzt wohl besser wieder zu unserem Computerfreak, bevor er noch etwas kaputt macht«, sagte Ishbel mit einem Lächeln.

»Keine Sorge, ich habe schon entsprechende Sicherungsprogramme eingebaut. Bei diesem Gerät schafft das selbst Graham nicht.«

Beide Frauen lachten und Ishbel war mehr als beruhigt, dass für ihren Graeme und ihre Beziehung mit ihm keinerlei Gefahr bestand.

Wer ist hier wohl die Katze und wer der Hund?, fragte sich Nicky, als sie hinter Ishbel wieder ins Wohnzimmer ging.

»Wo wart ihr denn so lange? Was habt ihr denn so lange zusammen in der Küche gemacht? Hattet ihr etwas Wichtiges zu besprechen?«

»Frauenthemen«, antworteten Nicky und Ishbel wie aus einem Mund. Beide Frauen sahen sich daraufhin an und grinsten sich freundlich zu. Nicky wurde Ishbel immer sympathischer.

»Frauen!« Graham gelang es, das Unverständnis von Generationen von Männern sich in die Gedankenwelt von Frauen zu versetzen, in dieses eine Wort zu legen. Beide Damen lachten laut.

Nicky hatte wieder auf der Couch neben Graham Platz genommen, dieses Mal ohne giftige Blicke von Ishbel zu ernten. Ishbel hingegen setzte sich entspannt in den Sessel, den sie eigentlich Nicky zugedacht hatte.

»Und, funktioniert noch alles?«, fragte sie ihn, während Ishbel grinste.

»Ja, soweit schon. Das Ding ist wirklich einfach zu bedienen.«

»Wenn du telefonieren möchtest, musst du nur auf diesen Button tippen«, setzte Nicky das Gespräch fort und zeigte auf das Symbol eines altmodischen Telefons in der rechten oberen Ecke. »Mach das doch mal«, fügte sie dann hinzu.

Nachdem Graham etwas linkisch mit seinem Finger auf das Symbol getippt hatte, öffnete sich in Millisekunden ein neues Bild, das ein großes Telefon zeigte, neben dem links und rechts Bilder von ihm bekannten Menschen angeordnet waren. »Guck mal«, sagte er mit kindlicher Freude. »Da ist ein Bild von Nicky und eins von Charles. Und auch eins von Alan und da, Ishbel, ist ja auch ein Bild von dir. Aber von mir ist keins dabei«, fügte er dann etwas enttäuscht hinzu.

»Das muss ja auch nicht sein, schließlich ist es dein Computer und du rufst dich doch auch im wahren Leben vermutlich nur extrem selten selbst an, um mit dir zu sprechen, oder?«

»Auch bei Selbstgesprächen kommt es auf die Qualität des Gesprächspartners an«, konnte sich Ishbel an dieser Stelle nicht zurückhalten. Irgendwie war es ihr schon etwas peinlich, wie wenig sich ihr Graham mit moderner Kommunikationstechnik auskannte.

»Schau mal.« Nicky hatte sich über den Laptop gebeugt, um nicht nur schneller voranzukommen, sondern auch die Situation zu überspielen. »Wenn du auf das Bild von Charles tippst und es auf das Telefon schiebst kannst du mit ihm telefonieren. Und wenn du Alan oder mich ebenfalls dorthin schiebst, kannst du sogar eine Konferenzschaltung mit uns allen herstellen. Du musst dann nur noch hier auf das "wählen" tippen.«

»Und wenn die Anderen nicht in der Nähe ihres Computers sind, so wie du jetzt?«, stellte Ishbel die berechtigte Frage, auf die Graham überhaupt nicht gekommen wäre.

»Wenn der Laptop der Anderen nicht an ist, findet eine automatische Umschaltung auf deren Handy statt. Dann kann jeder am Gespräch teilnehmen, allerdings ohne Bild. Los Graham, lass uns mal Charles anrufen, der wartet bestimmt schon.«

»Du meinst ich kann jetzt und hier eine Konferenzschaltung zwischen dem echten Gefängnis und meinem Quasi-Gefängnis hier herstellen?«

»Du wirst doch deine häusliche Bettruhe nicht als Gefängnis bezeichnen wollen, oder? Und ich bin deine Gefängniswärterin, oder was?«, fragte Ishbel mit einem gefährlichen Unterton.

»Nein, nein Schatz, das war doch nur Spaß«, beeilte sich Graham. Dabei bewegte er schnell das Bild von Charles aufs Telefon und "wählte".

»Hallo Graham, oh hallo Nicky«, sagte kurz darauf Charles Maclellan, dessen Bild auf Grahams Laptop übertragen wurde. »Und wer ist denn die hübsche Dame da im Hintergrund? Ist das etwa deine Ishbel, von der du immer so schwärmst?« Damit hatte Charles die restliche Spannung bei Ishbel, ohne es zu wissen, völlig gelöst, denn dieses Kompliment brachte sie schnell auf andere Gedanken. »Das finde ich ja ganz schön gemein von dir, dass du mir die so lange vorenthalten hast«, setzte er noch einen drauf.

»Ja, Charles, das ist meine Ishbel«, sagte Graham mit hörbarem Stolz in der Stimme. »Aber, wieso kannst du uns denn sehen?«

»Da oben ist eine kleine Kamera angebracht, mit Mikrofon«, Nicky zeigte auf den oberen Rand des Laptops. »Die hat jeder von uns in seinem Computer und damit können wir uns nicht nur hören, sondern auch sehen.«

»Dann können wir ja unsere gemeinsamen Recherchen rund um die Geschichte der Dandaleith Brennerei beginnen«, sagte Charles. Er wirkte dabei sehr euphorisch.

»Morgen mein Lieber, morgen«, musste Nicky seinen Enthusiasmus allerdings dämpfen. »Heute wollen wir nur testen, dass alles funktioniert. Ich werde Graham noch deine Dateien installieren, damit er sich nach und nach einlesen kann und morgen fangen wir dann an, zu recherchieren. Ich werde bis dahin noch etwas vorbereiten. Ist euch morgen früh um 10:00 Uhr recht?« Nicky blickte auch Ishbel und Graham an.

»Klar!«, sagte Graham, der es ebenfalls kaum erwarten konnte. Und auch von Charles kam nur Millisekunden später ein "ja" aus dem PC. Ishbel nickte.

»Gut, dann starten wir morgen um zehn unsere erste Videokonferenz. Bis dann also. Machs gut Charles und bleib heute Abend nicht zu lange weg«, frotzelte Nicky zum Abschied.

»Keine Sorge, Mama, ich bin um neun zu Hause, versprochen«, grinste Charles zurück. »Auch euch noch einen schönen Abend. Und Ishbel pass mir gut auf unseren Graeme auf, der braucht dich momentan noch mehr als sonst.« Charles und Ishbel grinsten, auch Nicky lächelte, als Charles die Verbindung trennte.

»Wie hat er das denn jetzt gemeint?«, fragte Graham und die beiden Frauen waren sich nicht wirklich sicher, ob er das jetzt spaßig gemeint hatte.

»Kinder, aus [illegible] es gibt [illegible]
wurden [illegible] auch [illegible]
[illegible] aus [illegible]
[illegible]

[illegible]
[illegible] Charles [illegible]
[illegible]

»Keine Sorge, Mama, ich bin [illegible] zu Hause
[illegible] Charles zum [illegible] auch
noch einen [illegible] Abend. Und [illegible]
[illegible]
[illegible] nicht als sonst [illegible]
[illegible] auch Nicky [illegible] Charles die
Verbindung [illegible].«

Wie [illegible] Geb
[illegible] und die beiden Frauen [illegible] sich [illegible]
[illegible] sicher, ob er das jetzt [illegible]

Auswanderer

Freitag, 20. Mai

Nicky saß fast die halbe Nacht zu Hause vor ihrem Computer und kämpfte sich mit der Energie eines schottischen Lachses, der entschlossen und ohne nachzulassen gegen den Strom zu seiner Brutstätte schwimmt, durch die unbezwingbar erscheinende Flut der Informationen. Immer auf der Suche nach dem winzigen Stück, das es ihr ermöglichen würde, ihr Ziel zu erreichen: die Lösung des Falles. Sie fand einige interessante Puzzlestücke und stellte diese für ihr erstes gemeinsames Meeting online.

Pünktlich um 10:00 Uhr saßen am Freitagmorgen die drei frisch gekrönten Privatermittler vor ihrem eingeschalteten, tragbaren Computer und warteten darauf, dass sich alle zugeschaltet hatten. Natürlich war es Graham, dem es als Letzten gelungen war, die Verbindung herzustellen. Entschuldigend grinste er dann seinen Bildschirm an, auf dem schon die Gesichter von Nicky und Charles zu sehen waren.

Beide grinsten zurück, als sie sahen, dass Graham sich ein ordentliches Business-Hemd angezogen hatte und er zudem frisch rasiert und frisiert in die Kamera schaute.

»Hast du heute noch was Größeres vor, oder willst du uns irgendwie beeindrucken?«, platzte es aus Charles heraus, der in seinem Gefängnishemd nicht mithalten konnte.

»Och, ich dachte, das hier ist ja so was wie eine offizielle Konferenz und da bin ich es schon gewohnt ... na ja, außerdem hab ich die Nase von den Krankenhaussachen voll und außerdem bin ich ja fast schon wieder im Dienst ...«

Grahams Verteidigungsmonolog wurde rüde von Nickys brüllendem Gelächter unterbrochen. »Graham! Du bist echt ein Unikat! Ich hätte dir vielleicht noch sagen sollen, dass die kleinen Kameras Weitwinkelobjektive haben.« Tränen liefen ihr die Wangen herunter.

»Äh ... ja und? Was ist jetzt so witzig daran?« Graham schien völlig perplex.

»Na ja«, antwortete Nicky schniefend. »Man kann neben deinem schick gewandeten Oberkörper halt auch sehen, dass du wohl noch keine Hose über dein Gipsbein und deine Feinrippunterhose bekommst.« Brüllend fielen Nicky und Charles aus dem Erfassungsbereich ihrer Kameras während Graham mit tomatenrotem Kopf vor Schreck den Laptop, seine Unterlagen und die glücklicherweise fast leere Tasse Kaffee vom Couchtisch fegte.

Nachdem sich die Drei wieder beruhigt hatten, Graham den Laptop auf irgendwelche Schäden überprüft und seine Unterlagen samt Teppich und Ledersessel mühsam von Kaffeespritzern befreit hatte, versuchten sie ihre Konferenz mit einem neuen Anlauf zu starten. Nachdem natürlich, und quasi als warming up, noch ein paar Bemerkungen über den Computer-Profi Graham gefallen waren, machten sie sich gemeinsam an die Arbeit.

Auf der Basis von Charles´ unfertiger Familienchronik und seinen Unterlagen, die sie von ihm erhalten hatte, präsentierte Nicky den beiden Männern einen Stammbaum, den sie in der letzten Nacht erstellt hatte.

»Wow, du hast ja in einer Nacht mehr Informationen zusammengetragen, als ich in all den Wochen zuvor.« Charles war wirklich beeindruckt.

»Na, so viel war das nun auch wieder nicht«, antwortete Nicky bescheiden. »Du hast da schon eine hervorragende Vorarbeit geleistet, auf der ich sehr gut aufbauen konnte. Und ich schreibe vermutlich einfach nur ein bisschen schneller als du.« Nicky grinste.

»Immerhin ist es dir gelungen eine Lücke in meinem Stammbaum zu schließen, an der ich schon fast verzweifelt bin. Wo hast du denn dazu nur die Information her?«

»Von dir«, lachte Nicky. »Du hattest die Information schon die ganze Zeit, aber, wie das oft so ist, mit der Zeit kann man betriebsblind werden und sieht dann den Wald vor lauter Bäumen nicht. Ich habe die fehlende Verbindung gleich gefunden, muss aber zugeben, dass mir dabei Kommissar Zufall sehr geholfen hat.«

»Na ja, ist ja auch egal. Wichtig ist nur, dass wir jetzt damit das Verbindungsglied haben, das bestätigt, dass meine Recherchen ansonsten korrekt sind. Das Gründungsjahr der Dandaleith Distillery durch meinen Vorfahren Charles Maclellan ist also wirklich 1836. Das bedeutet dann auch, dass sein Vater Peter und er das Grundstück im gleichen Jahr oder im Jahr davor gekauft haben müssen.«

»Stimmt, 1835«, ergänzte Graham. »Aber leider haben wir bislang noch keine Kaufurkunde gefunden. Deshalb wissen wir auch immer noch nicht, von wem die Beiden die Farm und die Brennerei erhalten haben.«

»Oder wem sie diese abgenommen haben.«

Charles schaute zunächst erstaunt dann erbost, als Nicky diese Ergänzung fast beiläufig machte.

»Was fällt dir ein«, polterte er dann los. »Fängst du jetzt auch damit an meine Familie als "Mörder" zu beschimpfen?«

»Also Charles, du musst das völlig neutral hinnehmen.« Nicky blieb völlig ruhig. Soviel hatte sie in ihrer Polizistenkarriere gelernt. »Sollte jemand aus deiner Familie damals diese Morde begangen haben, dann war das eben so. Das musst du dann akzeptieren, auch wenn es dir noch so schwer fällt.«

»Das sagst du so einfach, ich bin aber nun mal nicht gerne der Sohn einer Mörderfamilie.«

»Aber das hat doch mit dir persönlich gar nichts zu tun. Wenn einer meiner Urahnen jemanden umgebracht hätte, dann bin ich doch heute nicht automatisch auch eine Mörderin.«

»Ja, ja, aber du sitzt ja auch nicht im Gefängnis so wie ich und hast auch nicht die gleiche Vorgeschichte so wie ich.«

»Ja, okay. Das stimmt natürlich. Dennoch müssen wir momentan in alle Richtungen recherchieren und dabei ergebnisoffen bleiben.«

»Trotzdem ...«, schmollte Charles weiter.

»Ich wünsche dir ja auch, dass deine Familie nichts mit den Torfleichen zu tun hat.«

»Aber ...«

»Nix aber.« Nicky wurde energisch. »Wenn wir von vorneherein diese Möglichkeiten ausschließen oder verdrängen, dann nehmen wir uns unter Umständen genau die Chance etwas zu finden, dass die Unschuld deiner Vorfahren beweist.«

»Und wenn sie es dann doch waren?«

»Dann ist das halt so. Basta! Ende der Diskussion.«

Charles nickte resignierend.

Graham nickte ebenfalls und ihm war anzusehen, dass er von Nickys kurzer, aber im Tonfall deutlicher Zurechtweisung beeindruckt war und auch froh, dass er sie nicht abbekommen hatte.

»Also weiter im Text«, brachte Nicky die Beiden wieder auf Spur.

»Damals war es bereits üblich, dass eine offizielle Brennerei-Lizenz erworben wurde, um die Distillery legal zu betreiben. Bereits 1823 erfolgte nämlich die Lizenzierung der Destillerien durch den "Excise Act" und damit die Einführung einer deutlich geringeren Getränkesteuer. Das hatte endgültig zur Folge, dass sich die illegale Produktion von Whisky nicht mehr lohnte.« Graham konnte mit seinem Fachwissen glänzen.

»Guter Hinweis«, lobte ihn Nicky und Graham strahlte. »Dann müsste diese Lizenz ja auch noch irgendwo existieren.«

»In meinen Unterlagen habe ich dazu leider nichts gefunden.« Charles klang enttäuscht, weil dies in seinen Augen wieder ein fehlender Beweis für die Unschuld seiner Ahnen war. »Ich bin mir aber sicher, dass die existiert hat, denn sonst hätten meine Vorfahren in den Folgejahren nicht so fleißig Whisky produziert und auch offiziell verkauft.«

»Ja, das sehe ich auch so.« Nicky klang zuversichtlich. »Wenn deine Leute ihren Whisky legal verkauft haben und deine Unterlagen deuten eindeutig darauf hin, dann existierte auch eine offizielle Lizenz.«

»Ja, aber wo?« Graham hatte keine Hoffnung, dass sie diese nach so langer Zeit noch finden würden.

»Ich mache mich heute Abend mal auf die Suche. Wenn die noch irgendwo existiert, dann finde ich die.« Nicky klang deutlich zuversichtlicher als ihre beiden Co-Ermittler.

»Gut. Aber, wenn du die tatsächlich findest, wird uns das vermutlich auch nicht viel weiterhelfen. Ich kenne ein paar Lizenzen aus dieser Zeit und da steht nur der jeweilige Eigentümer drin und nicht irgendein Vorbesitzer. Leider.« Graham betätigte sich wieder als pessimistischer Realist.

»Na ja, warten wir erst einmal ab. Vielleicht steht ja bei kurz davor erworbenen Brennereien doch noch etwas über die Vorbesitzer drin.« Charles klammerte sich an den letzten verbleibenden Strohhalm.

»Genau, die Hoffnung stirbt schließlich zuletzt.« Auch Nicky gab so schnell nicht auf.

»Okay, okay. Ich meine ja nur«, rechtfertigte sich Graham.

Nicky und Charles grinsten.

»Nun gut, was haben wir noch?« Nicky blickte beide fragend an.

»Ich weiß nicht«, antworteten Charles und Graham fast unisono.

»Charles, was ist mit dem Brand von 1952, bei dem dein Vater ums Leben kam und die Brennerei zerstört wurde?«

»Das war schlimm damals. Besonders für meine Mutter, die ja erst seit 5 Monaten mit meinem Vater verheiratet war. Und ich war damals ja erst gut ein Jahr alt.«

»Ja, das war bestimmt eine furchtbare Tragödie. Aber, das meinte ich nicht.« Nicky schaute Charles ernst an. »Gab es irgendwelche Hinweise, dass die Explosion damals nicht durch einen Unfall verursacht wurde?«

»Du meinst, dass da ... ja was eigentlich ... Sabotage im Spiel war?« Graham klang entsetzt und Charles war einen Moment sprachlos.

»Warum nicht? Auch hier müssen wir alle Möglichkeiten in Betracht ziehen. Erst wenn wir uns ganz sicher sind, können wir das Ganze als Unfall einstufen.«

»Nach den Informationen, die ich später von meiner Mutter erhalten habe, wurde erst der Dachstuhl und dann das gesamte Still House durch einen Funkenflug entzündet. Angeblich war ein achtlos stehen gelassener Eimer mit Waschbenzin die Brandursache, der zu nahe am Kohlefeuer unter einer Wash Still stand. Eine der Spirit Stills war gerade geöffnet und wurde von meinem Vater gereinigt und die ist dann in einer gewaltigen Explosion, die den Kupferkessel in viele Stücke riss auseinandergeflogen. Dabei wurde mein Vater von einem der herumfliegenden Kupferstücke so unglücklich getroffen, dass er auf der Stelle starb.« Charles konnte nicht mehr weitersprechen in Erinnerung an die Tragödie, die seine Familie damals ereilt und deren Leben nachhaltig beeinflusst hatte. Er schluckte schwer und bekam feuchte Augen.

»Tut mir leid«, erwiderte Nicky. »Dennoch hat die Feuerwehr oder die Polizei damals irgendetwas gefunden oder den Verdacht geäußert, dass es bei dem Unglück nicht ganz mit rechten Dingen zuging?«

»Nein, nicht dass ich wüsste. Zumindest hat mir meine Mutter nie etwas in der Richtung gesagt.«

»Und der Eimer mit Waschbenzin? Stand der immer dort?«

»Vermutlich nicht, denn das war schon deutlich mehr als nur Leichtsinn.«

»Also hätte den doch auch jemand mit Absicht dahin stellen können, oder?«

»Ja, vielleicht. Aber eigentlich halte ich das für unwahrscheinlich. Das Unglück ist am Vormittag geschehen, als es schon längst hell war. Es hätte doch bestimmt jemand gemerkt, wenn da jemand rumgeschlichen wäre, der nicht zur Brennerei gehörte.«

»Vermutlich schon. Aber, wenn der Eimer doch schon nachts dort abgestellt worden war, was dann? Hätte dein Vater das dann wirklich bemerkt?«

»Keine Ahnung. Mein Vater war eigentlich ein sehr ordentlicher und gewissenhafter Mensch. So hat es mir zumindest jeder erzählt, der meinen Vater kannte. Das Kohlefeuer hielt wohl einer unserer Brennereihelfer am Brennen, besonders nachts. Und mein Vater war an diesem Morgen ein Stockwerk höher an der Luke der Spirit Still tätig, als sich die Explosion ereignete.«

»Aha. Und was ist mit dem Helfer? Kam der bei der Explosion ums Leben?«

»Komisch, jetzt wo wir darüber reden. Von dem war nie die Rede. Vielleicht war der an diesem Morgen gar nicht anwesend. Zumindest ist nie davon gesprochen worden, dass außer meinem Vater noch jemand zu Tode kam. Also weder in den Erzählungen noch in den Unterlagen zum Brand, die mir zugänglich waren, stand was davon.«

»Na, das ist aber wirklich seltsam.« Nicky war überrascht. »Da werde ich doch mal versuchen, ob ich noch irgendwelche Polizeiakten zu dem Unfall finde. Das kommt mir mehr als nur merkwürdig vor.«

»Stimmt, das gibt mir auch sehr zu denken.« Graham wollte auch mal wieder etwas sagen.

»Nun denn«, Nicky schaute in die Bildschirm-Runde. »Ich werde jetzt mal einen kleinen Salat essen gehen und dann bei Brian zum Rapport antreten. Ihr könnt ja in der Zwischenzeit weiterhin die Unterlagen von Charles wälzen und euch im Internet umschauen, vielleicht findet ihr ja doch noch etwas zum Kauf der Farm oder zu dem Unfall von 1952. Wenn du dein 5-Gänge-Menü genossen hast, können wir uns ja noch mal zusammentelefonieren.«

Der letzte Satz war eindeutig an Charles gerichtet, der auf den Scherz sofort grinsend konterte: »Ja, heute gibt es Hummerbäckchen mit Kaviar und andere Leckereien aus der Gefängnisküche.«

»Du hast es gut, bei mir gibt es nur Schnittchen«, meinte Graham bedauernd. Zum Glück für ihn hatte das Ishbel nicht mitbekommen.

»Also dann, Jungs, bis später.« Damit loggte sich Nicky aus und machte sich auf den Weg ins nahegelegene Restaurant.

Im Gegensatz zu Nicky bevorzugte Brian es immer noch, die Informationen auf einer Wand zu visualisieren. In einer Welt, in der sich jeder auf die elektronischen Fähigkeiten von Computern verließ, wurde dies sicherlich in den Augen vieler als eher komisch oder im positivsten Fall als altmodisch bewertet. Aber für ihn war es immer noch die beste Methode auf der Whiteboard genannten Tafel alle Informationen und Bilder miteinander zu verknüpfen und Zusammenhänge herzustellen.

Hierauf konnte er seine Ideen schreiben, wenn er versuchte, die losen Enden eines Falles miteinander zu verbinden. Wenn er dann ein, zwei Schritte zurücktrat und das Ganze auf sich wirken ließ, kamen ihm oft neue Theorien in den Sinn, die ihnen allen dann weiterhalfen.

Deshalb wunderte sich Nicky auch nicht, als sie später sein Büro betrat und ihn an seinem Schreibtisch lehnen sah, mit Blick auf die Tafel. Sie kannte schließlich seine Vorliebe für Kärtchen, Bilder, handschriftliche Anmerkungen und ausgedruckte Dokumente.

»Hi Brian. Na, hast du unseren Fall schon gelöst?«

»Oh, hallo Nicky«, schreckte Brian aus seinen Gedanken. »Nein, leider noch nicht. Wir sind der Aufklärung unseres Falles immer noch keinen Millimeter näher gekommen. Und, wie sieht es bei euch aus?«

Nicky informierte ihn darüber, dass sie in der Familienchronik von Charles den Besitz der Farm bis zum Kauf von 1835 zurückverfolgen konnten, dass sie sich auf die Suche nach der Verkaufsurkunde und einem Hinweis zu den Vorbesitzern machen würde und auch darüber, dass sie den Unfallhergang bei der Vernichtung der Brennerei im Jahr 1952 nochmals recherchieren wollte.

»Wenn das wirklich Sabotage war und kein Unfall, dann dürfte aber der Täter von damals nicht mehr mit dem von heute identisch sein.« Brian blickte sie zweifelnd an.

»Stimmt, ich glaube auch nicht, dass ein mindestens Achtzigjähriger die Taten von heute begangen hat. Aber ...«

»Aber was?«

»Vielleicht stammen der Täter von 1835, der von 1952 und der von heute aus der gleichen Familie.«

»Mmh, wäre möglich. Aber, das würde doch dann bedeuten, dass sich hier eine alte Familientradition abzeichnet. Dass jemand, über Generationen hinweg, eine Blutrache an den Maclellans vollführen möchte.«

»Warum nicht, das wäre doch immerhin denkbar.« Nicky klang allerdings nicht sehr überzeugt.

»Na ja, aber warum lässt der sich dann so lange Zeit und macht so große Pausen dazwischen?«

»Keine Ahnung«, gab sie zu.

»Das macht doch alles keinen Sinn. Mist, wir tappen immer noch im Dunkeln.« Brian ging grübelnd in seinem Büro auf und ab. »Und wie willst du eigentlich die Verkaufsurkunde finden?«, fragte er dann.

»Ich werde erst einmal das große Orakel des 21. Jahrhunderts befragen: Google. Aber ich habe da noch mehr Möglichkeiten.« Das glaubte ihr Brian aufs Wort, wollte aber keine weiteren Details dazu wissen.

»Wie läuft es denn mit deinen Ermittlungen?«, fragte Nicky dann.

Brian berichtete ihr, dass sie nicht vorankamen. Zu spärlich waren die Hinweise. Er hatte mit dem Anwalt von Briggs telefoniert, der ihn immer wieder mal im Gefängnis besucht hatte. Aber der konnte ihm auch nicht weiterhelfen, er war nur sein Pflichtverteidiger und hatte eigentlich keine Lust diesen, so wie er ihn nannte "Durchgeknallten Schwachmaten" zu verteidigen. Seine Besuche waren stets durch Briggs initiiert worden, weil der mal wieder irgendeine verrückte Idee für eine vorzeitige Haftentlastung hatte. Alles nur lächerlich und ohne die geringste Chance auf Erfolg.

Auch aus der Bevölkerung kam nichts Brauchbares an Informationen mehr. Auf der Hotline gingen nur noch die üblichen nutzlosen Anrufe ein, von Leuten mit extrem verdächtig wirkenden Nachbarn oder anderen Spinnern, die Visionen hatten und ausführlich erklären wollten, warum Gott ausgerechnet sie auserwählt hatte, diesen Fall zu lösen. Die paar Spuren, die sie hatten, waren ebenfalls nicht aussagekräftig und brachten sie keinen Schritt weiter.

Auch die lokale Presse unterstützte und motivierte sie nur noch in ihrer bewährten Art und Weise mit kurzen Hinweisen wie "Polizei tappt im Dunkeln" und "Polizei machtlos – Ermittlungen im Fall „Torfleichen“ festgefahren" und ähnlichen hilfreichen Kommentaren.

»Ja, das ist wirklich zum Verzweifeln«, bestätigte Nicky. »Aber, wir werden den Mistkerl schon noch schnappen. Bisher haben wir noch jeden bekommen ... früher oder später.«

»Stimmt. Aber warum "Mistkerl"? Vielleicht war es ja eine Frau? Du weißt doch aus Erfahrung, dass Frauen aus Wut, Hass oder verletztem Stolz zu so ziemlich allem in der Lage sind. Meinst du nicht auch, Nicky?«

»Stimmt, sind wir, vor allem dann, wenn du noch so einen blöden Spruch machst«, konterte diese.

Beide lachten und ihre Stimmung besserte sich.

Nachdem sie noch einige allgemeine Informationen zu dem Fall ausgetauscht und auch noch ein wenig Privates besprochen hatten, verabschiedete sich Nicky von Brian und ging wieder zurück in das ihr zur Verfügung gestellte Büro.

Nachdem sie sich einen Tee zubereitet hatte, aktivierte sie ihr Notebook und dann die von ihr persönlich entwickelte Suchmaschine. Diese prüfte nicht nur alle Einträge bei Google und allen anderen Suchmaschinen, sondern auch alle anderen öffentlichen und auch die eher bedingt öffentlichen Netzwerke gleichzeitig.

Wieder einmal dachte sich Nicky dabei, wie leichtsinnig doch die meisten Menschen mit ihren teils sehr persönlichen Daten in sozialen Netzwerken umgingen. Für jemanden wie sie, aber auch andere Personen mit deutlich weniger Fachkenntnissen, machten die sich viel transparenter als sie dachten oder es ihnen auch nur annähernd lieb war.

Aber Nickys Suchmaschine prüfte auch etliche garantiert nicht öffentliche Datenbanken, auch die von Behörden und Meldeämtern, in dem sie sich dort über eine Hintertür Zutritt verschafft hatte. Natürlich nicht völlig legal. Aber der Zweck heiligte die Mittel und sie tat dies ja nicht, um sich persönliche Vorteile zu schaffen, sondern lediglich, um in einem Fall voranzukommen und damit letztendlich dem Gesetz zu helfen.

Es dauerte aber mehr als zwei Stunden, in denen sie ihre Suchvariante immer wieder neu anpassen musste, bis sie fündig wurde. Ein breites Grinsen zog über ihr Gesicht und sie konnte ein lautes »YES!« nicht unterdrücken. Dieses Dokument musste sie gleich an Charles und Graham weiterleiten.

Nachdem sie sich eingeloggt hatte, erkannte sie, dass die Beiden bereits online waren und scheinbar schon eine Weile miteinander redeten.

»Na ihr Hübschen, telefoniert ihr immer noch?«, machte sich Nicky bemerkbar.

»Oh, hallo Nicky«, antwortete Graham. »Nein, wir sind erst seit circa 40 Minuten wieder verbunden und versuchen uns durch die Unterlagen zu wühlen.«

»Aber bislang leider ohne Erfolg«, ergänzte Charles.

»Na, dann haltet euch mal gut fest. Ich habe da nämlich etwas gefunden, das wird euch begeistern. Kleinen Moment bitte, dann seht ihr es ... Tataa!«

Empty Highlands

Schottland, im Jahre 1836

Nach jahrzehntelangen Aufständen der Schotten gelang es den englischen Truppen unter dem Herzog von Cumberland am 16. April 1746 endgültig, die Highlander für alle Zeiten zu besiegen. Im schottischen Culloden fand die letzte große Schlacht auf britischem Boden statt. Auf dem Schlachtfeld im unwirtlichen Drummossie Moor, 8 km östlich von Inverness, wurde Bonnie Prinz Charlie mit seinen erschöpften 4.500 Highlandern in weniger als 40 Minuten von den 9.000 Mann starken englischen Truppen vernichtend geschlagen.

Betrachtet man das weite, flache Terrain, dann kann man nachvollziehen, dass die Highlander, als Bergvolk auf den Kampf im offenen Gelände nicht eingestellt, den in Zahl und Bewaffnung überlegenen Engländern mit ihren Kanonen hoffnungslos unterlegen waren.

Der siegreiche Herzog verlor nicht mehr als 350 Männer, während die Schotten mehr als 1.200 Tote zu beklagen hatten. Die Niederlage bedeutete das Ende des Jakobitenaufstandes von 1745. Der Duke of Cumberland, wegen seines erbarmungslosen Tötens auch "Butcher" (der Schlächter) genannt, ließ die Clanmitglieder, die nicht auf dem Schlachtfeld starben, im ganzen Land jagen. Weitere 3.000 wurden dabei während der monatelangen Verfolgungsjagd ermordet.

Nach der Schlacht von Culloden wurde den Bewohnern des Hochlandes von englischer Seite alles verboten, was ihre Kultur ausmachte. Das Clanwesen wurde zerschlagen, die Burgen und Stammsitze geplündert. Daher trifft man auch heute noch in den Highlands überall auf Ruinen zerstörter Clanburgen.

Anschließend fiel das Land der Clans an die englische Krone und das Tragen der Kilts sowie das Dudelsackspielen waren fast hundert Jahre lang verboten. Auch das schottische Karomuster, der Tartan, durfte nicht mehr öffentlich gezeigt werden. Das eroberte Land wurde von englischen Großgrundbesitzern annektiert und für teures Geld an die Bewohner weiterverpachtet. Das Clansystem brach damit zusammen, Schottland hatte quasi aufgehört zu existieren. Erst George IV führte das Tragen des Kilts 1822 wieder ein.

Diese Niederlage gilt in Schottland heute noch als nationale Katastrophe und bildet einen traurigen Höhepunkt in der Vergangenheit des Landes. Was danach folgte, ist eines der grausamsten Kapitel der europäischen Geschichte: die traumatischen "Hochlandräumungen", verbunden mit dem Niedergang der schottischen Clans. Also ist es nicht verwunderlich, dass bis heute ein Teil der Schotten davon träumt, sich vom "Vereinigten Königreich" wieder loszulösen – wenn es sein muss, diesmal auch mit politischen Mitteln.

Bis zu jenem Zeitpunkt bestand in den Highlands jahrhundertelang ein System von über 150 Clans. So bewohnte ein jeder Clan eines der Hochlandtäler für sich und führte eine strenge Hierarchie mit Chiefs und dem Clan verpflichteten Mitgliedern. Alle Mitglieder eines Clans trugen den Familiennamen des Chiefs, auch wenn sie nicht blutsverwandt waren. Der Chief war der uneingeschränkte Herrscher, Richter und Anführer in der Schlacht. Die Mitglieder der Clans befolgten ihren Ehrenkodex und waren Krieger, die die Herden ihres Chiefs mit ihrem Leben verteidigten. Jeder Clan hatte sein eigenes Tartan-Muster und schmückte seine Mütze (Bonnet) mit einer Pflanze und dem Clanabzeichen. Außerdem waren sie Ackerbauern und züchteten die schwarzen Highland-Rinder, die Black Cattles.

Das seitherige Clangefüge hatte sich bis zum Beginn des 19. Jahrhunderts grundlegend verändert. Die Macht der Clanchiefs wurde nicht mehr an der Zahl der Männer gemessen, die für sie kämpften, sondern nur noch an dem Ertrag ihrer Ländereien.

Nach der Schlacht von Culloden waren viele Clanchiefs und ihre Familien ins Ausland geflohen. Ihre Ländereien wurden umverteilt und gelangten auch in den Besitz von Nichthochländern, die keinerlei Interesse an dem Sozialgefüge der jeweils lokalen Clans hatten.

Viele von ihnen führten inzwischen ein ausschweifendes, feudales Leben und profitierten von ihrem großen Grundstücksbesitz. Sie erkannten aber schnell, dass das wenige nutzbare Land nur eine stark ausgedünnte Bevölkerung richtig ernähren konnte. Eine zeitgleich stattfindende Bevölkerungsexplosion und ungewisse Ernteerträge verschärften die Situation zunehmend. Immer wieder brachen regional begrenzte Hungersnöte aus, die für erhöhte Ausgaben der Gutsherren sorgten, da diese zur Versorgung von Verarmten auf ihrem Land verpflichtet waren.

Das größte Problem lag also in der Verantwortung der Landherren für die Bevölkerung auf ihrem Land. Das alte Clansystem war gestorben und selbst dort, wo die Chiefs das Land noch besaßen, konnten sie die gewaltig gewachsene Bevölkerung nicht mehr ernähren.

In ersten Landstudien wurden im Jahr 1801 noch 1.608.420 Menschen in Schottland erfasst, doch 1831, also nur 30 Jahre später, gab es schon 2.364.386. Das war ein Anstieg um fast 40% in dieser kurzen Zeit. Im Hochland wurde das Land sehr schnell knapp: 200.000 Menschen lebten auf dem nicht sehr ergiebigen Boden des Hochlands und konnten sich nur mehr schlecht als recht davon ernähren.

Die verbliebenen alten Clanchiefs und Familienoberhäupter fühlten sich trotzdem noch verantwortlich für die auf ihrem Grund lebenden Menschen und saßen damit in einer Zwickmühle.

Neue Erkenntnisse der Landnutzung und Aufteilung wurden vom Kontinent und aus den Lowlands erworben und in die Situation des Hochlands umgesetzt. Auf den riesigen Weideflächen, die einst erträglich genug waren, Rinder zu mästen und Getreide anzubauen, sollten bald die alles vertilgenden Schafe gehalten werden, da diese den Landherren schnellere und bessere Profite brachten.

Nur damit konnte ihr teurer Lebensstil dauerhaft finanziert werden.

Ende des 18. Jahrhunderts erlebte England einen industriellen Aufschwung. Im Zuge dessen stieg auch die Nachfrage der Textilindustrie, was die neuen Hochlandfürsten, für sich zu nutzen wussten. Sie stiegen in den Wollhandel ein und begannen, das in Besitz genommene Land von der traditionellen Landwirtschaft durch die Bewohner auf eine großflächige, exzessive Schafhaltung umzustellen. Im beginnenden Industriezeitalter stiegen nämlich die Preise für Wolle derart, dass die Pacht der Kleinbauern mit dem Ertrag der Schafzüchter nicht mehr mithalten konnte. Zahlungskräftige Züchter boten für das Weiden ihrer Schafe bis zu dreimal höhere Pachtsätze als die Schotten, die bereits seit Jahrhunderten dort lebten.

Damit die Gutsherren auf ihren Ländereien im Hochland die viel lukrativere Schafzucht einführen konnten, mussten sie erst noch ein Problem beseitigen: Unprofitable Menschen mussten lukrativen Schafen weichen. Zur flächendeckenden Einführung der Schafzucht war die Landbevölkerung einfach nur noch im Weg. Die Vertreibung der Bevölkerung aus den schottischen Highlands begann. Damit gehörten die einfachen Bewohner des schottischen Hochlands also wieder einmal zu den Verlierern. Dies schürte und manifestierte natürlich das Klischee vom bösen Großgrundbesitzer, der oftmals ja auch englischer Abstammung war, und seinem ausbeuterischen Verhalten.

Ein traumatisches Kapitel der schottischen Geschichte nahm ihren Verlauf. Auch wenn die Ereignisse sich in den folgenden Jahrhunderten als sogenannte Highland Clearances manifestieren sollten, so war der Begriff falsch, denn die Einschränkung auf die Highlands stimmte nicht, da die Entwicklung auf der ganzen britischen Insel zu beobachten war.

Die zugezogenen englischen, aber auch alteingesessene schottische Gutsherren, beauftragten die Räumung der Ländereien durch ihre Verwalter. Vertrieben wurden einheimische, aber landlose Kleinbauern und Pächter, die häufig seit Generationen dort gelebt hatten. Oft wurden ganze Dorfgemeinschaften aufgelöst und ihre Hütten zerstört.

Zwei Drittel der damaligen Bevölkerung wurden an die Küsten Schottlands zwangsumgesiedelt. Das Resultat war schließlich die fast völlige Entleerung des Hochlandes. Gleichzeitig stieg die Überbevölkerung im Küstenraum, der den meisten Highlandern keine Existenzmöglichkeit bot. So mussten die Vertriebenen entweder auf englische Industriegebiete ausweichen oder nach Übersee emigrieren. Teilweise wurden die Vertriebenen mit Gewalt auf Auswandererschiffe gebracht und nach Nordamerika oder Australien verschifft. Durch diese Zwangsvertreibung entstand in Kanada sogar eine eigene Provinz - Neuschottland, Nova Scotia.

Widerstand gegen diese Gräueltaten war zwecklos. Wer seinen Besitz nicht freiwillig aufgab, bekam rohe Gewalt zu spüren. Haus und Hof wurden niedergebrannt, Familien auseinandergerissen und Aufständische in die Strafkolonien Australiens verschifft. Wen verwundert es, dass sich die Nachfahren der Auswanderer auch sechs Generationen später noch an die Namen jener Soldaten erinnern, die ihre Vorfahren aus der alten Heimat vertrieben?

Lebte 1755 noch jeder zweite Schotte im Hochland, war es 1981 nur noch jeder Fünfte. Eine zweite Vertreibungswelle folgte nach 1910. Von dieser Entvölkerungspolitik hat sich das schottische Hochland bis heute nicht mehr erholt: Direkte Folgen dieser Clearances sind das pittoreske Bild einer menschenleeren Landschaft, das die Tourismusindustrie so gerne vermarktet, und ein Gutteil der wirtschaftlichen Probleme bestimmter Regionen.

Das Land fiel nach der Vertreibung oder Zwangsaussiedlung an wenige Schafzüchter aus dem schottischen Flachland oder aus England. Später sollte die Schafzucht als die "Geißel Schottlands" bezeichnet werden.

Die Räumungen waren legal, galten aber als illegitim, zumal das Recht (wie schon zweihundert Jahre vorher in England) zugunsten der Landbesitzer verändert worden war, indem feudale Herrschaftsrechte in privaten Grundbesitz umgewandelt worden waren.

Zum Teil mit brutaler Härte und in relativ kurzer Zeit vertrieben die Großgrundbesitzer systematisch die Menschen, die dort lebten. Ganze Landstriche wurden entvölkert. Die schlimmsten Übergriffe gab es dort, wo vom Großgrundbesitzer keine landwirtschaftlichen Ziele mehr verfolgt wurden. Hier ging es fast ausschließlich um die Schaffung großer Jagdreviere für den privaten Lustgewinn beziehungsweise als Statussymbol. Speziell in Sutherland wurden Hütten, die nicht freiwillig geräumt wurden, vom Verwalter in Brand gesteckt, zum Teil ohne Rücksicht darauf, ob Alte oder Kranke darin waren. Im Verlauf der Vertreibungen, von denen sich das Hochland bis heute noch nicht erholt hat, wurden Hunderttausende vom Land vertrieben und ein Großteil des Hochlands buchstäblich entvölkert. Die Vertriebenen landeten sehr oft in den Slums der Großstädte und Industriegebieten.

Einige Clanchiefs, die nicht zu Großgrundbesitzern mutiert waren, sowie viele ihrer Clanmitglieder begannen, in einem Aufstand gegen diese Vorgehensweise zu protestieren. Sie wurden verfolgt und mussten ins Ausland fliehen oder wurden nach Schauprozessen hingerichtet.

Zum Ende der Räumungen war das schottische Clanwesen zerstört und die gälische Sprache in Schottland weitgehend ausgestorben. Einige Kleinbauern bekamen von ihrem Landherrn in den kargen Küstenregionen Schottlands ein kleines Grundstück als Ausgleich zugeteilt und mussten dort ihr Geld mit Fischerei verdienen oder dem Ernten und Verarbeiten von Kelp (Seegras für Seife). Doch kaum einer der vertriebenen Bauern kannte die See oder konnte mit einem Fischerboot umgehen, viele kamen bei der Ausübung ihres neuen "Berufes" ums Leben.

Die meisten der betroffenen Kleinbauern und Pächter emigrierten, soweit sie die Vertreibung überlebten, auf den Kontinent oder nach Kanada, Amerika, Neuseeland und Australien. Einige wurden auch mit bezahlten Passagen dorthin ausgesiedelt. Zurück blieb oft menschenleeres Ödland mit zerstörten oder zerfallenden Gebäuden, die nach und nach überwucherten. Die Auswanderung in die Neue Welt beraubte das Land vieler tatkräftiger und talentierter Menschen - sodass zum Beispiel neun der Unterzeichner der amerikanischen Unabhängigkeitserklärung Schotten waren, genauso wie die Hälfte aller US-Finanzminister.

Auch wenn die Highland Clearances fast nur als negativ gesehen werden, so hatten sie durchaus auch positive Folgen für Schottland und seine Entwicklung.

Zehntausende von Hochländern zogen auch freiwillig in die aufstrebenden britischen Industriestädte Glasgow und Edinburgh und taten es damit den Menschen anderer Nationen gleich. Zeitlich parallel erfolgte nämlich in ganz Europa eine, die zunehmende Industrialisierung begleitende, Landflucht.

Wenn man sich die Gegebenheiten in Europa zu der Zeit ansieht, ist die einsetzende Landflucht Richtung Stadt und die Auswanderung nach Amerika etwas, das nicht nur in Schottland stattfand. Sie bildeten die in den neu entstandenen Industriezentren beschäftigte Fabrikarbeiterschaft. Die Wende vom Agrar- zum Industriestaat hatte begonnen und ganz Großbritannien wurde zum Modellfall der Industriellen Revolution.

Wenn die Großgrund-Besitzer diesen Wandel also nicht mitgemacht hätten, hätten sie dann überhaupt wirtschaftlich bestehen können? Und wie würde Schottland heute aussehen, wenn dieser Strukturwandel nicht stattgefunden hätte?

Die einsetzende Zentralisierung der Industrie und die Erschließung von ertragreichen Kohleflözen im südwestlichen Schottland waren die Faktoren, die zum phänomenalen Aufstieg von Glasgow führten. Nach seinem fantastischen Aufstieg unter dem Reichtum der Tabakbarone Mitte des 18. Jahrhunderts hatte Glasgow mit dem Verlust der Plantagen in Virginia einen dramatischen Niedergang erlitten. Mit der Industrialisierung erhob sich die Stadt jedoch wieder wie ein Phönix aus der Asche.

Mitte der 1840er Jahre wanderten auf der Flucht vor der Kartoffelfäule und Hungersnot Hunderttausende von Menschen aus Irland ein. Notdürftige Behausungen wuchsen ohne jede Planung, besonders um die Fabrikanlagen Glasgows herum. Es kam mehrfach zu Epidemien und Typhus sowie Cholera dezimierten ganze Stadtteile. Trotzdem wuchs aber die Bevölkerung, sowohl aufgrund weiterer Zuwanderungen als auch aufgrund der sich langsam verbessernden Lebensbedingungen. Um 1850 war Glasgow, dank seiner Werften und dem Lokomotivenbau, die Arbeiterstadt schlechthin.

In der späteren Phase wurden die vertriebenen Landpächter samt Familien in manchen Gegenden in modernen Siedlungen aufgefangen. Zum Beispiel in Balfour Village – einem Dorf, das der Großgrundbesitzer extra für die "Umgesetzten" hatte errichten lassen. Diese Siedlung war mit höchsten Standards für die damalige Zeit ausgerüstet, zum Beispiel mit fließendem Wasser, Kanalisation und Gas-Anschluss.

Mit solchen Dörfern hielten auch Schulen und Lehrer Einzug. So kam es, dass das Bildungsniveau in Schottland stark anstieg – wovon viele Familien auf längere Sicht profitierten, weil deren Kinder später Plätze in der Verwaltung oder im Management erlangten.

Nur einige Orte, die in den Highlands geplant errichtet wurden, sind Dufftown, Inveraray, Kyleakin, Plockton und Ullapool.

Gleichzeitig mit der Vertreibung der Hochländer begann auch die Zeit der schottischen Aufklärung. Sie brachte buchstäblich eine Explosion des Geistes hervor. Es scheint, als wenn die Energien jahrhundertelangen Kämpfens plötzlich umgeleitet worden waren und, statt Freiheitshelden, jetzt Persönlichkeiten auf den Gebieten der Kunst und Literatur, der Wissenschaft, Technik und der Architektur hervorbringen konnten. Ganz Schottland erlebte geradezu einen Bildungsboom.

Wohin man in den Folgejahren auch schauen mag, ob in die Verwaltung des kolonialen Empires oder die Managementetagen der Industriebetriebe: Die zahlenmäßig vergleichsweise geringe schottische Bevölkerung stellte einen überproportional hohen Anteil an Verwaltungsbeamten und Managern.

Schottland war endgültig in zwei Nationen geteilt: Die eine war kommerziell ausgerichtet und bemühte sich, englische Gepflogenheiten anzunehmen, die andere war landwirtschaftlich orientiert, in weiten Teilen gegen die südlichen Nachbarn eingestellt und machte aus ihrem keltischen Temperament keinen Hehl.

Die Clans leben heute nur noch in den historischen Dimensionen. Zum Zeitpunkt ihrer endgültigen Niederlage waren sie aus der Sicht der Tiefländer längst ein wirtschaftlicher und sozialer Anachronismus. Doch für die Menschen des Hochlands bedeutete diese Aufhebung der alten Ordnung den tragischen und unwiederbringlichen Verlust ihrer eigenen Sprache und Kultur. Zum Ende der Räumungen war das schottische Clanwesen zerstört und die gälische Sprache in Schottland weitgehend ausgestorben. Sie blieb lediglich auf den Hebriden sowie an der Westküste der Highlands erhalten.

Heute bietet sich an vielen Orten ein idyllisch anmutendes Bild aus Steinruinen und Schafherden auf baumlosen Weiden. Besonders anschaulich sind die Reste der Siedlung von Badbea in Sutherland: Hier haben vertriebene Hochlandbewohner noch ein paar Jahre lang direkt an der Steilküste versucht, ihr Leben zu fristen. In der Ferne sieht man eine Monumentalstatue des Herzogs von Sutherland, der sich bei der Vertreibung der Hochländer besonders hervorgetan hat. Die Auswirkungen der Clearances auf den Landbesitz in Schottland zeigen die von Whighman zusammengetragenen Zahlen: 1998 besaßen 66 Landbesitzer ein Viertel der Landfläche Schottlands, weiteren 1.252 gehörten 66 Prozent des Landes.

Highlander

Freitag, 20. Mai

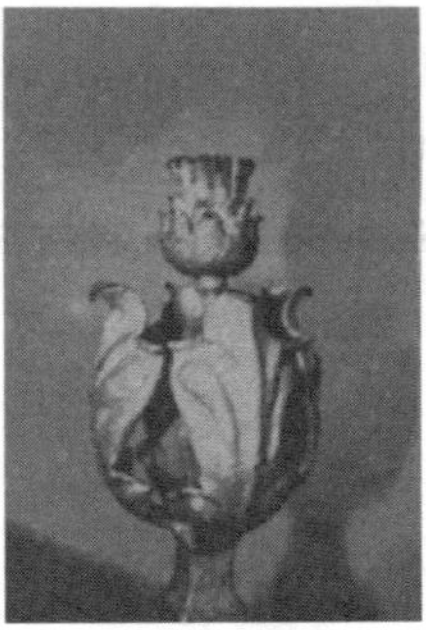

Nickys "Tataa" hing noch in der Luft, als Millisekunden später sich auf den Bildschirmen von Graham und Charles ein Dokument aufgebaut hatte.

Damals im 19. Jahrhundert gab es natürlich noch keine Polizeicomputer, in denen alle Informationen gespeichert wurden. Noch nicht einmal die Lochkarten waren erfunden worden. Die staatlichen Behörden hatten alles aufgeschrieben, manches war sogar nur mündlich übermittelt und erst später schriftlich festgehalten worden und dabei war es natürlich immer wieder mal zu Schreibfehlern oder Übertragungsfehlern gekommen. Speziell, wenn der Name mündlich überliefert wurde, hatte sich über die Jahre die Schreibweise oft geändert, sodass heute nur noch die Aussprache ähnlich ist, aber die Schreibweise anders. Nicky hatte aber auch daran gedacht.

Im Grundbuchamt von Elgin war sie letztendlich fündig geworden. Zum Glück hatten die inzwischen alle ihre alten Dokumente digitalisiert und der Name war auch stets korrekt erfasst worden, sonst hätte Nicky vermutlich nicht so schnell Erfolg gehabt.»Wow, das gibt es doch nicht«, rief Charles verblüfft.

»Nicky, du bist ein Genie«, konnte sich auch Graham nicht zurückhalten.

High Court, Chancery Division, represented by

Mr Justice North

— and —

Mr Charles Edward Maclellan

Indenture and Deed of Agreement

This Indenture entered into between the parties following to wit Charles Edward Maclellan carrying on distilling Whisky at the Dandaleith Distillery in the county of Elgin and the Morayshire.

The License to distil Whisky is granted for an already existing distillery on the grounds of the Dandaleith farm, that was bought by Charles Edward Maclellan from Alfred Patrick McElhone.

The license will include the right for distilling a quantity of up to 40 gallons per year.

Da war sie, die Brennlizenz von 1836!

»Danke ihr Lieben. Aber schaut euch das Dokument mal genau an. Fällt euch etwas auf?«

Nach einer kurzen Pause rief Charles: »Das gibt es doch nicht! Mensch, da steht ja der Name der Vorbesitzer mit drin!«

»Stimmt. Tatsächlich. Unglaublich.« Graham war ebenfalls völlig überrascht.

»Tja, damit kommen wir in unserem Fall jetzt aber einen ordentlichen Schritt weiter.« Nicky klang sehr zuversichtlich und zufrieden.

»Na ja, okay, wir haben jetzt den Namen der Vorbesitzer. Das hilft uns wirklich, aber ...« Charles machte eine Pause.

»Jaa?«, fragte Nicky gedehnt.

»Woher wissen wir jetzt, ob das die Toten sind, die unter der Distillery gefunden wurden?«

»Wir müssen halt versuchen eine Verbindung zwischen den McElhones von damals und den gefundenen Leichen herzustellen. Wenn wir von denen noch einen finden würden, der heute noch lebt, könntet ihr mit euren DNA-Analysen doch bestimmt nachweisen, ob die verwandt sind, oder?« Graham klang schon etwas begeisterter als Charles.

»Ja, stimmt, das könnten wir.« Nicky grinste schon die ganze Zeit, aber die beiden anderen merkten nichts davon.

»Schön und gut, das mag ja alles so sein. Aber, wie wollen wir nur anhand von einem Namen herausfinden, ob da heute noch jemand aus dieser Familie lebt. Selbst wenn wir einen finden sollten, heißt das doch noch lange nicht, dass der mit dem Verkäufer von damals in Verwandtschaft geht.« Charles war immer noch pessimistisch. »Vielleicht stammt der ja von einem völlig anderen Zweig der

Familie oder hat mit denen sogar gar nichts zu tun. Früher gab es doch sehr viele unterschiedliche Clans, die den gleichen Familiennamen trugen.«

»Ja, wir wissen schon, dass "Mac..." nichts anderes heißt, als "Sohn des ..." und dass es vermutlich viele Clans gab, bei denen das ursprüngliche Oberhaupt Elhone mit Vornamen hieß.« Jetzt klang auch Graham wieder pessimistischer.

»Beruhigt euch Jungs.« Nicky schaltete sich lachend ein. »Habe ich euch schon gesagt, dass ich noch etwas gefunden habe?« Nicky wusste natürlich ganz genau, dass sie den Beiden noch nichts dergleichen gesagt hatte, sondern wollte nur noch etwas die Spannung erhöhen. Das gelang ihr auch problemlos.

»Nein, was denn?«, kam die Frage auch sofort von beiden gleichzeitig. Und Nicky genoss einen kleinen Moment lang die ungeteilte Aufmerksamkeit.

»Los, jetzt sag schon.« Charles war eindeutig ungeduldiger als Graham.

»Ja, mach's nicht so spannend«, ergänzte Graham.

»Also gut. Dann schaut euch doch mal das hier an. Achtung, großes Tataa ...!«

Nicky erhöhte die Spannung aber noch zusätzlich, indem sie die folgende Seite nicht sofort einblendete, sondern eine "künstlerische" Pause entstehen ließ. Schließlich hatte sie nur dank ihrer schier unerschöpflichen Möglichkeiten, die wichtige Information gefunden, die sie den Beiden jetzt zeigen wollte. Und ein bisschen Spannung musste halt einfach sein.

»Okay, Achtung, ein noch viel größeres Tataa ...!«

Kaufvertrag

Abgeschlossen zwischen

Alfred Patrick McElhone

nachfolgend „Verkäufer" genannt

und

Charles Edward Maclellan

nachfolgend „Käufer" genannt

Der Verkäufer überträgt ...

»Hey, das ist ja die Verkaufsurkunde!«

»Mit der genauen Adresse der Vorbesitzer!«

»Genial!«

Charles und Graham sprachen fast gleichzeitig.

»Nicky, du bist doch ein alter Fuchs. Wie hast du das denn wieder geschafft?«

»Das "alt" nimmst du sofort zurück.« Nicky spielte erkennbar die Entrüstete und lachte dann.

»Okay, ein junger Fuchs. Auf jeden Fall ein ganz Schlauer«, erwiderte Graham schnell und ebenfalls lachend.

Nachdem sich die Begeisterung über Nickys Recherchеerfolge wieder etwas gelegt hatte, schaute Charles wieder in die Kamera und damit alle an. »Nicky, bevor ich wieder anfange rumzunölen und du dann einen weiteren Trumpf aus dem Ärmel schüttelst, hast du noch weitere Asse in petto?«

»Nein, mein Lieber. Das war es erst einmal. Ich denke als Ergebnis für die Arbeit von einer Nacht ist das doch wohl auch wirklich vorzeigbar, oder?«

»Nein, ja, bitte nicht falsch verstehen. Ich möchte deine Erfolge in keinster Weise schmälern, das war wirklich spitzenmäßig. Wenn es darum geht, Dinge in kurzer Zeit zu finden, nach denen andere ein ganzes Leben suchen würden, bist du echt eine Wucht.«

»Sonst nicht?«, neckte sie ihn.

»Doch, natürlich, sonst auch.« Charles wurde tatsächlich rot.

»Also, was wolltest du denn eigentlich sagen?« Nicky half ihm grinsend aus seinem Dilemma.

»Na ja, wir haben jetzt Name und Adresse desjenigen, der die Farm damals an meinen Vorfahren verkauft hat. Schön und gut, aber was hilft uns das wirklich?«

»Und wir haben das genaue Datum«, meldete sich Graham.

»Charles, Charles, sei doch mal ein wenig optimistischer. Natürlich sind wir noch lange nicht am Ende unserer Recherchen. Aber, wir können jetzt in verschiedene Richtungen weitersuchen und haben dafür konkrete Anhaltspunkte.«

»Und wir sind zu dritt«, erinnerte Graham.

»Stimmt, da können wir uns die Arbeit aufteilen und kommen schneller voran.«

Die aufflammende Euphorie beflügelte alle drei soweit, dass keiner von ihnen bemerkte, wie die Zeit verging und sich draußen das schwarze Tuch der Nacht über den schottischen Himmel spannte. »Also noch mal,« fasste Graham zusammen, »was haben wir bis jetzt?«

Charles schnaufte resigniert. »Na gut, nur fürs Protokoll: Die Maclellans haben die Farm samt Destillerie als Teil des damaligen Großgrundbesitzes Dandaleith von den Besitzern, den McElhones, gekauft. Der Rest der Ländereien, welche ein Großteil des Gebietes um Craigellachie bis herüber nach Charlestown und weiter westlich umfasste, wurde ebenfalls um die gleiche Zeit veräußert.«

»Genau!«, stimmte Nicky zu. »Wir haben mittlerweile acht Verkaufsbelege aufgetrieben, was nahelegt, dass die McElhones ihren ganzen Besitz abgestoßen haben – warum auch immer. Das macht die Wahrscheinlichkeit, dass es sich dabei dann um deren Leichen handelt immer unwahrscheinlicher.«

In diesem Moment kam Graham wieder vor seinen Bildschirm gehumpelt und stellte seine wahrscheinlich zehnte Tasse Kaffee vorsichtig auf dem Tisch ab. »Sehe ich genauso. Ich gebe dir auch recht, dass die Recherche nach den anderen Käufern der verschiedenen Dandaleith-Grundstücke eher überflüssig ist - zumindest für den Moment. Keine der Unterlagen geben wirklich etwas her in Bezug auf das Verbleiben dieser McElhones.«

»Und alles, was ich aus den Überlieferungen meiner Familie habe, ist die Aussage, dass sie ausgewandert sein sollen, nach Amerika. Das ist wahrlich nicht viel. Vielleicht sollten wir alle McElhones überprüfen, die es heute in Schottland gibt?

Vielleicht ist da ja was dabei.« Charles streckte seinen vom langen Sitzen verkrampften Körper und gähnte herzhaft.

»Das wäre meines Erachtens momentan nur die zweitbeste Idee«, zweifelte Nicky. »Das mögen nämlich gut einige Tausend sein, vermute ich. Ich würde lieber an der Auswanderer-Theorie festhalten. Schließlich saugt man sich so was ja nicht aus den Fingern. Und wenn die damals tatsächlich ihren ganzen Besitz verhökert haben, könnte das doch durchaus der Grund sein, oder?«

Auch Graham versuchte, mit seinem eingegipsten Bein eine etwas gemütlichere Sitz- oder besser Liegeposition zu finden. »Das klingt zwar richtig, Nicky, aber wie sollen wir denn rausfinden, ob und wer vor gut zweihundert Jahren das Land verlassen hat? Eine elektronische Passkontrolle gab es ja leider noch nicht.«

»Aber es gab Passagierlisten! Und es gab Listen aller Schiffspassagen! Und in vielen Ländern auf den anderen Kontinenten gab es Einwandererlisten!« Ishbel schaute Graham herausfordernd an, während sie ihre Jacke abstreifte und lässig über einen der Essstühle warf.

»Schatz! Ich hab dich gar nicht kommen hören!« Graham strahlte seine zukünftige Angetraute an. »Normalerweise würde ich jetzt aufspringen und dich mit Schwung einmal im Zimmer herumwirbeln. Aber leider bin ich noch ein klein wenig ...«

»Spar dir die Worte! Von wegen "ein klein wenig". Anhand der Verwüstungen in der Küche nehme ich an, dass du trotz eines komplizierten Oberschenkelbruchs den halben Tag durchs Haus gestromert bist?«

Der erhobene Zeigefinger erinnerte Graham gerade stark an seine Oma, was bei ihm automatisch die Erinnerung an kindliche Schuldgefühle weckte. »Moment, nein, ich bin lediglich ...«

»Wenn ich eure traute Zweisamkeit vielleicht ein wenig unterbrechen dürfte?«, tönte Charles aus den Lautsprechern von Grahams Laptop. »Nur dass es euch bewusst ist, dass noch weitere Personen anwesend sind. Also zumindest elektronisch.«

»Und außerdem hat deine liebe Frau da eine absolut brillante Idee geäußert«, ergänzte Nicky.

Ishbel freute sich natürlich über das Kompliment, wollte es aber nicht ganz so deutlich zeigen. Vorsichtig setzte sie sich neben Graham, um nicht an seinen Gips zu stoßen und lächelte in die Kamera. »Hallo zusammen. Nein, das ist nichts Besonderes. Ein Ur-Onkel mütterlicherseits ist ebenfalls vor gut einhundert Jahren vor dem Ersten Weltkrieg ausgewandert. Und mein Vater hat die Kopie der Passagierliste an der Wand seines Büros hängen gehabt. Weil der gute Onkel in Amerika ja so erfolgreich war. *McTaggert – Utensilien für die moderne Hausfrau. Vom Schneebesen bis zum Gurkenschäler.* Noch nie gehört? "*Nur McTaggert sagte Tante, die alle Küchenhilfen kannte!*"«. Kopfschüttelnd nahm Ishbel einen Schluck aus Grahams Kaffeetasse. »Aber er hatte es wirklich zu einem kleinen Imperium gebracht.«

Alle, auch die virtuell Anwesenden, schürzten beeindruckt die Lippen. Nicky fand als Erste die Sprache wieder. »Meine Herren, Ishbel, da sind sie ja der Spross eines der berühmten Self-made-Mans. Aber wieso hatte? Was ist denn aus dem Imperium geworden?«

»Hat in den 60ern die Zeit verschlafen. Hätte auch auf elektrische Geräte umstellen sollen. Wenn ich meinem Vater glauben soll, glaubte unser Onkel, dass gutes Essen nur mit Handarbeit zuzubereiten sei und alles Elektrische in der Küche Schnickschnack wäre. Tja, das war's dann.«

Graham zog die Augenbrauen nachdenklich zusammen. »Aber so unrecht hatte dein Onkel doch gar nicht. Schau, ich zum Beispiel ...«

Charles unterbrach Graham in seinen philosophischen Ausführungen. »Graham? Könnten wir vielleicht auf das Wesentliche zurückkommen? Deine Frau hatte eine tolle Idee. Und es ist langsam schon spät. Nicky, du bist der Datenbankfreak. Haben wir eine Chance über diese Schiffs- und Auswandererunterlagen was rauszukriegen – wenn wir da überhaupt drankommen?!«

Nickys Grinsen war nahezu spürbar. »Wenn irgendjemand auf dieser Welt irgendetwas digitalisiert hat, dann werde ich es finden. Vielleicht mit etwas Glück und vielleicht mit dem einen oder anderen "erworbenen" Passwort. Lasst mich mal machen. Und bis dahin wünsche ich euch einen geruhsamen Abend. Ich melde mich.« Und mit dem verschwindenden Foto von Nicky auf dem Telefonsymbol wurde deutlich, dass sie für den Rest des Abends ein neues Spielzeug gefunden hatte und keine weitere Störung gebrauchen konnte.

»Das ist jetzt sehr vernünftig«, kommentierte Ishbel. »Gute Nacht, Charles.« Mit einem Tipp auf den Bildschirm beendete sie Grahams verbliebene Verbindung zu Charles und schaute Graham an. »Ab jetzt gehört deine volle Aufmerksamkeit allein mir.«

Weite Wege

Samstag, 21.. Mai

Als Nicky gegen 11:30 Uhr am Vormittag aus dem kurzen aber totenähnlichen Schlaf erwachte, rief sie als Erstes Brian an, um sich bei ihm zu entschuldigen. Er hatte bereits dreimal auf ihre Mailbox gesprochen, weil er sie nicht direkt erreichen konnte, und drohte ihr nun beim letzten Anruf mit der Stürmung ihrer Wohnung durch das Sondereinsatzkommando.

Brian war natürlich völlig klar, dass sie die ganze Nacht am Computer verbracht hatte, nachdem er mit Graham am Morgen die Ergebnisse des Vortags diskutiert hatte. Trotzdem machte es ihm eine diebische Freude, den unnachgiebigen Chef herauszuhängen, der von seinen Untergebenen unbedingte Pünktlichkeit erwartete. Auch an einem Samstag!

Nachdem Nicky in devotester Haltung und mit perfekt gespielter Zerknirschtheit telefonisch unter Brians Teppich gekrochen war, duschte sie erst einmal ausgiebig, genehmigte sich eine Anstaltspackung Alpen Müsli mit kalter Milch und setzte sich wieder vor den Stapel Ausdrucke, die sie in der Nacht produziert hatte.

Stolz betrachtete sie ihre Erfolge der Nacht, während sie sich einen weiteren Riesenlöffel Müsli in den Mund schob. Es war ihr gelungen, anhand der alten Hafenpapiere aus Glasgow und anderer Aufzeichnungen, alle Schiffspassagen aus dem Jahre 1835 zusammenzustellen. Anhand historischer Unterlagen aus New York konnte sie eine so gut wie vollständige Tabelle aller Verbindungen zwischen Schottland und der neuen Welt erstellen und diese nach Fracht-, Passagier- und gemischtem Transport gliedern.

Für die meisten Passagierfahrten konnte sie anhand der Unterlagen der amerikanischen Einwanderungsbehörde sogar die Passagierlisten zuordnen. Für einige wenige gab es sogar auch schottische Unterlagen und Namenslisten. Inständig hoffte sie, dass die McElhones nicht doch eine der Kabinen auf einem Frachtschiff gebucht hatten. Diese Namen wurden nämlich so gut wie nie registriert.

Vom Frühstück gestärkt rief sie Graham und Charles an, um ihnen ihre neuesten Erkenntnisse mitzuteilen. Natürlich war die Begeisterung riesengroß. Die aufkommende Spannung aber auch.

»Und?«, fragte Charles neugierig, »hast du die Passagierlisten schon gesichtet? Hast du was gefunden? Nun spann uns doch nicht so auf die Folter!«

»Mal ganz langsam, Herr Schwerverbrecher! Ich habe die ganze Nacht auf einen 19“ Bildschirm gestarrt. Auch wenn das Ding eine HD-Auflösung hat, so sind meine Augen nicht die von Supermann. Die Passagierlisten sind gescannte Kopien von handschriftlichen Dokumenten. Das ist vielleicht ein Gekritzel! Wenn ihr mal freundlicherweise in euren Ordner „Dokumente/Schiff" schauen würdet? Da habe ich euch alle Kopien abgelegt. Ich wünsche dann viel Vergnügen beim Entziffern der Handschriften. Ach, und Graham, anscheinend haben die Buchhalter der Reedereien offensichtlich auch gerne Kaffee getrunken und diesen auch so gerne verschüttet wie du. Du wirst deine helle Freude an den Unterlagen haben. Soweit zu mir. Und was habt ihr so rausgefunden in den letzten Stunden?«

»Tja, also weiß du ... ihr habt ja Ishbel gestern noch mitbekommen«, druckste Graham rum. »Also sie wollte nicht, dass ich gestern Abend den Computer noch mal anschalte. Und heute Morgen kam der Arzt und hat sich den Gips angesehen. Und Ishbel wollte heute Vormittag mal zu Hause bleiben und ...«

»Ist doch alles in Ordnung!« Charles nickte verständnisvoll in die Kamera. »Du musst dich schonen. Deine Verletzungen sind ja nicht von Pappe ... und die, die dir deine Frau zufügen kann, wenn du nicht aufpasst, erst recht nicht.« Ein feistes Grinsen machte sich auf seinem Gesicht breit. »Sei bloß froh, dass du so eine fürsorgliche Frau hast. Ich würde Gott-weiß-was dafür geben, wenn ich mit dir tauschen könnte. Aber gut, ich war dank der klösterlichen Ruhe hier auch nicht ganz untätig. Ich habe mir mal die Informationen des Dandaleith-Grundbesitzes angeschaut. Auch ganz interessant.«

»Na, dann lass doch mal hören«, ermutigte ihn Nicky.

»Okay, also, dieser Grundbesitz, der ursprünglich komplett Dandaleith hieß, erstreckte sich fast von Rothes über Craigellachie bis an den Fuß des Ben Rhinnes. Dazu gehörte das ganze Speytal bis fast nach Carron. Ein echt ertragreicher Besitz. Das Herrenhaus befand sich bei Craigellachie und das gesamte Areal teilte sich auf sechs Pachtfarmen auf, von denen meine Familie halt die östlichste dann gekauft hat. Das Herrenhaus und noch drei Pächterhöfe wurden 1835 an James und John Grant verkauft. Der Besitz wurde später so erfolgreich, dass, als 1866 die Eisenbahnstrecke Elgin - Rothes eröffnet und die Brücke über den Spey gebaut wurde, die Jungs sogar einen eigenen Bahnhof namens Dandaleith bekommen haben.

Einziger Wermutstropfen ist, dass aus keinem der Dokumente und Geschichten hervorgeht, von wem die neuen Eigentümer ihren Besitz erworben haben; geschweige denn, was mit denen dann passiert ist.«

»Moment, Moment«, mischte sich Graham nun ein. »Da kenn ich doch auch noch eine Geschichte. Die Grants, die du erwähnt hast, die haben ihr Anwesen irgendwann umbenannt und später, nach dem Tod der Grants, ist es dann abgebrannt. Deshalb ist der Name Dandaleith auch nicht mehr aufgetaucht. Aber berühmt war dieses Herrenhaus vorher auch schon. Das weiß ich von Ishbel. Einer der damals berühmtesten Fiddler und Komponisten ... wie hieß er doch gleich ... William Marshall, genau, der lebte um 1800 als Verwalter in Dandaleith. Genau! Das hatte ich fast vergessen. Allerdings wusste ich auch nicht, dass meine ... also ehemals deine Farm, Charles, mal ein Teil dieses Besitzes war. Man lernt doch echt nicht aus!«

»Und weißt du dann vielleicht auch noch, wer zu Lebzeiten dieses Musikers Besitzer der Ländereien war?«, fragte Nicky.

»Tja, wenn mich meine Geschichtskenntnisse nicht völlig im Stich lassen, war es wohl der 4. Duke of Gordon. Das stand mal auf einer CD mit der Musik von Marshall. Ob der aber nach Amerika ausgewandert ist, weiß ich nicht.«

»Okay, die Herren der Schöpfung. Ich schlage vor, da wir ja jetzt wieder ein paar schöne Fragen und Aufgaben haben, dass wir uns zu einem neuen Plauderstündchen heute am späten Nachmittag verabreden. Bis dahin werde ich mich an euren Duke of Sowieso hängen und ihr entziffert die Passagierlisten. Einverstanden?«

Graham und Charles fanden die Idee ebenfalls gut und versprachen, sich unverzüglich an die Arbeit zu machen.

Gegen 18:00 Uhr klingelte Grahams Computer. Da er und Ishbel gerade beim Abendessen waren und ihren Nachtisch genossen, wusste Graham nicht, wie er sich verhalten sollte. Erst als Ishbel resigniert die Augen verdrehte und sagte »geh schon dran«, schleppte er sich auf seinen Krücken zum Couchtisch, ließ sich aufs Sofa fallen und aktivierte die Verbindung. Ishbel folgte ihm mit den beiden Schälchen mit Rhabarber-Crumble und setzte sich neben ihn.

Auf dem Bildschirm erschienen diesmal Nicky, Brian, Alan und Susan in einem ihm vage bekannt vorkommenden Wohnzimmer, in trauter Gemeinsamkeit auf einer großen Couch sitzend. »Wenn ich genau wüsste, dass dies nicht ein Bild aus der letzten Ausgabe von *Home and Country* ist, würde ich behaupten, dass es ein Bild einer Homestory irgendeiner berühmten Adelsfamilie ist.« Ishbel war sichtlich beeindruckt. »Jetzt fehlen nur noch die pittoresk drapierten Windhunde oder Corgis, dann ist die Harmonie perfekt. Wo in aller Welt seid ihr denn?«

»Um dieses Bild wirklich perfekt zu machen, fehlt ja wohl zunächst einmal meine bessere Hälfte«, maulte Brian. »Nach was sieht es denn hier aus? Das ist Alans Angeber-Wohnzimmer. Da sieht man mal, was so eine vermeintliche Führungsfigur in der schottischen Polizei sich leisten kann.«

»Die Führungsfigur kann sich genau so viel oder so wenig leisten wie ein leitender Beamter der Mordkommission, Herr Strachan«, konterte Alan schmunzelnd. »Nur hat sich diese Führungsfigur sein Haus und seine Möbel alleine kaufen müssen, da er sein Gehalt nicht mit einer wundervollen Ehefrau teilen durfte. Wenn ich dich da vorsichtig mal dran erinnern darf. Ich musste mir jahrelang meine Weihnachtsgeschenke selber kaufen. Bitteschön!«

Susan, die diesen Dialog grinsend verfolgt hatte, klärte die Situation nun auf. »Hallo, ihr zwei Hübschen. Ishbel, sei froh, dass du nur einen Quälgeist ertragen musst. Ich durfte heute gleich zwei genießen. Die Herren Derringer und Strachan hatten plötzlich keine Lust mehr in ihren Büros zu verweilen und haben ihren Arbeitsplatz hier zu uns in Alans Haus verlegt. Quasi so als Home-Office. Offensichtlich haben sie dabei aber völlig vergessen, dass auch ich heute meinen freien Tag hatte. Aber da ich ja schon mal hier war und ja sonst auch gar nichts mit mir anzufangen weiß, haben die beiden mich dankenswerterweise sofort mit irgendwelchen Menüvorschlägen bombardiert. Was hab ich es doch gut. Und was für ein Zufall, dass ausgerechnet heute auch noch deine geliebte Jane bei Verwandten weilt, nicht wahr, Brian?«

»Das hatte ich wirklich völlig vergessen. Das musst du mir glauben, Susan ...«, versuchte sich Brian aus der Situation zu winden.

Endlich mischte sich auch Nicky ein. »Nachdem alle sich nun zu ihrer innigen Freundschaft bekannt haben, könnten wir uns vielleicht wieder der Arbeit widmen? Obwohl, bei euch sieht es aber auch ziemlich gemütlich aus. Was esst ihr da? Etwa Crumble? Mein absoluter Lieblings-Nachtisch. Aber gut. Sollen wir unseren Knacki dazu holen? Hoffentlich verleiten wir ihn mit dem Anblick der schieren Glückseligkeit nicht zu einem spontanen Ausbruch.«

Kurz darauf erschien neben dem ersten Videobild ein zweites auf den Rechnern, welches Charles in seiner typischen Kleidung vor der kahlen Wand des Verhörraums zeigte. Noch schärfer hätte der Kontrast zum anderen Ambiente einfach nicht sein können. Charles ließ sich allerdings nichts anmerken. »Hallo, alle zusammen. Heute besucht mich ja der ganze Clan. Ich bin beeindruckt. Hätte ich das gewusst, hätte ich mir mein Dinnerjacket angezogen. Ich bitte um Nachsicht.«

»Geschenkt!«, antwortete Alan. »Nicky hat uns alles, was ihr in den letzten Stunden rausgefunden habt, erzählt. Gibt es was Neues zu berichten?«

Graham und Charles strahlten gleichzeitig über das ganze Gesicht. Die kleine Gruppe in Alans Haus hatte den Eindruck, als schauten sie eine Vorstellung des berühmten Grinsemännchen-Duos.

Graham ergriff als Erster das Wort. »Ja, Charles und ich waren nicht untätig. Unter den knapp 4000 Namen auf den Passagierlisten haben wir doch tatsächlich etwas gefunden.«

Umständlich kramte Graham mit einer Hand in seinen Ausdrucken, die Ishbel ihm gereicht hatte.

»Ah, hier ist es. Auf den Passagierschiffen, die in besagtem Zeitraum von Schottland nach USA fuhren, haben wir genau dreimal den Namen McElhone mit MC und zweimal mit MAC gefunden. Von diesen Fünfen waren drei Einzelreisende, eine Familie aus den Lowlands und eine Familie aus dem, wie es vermerkt wurde, Elginshire, dem alten Namen für Morayshire. Und das Beste: Einer der McElhones aus Elginshire hieß tatsächlich mit Vornamen Alfred. Genau wie auf der Verkaufsurkunde. Die Familie ist mit der Hektor am 17. März 1835 Richtung USA aufgebrochen. Charles und ich sind uns einig, dass man diese Spur zunächst weiter verfolgen sollte.«

Alan blickte nachdenklich in das winzige Objektiv der Webcam. »So, das sollte man also? Und wozu genau? Zunächst natürlich gute Arbeit, ihr Beiden. Aber was bedeutet das denn für uns? Diese McElhones haben die Farm an die Vorfahren von Charles offiziell verkauft. Das ist Fakt. Und sie sind danach offensichtlich und lebendig nach Amerika ausgewandert. Damit wäre so gut wie bewiesen, dass die Torfleichen nicht die McElhones sind. Sofern nicht irgendwelche anderen unter falschem Namen die Schiffspassage gekauft haben. Aber das ist für den Moment eher abwegig, da sie ja auch den Rest ihres Besitzes noch offiziell verkauft haben.«

Alan genehmigte sich einen Schluck aus seinem Glas Rotwein, während alle anderen ihn gespannt ansahen. »Damit wäre der Verdacht von ihrer Familie genommen, Charles. Das ist zwar gut und schön; leider bleibt dafür aber die Frage: Wer sind dann die Torfleichen?«

»Ich möchte die Geschichte noch um ein paar Fakten ergänzen«, meldete sich Charles zu Wort. »Krankheit, Schmutz und Entbehrung waren damals leider die ständigen Begleiter dieser wenig standesgemäßen Überfahrten[8]. Die anfangs eingesetzten Segelschiffe brauchten meist zwischen 8 und 12 Wochen. Erst als später Dampfschiffe genommen wurden, verringerte sich die Überfahrt auf ca. 2 Wochen. Nicht immer kamen alle Passagiere lebend in ihrer neuen Heimat an. Speziell die Alten und Kranken, aber leider auch die Kleinsten mussten die Überfahrt oft mit ihrem Leben bezahlen.«

»Das ist sehr bedauerlich, aber, nochmals, was hilft uns das in unserem konkreten Fall weiter?« Alan ließ nicht locker.

»Nur langsam, ich komme ja schon zum eigentlichen Teil. Wir haben nämlich nicht nur die Schiffspapiere gecheckt. Auch die Ellis-Island-Passenger-Arrivals, also die Einwanderer-Datenbank der USA, haben wir dank Nickys Vorbereitungen durchforsten können. Und tatsächlich, die Hektor ist, nach 69 Tagen Überfahrt über den großen Teich, auf der historischen Südroute, am Nachmittag des 25. Mai

---

8 Die Special Release „Hudson´s Bay“ von Highland Park wurde zu Ehren der Hudson´s Bay Company abgefüllt, deren Schiffe von den Orkney Inseln aus über den Atlantik nach Amerika zur Hudson Bay gestartet sind, nachdem sie auf den Orkneys noch mal Lebensmittel und Frischwasser gebunkert hatten. Und so mancher wackere Schotte wurde hier noch in letzter Minute zur Mitfahrt angeheuert.

in New York eingelaufen und die McElhones sind nachweislich dokumentiert von Bord gegangen.«

»Umso besser«, antwortete Alan. »Damit wäre dieser Teil der Geschichte rund. Bloß mit unseren Opfern kommen wir damit immer noch nicht weiter. Haben wir denn wirklich gar nichts in dieser Richtung?«

Alle blickten sich etwas betreten an oder raschelten mit ihren Unterlagen.

»Wo ist der Zusammenhang zwischen diesen Anschlägen und den Opfern? Ich habe zwar gesagt, dass wir in alle Richtungen ermitteln. Aber, so langsam gehen mir die Richtungen aus.« Alan wirkte ebenfalls deprimiert.

Plötzlich zückte Nicky eines der Blätter aus ihrem Stapel. »Ja klar, eines hab ich noch gefunden. Das hilft uns zwar auch nicht weiter, ist aber dafür hochinteressant und wirft ein deutliches Licht auf den Lebenswandel der Maclellans.«

Charles Kopf ruckte nach oben. »Was? Schon wieder eine Hiobsbotschaft über meine Vorfahren? Was denn diesmal? Bankraub?«

Nicky lachte laut los. »Nein, diesmal eher Maßlosigkeit und Trunksucht. Ich habe in den alten Kirchenarchiven gekramt und offensichtlich war einer deiner Vorväter mal Kirchenchronist. Also ein ganz weißes Schaf in deiner Familie. Jedenfalls waren deine Vorfahren wohl recht gesellige Menschen.«

Während sie sprach, hatte sie das von ihr gefundene Dokument auf ihrem PC in den öffentlichen Bereich gezogen, sodass sowohl Charles als auch Graham und Ishbel es gleichzeitig lesen konnten. Es handelte sich um einen Tagebucheintrag aus dem Jahre 1809, von William Maclellan, einem Onkel von Charles II Maclellan.

Gestern wurde die Beerdigung der alten Lady Gwyneth aus Dalmunach zelebriert und wir fanden uns wieder inmitten von 50 Leuten, die mit einem opulenten Mahl verwöhnt wurden, begleitet von der Musik von einem Dutzend Dudelsackspieler. Kurz gesagt hatte die Versammlung das Flair einer großen Party und einige Gäste gereichten dieser Unterhaltung so sehr zur Ehre, dass viele von ihnen nicht mehr stehen konnten, als wir an den ursprünglichen Grund der Versammlung erinnert wurden.

Ihr Körper wurde der Erde übergeben, während die Musiker einen Pibroch spielten und die Gäste ihre Hüte abnahmen. Die Zeremonie wurde beendet mit Pistolenschüssen; dann gingen wir ins Herrenhaus zurück, öffneten neue Flaschen und um Mitternacht gab es in der ganzen Familie keine einzige nüchterne Person mehr mit Ausnahme der Damen. Bei unserer Verabschiedung war unser Gastgeber ein wenig verdrießlich. Er sah es offenbar als Verunglimpfung seiner Familie an, dass bei solch einem festlichen Ereignis nicht mehr als 100 Gallonen Whisky getrunken worden waren.

»Ja, ja, die haben es damals schon verstanden zu feiern«, meinte Charles trocken.

»100 Gallonen Whisky für 50 Personen, das sind gut neun Liter pro Person, die Frauen noch nicht abgerechnet. Eine ganz schön trinkfeste Versammlung«, ergänzte Graham anerkennend. »Damals musste man sich um den Whiskyabsatz wohl noch keine Sorgen machen.«

»Ich kenne da noch einen Spruch, den mir mein Großvater immer erzählt hat. Angeblich hat das ein anderer Mann mal zu ihm gesagt, aber ich glaube, dass es wohl eher seiner eigenen Lebensphilosophie entsprach«, erzählte Charles.

»Und?«

»Mäßigung, Sir, Mäßigung ist meine Regel. Neun oder zehn Whiskys sind eine angemessene Erfrischung. Aber danach artet es in Trinkerei aus.«

Alle lachten.

Graham meldete sich zu Wort: »Mein Großvater hatte auf die Frage, warum er kaum Wasser, sondern lieber Bier oder Whisky trinkt immer geantwortet: Wenn Gott gewollt hätte, dass wir alle nur Wasser trinken, hätte er nicht 97% so versalzen.«

»Ich kenne auch noch einen«, ergänzte Nicky. »Wenn mich jemand fragt, ob ich Wasser zu meinem Scotch möchte, antworte ich, dass ich durstig bin und nicht schmutzig.«

Mit ihrem gemeinsamen Lachen lockerten sie die angespannte Stimmung, die sich durch das angestrengte Suchen nach der sprichwörtlichen "Nadel im Heuhaufen" eingestellt hatte. Mit der von Charles eher gespielten Zustimmung genehmigten sich alle anderen einen Dram ihres jeweiligen Lieblingswhiskys und prosteten sich am Bildschirm zu.

Schließlich ergriff Brian das Wort. »Ich weiß nicht genau warum, aber ich bin Grahams Meinung: Wir sollten mit den Auswanderern nach USA weitermachen. Ich hab da irgendein Gefühl. Wenn die Leichen nicht die McElhones sind, dann könnten aber genau die als Besitzer der Ländereien ja vielleicht etwas darüber gewusst haben. Vielleicht steckt ja hier einer der Gründe, warum die McElhones einen offensichtlich so florierenden Besitz mal kurz verscheuert haben. Wer weiß? «

»Gut, nehmen wir an, ihr habt recht«, antwortete Alan. »Aber wie genau sollen wir weiter machen? Und vor allem: Wer bezahlt das? Es tut mir Leid aber genau solche blöden Fragen muss ich leider stellen. Bevor wir hier die Ressourcen von mehreren Beamten binden, um historische Forschungen zu betreiben, muss ich das von oben absegnen lassen. Aber trotzdem: Wie soll es weiter gehen? Sollen wir jetzt alle McElhones in den USA anrufen und fragen, ob ihr Ur-ur-ur-ur-Großvater vielleicht ein paar Leichen auf seinem Grund gekannt hat? Oder ob er sie vielleicht sogar selber dort verscharrt hat? Lasst mich mal spekulieren. Ich tippe mal auf so gut 1000 verschiedene McElhones. Ganz zu schweigen von denen, die die USA bereits wieder verlassen haben oder ganz ausgestorben sind. Und erst recht nicht die mitgerechnet, die ihren Namen geändert haben oder ihn mittlerweile anders schreiben. Es würde mich nicht wundern, wenn die Amis aus Maclellan und McElhone irgendwann MacAllan oder so etwas gemacht haben. Ach, Mist, das wird doch nichts!« Der restliche Rotwein verschwand in Alans Kehle.

Fast eine Minute herrschte betretenes Schweigen. Alle waren sich so sicher, auf der richtigen Fährte zu sein. Die Rechercheerfolge der letzten Tage beflügelten sie zudem. Aber Alan hatte recht. Was hatten sie bis jetzt erreicht? Außer natürlich, zu beweisen, dass Charles Vorfahren wohl keine Mörder waren. Das war ja immerhin schon etwas Sinnvolles. Nur jetzt standen sie vor einer Sackgasse oder eigentlich eher vor einer Kreuzung mit nahezu unendlich vielen Abzweigungen.

Da meldete sich Graham zaghaft zu Wort. »Sagt mal, warum drehen wir den Spieß denn nicht einfach um?«

»Und was genau möchtest du uns mit dieser Frage mitteilen?«, fragte Brian entnervt. Bei dem

Wort Spieß musste er zwangsläufig wieder an andere Dinge denken.

»Na, warum sollen wir denn diese ganzen McElhones überprüfen? Denkt doch mal: USA. Die Amerikaner sind doch ganz verrückt nach Stammbäumen und ihrer Herkunft. Schaut euch doch bloß die ganzen Amis mit schottischen Namen an. Die sind doch ganz wild darauf, herauszufinden, ob sie auch zu einem der Clans McDonald, Macleod oder was sonst noch für einem Mac gehören. Da gibt es doch garantiert riesige Stammbaum-Datenbanken. Lasst uns doch einfach erst mal schauen, was die da drüben selbst schon über ihre Vorfahren recherchiert haben. Vielleicht gibt es ja sogar eine McElhone-Datenbank?«

Nicky war sofort Feuer und Flamme. »Graham, du bist ein Genie!« Mit dem Whiskyglas, das sie noch immer in der Hand hielt, prostete sie ihm zu. »Das ist ja eigentlich so einfach. Dass ich da nicht selbst schon drauf gekommen bin ... peinlich. Wenn ich nicht genau wüsste, dass Ishbel mich erschlägt, würde ich vorschlagen, dass du als Berater bei der Polizei anfängst.«

Ishbel ließ ihr bestes Zahnpastalächeln spielen. »Ich glaube, du kannst Gedanken lesen. Aber ich muss meinem lieben Graham auch recht geben. Meines Wissens verfügt kaum ein Land über größere genealogische Datenbanken als die USA. Wenn man vor Ort selbst keine eigene Geschichte hat, sucht man natürlich in der Vergangenheit und die spielte sich ja überwiegend in Europa ab. Und ich stimme euch auch zu, es gibt wohl kaum eine Volksgruppe, die einen stärkeren Hang zu Familiengeschichte und Wurzeln hat als ausgewanderte Schotten. Das beweist mir allein der Zweig der Nudelsieb-McTaggerts. Gibt es da nicht diese Datenbank der Mormonen?«

»Stimmt!«, pflichtete jetzt auch Charles bei. »Von der habe ich auch schon gehört. Die sollten wir gleich mal überprüfen.«

»Momentchen, liebe Kollegen.« Alan hob beide Hände abwehrend hoch. »Alles ganz toll, was ihr da erzählt. Aber bevor ihr noch eine einzige Minute eurer Arbeitszeit da hineinsteckt, muss ich erst mit unser aller Gottvater reden. Sprich: Bevor CC Timmins das nicht absegnet, ist für euch erst mal Sendepause, okay? Außerdem ist es schon wieder spät. Lasst uns den Abend gemütlich beenden – entschuldigen Sie, Charles – und am Montag weiter sehen.«

»Die Führungsfigur hat gesprochen.« Brian schlug seinem Freund Alan lachend auf die Schulter und stand auf. »Außerdem wird mein getreues Weib wohl bald wieder daheim sein und ich will doch nicht, dass sie eine kalte und verwaiste Wohnung vorfindet.«

So verabschiedeten sich alle voneinander und jeder verbrachte den restlichen Abend mit den Dingen, die ihm oder ihr am meisten Spaß machten – die meisten jedenfalls.

Dunkle Pfade

Montag, 23. Mai

Als wäre in Schottland gerade die offizielle Woche des Erfolgs eingeläutet worden, gestaltete sich der Montagmorgen für das Ermittlungsteam genauso positiv wie die Tage zuvor. Gerade als Graham sich gegen 10:00 Uhr von Ishbel das zweite Toastbrot mit Orangenmarmelade bestreichen ließ – "Mit so einer schweren Beinverletzung kannst du dir dein Frühstück unmöglich selber machen!" - klingelte sein Handy und zeigte dabei Alans Konterfei.

»Guten Morgen Alan! Bei dem strahlenden Sonnenschein erwarte ich jetzt aber nur absolute Top-Nachrichten!«

»Keine Sorge, mein lieber Graeme. Da bist du bei mir heute an der richtigen Adresse. Ich wollte dir auch nur kurz mitteilen, dass ich Chief Timmins heute Morgen in bester Laune erwischt habe. Ich habe ihn in knappen Sätzen über den bisherigen Erfolg der gemeinsamen Recherchen informiert, um ihn nicht zu überfordern. Er ist absolut meiner

Meinung, dass es im öffentlichen Interesse liegt, die Identität und Hintergründe der Moorleichen aufzudecken. Es ist ihm momentan auch egal, ob diese Familie durch ihre Landherren, durch Nachbarschaftsstreit oder durch einen Igelbiss gestorben ist. Hauptsache es kommt ein Ergebnis heraus, welches die Nachhaltigkeit und Akribie der Polizei auch bei nicht aktuellen Fällen beweist. Es scheint ihm im Magen zu liegen, dass man der Polizei nachsagt, ältere Fälle nicht mehr mit den modernen Verfahren wie DNA-Analyse et cetera neu aufrollen zu wollen. Daher kommt ihm dieser Fall gerade recht.«

»Na, das klingt ja toll. Aber von den Vorwürfen an euch habe ich auch schon in der Presse gelesen. Hat man nicht in Deutschland einen Mord aufgeklärt, der 42 Jahre zurückliegt? Das ist schon irre!«

»Stimmt, Graham, das ist es wirklich. Zudem ist es für uns als Ermittler natürlich auch eine absolute Genugtuung, nach so langer Zeit den Täter doch noch zu überführen. Vielleicht sollte man der Presse aber auch mal stecken, dass so eine erneute Fallaufnahme den Steuerzahler zig-tausende kostet und man sich deshalb sehr genau überlegen muss, welchen Fall man zuerst aufrollt. – Aber gut, jetzt noch mal zu uns. Brian hat Nicky und Charles schon informiert. Die werden wohl schon wieder seit Stunden im Netz rumhuschen. Ich dagegen werde den Samstagvormittag noch nutzen, um ein wenig Papierkram abzuarbeiten und dann ... ja, wie soll ich's euch sagen? Dann gehen wir, also Susan und ich, auf Wohnungssuche.«

Zuerst entstand eine kurze Pause. Dann hatte Graham das Gehörte verarbeitet. »Ihr macht was?

Äh, wieso? Ich meine, Ishbel hat mir schon ein bisschen was von Susan erzählt, aber ... na gut. Das finde ich ja toll. Wo genau wollt ihr denn hin? Oder gibt Susan etwa ihren Job auf?«

Da Frauen immer und zu jeder Gelegenheit das Gespür für die wirklich wichtigen Dinge im Leben haben, stand Ishbel bei Grahams letzten Worten bereits hinter ihm und konnte ihr Gespräch mithören.

»Nein, nein, immer langsam mit den Pferden! Susan bleibt im Raigmore Hospital in Elgin. Der Job macht ihr wirklich Spaß! Und ich werde derzeit wohl auch weiterhin in Aberdeen bleiben müssen. Leider verlegen die meinetwegen nicht die ganze Abteilung. Daher suchen wir etwas dazwischen oder so.«

»Ich hab da was von der östlichen Speyside oder von der Nordostküste läuten gehört«, konnte Alan plötzlich von Ishbel im Hintergrund vernehmen.

»Hab ich's mir doch gedacht. Das Ganze ist ein abgekartetes Spiel und die Damen haben sich längst über meinen Kopf hinweg verständigt. Soso!« Alan musste laut lachen. Natürlich wusste er, dass Ishbel und Susan sich letztens getroffen hatten und natürlich war ihm auch klar, dass Ishbel nun wohl über mehr Details verfügen würde als er selbst. »Aber nein, mal im Ernst. Küste war natürlich ein Thema. Ein schönes Häuschen mit Blick auf die See. Durchaus denkbar. Hätte für mich aber keinen Riesenvorteil wegen der Fahrerei. Und die Ostküste macht für Susan nicht so viel Sinn. Nein, es wird wohl eher was im Landesinneren. Euch kann ich's ja verraten. Wir haben da ein ... wie nannte es Susan ... echt zauberhaftes, voll renoviertes, schnuckeliges Haus in Huntly gefunden.

Das sind von da noch gut 40 Meilen für mich zur Dienststelle. Das wäre ganz okay. Susan hätte mit ca. 65 Meilen zwar etwas mehr zu fahren, wäre aber auch in ca. 45 Minuten im Krankenhaus. Eigentlich für uns beide optimal.«

»Die Ecke kenn ich«, sagte Graham. »Wirklich schön. Weißt du, dass dort ganz in der Nähe eine tolle Destillerie ist? Klein aber fein! Die Knockdhu-Distillery in Knock. Keine 10 Minuten von Milltown entfernt. Die haben einen 1975er! Also wenn das meine Destillerie wäre ...«

»Graham! Ich wünsche euch heute allen viel Spaß beim Recherchieren. Wir werden uns – oder besser – Susan wird sicherlich heute Abend bei Ishbel anrufen und ihr meine Meinung kundtun, noch bevor ich sie kenne. Richtet ihr dann liebe Grüße von mir aus!«

Damit war das Telefonat beendet und Graham sah Ishbel groß an. »Hast du das gewusst, dass die zusammenziehen wollen? Ich dachte immer, Alan wäre nicht so der Typ fürs Häusliche und so und bräuchte mehr so seine Freiheit ...?«

»Liebster Graeme, du meinst, Alan wäre nicht so wie du? Ganz der Familienmensch und nur glücklich, wenn sein trautes Weib an seiner Seite weilt? Auch mit Wollsocken?«

»Genau! Auch mit Wollsocken. Aber Alan ...?«

»Mein Herz! Ihr Männer seid doch alle gleich. So Leid mir dieses Klischee ja tut, aber es ändert nichts. Euer ganzes Macho-Gehabe und "ich bin mir selbst der Nächste" Getue sieht ja ganz toll aus, aber kaschiert wohl eher nur einen riesengroßen Haufen warme Luft. Und die kühlt irgendwann ab.«

»Ach!«

Gut 50 Meilen Luftlinie entfernt, saß ein weiteres weibliches Wesen mit Wollsocken bekleidet auf dem kleinen Balkon ihrer Wohnung am Rande von Inverness und ließ sich die Frühlingssonne auf die nackten Beine scheinen. Das Thermometer an der Balkontür kletterte gerade über die 20°-C-Marke, was nach schottischen Maßstäben der Stadt In Salah[9] in der Sahara entsprach.

Die Wollsocken waren schnell erklärt. Nicky verfügte einfach über kein einziges Paar Hausschuhe und es war ihr einfach immer zu peinlich im Tesco Supermarkt welche in den Einkaufswagen zu legen. Jetzt fing sie aber langsam an in den Socken zu schwitzen, zumal sie ihren Laptop im Schneidersitz auch noch auf ihren Füßen liegen hatte.

Bis vor einer halben Stunde hatten sie und Charles noch gemeinsam unter anderem im IGI (International Genealogical Index), der FHL (Family History Library) und anderen Datenbanken verbracht, die zusammen über 650 Millionen Namen und Stammbäume vereinten. Dabei konnten sie gut 30 vielversprechende Stammbäume herausfiltern, die alle auf die Einwanderungsjahre 1835 und 1836 zurückgeführt werden konnten. Insbesondere durch die zahlreichen genealogischen Seiten vieler schottischer Clans – aber leider nicht der McElhones – konnten Querverweise, Heiraten und die Siedlungsströme schottischer Einwanderer in bestimmten Perioden miteinander verknüpft werden. Alle anderen Blutlinien und Hinweise hatten sie zunächst ausgeklammert. Da in diesen verblei-

---

9 In Salah ist die bedeutendste Stadt in den Oasen von Tidikelt in der Sahara in Zentral-Algerien. Die Stadt gilt als einer der heißesten Orte in der Sahara. Es wurden angeblich schon 53° C im Schatten gemessen und 45° C sind in den Sommermonaten normal.

benden Stammbäumen in Summe immer noch über 1000 Namen, Orte und Namensänderungen insbesondere durch Heirat berücksichtigt werden mussten, hatten sie sich die Arbeit aufgeteilt.

Jetzt begann Nickys Rücken langsam zu schmerzen und auch der Durst machte sich wieder bemerkbar. Daher stand sie auf und ging zurück in ihr Wohnzimmer, wo ein kleiner aber voll technisierter Schreibtisch einen Teil der Wand einnahm. Sie dockte den Laptop an und startet ein paar Suchroutinen, die sie sich selbst geschrieben hatte. Dadurch musste sie nicht jedes Mal, wenn eine Sackgasse erreicht war, die Suche von vorne starten. Das Programm modifizierte die Suchoptionen derart, dass alle vorher negativ verlaufenen Parameter automatisch geändert wurden.

Als alles zu ihrer Zufriedenheit lief, ging sie in ihre kleine Küche und goss sich ein großes Glas Orangensaft ein. Eigentlich würde sie lieber mit irgendeinem netten Kerl im Bett frühstücken – möglichst in seinem, wegen der Krümel – aber leider war momentan kein einziger Herr Nett in Sicht. Und die, die in Sicht waren, waren vergeben. Alan zum Beispiel. Mist! Aber was würde es helfen? Alan war irgendwie ihr Chef und damit sowieso tabu. Na gut, dann vielleicht heute Abend in diesem neuen Pub in der Union Street.

Ihre verstohlenen Träume von trauter Zweisamkeit wurden rüde durch das Klingeln ihres Smartphones unterbrochen. »Hi Graham! Ich hab schon mit deinem Anruf gerechnet. Alan hatte mir gesagt, dass er dich anrufen wolle. Und dass wir grünes Licht haben, weiterzumachen.«

»Hallo Nicky, ja, Alan hat mir auch Bescheid gegeben. Ich habe es doch glatt geschafft, auf dem

Laptop eure neuesten Ergebnisse zu sehen. Also, diese ... Moment, ah ja, "Sharefolder" sind ja eine tolle Sache. Da kann ich sofort sehen, was du oder Charles gerade gemacht habt. Toll. Das sollte ich mir für unsere Destillerien auch mal einrichten ... lassen.«

»Oh, Graham«, antwortete Nicky amüsiert, »da müsstest du aber zunächst ein kleines Vermögen in ein Upgrade eurer IT-Systeme stecken. So einfach ist das nun doch nicht.«

»Ups ... was? Na egal, du kannst ja mal demnächst einen kleinen Vortrag bei uns halten. Vielleicht überzeugst du ja den einen oder anderen Geldgeber.«

Nicky musste immer mehr grinsen. »Graham, du bist dir schon im Klaren darüber, wenn du sofort sehen kannst, was andere gerade tun, dass dies umgekehrt genauso möglich ist?«

»Oh! Äh ... ja, na gut. Dann warten wir vielleicht noch ein bisschen bis zu deinem Vortrag, okay? Aber ich wollte eigentlich auch fragen, ob ich euch irgendwie unterstützen kann. Weißt du, Ishbel ist gerade aus dem Haus, einkaufen und so. Und der Polizist da draußen passt so schön auf mich auf. Da dachte ich, ich könnte euch ein wenig zur Hand gehen. Oder zur Tastatur oder wie das heißt.«

»Na aber gerne doch, du Strohwitwer. Charles und ich sind seit heute Morgen ja schon einen Riesenschritt weiter, dank deines Hinweises zu den amerikanischen Datenbanken. Wir haben die besten Treffer gerade in der Mache. Aber du könntest vielleicht bei deinem Duke of Gordon weitermachen? Ich habe in der Richtung nicht mehr viel gemacht. Aber irgendwie muss es noch einen Besitzer zwischen dem Duke und beispielsweise den

Grants gegeben haben. Der 5. Duke ist laut der Chronik, die ich gefunden habe, nämlich 1836 in London verstorben, und zwar ohne Nachkommen. Ob er einen Erben hatte oder seine Besitztümer vorher verhökert hat, weiß ich aber nicht. Das wäre doch was für dein patriotisches Herz, oder?«

»Gerne, Nicky. Da werde ich gleich mal loslegen. Vielleicht finden wir ja die fehlende Verbindung zwischen dem Duke of Gordon und den McElhones. Oder wie sagt man heute? Dem "Linking Pin"!«

»Graham, du schaffst es immer wieder, mich zu beeindrucken. Also, frohes Schaffen und bis später.« Nicky musste den Kopf über Graham schütteln. So antiquiert und konservativ er auch immer wirken mochte, so heimlich konnte er sich auch blitzschnell in neue Themen und Strukturen eindenken. Sonst wäre er beruflich wohl auch nicht da, wo er war.

Zwei Stunden, ein ausgedehntes Sonnenbad, einen Eisbergsalat mit Putenstreifen und drei Gläsern Limonade später klingelte es an Nickys Laptop. Der Bildschirm signalisierte einen Anruf von Charles. Nicky, die gerade ausgestreckt auf ihrem flauschigen Wohnzimmerteppich lag und das Kreuzworträtsel der Wochenendbeilage verfluchte, langte mit dem Arm zum Computer und drückte auf die Freisprechtaste. »Hi, Charles. Nordischer Wächter der Götter mit acht Buchstaben?«

Nach einer kurzen Pause hörte sie »Google?«

»Nee, zu kurz ... ach, du Depp! Google!? Sehr witzig!«

»Ich dachte immer, in eurer Generation wird alles nur noch gegoogelt? Sag bloß, es gibt noch was anderes?«

»Du hast ja recht. Wenn es gar nicht mehr weiter geht, ist Google oder Wiki die erste Wahl. Aber, bis dahin versuche ich schon noch, meine Synapsen zu trainieren.«

»Ich bin beeindruckt. Aber warte mal. Wächter der Götter? Versuch es mal mit „Heimdall“ oder so. Ich meine, der wär's. Aber sag bloß, es gibt noch richtige Kreuzworträtsel? Welche, wo nicht nur nach *Brian Adams* und *Desperate Housewives* gefragt wird? Toll.«

Nicky legte die Zeitung auf das Sofa und erschien auf Charles‘ Bildschirm. »Genau! Aber deshalb hast du mich nicht angerufen. Hat deine Suche was gebracht? Bei mir hat sich nämlich noch nichts getan«, sagte sie mit einem Seitenblick auf die laufenden Suchroutinen.

»Tja!« Charles lehnte sich mit stolzgeschwellter Brust auf seinem alten Holzhocker zurück. »Manchmal ist eben Handarbeit gefragt!«

»Ja, ja, geschenkt. Was hast du?«

»Manfred Jonas McElhone. Letzter männlicher Nachfahre des Alfred Patrick McElhone. Der ist, wie wir inzwischen ja wissen, am 25. Mai 1835 in New York mit der *Hektor* eingelaufen. Alfred hat im April 1842 offiziell die amerikanische Staatsbürgerschaft angenommen. Sie haben ein Stück Land in Kansas gekauft und wurden Farmer. Seine drei Kinder haben alle geheiratet. Der älteste Sohn Lawrence ist im amerikanischen Bürgerkrieg auf Seiten der Union 1863 gefallen. Die Tochter hat einen anderen Namen angenommen. Ihre Spur verliert sich irgendwann Anfang 1900. Sein Zweitgeborener aber hat die Linie fortgeführt. Letzter der McElhones ist dieser Manfred, wohnhaft in Denver, Colorado.«

Nicky war fast sprachlos. »Wie in aller Welt hast du das denn alles in den paar Stunden rausgefunden? Das grenzt ja an ein Wunder!«

»Na, so wundervoll ist es auch wieder nicht«, lenkte Charles bescheiden ein. »Wir hatten einfach nur das Glück, dass eben dieser Manfred selbst ein bisschen Ahnenforschung betreibt und seinen Stammbaum online gestellt hat. Da hat´s bei *1835* und *Alfred Patrick* halt irgendwann "Bing" gemacht.«

»Trotzdem! Das ist genial. Stell den Link zu dem Stammbaum online und ich sage den anderen Bescheid. Wir kommen voran!«

Noch einmal zwei Stunden später saßen Nicky und Brian im Büro in Inverness und tauschten die neuesten Unterlagen aus. Der Laptop stand auf dem Tisch, auf dessen Bildschirm Charles und Graham zu sehen waren. Brians Laune pendelte um die Hochwassermarke. »Wenn das jetzt nicht den Weltfrieden bringt oder mindestens das Klima rettet, lass ich euch alle ein Jahr lang Parksünder kontrollieren. Ja, auch die Nicht-Polizisten unter uns. Jane war gerade dabei, das Fleisch für den Grill zu marinieren und ich hatte bereits die Schürze um. Ihr wisst alle nicht, auf was für einem schmalen Grat ihr wandert! Also los, wo stehen wir?«

Nicky fühlte sich als Erste angesprochen und erzählte Brian von Ihren und Charles Erfolgen bei der Suche nach dem amerikanischen Nachfahren der McElhones. Sie konnte Brian auch gleich die vollständige Adresse und Telefonnummer von Manfred McElhone liefern, die sie zusätzlich noch recherchiert hatte.

Graham konnte anschließend noch mit ein paar Querinformationen zu den Besitzern des Dandaleith Anwesens punkten. »Also, General George Gordon, der 5. Duke of Gordon, hat nach dem Tod seines Vaters Alexander Gordon, dem 4. Duke, die Ländereien 1827 geerbt. Aber schon 1831 hat er seine Besitztümer in Elginshire, also auch Dandaleith, wegen fehlender Nachkommen der Kirche vermacht und sich nach London in den Belgrave Square zurückgezogen, um dort, wie heißt es doch so schön, ein gottgefälliges Leben zu führen. Na gut, das war dann wohl nicht ganz erfolgreich. Er ist nämlich mit 66 Jahren am 5. April 1836 dann in London gestorben. Sein Vater hat übrigens die Städte Fochabers, Tomintoul und Port Gordon erbauen lassen. Nicht schlecht, was?«

In dem Moment wurden Grahams Ausführungen durch Brians Sekretärin unterbrochen, die mit einem Tablett voller Sandwiches sowie einer Schale mit mindestens sechs dampfenden Würstchen hereinkam und diese vor Brian auf den Schreibtisch stellte. Wortlos aber schmunzelnd verließ sie das Büro wieder.

»Eine Perle! Eine echte Perle! Weiß immer ganz genau, wo ihrem Chef der Schuh drückt.« Brian hob seinen Blick von den Köstlichkeiten vor ihm und sah die anderen an. »Was? Glaubt ihr etwa, ich würde eurem Gefasel an einem sonnigen Samstag lauschen, ohne an mein leibliches Wohl zu denken? Vergesst es einfach! Und Graham, deine Adelsgeschichte ist ja ganz unterhaltsam aber ...«

»Schon gut, schon gut! Ich komm zum Punkt, Brian. Guten Appetit übrigens und gib auch Nicky etwas ab. Also, die Kirche war wohl etwas klamm und hat die Schenkung kein Jahr später, also 1832 versilbert. Hierüber gibt es nur mündliche Überlieferungen, die irgendwann später zu Papier gebracht wurden. Bekannt ist nur, dass es sich um eine Familie mit Geld und Grundbesitz aus Fife handelte. Offensichtlich Großbauern und Getreidehändler. Nur mit dem Namen hapert's leider in den Aufzeichnungen. Einmal werden sie als Gooney bezeichnet, dann wieder MacGaughan. Beides sind aber eher irische Namen. Und damit enden leider auch die schriftlichen Nachweise. Tut mir leid, aber immerhin gibt uns das ja eine gewisse Richtung, oder?«

Nicky stimmte Graham zu. »Das ist doch schon eine ganze Menge. Zumindest schränkt das phonetisch den Kreis der Leute ein. Wenn wir jetzt noch einen zweiten Hinweis bekommen, wären wir am Ziel, was, Brian? Dann könnten wir die Vorbesitzer der McElhones identifizieren und wären den Torfleichen wohl ein ganzes Stück näher.«

»Ich finde, wir sind den Leichen schon nah genug«, antwortete Brian mit Blick auf seine Würstchen und das Bild des pathologischen Instituts im Kopf. »Aber okay, das klingt ganz so, als hätte meine Ausbildung bei euch tatsächlich Früchte getragen. Was erwartet ihr nun von mir? Ich meine, ich weiß natürlich, was ich tun werde – aber ich will mal sehen, ob ihr auch zum richtigen Ermittler taugt.« Mit einem diebischen Blick in die Kamera des Laptops biss er ein großes Stück eines Schinken-Käse-Sandwiches ab und lehnte sich genüsslich in seinem Stuhl zurück.

Graham hatte den Witz in der Frage nicht ganz verstanden und wollte gerade zu einem Monolog über die allgemeine Vorgehensweise der Informationsbeschaffung ansetzten, als Nicky ihn unterbrach. »Liebster Chef, mein Vorschlag wäre, sobald du deinen leidenden Körper wieder ein wenig ausstaffiert hast, nimmst du dieses moderne Kommunikationsgerät namens Telefon in die Hand und rufst unseren amerikanischen Stammhalter an. Gut?«

Mit resigniertem Blick leckte Brian sich die Mayonnaise-verschmierten Finger ab. »Genau das habe ich vermutet. Im Ansatz stark aber dann im Spurt über die eigenen Füße fallen. Das kommt wahrscheinlich daher, dass es in deiner Internetwelt keine Öffnungszeiten mehr gibt. Natürlich rufe ich diesen Amerikaner an. Aber nicht jetzt.« Mit einem Blick auf seine Armbanduhr und mit den anschließend hochgezogenen Augenbrauen unterstrich er seine Aussage. »Wir haben 14:20 Uhr. Was nach Adam Riese bedeutet, dass es in Denver 07:20 Uhr ist. Mountain Standard Time.«

Charles schlug sich auf die Schenkel. »Wow! Da schnitz mir doch einer einen Kürbis! Woher in aller Welt weißt du das jetzt so schnell?«

»Tja, regelmäßiges geistiges Training. Nicht nur diesen Computer-Schnickschnack. Die eigenen grauen Zellen anstrengen. Das ist das Geheimnis des Erfolgs.« Stolz schwellte Brian seine Brust.

Nicky tippe ihm vorsichtig auf die Schulter. »Sag mal, hast du nicht mal erzählt, dass ihr einen Cousin habt, der in Utah lebt? Und mit dem Jane ab und zu telefoniert?«

Barsch schob Brian seine Unterlagen auf dem Schreibtisch von einem Ende zum anderen. »Ach was! Das hat jetzt gar nichts damit zu tun. Also, ich ruf den Typ heute Abend an. An einem Samstag wird er ja wohl eher zu Hause erreichbar sein.«

Mit einer schwungvollen Bewegung raffte er alle Papiere zu einem Stapel zusammen und stand auf. »Und jetzt, liebe Kollegin und Kollegen ... und Kapitalverbrecher, werde ich mich gepflegt in meinen Garten begeben und den spärlichen Resttag mit meiner werten Gattin verbringen. Falls es euch nichts ausmacht. Cheers!« Mit einem letzten Winken verließ Brian sein Büro und ließ mehrere verdutzte Gesichter zurück.

»Habt ihr gesehen?«, fragte Nicky Richtung Laptop. »Der meinte es wirklich ernst. Er hat glatt die restlichen Sandwiches und Würstchen liegen gelassen. Wahnsinn. Na gut, dann werde ich dieses unerwartete Mittagessen mal mit nach Hause nehmen und mich der leidigen Hausarbeit widmen. Charles, Graham ihr habt dafür ja Personal.«

»Ausgesprochen witzig!«, tönte es unisono aus dem Lautsprecher.«

»Ja, sorry, war nicht so gemeint. Also, ich denke, unser Tagwerk ist getan. Warten wir ab, wie Brian weiter kommt. Bis bald.« Nicky klappte den Laptop zu, stopfte alles in ihre große Umhängetasche und verließ genüsslich kauend das Gebäude.

Gegen 19:30 Uhr kam Alans Limousine knirschend in der gekiesten Einfahrt vor Grahams und Ishbels Haus zum Stehen. Mit zufriedenem Lächeln stiegen Alan und Susan aus und blickten auf den von der untergehenden Sonne beschienenen Hang des River Spey. Die leuchtenden Ginsterbüsche sahen aus wie gelbe Laternen auf dem satten Grün des grasbewachsenen Bodens. Alan winkte kurz in

Richtung des dunkelblauen Astra auf der gegenüberliegenden Straßenseite und ging dann zum Hauseingang. Bevor er klingeln konnte, öffnete Ishbel bereits die Tür und winkte sie freundlich herein.

Der Esstisch im Wohnzimmer war bereits für vier Personen gedeckt. Graham saß auf einem der Stühle, sein Gipsbein war auf einem zweiten Stuhl drapiert. Gemeinsam mit Ishbel hatte er es unter lautem Fluchen und einigen Blessuren geschafft, eine ziemlich dehnbare Jogginghose anzuziehen. Ansonsten hätte er sich geweigert, jeglichen Besuch zu empfangen. »Hallo Alan, hallo Susan. Schön, dass ihr es geschafft habt. Es tut mir leid, dass ich euch nicht richtig begrüßen kann, aber ihr seht ja ...«

Susan winkte ab. »Lass es gut sein, Graeme! Dir scheint es ja wieder ganz gut zu gehen. Das ist doch die Hauptsache.«

Ishbel konnte ihre Neugier kaum noch im Zaum halten. »Jetzt setzt euch doch einfach. Was wollt ihr trinken? Ich habe einen Riesling aufgemacht. Der passt so herrlich zum Wetter. Oder doch lieber erst ein Bier für den Durst? Und dann müsst ihr erzählen. Wie ist es gelaufen?«

Graham sah etwas peinlich berührt aus. »Schatz, bitte ...«

»Ach lass doch gut sein«, unterbrach Alan ihn. »Also für mich erst mal ein Bier.«

Nachdem alle mit ihren Getränken versorgt waren und es sich am Tisch gemütlich gemacht hatten, zog Susan eine Mappe aus ihrer Handtasche und reichte sie Ishbel. Das Exposé zeigte zahlreiche Fotos und Grundrisse eines Hauses mit einem kleinen, aber schönen Garten.

»Toll! Einfach schön. Schau mal, Graeme, das Bad. Wirklich klasse renoviert.«

»Wo genau liegt das Haus denn?«, fragte Graham.

»Ganz nahe dem Ortskern von Huntly, am Ende der Farquhar Road. Nicht weit weg vom Castle«, antwortete Alan grinsend.

Ishbel und Graham fanden noch zahlreiche positive Kommentare und reichten die Mappe zurück an Susan. »Und?«

Alan holte tief Luft. »Wir sind uns fast sicher, beim Makler das höchste Gebot abgegeben zu haben.« Lautstark atmete Alan aus und leerte anschließend sein Bier in einem Zug, während Susan strahlte wie eine Sankt-Martins-Laterne.

Ishbel und Graham waren für einen Moment sprachlos. »Ihr habt's echt gekauft? Das Haus in Huntly? Das ist ja nur eine halbe Stunde von hier entfernt! Ich werd verrückt!«

»Stimmt, eher etwas weniger. Nur die A96 rauf bis Keith und die A95 runter und man ist in Charlestown. Läppische 22 Meilen. Und ja, das ist verrückt! Aber ich hatte keine Chance!« Mit einem Seitenblick auf Susan schenkte Alan sich noch ein Bier nach. »Und fairerweise muss man sagen, dass der Preis okay ist. Nachdem diese elende Immobilienblase nun wohl endlich ihr Ende findet, gehen die Preise wieder auf ein reelles Niveau zurück. Dafür konnte ich aber auch sofort mehrere Interessenten für mein Haus in Inverness finden.«

»Außerdem gibt es noch einen Vorteil, den uns Huntly bietet«, ergänzte Susan und blickte mit einem verstohlenen Lächeln in Richtung Alan. »Dort gibt es nämlich das Jubilee Hospital & Huntly Health Centre. Vielleicht werde ich sogar irgendwann dorthin wechseln. Das wäre dann wirklich für uns perfekt.«

»Wow, das wird ja immer besser«, Ishbel war beeindruckt.

Alans Brust platzte fast vor Stolz, als er Susan in den Arm nahm. »Tja, ich weiß diese Neuigkeit zufälligerweise auch erst seit ein paar Stunden. Als wir heute Nachmittag an dem Krankenhaus vorbeifuhren und mein Schatz hier ganz beiläufig erwähnte, dass sie durchaus auch hier ihren Job machen könne, hab ich es erst für einen Scherz gehalten. Darauf habe ich ihr wohl sehr verwundert in die Augen geschaut und erst dann gemerkt, dass das gar kein Witz war ...«

»Und wärst dabei beinahe durch die Hecke in den kleinen Park gefahren. Direkt in den Springbrunnen«, ergänzte Susan mit einem breiten Grinsen.

»Das wär aber kein Problem gewesen«, antwortete Alan ganz jovial. »Ich hatte ja mein ganz persönliches Ärzteteam dabei.« Dabei griff er zu Susans Glas auf dem Tisch, reichte es ihr und prostete mit seinem dann den anderen zu. »An dieser Stelle einen Toast! Auf unser neues Leben in der Provinz, die besten Frauen von allen und dass es uns allen niemals mehr schlechter gehen solle als jetzt! Cheers!«

Auch Ishbel und Graham erhoben ihre Gläser. »Große Worte gelassen ausgesprochen.« Graham schaute Ishbel in die Augen. »Auf die besten Frauen von allen!«

Nach diesem pathetischen Moment herrschte für einen Moment ein friedvolles Schweigen, während

Susan und Ishbel wieder die Fotos des Exposés betrachteten.

Susan zeigte dann auf eines der Bilder: »Und auch der herrliche Gemüsegarten, der von einer Natursteinmauer umgeben ist, wurde richtig toll angelegt. Der hat mir echt Lust gemacht, mal meinen grünen Daumen auszuprobieren. Und Alan hat auch schon gemeint, dass er ebenfalls Hand anlegen will, nicht wahr? Aber dieses Mal nicht bei Weinstöcken!«

Alle lachten laut, auch Alan, während Ishbel aufstand, um die Vorspeise, einen Salat mit Blauschimmelkäse und Walnüssen, aus der Küche zu holen.

Das Abendessen samt Nachtisch zog sich, begleitet von zahlreichen Anekdoten bis nach 21:00 Uhr hin. Anschließend saß man in der lauen Abendluft auf Grahams Terrasse, genoss den Espresso und einen Single Malt und betrachtete den Abendhimmel, der sich auf dem Wasser des Spey spiegelte. Graham wuchtete sein Gipsbein umständlich auf einen Liegestuhl, stellte sein Whiskyglas ab und wandte sich an Alan. »Ich möchte ja nicht die schöne Stimmung verderben und wieder ... naja, beruflich werden, aber sollten wir nicht kurz über das sprechen, was Brian heute Abend rausgefunden hatte?« Dabei zog er die Faxkopien aus einer Ledermappe, die er in weiser Voraussicht mit auf die Terrasse genommen hatte, und hielt sie in den Schein der Wandlampen.

»Na, es wird uns ja wohl nichts anderes übrig bleiben«, antwortet Alan mit leicht resigniertem Unterton. »Er hat mich auf unserer Rückfahrt im

Wagen angerufen und alles erzählt. Dann zeig doch mal, was er dir geschickt hat.

Alle vier sahen sich die von Brian gesendeten Unterlagen an, während Alan und Graham den beiden Frauen die Neuigkeiten erzählten. Brian war es am frühen Abend gelungen, jemanden unter der vorliegenden Telefonnummer in Denver zu erreichen. Offensichtlich handelte es sich um die Putzfrau von Manfred McElhone. Diese war merkwürdigerweise überhaupt nicht überrascht, einen Anruf aus Schottland entgegen zu nehmen. Der Grund hierfür wurde dann schnell klar. Besagter Herr McElhone war wohl leidenschaftlicher Golfspieler und befand sich seit einiger Zeit in seinem Jahresurlaub in Schottland, um die berühmten Plätze in St Andrews, Carnoustie, Gleneagles, Royal Troon und so weiter zu bespielen.

»Seit wann soll er denn in Schottland sein?«, wollte Ishbel wissen.

»Angeblich seit dem 02. Mai.«

»Also schon vor dem Brand im Warehouse?«

»Wenn man es so sieht, Graham, ja, schon vorher.«

» Kann das denn alles noch ein Zufall sein?«, fragte Ishbel.

»Tja, wer will das schon beurteilen? Was haben wir denn sonst noch?« Alan betrachtete weiter die verschiedenen Ausdrucke. Zunächst fand sich ein Foto von Manfred McElhone. Es zeigte einen gut gekleideten Mann, der mit seinen knapp 64 Jahren noch ausgesprochen jung und agil wirkte. Mit seiner leichten Bräune, dem kurz geschnittenen grauen Haar, dem grauen Kinn- und Oberlippenbart und dem leicht spitzbübischen Lächeln konnte er nicht anders als sympathisch bezeichnet werden. Das wurde auch sofort von den anwesenden Damen mit "Oh, der ist aber nett" und "Das ist aber mal ein attraktiver Mann" kommentiert. "Hannibal Lecter war auch sympathisch" war der einzige männliche Kommentar zu diesem Thema.

Des Weiteren fand sich in den Unterlagen die Bestätigung der Passbehörde, dass McElhone am Montag, den 02. Mai mit British Airways in London eingereist und dann nach Glasgow weitergeflogen war. Ein weiteres Blatt zeigte die Mobilfunknummer, die die Reinigungsfrau aus Denver Brian gegeben hatte sowie die gleiche Nummer noch mal, die McElhone selbst bei seiner Einreise sowohl der Fluggesellschaft als auch der Mietwagenfirma genannt hatte.

»Was habt ihr unternommen?«, wollte Ishbel jetzt wissen. »Habt ihr ihn schon gefunden?«

»Brian hat McElhone unter der Handynummer angerufen und ihn auch erreicht. Und ratet mal, wo er war?«

»Nun sag schon!«, forderte ihn Susan auf.

»Auf dem *Old Course* in St Andrews. Und was hatte er zu Brian gesagt? "Das macht ihr Schotten mit Absicht! Sie haben mir gerade einen Birdie versaut. Was auch immer das heißen mag ..."

»Das heißt ein Schlag unter Par«, erklärte Graham. »Also wenn man an einer Golfbahn einen Schlag weniger braucht als vorgegeben. Dabei nimmt man als Maßstab die Anzahl von Schlägen die ein Klassespieler mit Handicap 0 brauchen würde. Also ist ein Birdie schon eine tolle Sache ...«

Alan war beeindruckt. »Jetzt sag nicht, du kannst auch noch Golf spielen?«

»Na ja, so richtig spielen nicht. Nur so ein wenig zum Spaß. Hier im Rothes Golf Club und im Ballindalloch Castle Golf Club bin ich ab und zu mal. Das gehört auch etwas zur Imagepflege dazu. Bei Huntly ganz in der Nähe eures zukünftigen Heims gibt es übrigens auch einen netten 18-Loch-Platz. Der Huntly Golf Club, direkt am Schloss. Da können wir ja mal zusammen hin?!«

Alan verdrehte die Augen. »Alles zu seiner Zeit, Graeme. Jetzt übe ich mich erst mal als Hausbesitzer. Das ländliche Lotterleben kommt dann später. Wenn es dann aber mal soweit ist, dann kannst du später gerne mal zu mir zum Golfen kommen. Der Golfplatz liegt nämlich direkt neben unserem neuen Haus. Wir können dann fast von unserer Terrasse aus abschlagen. Aber jetzt zurück zu unserem Amerikaner. Brian hat ihm unsere Geschichte im Groben umrissen und mit ihm dann für Montag einen Termin in Inverness ausgemacht. Und das hat dem McElhone wohl sehr gut gefallen.«

»Wieso denn das?«, fragte Ishbel erstaunt.

»Na, das Beste wisst ihr ja noch gar nicht. Soll ich euch verraten, was er Brian als weiteren Grund für seine Anwesenheit in Schottland genannt hat? Er sei unter anderem hier, um die Wurzeln seiner Familie zu finden. Er hätte dafür auch alle wichtigen Unterlagen seiner Vorfahren dabei.«

Über Stock und Stein

Dienstag, 24. Mai

Als Treffpunkt hatte Nicky das Mustard Seed Restaurant in der Bank Street, Ecke Fraser Street, vorgeschlagen. Dort hatte man nicht nur einen schönen Blick auf den River Ness und die Fußgängerbrücke, sondern konnte auch die entspannte Atmosphäre und Ruhe eines gehobeneren Restaurants und Cafés genießen. Das in einer ehemaligen Kirche errichtete Restaurant galt als eines der Besten in Inverness.

Brian und Nicky hatten bereits im ersten Stock einen Tisch in der Ecke gewählt. Dort setzten sie sich direkt an die großen Panoramascheiben vor dem Balkon. Das Wetter war seit dem Wochenende stabil geblieben und die Touristen und Einheimischen strömten an diesem Dienstagmorgen schon in Scharen an der Uferpromenade entlang.

Ausgesprochen pünktlich, um genau 11:30 Uhr, betrat Manfred McElhone das Lokal. Nicky und Brian erkannten ihn anhand der Fotografie sofort. Mit einer grauen Hose und einem leichten Blouson bekleidet blieb er hinter der Eingangstür am Treppenabsatz stehen und sah sich um. Brian winkte ihm hinunter, worauf er sofort lächelnd die Treppe hoch auf sie zusteuerte. »Ja hallo. Manfred McElhone. Guten Tag. Das ist aber ein schönes Café. Wirklich nett!« Er streckte Brian seine Hand hin, zog sie aber sofort zurück, als er Nicky entdeckte. »Oh, wir haben Damenbesuch. Das ist aber reizend. Manfred mein Name, aber bitte nennen sie mich Freddy. Das tun alle meine Freunde und Bekannten.« Diesmal streckte er Nicky die Hand zum Gruß und betrachtete unverhohlen Nickys schlanke und mit den Sommerklamotten recht dünn bekleidete Figur.

Nicky schüttelte die dargebotene Hand, während Brian sie vorstellte. »Das ist Miss Nicolette McGovern, unsere Spezialistin für alles, was mit Computern und Recherchen zu tun hat. Und ich bin Brian Strachan. Aber das habe ich Ihnen ja bereits am Telefon erzählt.« Brian drückte die Hand, die ihm McElhone jetzt auch hinstreckte.

Nachdem Brian ihm die Hand gedrückt hatte, war die Feinmotorik seiner rechten Hand schlagartig auf den Stand eines Neugeborenen abgesunken. Manfred Mc Elhone grinste gequält, setzte sich aber auf ein Zeichen Brians hin auf den noch freien Stuhl.

Kurz darauf kam die Bedienung zu ihnen an den Tisch, eine wohl 17jährige Schülerin, die lieber jobben ging, als in die Schule und das Geld dann für Piercings und Tattoos ausgab. Zumindest erweckte sie auf Brian diesen Eindruck. »Für Sie was zu trinken, Manfred … Freddy?«

»Gerne. Einen Cappuccino, bitte. Und braunen Zucker.«

»Haben Sie's? Fein. Für dich, Nicky, wieder dieses Latte-Dings? Genau. Und für mich bitte ein Kännchen Kaffee und Milch. Ach ja, und noch eine große Tasse extra starken Kaffee und vier Stücke Carrotcake. Danke.«

Die Schulschwänzerin blieb einen Moment irritiert stehen.

»Wir erwarten noch einen Gast. Also husch!« Mit einer Handbewegung brachte er die Bedienung auf Trab, dann wandte er sich Freddy zu. »Den Karottenkuchen müssen Sie probieren. Einzigartig!«

Freddy stellte seine Aktentasche, die er die ganze Zeit in seiner linken Hand gehalten hatte, auf den Tisch und holte ein in altmodischem Leder eingepacktes Bündel Papiere heraus. Zunächst legte er sie vorsichtig an die Seite und stellte seine Tasche weg. »Nicht nur Ihr Kuchen ist einzigartig! Ich bin zum allerersten Mal in Schottland. Können Sie sich das vorstellen? Da muss ich erst die 60 überschreiten, um in das Land meiner Vorväter zu kommen. Wie dumm man doch ist. Ich habe fast jeden Kontinent gesehen. Städte von Melbourne bis Kapstadt. Aber ich war noch nie in Inverness. Dabei habe ich mich immer für die Geschichte meiner Familie interessiert. Aber Sie haben es ja schon in unserem Telefonat richtig erkannt. Das scheint wohl die große Sehnsucht aller US-Amerikaner zu sein. Da wir nur eine 250-jährige Geschichte aufweisen können, müssen wir wohl darüber hinaus blicken. Haben Sie meinen Stammbaum gesehen, Miss Nicolette …?«

»Nicky, bitte! Seit dem Tod meiner Urgroßmutter hat mich niemand mehr Nicolette genannt!« Nicky war offensichtlich von dem attraktiven Mann angetan. Brian bedachte sie mit einem giftigen Seitenblick. »Ja, natürlich habe ich ihn gesehen. Sehr professionell.«

»Oh, danke«, antwortete Freddy geschmeichelt. »Aber das sind nicht meine Lorbeeren. Es gibt in den Staaten zahlreiche Programme und ... wie nennt man das, Portale, die für wenig Geld so was aufbauen. Ich hab mir vor gut vier Jahren gedacht, dass ich jetzt das Internet als Unterstützung für meine Recherchen nutze. Ich dachte mir, vielleicht melden sich ja ein paar entfernte Verwandte aus Linien, die ich noch gar nicht kannte. Das hat sogar in dem einen oder anderen Fall geklappt. Aber dass sich jemand meldet, der die allerersten Ursprünge meiner Familie kennt, das ist schon ein dolles Ding!«

In dem Moment konnte man von unten die Türglocke hören, gefolgt von einer hitzigen Diskussion, die mit einem Scheppern und Krachen verbunden war. Brian schloss die Augen. »Oh Mist! Wir haben einen Fehler gemacht.«

»Was denn?«, fragte Nicky erstaunt.

»Ich habe das Handicap unseres weiteren Gastes vergessen. Wir müssen den Tisch wechseln. Kommt bitte mit nach unten.«

Während alle verdutzt aufstanden und ihre Sachen zusammenrafften, um Brian zu folgen, fragte Freddy: »Handicap? Kommt da jetzt noch ein Golfspieler?«

»Nicht ganz so, wie Sie vielleicht meinen«, antwortete Brian grinsend und ging die hölzerne Treppe hinunter.

Auf dem Weg nach unten konnten sie eine Szene verfolgen, die auch gut in einen Mr. Bean Film gepasst hätte. Ein mit Krücken bewaffneter Mann mit Gipsbein versuchte sich an der Garderobe vorbei in den Gastraum zu kämpfen, während eine gut aussehende Mittvierzigerin versuchte, ihn dabei zu stützen. Was völlig in die Hose ging, da sie selbst an einer Krücke hängen blieb und sich an der völlig überforderten Kellnerin festhalten musste. Diese hatte wiederum versucht, ein Tablett mit Getränken und Kuchen nach oben zu bringen. Dieses Tablett geriet nun gefährlich in Schieflage, was den Krückenmann wiederum veranlasste, eben diese Krücken loszulassen, um das Tablett aufzufangen. Die Krücken fielen natürlich einem herbeieilenden, weiteren Gast zwischen die Füße, der daraufhin über einen Tisch segelte und die darauf befindlichen Gegenstände, wie Zuckertopf und Blumenvase, durch den ganzen Raum fegte. Mitten in dem Durcheinander stand Graham und balancierte das Tablett auf seinen erhobenen Armen, während um ihn rum das reinste Chaos herrschte.

Wäre es nicht so unpassend gewesen, hätten Nicky, Brian und Freddy vermutlich applaudiert und *"Da capo!"* gerufen. Stattdessen halfen sie aber mit vereinten Kräften, das Chaos zu beseitigen. Unter unzähligen *"Das ist mir aber peinlich"* und *"Das tut mir wirklich leid"* standen nach wenigen Minuten alle Beteiligten wieder halbwegs sicher auf ihren Beinen bzw. Krücken. Die Pointe dieser Szene war natürlich, dass kein einziger Tropfen der Getränke aus den Tassen geschwappt war und auch der Kuchen noch sicher auf den Tellern stand.

»Hallo Ishbel, hallo Graham. Wie ich sehe, habt ihr es doch tatsächlich geschafft. Erstaunlich!«, begrüßte Brian die Neuankömmlinge. Und zur Kellnerin sagte er »Wir nehmen einen behindertengerechten Tisch hier unten, okay?«

Im Gehen fauchte Ishbel dann flüsternd Graham an. »Ich habe es dir zig-mal gesagt. Du kannst mit deinem Gips nicht so einfach durch die Gegend spazieren. Das hat dir auch der Arzt sehr deutlich gesagt. Was wäre denn, wenn du jetzt gefallen wärst? Du hättest dir das Bein wieder brechen können.« Ishbel stockte in ihrer Predigt, als sie plötzlich die interessierten Blicke aller Anwesenden auf sich spürte. »Ähm, wir waren gerade im Krankenhaus zur Nachuntersuchung. Ich konnte ihn nicht davon abhalten, an eurem Gespräch teilzunehmen. Ich werde in der Zwischenzeit noch ein paar Besorgungen machen und komme dann in einer Stunde zurück und hole Graham wieder ab.« Ohne ein weiteres Wort drehte sich Ishbel um und verließ das Café.

Anschließend herrschte für gut eine Minute gebanntes Schweigen, in der lediglich die Kellnerin kommentarlos Graham das Tablett mit den Getränken und den Kuchen abnahm und auf einen Tisch stellte. Danach begann sie damit, die verstreuten Gegenstände im Raum aufzusammeln, während Graham wieder mal versuchte, sein Gipsbein auf einem weiteren Stuhl zu parken. Dann endlich brach Freddy die Stille. »Wer, wenn ich fragen darf, war denn diese bezaubernde Dame? Doch nicht Ihre Krankenschwester, oder?«

»Viel besser: Meine Frau ... oder Lebensgefährtin«, antwortete Graham etwas beschämt.

»Oh, dann darf ich Sie zu so einer resoluten und fürsorglichen Partnerin beglückwünschen. Das findet man viel zu selten.«

Lächelnd bedankte sich Graham für das Kompliment und die Situation entspannte sich umgehend. Die nächsten Minuten verbrachten die Vier damit, sich gegenseitig vorzustellen und ihre Rolle in der Geschichte im Wesentlichen zu umreißen.

Freddy war natürlich völlig von den Socken, einen waschechten schottischen Distillery Manager kennenzulernen und ließ es sich nicht nehmen, sofort bei der Kellnerin eine Runde Whisky zu bestellen. »Na, die Gelegenheit darf man sich ja nicht entgehen lassen!«

Freddy folgte der Kellnerin an den Tresen und wählte diverse Whiskys aus, bevor die anderen auch nur die Spur einer Chance hatten, Alkohol am Vormittag abzulehnen. Der Gast, der eben noch so sportlich und dramatisch Graham hatte helfen wollen, bekam ebenfalls ungefragt ein Glas serviert, was er dankbar mit einem freundlichen Nicken quittierte.

Nicky, Brian und Graham sahen sich nur mitleidig an. »Ein Amerikaner halt. Er meint es doch eigentlich nur gut.« Graham hob die Hände. »Was glaubt ihr, was ich manchmal für Leute ertragen muss. Da kommen welche, die zwei Tastings in ihrem Leben mitgemacht haben und fragen mich um einen Job in einer Destillerie. Oder noch besser, wollen ein Sachbuch schreiben und bitten mich um ein Vorwort. Unglaublich! Aber der hier ist doch auf den ersten Blick eigentlich ganz nett, oder?«

Auf den zweiten Blick entdeckte Graham, dass der Kerl sich einen Dalwhinnie mit Eis bestellt hatte. Das sagte ihm alles, was er über diesen Typen wissen musste. Von wegen ganz nett! Zum Glück trank er keinen Whisky aus seiner Brennerei, sonst hätte er ihn vermutlich auf der Stelle erschlagen.

Glücklicherweise fand Freddys Auswahl an Whiskys für die anderen mehr Wohlgefallen. Nicky bekam einen Glen Moray Managers Choice aus dem Sherryfass, Brian einen Bunnahabhain ebenfalls aus einem Sherryfass und für Graham hatte Freddy einen schlichten Balvenie Doublewood bestellt.

»Ich hab mich in den letzten Jahren ein bisschen mehr mit Scotch befasst und hab drüben in den Staaten festgestellt, dass es zu fast jedem Whisky einen bestimmten Typ an Trinker gibt. Daher habe ich mir erlaubt, ohne sie zu fragen, etwas zu bestellen. Sagen sie mir doch bitte, ob ich gegebenenfalls recht habe, ja?«

Offenbar bemerkte Freddy Grahams angewiderten Blick auf die Eiswürfel. »Oh, natürlich, verstehe. Aber Sie müssen entschuldigen, fünf Jahrzehnte Bourbon haben mich geprägt. Ich kann das Zeug nicht warm trinken. Sorry!«

»Das "Zeug" heißt Single Malt, ist Lichtjahre von einem Bourbon entfernt und wird von Connaisseuren genossen. Und nicht von *Trinkern*! – Slàinte!«

»Sla... was? Ach, euer schottisches Wort für *Prost*. Klar! Aber Graham, nehmen Sie's doch nicht so persönlich. Ich werde mich schon noch an das Z..., äh, das Lieblingsgetränk der Schotten gewöhnen. Keine Bange.«

Graham machte gute Miene zum bösen Spiel, weil er viel zu neugierig auf Freddys Unterlagen war. Also prostete er ihm freundlich zu und genoss den unerwarteten Schluck am Mittag. Anschließend bestellte er sich noch eine weitere Tasse mit dem schwarzen, dicken Kaffee, damit Ishbel nicht sofort merken würde, dass er auch noch etwas anderes getrunken hatte.

Nachdem sich Freddy noch minutenlang über die Schönheit Schottlands ausgelassen hatte, wechselte er zu seinem offensichtlich zweitliebsten Thema: Golfen! »Das habe ich schon vor gut zehn Jahren begonnen, als alle anderen Sportarten mehr Schaden als Nutzen an meinem alten Körper angerichtet haben.« Grinsend sah er dabei Nicky an und wollte ihr damit wohl zu verstehen geben, dass sich diese Bemerkung nicht auf alle Regionen seines "alten Körpers" bezog. Da sie nicht die Bohne darauf reagierte, fuhr er fort zu erzählen. »Nachdem ich in den Staaten nun schon alle guten Plätze bespielt habe und Schottland ja nun mal die Heimat des Golfs ist, dachte ich "Verbinde das Unnütze mit dem Angenehmen" oder so und entdecke die Wurzeln. Sowohl des Golfsports als auch die der eigenen Familie.«

»Damit wären wir ja dann beim Thema«, kommentierte Brian und konnte nur schwer seine Ungeduld verbergen. »Ich hatte Ihnen ja bereits den Grund unserer Ermittlungen am Telefon geschildert.« Brian wurde nun dienstlich. »Wie der Zufall es will, finden wir Sie genau zu diesem Zeitpunkt hier bei uns in der Nähe und Sie haben, wie Sie mir erzählten auch gleich alle Unterlagen Ihrer Familie der damaligen Zeit dabei. Dieses, ich nenne es mal kleine Wunder, wollten wir uns auf keinen Fall entgehen lassen und sind deshalb natürlich enorm gespannt, was Sie uns zeigen können.«

Manfred, oder Freddy für seine Freunde, schaute plötzlich nicht mehr ganz so entspannt wie bisher. »Mein lieber Officer Brian, da höre ich doch den scharfen und zynischen Ermittler heraus! Ich hatte es Ihnen ja schon am Telefon gesagt und ich kann es jetzt nur nochmals wiederholen: Ich habe nicht die geringste Ahnung, wer diese Leichenfamilie sein soll. Ich habe weder in den schriftlichen noch den mündlichen Überlieferungen meiner Vorfahren irgendeinen Hinweis auf Verbrechen, Leichen oder sonst was gefunden. Und glauben Sie mir, ich habe über viele Jahrzehnte alles zusammengetragen und recherchiert. Ich habe dabei bestimmt nichts übersehen oder vernachlässigt.«

Diesmal griff Graham als geschulter Verkäufer und Manager in das ernster werdende Gespräch ein. »Freddy, es will Ihnen doch niemand was unterstellen. Wir sind Ihnen doch alle dankbar, dass Sie uns Ihre wertvollen historischen Dokumente zeigen wollen. Nur verstehen Sie bitte doch auch zumindest das ... na eben historische Interesse, die damaligen Zusammenhänge ins rechte Licht zu rücken. Sehen Sie mal, da gibt es eine Familie, die die Ländereien laut Dokumenten von Ihren Vorfahren gekauft hat. Zunächst bestand ja die Vermutung ...«

»Der Verdacht!«, unterbrach Brian ihn, der jetzt nicht mehr aus seiner Polizistenrolle raus wollte.

»Gut, Brian, im Polizeijargon "Verdacht". Also, es lag ja im Bereich des Möglichen, dass die Leichen ja Ihre Vorfahren hätten sein können und der angebliche Verkauf nur eine raffinierte Täuschung war. Und die angebliche Auswanderung nach Amerika war für die damalige Zeit durchaus plausibel. Das müssen Sie doch zugeben, nicht wahr, Freddy? Deshalb haben wir, also die Polizei, diese Auswanderergeschichte genauestens überprüft und am Ende Sie dank ihres Stammbaums gefunden. Das ist doch zunächst mal ein tolles Ergebnis, finden Sie nicht?«

Freddy hatte die ganze Zeit ungerührt zugehört. Doch jetzt brauste er ein wenig auf. »Durchaus tolle Arbeit. Ihr macht unserem CIA wirklich Konkurrenz! Und das Ergebnis? Jetzt habt Ihr die schottischen Verdächtigen entlastet und schiebt das vermeintliche Verbrechen den Amerikanern unter! Hauptsache man hat einen Schuldigen. Das ist doch alles etwas an den Haaren herbeigezogen. Wo soll denn da der Sinn liegen? Und, verdammt, was soll ich nach 200 Jahren mit der Geschichte zu tun haben?« Provokant lehnte sich Freddy vor und sah Brian fragend an.

»Na, was halten Sie denn von folgender Theorie.« Genauso provokant beugte sich nun auch Brian vor. »Die Geschichte hat sich damals exakt so abgespielt, wie Graham es gerade geschildert hat. Nur, dass Ihre Vorfahren eben die Leute beiseitegeschafft haben. Aus welchem Grund auch immer! Und dann haben sich Ihre Vorväter aus dem Staub gemacht, nach Amerika. Und von diesem dunklen Geheimnis haben Sie gewusst, immer schon. Jetzt lesen Sie plötzlich in der Zeitung, dass genau dort, wo die Leichen verscharrt wurden, eine Halle gebaut wurde. Jetzt gehen bei Ihnen alle Lampen an. Was, wenn man dort weiterbaut? Wenn man den Boden aushebt? Da dachten Sie sich, das Beste wäre doch, wenn man alle Beweise endgültig vernichten würde. Dann sind Sie, obwohl Sie doch so interessiert an ihren Wurzeln sind, jetzt zum ersten Mal nach Schottland geflogen und haben kurzerhand die Halle mit Tausenden Litern Alkohol angezündet. Das müsste doch alle Spuren beseitigen, oder? Aber Pech gehabt! Der Brand hat genau das Gegenteil bewirkt. Erst dadurch sind die Leichen überhaupt gefunden worden. Und dann sind Sie in

Panik geraten. Jetzt kann nur noch Schadensbegrenzung helfen. Es müssen alle, die an der Geschichte möglicherweise interessiert sind, gestoppt werden. Graham, Charles Maclellan und wer sonst noch!

Oder, zweite Theorie: Ihre Geschichte stimmt, Sie kommen hierher und wollen die Wurzeln ihrer Familie finden und von mir aus auch ihr Hobby pflegen. Dann lesen sie von dem Brand der Lagerhalle und dass dort die Torf-Leichen gefunden wurden. Und jetzt müssen Sie spontan handeln. Was haben Sie denn dazu zu sagen, Freddy?«

Die ersten zehn Sekunden regte sich Freddy überhaupt nicht. Dann sah er zunächst Graham an. »Was haben Sie denn mit dieser Geschichte zu tun? Ist Ihr Bein etwa ...? Und Sie, mein lieber Brian, haben es echt drauf, einem Angst zu machen. Kompliment. Ihre Geschichten gehören in einen Krimi. Aber, wie Sie schon gesagt haben, eben nur zwei Theorien.« Schnaufend atmete er aus und trank den letzten Schluck von seinem Whisky. »Brian, ich bin Ihnen nicht böse, dass Sie mich erst so freundlich hier nach Inverness eingeladen haben und jetzt als wahnsinnigen Massenmörder oder sonst was hinstellen. Das gehört wohl zu einem guten Polizisten. Die Leute immer mächtig provozieren, damit sie einen Fehler machen. Aber, ganz ehrlich, Ihre Theorien haben doch weder Hand noch Fuß!«

Brian zog den Atem zischend ein und wollte zu einer Antwort ansetzten, als Nicky ihn stoppte. »Brian, bitte!« Er blitzte sie kurz wütend an, dann atmete er langsam aus und schaute ihren "Gast" an. »Okay, Freddy. Das war ein Versuch wert.

Aber, was klingt Ihrer Meinung nach denn an diesen Theorien nicht plausibel?«

Auch Freddys Gesicht entspannte sich wieder zusehends. »Na, zum Beispiel das mit der Bebauung des Grundstücks. Wie in aller Welt hätte ich denn mitbekommen sollen, dass dort gebaut wird? Glauben Sie etwa wirklich, dass sich in den Staaten auch nur eine einzige Zeitung auch nur einen Deut darum schert, ob irgendwo im "alten Europa" ein Haus gebaut wird? Das ist doch wohl nicht Ihr Ernst.«

»Nicht durch eine Zeitung! Aber Sie hätten im Internet durchaus verfolgen können, was speziell auf diesem Grundstück passiert«, erwiderte Brian.

»Ach, tatsächlich? Ich wusste – nein, ich weiß es eigentlich immer noch nicht, wo dieses verdammte Stückchen Pampa überhaupt liegen soll. Das ist lächerlich. Aber gut, ich will Ihnen Ihren Ermittlungseifer nicht nehmen.

Und zu ihrer anderen Version: Miss McGovern, Sie als Mathegenie. Wie hoch in etwa ist die Wahrscheinlichkeit dafür, dass ausgerechnet in dem Moment, als ich zum ersten Mal in meinem Leben nach Schottland reise, diese dämliche Halle abbrennt und dabei irgendwelche Leichen freigelegt werden, die mich dann auch noch prompt als Killer belasten?«

Nicky blickte ihn regungslos an. »Etwa genauso hoch wie die Wahrscheinlichkeit in einer U-Bahn, einem Bus oder einem Flieger zu sitzen, in der gerade irgendein Terrorist eine Bombe abgelegt hat. Und trotzdem haben wir Hunderte von Toten. Denken Sie nur an 9/11, London, Madrid und so weiter.«

Freddy wusste für einen Moment nicht, was er darauf erwidern sollte. »Okay ... Eins zu Null für Sie. Falsche Frage. Aber, dann mal so zwischendurch und fürs Protokoll: Ich hätte alle Informationen zu meiner Familie ja auch aus dem Internet nehmen können. Ohne meine Kooperation und Mitarbeit hätten Ihre Ermittlungen spätestens am Hafen der Auswandererschiffe ein trauriges Ende gefunden.«

»Da muss ich Freddy jetzt unumwunden recht geben«, antwortete Nicky mit Blick auf Brian und Graham.

»Vielen Dank. Und damit Sie sehen, Brian, dass ich Ihre Geschichte nicht nur "aus Mangel an Beweisen" ablehne, habe ich noch ein recht interessantes Dokument für Sie.« Mit triumphierendem Blick zückte Freddy ein in Folie verpacktes, sehr altertümlich wirkendes Blatt Papier aus seinem Lederhefter.

Graham, den es bei solchen Fundstücken nicht mehr auf dem Sitz hielt, beugte sich vor und griff als Erster danach. Kurz überflog er die geschwungene Handschrift und bekam ein breites Lächeln. »Ich bin platt! Ein Testament. Von 1835.«

Nicky und Brian wollten das Dokument sofort begutachten. Daraus ging hervor, dass ein gewisser Kierran MacGoohan, Farmer, Großbauer und Getreidehändler, seinen Besitz an der Farm und dem dazugehörigen Land in der Nähe von Glenallachie an seinen Verwalter, Alfred Patrick McElhone vermacht hatte. Anschließend folgte eine genaue Beschreibung der Gebäude sowie der exakten Grenzen des vermachten Geländes.

Graham war hin und weg. »MacGoohan! Mensch, das passt doch zu den alten Kirchenaufzeichnungen, die ich gefunden hatte. Das sind die, die von der Kirche 1832 die Ländereien gekauft haben. Bei denen uns der Name nicht ganz klar war. Toll!«

Freddy zückte noch weitere Dokumente aus seiner Mappe »Und damit die Damen und Herren Ermittler gleich sehen, dass ich das Testament nicht selbst gemalt habe, das Ergebnis einer Untersuchung über die Echtheit. Hier wird bestätigt, dass es tatsächlich, was Papier und Tinte angeht, so alt ist. Und hier habe ich noch weiteren Schriftverkehr und Dokumente der damaligen Behörden, dass dieses Testament korrekt ist. Offensichtlich hat wohl damals ein gieriger Anverwandter der MacGoohans versucht, das Erbe anzufechten. Aber ohne Erfolg, wie Sie sehen.« Mit zufriedenem Lächeln lehnte sich Freddy zurück. »Ich nehme mal an, lieber Brian, dass Ihre Theorie damit vom Tisch ist, nicht wahr?«

Brian sagte zunächst gar nichts und sah alle so begeistert dreinblickenden Personen nur missmutig an.

»Dann können wir uns ja wieder den angenehmen Seiten des Lebens widmen«, fuhr Freddy fort. »Da ich ja nun nicht mehr Ihr Hauptverdächtiger bin, wäre ich nun im Gegenzug Ihnen dankbar, wenn Sie mir einen kleinen Einblick in Ihre Forschungsergebnisse meine Vorfahren betreffend gewähren würden. Das könnten wir aber auch gerne in einer anderen Umgebung machen. Nicky, sagen Sie, spielen sie eigentlich Golf?«

Cholera

Dienstag, 24. Mai

Nachdem sie im Mustard Seed ihren Kaffee ausgetrunken und den Karottenkuchen aufgegessen hatten, verabredeten sie sich für den nächsten Nachmittag erneut zu einem Treffen mit Freddy McElhone. Freddy wollte, da er schon alle anderen wichtigen Golfplätze Schottlands durchgespielt hatte, wie er sagte, nun die nächsten Tage in St Andrews verbringen und hatte ihnen seine Hoteladresse gegeben, um sich dort mit ihnen zu treffen. Der Old Course sollte sozusagen die Krönung seiner Golfreise werden.

Er hatte sich, auch nach Drängen von Brian, schließlich bereit erklärt, Nicky seine Unterlagen leihweise zu überlassen, damit diese entsprechende Recherchen anstellen konnte. Natürlich konnte er sich dabei nicht ein paar überflüssige Hinweise verkneifen. »Dass Sie mir aber ja gut darauf aufpassen, ja? Das ist nicht so ein Internetzeugs, was man sich beliebig runterladen kann. Nicht, dass

Sie es versehentlich mit in die Feinwäsche stecken!«

»Mister McElhone, erstens bin ich nicht nur Computerfreak, sondern auch ein bisschen Historikerin und zweitens bin ich viel zu blond, um selber zu waschen. Das macht alles noch brav meine Mami. Und die sortiert die Wäsche immer ganz genau. Also keine Gefahr für ihre Dokumente. Zufrieden?«

Brian hatte gequält gegrinst und Nicky offensichtlich charmant genug reagiert, dass ihr Freddy dann alle seine Dokumente ausgehändigt hatte.

Beim Weggehen hatte Nicky mit Graham vereinbart, dass sie nach einer ersten Bestandsaufnahme und Sichtung aller Papiere, entweder bei ihm vorbeikommen wolle oder sich mit ihm und Charles im Chatroom treffen würde.

In ihrer Wohnung kochte sich Nicky erst mal einen Tee und setzte sich dann mit der großen Tasse voll duftendem Minze-Cool-Cassis-Tee an ihren Schreibtisch und sortierte die Unterlagen von Freddy. Da der Schreibtisch nach den ersten Versuchen sich als doch zu klein erwies, verlagerte sie die Recherche kurzerhand auf den Fußboden. Sie legte alle Dokumente, deren Inhalt ihnen schon bekannt war oder ihnen für ihre Ermittlungen keinen neuen Aspekt lieferte und damit nicht weiterhalf, auf einen Stapel. Dass sie dadurch die Reihenfolge der Dokumente durcheinanderbrachte, war ihr dabei völlig egal. Schließlich hatte Freddy ja nur darauf bestanden, dass nichts wegkommen solle.

In dem deutlich kleineren Stapel, der dann noch als "Interessant" übrig blieb, waren tatsächlich Informationen dabei, die sie unbedingt mit Graham und Charles besprechen wollte. Dazu legte sie sich eine To-Do Liste an, um sie später mit den beiden gemeinsam durchzugehen:

- Cholera Epidemie
- Torfleichen = Choleratote?
- Testament MacGoohan
- Testamentsanfechtung?!
- Verkauf an McElhone im gleichen Jahr!!

Bevor sie sich mit ihren beiden Hobby-Detektiven in Verbindung setzte, wollte Nicky noch selbst das Kapitel Cholera recherchieren. Sie wusste, dass sie die Geschichte und eventuelle Dokumentationen dazu wesentlich schneller finden würden, als ihre beiden Helfer. Dazu holte sie ihren Laptop zu sich auf den Boden und legte sich bäuchlings davor. So hatte die Arbeit durchaus einen kleinen Anflug von Freizeit. Und es dauerte auch weniger als eine Stunde, bis sie alle relevanten Informationen in einem Dokument zusammengetragen hatte.

Nachdem sich Nicky mit einer weiteren Tasse Tee versorgt hatte, wählte sie Graham und Charles an und setzte sich mit ihnen über ihre Laptops in Verbindung.

»Hallo ihr Lieben«, begrüßte Nicky die Beiden, als ihre Gesichter auf dem Laptop zeigten, dass die Verbindung hergestellt war.

Nachdem sie Charles über das heutige Treffen mit Freddy McElhone informiert hatte, berichtete sie beiden, was sie in der Zwischenzeit herausgefunden hatte. »Lest euch doch mal die Informationen zur Cholera-Epidemie durch, die Anfang des

19. Jahrhunderts auch in Schottland etliche Todesfälle gefordert hatte.« Damit öffnete sie das Word Dokument, in dem sie alle Infos zusammengestellt hatte.

„Im 19. Jahrhundert waren, dank der Highland Clearances, die meisten Schotten in den Großstädten Glasgow und Edinburgh angesiedelt. Auf der Flucht vor der Kartoffelfäule und Hungersnot in ihrem Land wanderten in den 30er und 40er Jahren Hunderttausende von Menschen aus Irland ein. Notdürftige Behausungen wuchsen ohne jede Planung, besonders um die Fabrikanlagen Glasgows herum. Es kam mehrfach zu Epidemien und Typhus sowie Cholera dezimierten dabei ganze Stadtteile. Trotzdem wuchs die Bevölkerung, sowohl aufgrund weiterer Zuwanderungen als auch aufgrund der sich langsam verbessernden Lebensbedingungen.

Selbst Mitte des 19. Jahrhunderts gab es noch große Choleraepidemien auf dem Kontinent und in England. Man wusste sich inzwischen aber praktisch zu helfen, etwa durch die neu aufgelegten "Cholera-Zeitungen", in denen die getroffenen Maßnahmen verkündet wurden. Sie enthielten auch lange Namenslisten der an Cholera Erkrankten und Verstorbenen. Aufgrund der Wiederkehr der Seuche wurde der Bau des großen Londoner Abwassernetzes unter Joseph Bazalgette in Angriff genommen.

Der erste Ausbruch der Asiatischen Cholera in Großbritannien erfolgte im Herbst 1831 in Sunderland an der Durham Küste. Von dort nahm die Krankheit ihren Weg nordwärts in Richtung Schottland und südwärts bis nach London. Bevor sie eingedämmt werden konnte, forderte sie 52.000

Leben. Von ihrem Ursprung in Bengalen hatte sie fünf Jahre gebraucht, um Europa zu durchqueren, sodass, als sie auf ihrem Kurs Durham erreichte, sich britische Ärzte sowohl über ihre Natur als auch ihre Ursache sehr gut informiert waren. Begräbnisse in London verdoppelten sich dennoch während der ersten Woche des Ausbruchs in 1833. In der zweiten Woche vervierfachten sie sich sogar.

Cholera war eine von vielen ansteckenden Krankheiten, die Menschen im 19. Jahrhundert töteten. Das galt auch für Dundee, als mehrere Cholera-Epidemien durch die Stadt wüteten. Cholera-Bakterien (Vibrio cholerae) wurden durch Wasser oder Essen übertragen, das mit den Fäkalien der Menschen verseucht worden war, die die Krankheit hatten. Die Symptome schlossen starken Durchfall und Dehydrierung der Patienten ein, die zu einem Schockzustand und dem Tod führen konnten, wenn sie unbehandelt blieben.

Dundee war im 19. Jahrhundert eine übel riechende und vollgestopfte Stadt, mit lauten Märkten und schmalen, mit Kopfsteinen gepflasterten Straßen, die von Pferden und Karren genutzt wurden und mit Pferdeexkrementen verunreinigt waren. Metzger und Fischverkäufer, die auf der Butchers Row und Fish Street ansässig waren, warfen häufig Innereien und unerwünschte Fleischstücke auf die Straßen. Aus den Wohnungen wurden die Inhalte aus den Nachttöpfen und der Waschschüsseln ebenfalls einfach durchs Fenster geschüttet.

Anfang der 1800er Jahre gab es meist nur Außen-Toiletten, die von vielen Familien geteilt wurden, die in demselben Wohnblock lebten, und nur wenige öffentliche Waschmöglichkeiten waren zum Baden verfügbar. Exkrementhaufen befanden sich häufig zu nahe an öffentlichen Brunnen und verursachten dadurch, dass das Trinkwasser mit Fäkalien verseucht war.

Viele Familien waren arm und ihre Kinder durchwühlten die Misthaufen auf der Suche nach Lumpen und Knochen. Krankheiten waren weit verbreitet. Viele Menschen glaubten, dass schlechter Gestank die Krankheiten in ihre Häuser und ihre Körper trug und Beschwerden an die Behörden über stinkende Abwasserleitungen häuften sich. Die schlechte Beseitigung aller Abfallprodukte, unzulängliche Kanalisation und Drainage-Möglichkeiten sowie schlechter Wasserversorgung trug alles zu den eskalierenden unhygienischen Bedingungen in einer Stadt mit einer wachsenden Juteindustrie und einer schnell wachsenden Bevölkerung bei.

Obwohl Polizeibeamte 1824 auch für die Verbrennung der Abfälle und die Stadtreinigung verantwortlich wurden, dauerte es noch bis in die zweite Hälfte des 19. Jahrhunderts, dass sich hygienische Verbesserungen bemerkbar machten. Amtsärzte für Gesundheit und auch Sanitätsinspektoren wurden erst in den 1850er und 1860er Jahren ernannt. Mit der Einführung des Dundee Polizei- und Verbesserungsgesetzes von 1871 wurden weitgehende Verbesserungen bei Drainage-Arbeiten, Straßen, Häusern und Gesundheit erreicht. Plätze wie Butchers Row und Fish Street wurden abgerissen und die Stadtbrunnen wurden 1874 geschlossen, nachdem Rohrleitungen vom Lintrathen Reservoir bis ins Stadtzentrum von Dundee gelegt worden waren.“

Nicky hatte noch ein altes Kirchenregister gefunden, das für den Howff Burial Ground[10] für den Zeitraum von September 1829 bis Mai 1835 sämtliche Beerdigungen dokumentierte. Sie zeigte den beiden eine Kopie der entsprechenden Seiten, aus denen hervorging, dass mit Schwerpunkt im Oktober 1832 bei den meisten Todesfällen Cholera als Todesursache angegeben worden war. Die meisten von ihnen hatten als "Herkunft" lediglich "aus dem Krankenhaus" angegeben. Viele von ihnen wurden in einer speziellen Ecke des Friedhofes beerdigt, die den Choleraopfern vorbehalten war.

Zuerst wurden nur sehr wenig Informationen über den jeweils Verstorbenen niedergeschrieben, aber ab den 1820er Jahren wurden die Einträge sehr ausführlich und nannten sogar die Straße, in der jede Person gestorben war, sodass auch der Verlauf der Epidemie durch die Stadt nachvollzogen werden konnte.

In einer Statistik, die Nicky in einem Exemplar der "The Times" vom 15. November 1848 auf Seite 3 gefunden hatte, wurde über die Anzahl der Choleraerkrankten in London und Schottland berichtet. Obwohl die Zahl der Erkrankten in London höher war, als in Schottland, starben in Schottland fast doppelt so viele an der Erkrankung und nur ein recht geringer Anteil überlebte die Ansteckung mit Cholera überhaupt.

»Es hätte also durchaus sein können, dass die Vorfahren von Freddy McElhone tatsächlich aus Angst vor der Cholera aus Schottland geflohen waren«, sagte Nicky dann, als die beiden die Informa-

---

10 Der Howff Friedhof, dessen Grund 1564 von Mary Queen of Scots an die Stadt Dundee zur Nutzung als Begräbnisstätte gegeben wurde, wurde 1857 geschlossen.

tionen gelesen hatten. »Das geht auch aus verschiedenen Schriftstücken hervor.«

»So wurde dann also die Farm Dandaleith samt Schwarzbrennerei von den McElhones an meine Vorfahren weiterverkauft. Und die übrigen Ländereien gingen dabei an andere Bieter und Interessenten«, meinte Charles nachdenklich.

»Wieso verkauft man ein solch offensichtlich lukratives Erbe noch im gleichen Jahr weiter und wandert aus? Das ist doch sehr unschottisch! Kein Wesen mit Verstand verkauft eine Brennerei ... und wenn sie noch so schwarz ist! Das kommt so selten vor, wie Pizza bei einem Weight-Watchers Treffen. Da ist doch was oberfaul!« Graham war bei diesen Worten richtiggehend energisch geworden.

»Angeblich hatten die McElhones panische Angst vor der Cholera Epidemie und wollten lieber alles verkaufen und nach Amerika abhauen, als das Risiko einzugehen in Schottland zu sterben«, erwiderte Nicky.

»Und Freddy hat das bei unserem Treffen heute ja auch mehrmals betont«, stimmte ihr Graham zögerlich zu.

»Wenn aber die McElhones nachweislich nach Amerika ausgewandert sind und von meinen Vorfahren auch keiner an Cholera gestorben ist, wer sind dann die Toten, die unter dem Warehouse gefunden wurden?«, fragte Charles.

»Tja, das sind dann weder welche aus dem Clan McElhone noch welche vom Stamme der Maclellan«, Nicky nickte und grinste.

»Also jemand von den MacGoohans?«, rätselte Graham.

»Schon eher möglich.« Nicky schob ein Schreiben aus dem Schriftverkehr der damaligen Advokaten in den öffentlichen Bereich des PCs. »Schaut mal hier!« Sie zeigte mit der Maus auf eine bestimmte Stelle in dem Schreiben. »Hier wird eine Mutmaßung geäußert, dass die gesamte Familie MacGoohan kurz nach der Erbschaft eventuell an Cholera gestorben sind.«

»Na, ich weiß nicht«, meinte Charles zweifelnd. »Wenn es sich bei den Torfleichen um Choleratote handelt, die man damals in aller Eile verscharrt hat, um sich nicht selbst anzustecken, warum haben die dann Gewaltspuren? Warum sollte man jemanden, der gerade an Cholera stirbt noch schnell ermorden? Und dann auch noch Kinder? Das macht doch alles keinen Sinn! Oder hat man aus Angst vor einer Ansteckung die Infizierten damals schnell erschlagen und verscharrt? Wäre doch möglich, oder?«

»Möglich ist alles, Charles. Aber eher unwahrscheinlich. Solche Brachialmethoden findet man doch eher bei der Hexenverfolgung und bei sogenannten „Geisteskrankheiten".«

»Also wieder eine Sackgasse?« Graham klang enttäuscht.

»Tja, vermutlich schon. Entweder sind die MacGoohans ebenfalls ausgewandert oder tatsächlich an Cholera gestorben. Aber, ob die MacGoohans unsere Torfleichen sind, wird sich wohl nicht mehr nachweisen lassen«, stimmte ihm Charles zu.

»Nicht so schnell aufgeben, ihr Lieben«, wandte Nicky ein. »Wir könnten mit unseren modernen Untersuchungsmethoden zumindest feststellen, ob unsere Torfleichen an Cholera erkrankt waren. Die entsprechende Untersuchung veranlasse ich gleich morgen über Brian.«

»Aber, selbst wenn es so ist, um zu überprüfen, ob die Toten die MacGoohans sind, müssten wir doch noch einen direkten Nachfahren finden, oder? Zwecks DNA-Abgleich und so. Und die sind doch damals alle an Cholera gestorben.« Charles sprühte nicht gerade vor Hoffnung.

»Ja, aber das ist doch nur eine Vermutung. Vielleicht hat ja doch einer überlebt.« Nicky gab nicht auf. »Und da war ja noch dieser Neffe, der das Testament angefochten hat. Vielleicht gibt es von dem noch Nachfahren, die heute noch leben.«

»Das wäre zumindest eine Möglichkeit,« Graham klang wieder zuversichtlicher. »Kann man denn auch bei Nachfahren von Brüdern oder Schwestern eine DNA-Analyse benutzen? Geht das nicht nur bei direkten Nachfahren?«

»Nein, das geht auch bei Nachfahren aus den Seitenlinien. Da ist das Ergebnis zwar nicht so eindeutig, aber uns würde ja schon ein annäherndes Ergebnis reichen. Das lohnt sich auf jeden Fall!«

»Das werden wir mal gemeinsam recherchieren. Und damit kommen wir zu den heutigen Hausaufgaben«, Nicky grinste alle an. »Charles und Graham, ihr habt ja schon Erfahrung mit der amerikanischen Einwandererbehörde. Prüft doch bitte mal, ob 1835 auch eine Familie MacGoohan eingewandert ist und da ein Kierran MacGoohan dabei war.«

»Okay, machen wir«, stimmten ihr beide zu.

»Ich werde mal die Geschichte der MacGoohans in Schottland überprüfen und mal sehen, ob ich etwas über diesen ominösen Neffen herausfinde. Dass die Familie laut der Unterlagen in St Andrews ansässig war, sollte uns zumindest die Arbeit erleichtern. Noch Fragen?« Nicky schaute beide an, zumindest soweit, wie das über den Laptop möglich war.

»Nö.«

»Alles klar.«

»Gut, dann frohes Schaffen und wir tauschen uns dann morgen über unsere Ergebnisse aus. Ist euch 11:00 Uhr recht? Dann können diejenigen, die zeitig ins Bett müssen, auch morgen früh noch recherchieren.«

Charles und Graham nickten dazu und Charles grinste dabei in die Kamera.

»Okay, dann bis morgen. Gute Nacht und bleibt anständig.«

»Ja, Mama«, konnte sich Charles natürlich nicht verkneifen. »Meine Nannys hier werden mich schon beschützen.«

»Over und out«, sagte Graham grinsend.

Frauen-Gespräche

Dienstag, 24. Mai

Gegen 12:00 Uhr trafen sich Ishbel und Susan nicht weit entfernt vom Mustard Seed Restaurant in einem Café, allerdings auf der anderen Seite des Flusses. Auch sie genossen den schönen Blick auf den River Ness und Inverness Castle. Das Wetter hatte sich gehalten und versprach einen angenehmen Tag. Die Sonne lachte so laut, dass es sich die beiden Frauen nicht nehmen ließen, draußen Platz zu nehmen und das gemütliche Treiben der Touristen und Einheimischen zu beobachten.

Nachdem Ishbel ihren Graham in der Obhut seiner Freunde zurückgelassen hatte, hatte sie sich beeilt, um zum verabredeten Treffpunkt zu kommen. Sie wollte sich mal in Ruhe mit Susan unterhalten, die das Treffen in Inverness vorgeschlagen hatte. Endlich mal ein Gespräch unter Frauen, bei dem kein Mann störte, darauf hatten sich beide schon gefreut. Weder Graham noch Alan sollten dabei sein, wenn sie über die weiteren Pläne von Ishbel und auch von Susan sprachen.

»Er meint es wirklich ernst«, sagte Ishbel, nachdem beide Cappuccino und ein Sandwich bestellt hatten.

»Das freut mich wirklich für dich, ich meine natürlich für euch.«

»Wir sind auch überglücklich. Selbst Graham gelingt es immer wieder Gefühle zu zeigen und sogar so, dass man sie auch annähernd versteht.«

Susan lachte. »Das ist bestimmt nicht immer einfach für ihn, zeigt doch aber, dass er dich wirklich liebt.«

»Ja, das stimmt. Er ist halt eher ein Schaffer und kein Schwätzer. In seinem Beruf steht er jedenfalls seinen Mann, da macht ihm keiner etwas vor. Selbst wenn er bei Menschen, die ihn nicht so gut kennen, eher wie ein verschrobener Einzelgänger aus einem historischen Roman wirkt. Er hat dafür aber auch noch das Ehrgefühl, den Ehrgeiz und den Mut, den historische Romanfiguren nun einmal haben. Ich finde es einfach nur toll.«

»Hinter jedem starken Mann steht eine erstaunte Frau«, grinste Susan.

»Ja, manchmal staune ich tatsächlich«, grinste Ishbel zurück. »Wenn ich ihn ab und zu erlebe, wie er exzellente Vorträge rund ums Thema Whisky quasi aus dem Stegreif hält ... und daheim bringt er dann kaum einen Ton heraus. Redet in seinen Vorträgen von Gefühlen und Sinnen ... insbesondere davon, mit allen Sinnen zu genießen. Und privat bekommt man doch manchmal den Eindruck, dass er seine Sinne nach der Arbeit in seiner Aktentasche verstaut. Da bedarf es manchmal doch einiger ... na, sagen wir mal Ermutigungen.«

»Na ja, das ist bei Alan manchmal auch so. Vermutlich sind da die meisten Männer gleich. Wenn sie sich im Job ausgetobt haben, wollen sie daheim nur noch ihre Ruhe haben.«

»Ja, ja, Männer und andere Katastrophen«, Ishbel lachte laut.

Sie wurden unterbrochen von der Bedienung, die ihnen die bestellten Cappuccinos und Sandwichs brachte und auf den Tisch stellte.

Während Susan an ihrem Cappuccino nippte und dabei zusah, wie Ishbel erst einmal den Milchschaum herunter löffelte, dachte sie, wie sympathisch ihr Grahams baldige Ehefrau doch geworden war. Obwohl Alan und Brian auch sehr gute Freunde waren und sich deshalb auch privat immer wieder trafen, oft auch gemeinsam mit ihren Frauen, war zwischen Susan und Brians Jane doch nie so eine tolle Beziehung entstanden, wie zwischen ihr und Ishbel. Da stimmte die Chemie einfach.

»Du guckst gerade so nachdenklich«, unterbrach Ishbel ihre Gedanken.

»Ich habe gerade daran gedacht, ... naja, wie sympathisch du mir bist.«

»Oh, danke für das Kompliment. Das kann ich aber gerne zurückgeben.« Die beiden taten so, als würden sie sich mit ihren Kaffeetassen zuprosten und lachten dabei.

»Aber jetzt mal im Ernst. Wie sind denn eure Pläne? Dass ihr heiraten wollt, steht ja wohl fest. Aber, mich interessieren natürlich die Details.« Susan blickte Ishbel fragend an und biss dabei in ihr Tuna Sandwich.

»Keine Sorge, ich erzähle dir schon noch alles. Vielleicht kannst du mich ja auch bei der einen oder anderen Sache sogar beraten.«

»Klar, mache ich doch gerne. Worüber bist du dir denn noch nicht ganz im Klaren?« Susan zweifelte keinen Augenblick daran, dass Ishbel die Details der Hochzeit weitestgehend alleine plante und alles vorbereitete und Graham quasi nur dabei sein durfte.

»Erst einmal das Wichtigste, der Termin steht inzwischen fest: Am Samstag, dem 20. August heiraten wir. Auch Graham hat sich den Termin schon fest eingetragen. Ihr bekommt natürlich in den nächsten Tagen noch eine offizielle Einladung und Jane und Brian natürlich auch. Und Nicky ebenfalls.«

»Vielen Dank!«

»Graham würde auch gerne Charles zur Hochzeit einladen, wir wissen aber nicht, ob der dafür Freigang bekommen würde.«

»Na, vielleicht kann Alan da ja mal ein gutes Wort einlegen. Ich werde ihn mal darum bitten.«

»Super, danke.«

»Heiratet ihr in Weiß, so mit allem Drum und Dran?« Susan wusste natürlich, dass es für Ishbel schon die zweite Ehe werden würde.

»Klar. Graham hat sich so ein richtig tolles Hochzeitsfest gewünscht und mich in einem weißen Brautkleid.«

»Hast du dir das schon ausgesucht?« Jetzt war Susan wirklich neugierig.

»Nein, noch nicht«, lachte Ishbel. Sie hatte natürlich erkannt, dass Susan dieses Thema besonders brennend interessierte. »Ich habe mir gedacht, dass wir beide da vielleicht zusammen mal auf die Suche gehen könnten. Aber nur, falls du überhaupt Lust dazu hast«, ergänzte sie schelmisch.

»Lust? Natürlich habe ich dazu Lust. Wow, das ist mir sogar eine Ehre!«

»Na, dann lass uns mal einen Termin dafür ausmachen. Heute wird es allerdings zu knapp, denn ich muss Graham schon bald wieder abholen. Wie sieht es bei dir am Donnerstag aus?«

»Donnerstag ist schlecht, da habe ich durchgängig Dienst. Aber am Freitagnachmittag hätte ich Zeit.«

»Gut, dann treffen wir uns am Freitag hier in Inverness. Wäre dir 15:00 Uhr recht?«

»Ja, das passt prima.« Susan trug sich den Termin gleich in ihr Smartphone ein. »Wo soll das Fest denn stattfinden?«

»Da sind wir noch am überlegen. Heiraten würden wir gerne in der Kapelle St Mary of the Hills bei Charlestown. Ich habe bereits mit dem Pfarrer gesprochen und das würde am 20. August gehen.«

»Die Kapelle kenne ich, da waren Alan und ich auch schon mal drin. Die ist wirklich gemütlich und schön.«

»Je nach Wetter wollen wir dann die eigentliche Feier daneben auf dem großen Platz organisieren. Graham hatte die Idee, dort ein großes Zelt aufbauen zu lassen. Na ja, eigentlich hatte er zuerst die Idee, die Leute in den Besprechungsraum der Ben Rhinnes Distillery einzuladen, zu Schnittchen und Sekt. Aber, das konnte ich ihm gleich wieder ausreden. Und dann kam die Idee mit dem großen Zelt, natürlich entsprechend hergerichtet, mit Bar, Buffet, Tischen und Stühlen und natürlich entsprechender Dekoration.«

»Wie viele Gäste wollt ihr denn einladen?«

»So circa 90, wenn denn alle kommen, die eingeladen werden.«

»Die Gästeliste musst du mir mal zeigen.«

»Gerne, ich bringe sie dir am Freitag mit.«

»Und, soll es nach der Hochzeit auch eine Hochzeitsreise geben?«

»Wer weiß, wer weiß.« Darüber wollte Ishbel noch nicht reden und wechselte daher schnell das Thema. Reisen waren für Graham grundsätzlich ein Graus und sie hatte zugegebenermaßen ein wenig Angst davor, hierbei eine Abfuhr zu bekommen. »Wie läuft es denn eigentlich mit dir und Alan? Nimmt der Umzug schon Gestalt an?«

»Alan will definitiv mit mir zusammenleben – und das nicht nur am Wochenende. Er hatte sogar schon davon gesprochen seine Abteilung zu wechseln, um aus Aberdeen wieder nach Inverness zu kommen. Aber durch den Umzug nach Huntly hat sich das inzwischen erübrigt.«

»Er ist also auch ruhiger geworden und bereit sesshaft zu werden?«

»Ja, es sieht tatsächlich so aus, als wäre unser Macho bereit künftig ein bürgerliches Leben zu führen«, lachte Susan.

»Das heißt spätere Heirat nicht ausgeschlossen?«, neckte Ishbel.

»Du wirst lachen, einen Heiratsantrag hat er mir bereits gemacht, na ja zumindest so gut wie.«

»Was soll das denn heißen?«

»Das soll heißen, dass wir beide zwar übers Heiraten gesprochen haben, aber uns beide auch sofort einig waren, dass wir erst einmal zusammenziehen und auch eine Zeit lang zusammenleben wollen und erst dann heiraten.«

»Also erst noch eine Probezeit, sehr vernünftig.«

»Ja, vielleicht, wir müssen ja auch nichts überstürzen.«

»Und Kinder?«

»Oh Gott, soweit sind wir noch lange nicht. Darüber haben wir uns noch keine Gedanken gemacht. Andererseits, in unserem Alter und bei den arbeitsreichen Berufen, die wir haben, würden wir einem Kind wohl keine guten Eltern sein. Wir wären ja kaum zu Hause, um uns ordentlich um unseren Nachwuchs zu kümmern.«

»Na ja, abwarten. Ihr habt ja noch Zeit.«

»Und bei euch?«

»Nein, Kinder sind für Graham und mich kein Thema mehr. Das sehen wir ähnlich wie du und haben uns deshalb auch schon dagegen entschieden.«

»Ebenfalls abwarten. Unverhofft kommt oft«, grinste Susan.

Nach einer kurzen Pause, in der beide Frauen ihren Gedanken nachhingen, in denen herumtollende Kinder eine Rolle spielten, schaute Ishbel auf die Uhr.

»Oh jeh, ich muss jetzt aber ganz schnell los und meinen Patienten abholen«, sagte sie erschrocken. »Die Zeit mit dir ist ja so schnell vergangen. Nicht dass ich zu spät komme.« Ishbel zog nervös ihr Portemonnaie aus der Handtasche.

»Das lässt du mal schön bleiben«, unterbrach sie Susan. »Das geht auf meine Kappe. Wenn du am Freitag mit dem Kleid fündig wirst, kannst du ja dann darauf einen ausgeben.«

Nachdem Susan bezahlt hatte, standen sie auf und verließen das Café. Draußen umarmten sie sich kurz.

»Mach es gut, bring Graham gut ins Bettchen. Bis Freitag dann«, verabschiedete sich Susan.

»Ja, mache ich. Bis Freitag.«

[illegible]

[illegible] schon [illegible]

[illegible] Parks [illegible]

[illegible] Patienten [illegible]

[illegible] meine Kappe. [illegible]

[illegible]

[illegible]

Außenseiter

Mittwoch, 25. Mai

Kurz nach 11:00 Uhr hatte sich das kleine Ermittlerteam wieder vor ihren Laptops zusammengefunden. Nachdem Nicky ihre beiden "Kollegen" begrüßt hatte, kam sie auch gleich zur Sache.

»Wie sieht es aus bei euch, konntet ihr etwas über ausgewanderte MacGoohans finden?«

»Nein, leider nicht«, antwortete Graham enttäuscht. »Wir, also Charles und ich, haben gestern Abend noch und auch heute Morgen wieder und wieder Unterlagen der Einwanderungsbehörde geprüft, aber nichts gefunden. Und ich sag euch, wenn wir nicht zügig was finden, reißt Ishbel mir den Kopf ab – zumindest wirft sie aber den Computer aus dem Fenster. Sie sagt, ich hätte ihr als altmodischer Mensch mit Füller und Block und so deutlich besser gefallen. Und ganz im Vertrauen«, Graham senkte verschwörerisch die Stimme, »ich möchte diesen Eindruck jetzt nicht zerstören. Alles klar?«

»Gibt es da wohl was, was du uns mitteilen möchtest?« Nicky ging mit ihrem Gesicht ganz nah an die Kamera. »Hören wir da etwa ein freudiges Ereignis heraus?«

In 17-Zoll-Breite konnte Graham ihr Zahnpastalächeln sehen und wich unwillkürlich zurück. »Äh, anderes Thema! Da warten wir besser bis Ishbel wieder zurück ist. Lasst uns doch wieder zu unserer Aufgabe zurückkehren.«

»Okay, Schwerenöter. Wie du meinst. Also, es gibt zwar MacGoohans, die nach Amerika ausgewandert sind, aber nicht 1835. Auch nicht im Jahr davor oder danach.« Charles fand das Ergebnis, genau wie Graham, enttäuschend. »Entweder sind die gar nicht ausgewandert oder nach Neuseeland oder sonst wo hin.«

»Nun, das glaube ich nicht«, sagte Nicky. »In den Unterlagen war eindeutig von Amerika die Rede.«

»Also sind die doch an der Cholera gestorben und beerdigt worden?«, fragte Charles.

»Oder ermordet worden und zu Moorleichen mutiert«, ergänzte Graham.

»Hast du denn etwas herausgefunden?«, fragte Charles dann. Er meinte natürlich Nicky.

»Ja, ich glaube ich habe sogar eine ganz heiße Spur gefunden. Ich berichte euch mal, was ich aus diversen Kirchenbüchern, insbesondere denen aus St Andrews, den Unterlagen von Freddy McElhone und verschiedenen Quellen im Internet zusammengestellt habe. Wenn ihr das dann auch so seht, sollten wir unbedingt Alan und Brian informieren und weitere Schritte einleiten.«

»Du machst es mal wieder ganz schön spannend«, sagte Graham und Charles nickte dazu.

»Danke, eure Bewunderung ist Balsam für meine arme Ermittlerseele«, lachte Nicky. »Aber auf die Art habe ich jetzt eure ungeteilte Aufmerksamkeit.«

»Du hättest Lehrerin werden sollen«, meinte Charles.

»Na, ich weiß nicht. Wenn ich mir vorstelle, dass ich so eine Rasselbande im Zaum halten soll oder so ein Rudel pubertierender Gören aus ihrer Lethargie reißen soll. Und das alles ohne Waffe. Ich glaube, das wäre nichts für mich.«

»Ja, das verstehe ich. Lehrer wäre auch nichts für mich. Nicht ohne Prügelstrafe, die auch die Eltern, Kultusminister und Hausmeister mit einbezieht«, stimmt ihr Charles zu.

»Jetzt hört mal endlich auf mit dem Geschwafel und kommt zur Sache. Ich will endlich wissen, welche heiße Spur Nicky gefunden hat.« Graham unterbrach die beiden energisch. Der Blick, den er ihnen dabei zuwarf, war mindestens so nett wie der eines Gorillas - mit Zahnweh.

»Also gut«, lachte Nicky. »Dann mal wieder zu unserem Fall. Lehnt euch zurück und hört entspannt zu.« Nicky griff nach ein paar Blättern, die neben ihr lagen und die sie ausgedruckt hatte. Sie räusperte sich und begann mit ihrem Vortrag.

»Ich möchte euch nicht mit den Details langweilen, wo und wie ich die Informationen gefunden habe, sondern gleich zu den Ergebnissen kommen. Also, unser Kierran MacGoohan hatte noch einen Bruder, mit dem er sich aber zerstritten hatte. Warum konnte ich nicht herausfinden, aber das spielt vermutlich auch keine Rolle. Vermutlich ging es aber um Geld, denn während Kierran Großgrundbesitzer und für die damaligen Zeiten als reich zu bezeichnen war, war sein Bruder eher arm und lebte in bescheidenen Verhältnissen.

Dieser Bruder hatte einen Sohn und das war der Neffe, der damals das Testament angefochten hat. Seamus, der Bruder von Kierran, war nämlich schon 6 Jahre vor der Testamentseröffnung verstorben. Sein Sohn, Alistair MacGoohan, lebte ebenfalls an der Ostküste, und zwar in einem kleinen, aber nicht unbedeutenden Nest namens St Andrews[11]. Sein sozialer Abstieg war enorm. Er konnte sich nur noch eine ärmliche Ein-Zimmer-Mietwohnung leisten und hielt sich mit Gelegenheitsarbeiten über Wasser. Außer den MacGoohans rund um Kierran war er der einzige andere MacGoohan aus dieser Familie.

Alistair hörte von dem angeblichen Choleratod seiner Verwandten und reiste nach Dandaleith, um zu sehen, ob er etwas geerbt hatte. Dort erfuhr er von dem Testament und dass nicht er, sondern die Verwalter namens McElhone alles bekamen. Er ging gegen das Testament vor, kam damit aber nicht durch. Warum er keinen Erfolg hatte, konnte ich nicht nachvollziehen. Vielleicht waren die Richter oder andere Beamte bestochen worden. Viel-

11 St Andrews ist in der Tat, trotz seiner geringen Größe, ein historisch bedeutender Ort. Er geht auf eine frühchristliche keltische Siedlung aus dem 8. Jahrhundert zurück. Eine Legende besagt, dass damals die Reliquien des Apostels Andreas an diesen Ort gebracht worden. 908 wurde St Andrews Bischofssitz. Der Bau der Kathedrale begann 1160 und sie wurde 1326 fertiggestellt. Während der Reformation wurde sie von Anhängern John Knox' zerstört. Während des gesamten Mittelalters war die kleine Stadt eine der bedeutendsten Pilgerstätten Nordeuropas. St Andrews galt lange Zeit als das religiöse Zentrum der schottischen Kirche. Um die zahlreichen Pilger zu schützen, und um sie zu beherbergen, wurde unweit der Kathedrale eine Burg errichtet, die genauso wie der Dom nun eine Ruine ist. Die geistige Bedeutung St Andrews führte unweigerlich zur Gründung der *University of St Andrews*, 1413. Sie ist die älteste Universität Schottlands und drittälteste Großbritanniens. Sie gilt bis zum heutigen Tag zusammen mit Oxford und Cambridge als eine der Eliteuniversitäten des Vereinigten Königreichs.

leicht gab es damals noch keinen Pflichtteil und die Regelung im Testament war schließlich eindeutig. Zumindest geht das aus den Schreiben der damaligen Advokaten hervor.

Da er selbst so gut wie kein Geld hatte, konnte er sich die Kosten für einen großen Prozess nicht leisten und reiste daher vermutlich wütend und enttäuscht wieder zurück an die Ostküste. Das Testament wurde von allen offiziellen Stellen als gültig anerkannt Alistair verarmte daraufhin wohl immer mehr. Soweit zu den Recherchen um Kierran MacGoohan und seinem Neffen.« Nicky machte eine kurze Pause.

»Interessant«, meinte Graham. »Aber das ist doch noch lange keine heiße Spur, oder?«

»Abwarten mein Lieber, abwarten«, Nicky grinste. »Ich bin ja auch noch nicht fertig.«

»Dann mach mal hin, wir essen zeitig«, jetzt war Charles auch ungeduldig geworden.

»Na gut, wenn ihr endlich soweit seid, dann fahre ich fort«, grinste Nicky, während Graham und Charles die Augen verdrehten. »Alistair war zwar verarmt, hatte aber noch geheiratet und ebenfalls einen Sohn gezeugt. Langer Rede kurzer Sinn, auch der hat sich fortgepflanzt und dafür gesorgt, dass der Name MacGoohan erhalten blieb. Zudem blieb diese Linie der MacGoohans ihrer Heimat treu, sprich: Sie blieben in St Andrews und das machte meine Recherchen wiederum etwas einfacher.

Letzter männlicher Nachfahre in der Reihe war ein gewisser Derek MacGoohan, der 1936 geboren wurde. Der hat 1964 seine Sheila geheiratet. Die wurde 1945 als Sheila Jenna Kingslake geboren. Derek ist 1974 in St Andrews an Krebs verstorben,

Sheila lebt noch heute dort. Na, klingelt es?« Nicky schaute in die Runde.

»Sheila, St Andrews? Da war doch was«, rätselte Graham.

»Alan und Brian haben doch eine Sheila in St Andrews besucht. Aber, die heißt nicht MacGoohan, sondern Briggs und ist die Mutter von meinem Angreifer«, antwortete Charles mit erhobener Stimme.

»Bingo! Das ist dennoch unsere Sheila MacGoohan.«

»Briggs, MacGoohan? Ja was denn nun?« Graham verstand momentan nur Bahnhof und musste zur Beruhigung seinen angeschlagenen Kaffeebecher in einem Zug leer trinken.

»Ganz einfach, es handelt sich um die gleiche Frau«, ergänzte Nicky. »Nach dem Tod von Derek heiratete Sheila 1975 einen gewissen Michael Briggs, der 1945 geboren wurde. Sie bekommen noch im gleichen Jahr einen Sohn, den sie auf den Namen Ronald taufen. Und der ist inzwischen ein "guter Bekannter" von Charles geworden – oder war es zumindest.

Michael ließ sich Anfang der 90er von Sheila scheiden und ist auf und davon. Sheila zog danach in den Trailer Park bei St Andrews. Über den Polizeicomputer konnte ich zwar den aktuellen Aufenthaltsort von Michael Briggs herausfinden, aber diese Spur führt wohl ins Nichts. Der inzwischen 66-jährige Michael leidet schon seit ein paar Jahren an Alzheimer und vegetiert in einem Pflegeheim in Sussex vor sich hin.«

»Na, dann scheidet der als Mörder schon mal aus. Der hat bestimmt keinen Mordanschlag auf

Graham verübt.« Charles nahm diese Info ganz pragmatisch.

»Ja, da hast du ganz recht«, stimmte ihm auch Graham nachdenklich zu. »Aber wer war es dann?«

»Das wissen wir noch nicht«, ergänzte Nicky. »Aber, ich bin immer noch nicht am Ende meiner Ergebnisse. Zumal wir hier nicht die Frage nach dem Mörder diskutieren, sondern einen Nachfahren zwecks DNA-Bestimmung suchen. Aber weiter im Text ...««

»Wie, du hast noch mehr?«

»Was denn noch?«

Charles und Graham sprachen fast gleichzeitig und beugten sich dabei interessiert nach vorne.

Nicky fuhr fort: »Derek MacGoohan hatte mit Sheila zusammen eine Tochter namens Annabelle, die 1965 geboren wurde. Michael adoptierte diese Tochter später, sodass sie heute den Nachnamen Briggs trägt. Und sie ist definitiv die Letzte der MacGoohans!«

»Wow! Ist das unsere Kandidatin?«, Charles klang plötzlich ganz aufgeregt. »Vielleicht schlagen wir hier ja zwei Fliegen mit einer Klappe und sie ist auch noch die gesuchte Täterin!«

»Eine Frau Mitte 40?« Graham war eher ungläubig.

»Egal ob Frau oder Mitte 40. Ist die Briggs- oder MacGoohan Sippe hier vielleicht gemeinsam tätig? Hat Ronald Briggs Schwester etwas mit all den Taten zu tun?« Charles ließ nicht locker.

»Charles, jetzt fantasierst du ein wenig. Es könnte allerdings so sein oder aber auch nicht. Wichtig ist doch erst mal, dass wir die MacGoohan Spur bis zum heutigen Tag verfolgen konnten. Lass uns einen Schritt nach dem anderen machen. Obwohl die Zufälle langsam beängstigend wirken ...« Nicky klang zweifelnd. »Was meint ihr, soll ich Alan informieren?«

»Unbedingt! Das ist wirklich eine heiße Spur.« Charles war sich offensichtlich sicher, dass sie endlich den Täter bzw. die Täterin gefunden hatten. Egal ob das eine Frau Mitte der 40 war.

»Na ja, und selbst wenn sie es nicht war, sollte sie doch zumindest befragt werden.« Graham konnte sich immer noch nicht vorstellen, dass eine Frau versucht haben sollte ihn umzubringen. Das machten Frauen doch nicht.

»Ja, das sehe ich auch so. Danke für eure Unterstützung. Ich werde mal unsere Chefermittler über unsere Ergebnisse und unsere Einschätzung dazu informieren. Ich werde den beiden sagen, dass sie nun eine DNA-Probe vom letzten Nachfahren der MacGoohans beantragen können. Nebenbei können die beiden dann ja noch ihre Verhörmethoden verfeinern. Bzzzzzz.« Nicky tat so, als würde man ihr Stromstöße verpassen.

»Ja, mach das gleich mal!« Charles drängelte immer noch.

»Also bis später. Ich informiere euch nach meinem Gespräch mit Alan und Brian.« Nicky verabschiedete sich und meldete ihren Laptop ab.

Charles und Graham diskutierten noch eine ganze Weile weiter über Nickys Ergebnisse.

Nicky hatte Brian angerufen. Da Alan sich ebenfalls noch in Inverness aufhielt, verabredeten sich alle drei, sich in Brians Büro zu treffen.

»Hallo Nicky, gut siehst du aus«, begrüßte Alan sie, als sie Brians Büro betrat. In ihrem leichten

Sommerkleidchen war sie tatsächlich eine Augenweide.

Auch Brian schmunzelte anerkennend und sagte: »Ich liebe den Sommer!«

»Hey, ihr seid beide verheiratet oder zumindest so gut wie«, grinste Nicky mit einem Blick auf Alan. Natürlich fühlte sie sich von dem Kompliment geschmeichelt.

»Verheiratet ja, aber nicht blind!« Das war natürlich Brian.

»Es ist gut jetzt«, lachte Nicky. »Wir sind hier, um zu arbeiten. Und ich habe gute bis sehr gute Nachrichten für euch.«

»Brian hat schon gesagt, dass du am Telefon so geheimnisvoll getan hast. Lass hören!«, forderte Alan sie auf, nachdem sich alle gesetzt hatten.

Nicky berichtete in einer kurzen Zusammenfassung, was sie über die MacGoohans herausgefunden hatte. Sie benutzte dazu die gleichen Papierausdrucke, die sie auch beim Gespräch mit Charles und Graham verwendet hatte.

Zusätzlich zu den Informationen, die sie den anderen Beiden gegeben hatte, ergänzte sie noch: »Ich habe heute Morgen mit den Pfarrern der rund um Dandaleith liegenden Gemeinden telefoniert. Einer hat mir schließlich bestätigt, dass auf seinem Friedhof ein Gedenkstein stehe, der an eine Familie MacGoohan erinnere, die 1835 an Cholera gestorben sei.«

»Dann sollten wir das Grab öffnen lassen, um festzustellen, ob da Leichen drin sind. Dann kann Butcher die auch auf Cholera untersuchen«, unterbrach Alan sie.

»Daran hatte ich auch schon gedacht«, erwiderte Nicky. »Der Pfarrer sagte mir, dass Choleratote generell beerdigt wurden. In den Kirchenunterlagen sei das auch immer so eingetragen worden. Er kenne aber genügend Fälle, auch aus seiner Gemeinde, wo die Leichen einfach verbrannt worden waren. Es gab damals also etliche Ausnahmen.«

»Trotzdem, wir sollten es überprüfen«, unterbrach Alan erneut.

»Der Pfarrer ist sich allerdings sicher, dass sich keine Leichen unter dem Gedenkstein befinden. Dafür stehe er viel zu nahe an der Kirche. Die Choleratoten wurden damals nämlich alle viel weiter hinten im Friedhof beigesetzt. Fast so, als könnten sie auch beerdigt noch eine Gefahr für die Lebenden sein.« Als Alan gerade wieder etwas sagen wollte, hob Nicky die Hand: »Lass mich erst einmal weitermachen, dann können wir bei Bedarf noch mal auf den Gedenkstein zurückkommen. Ich glaube aber nicht, dass es nötig sein wird.« Damit hatte sie Alan nicht nur zum Schweigen gebracht, sondern genoss auch seine volle Aufmerksamkeit. Brian schmunzelte anerkennend.

Nicky berichtete weiter vom Neffen und dessen Nachfahren bis hin zu Derek MacGoohan. Als sie bei Sheila angekommen war, beugten sich die beiden Ermittler unisono auf ihren Stühlen nach vorne. Und als sie die Zusammenhänge von Annabelle Briggs und den MacGoohans präsentierte, hielt es Brian nicht mehr auf seinem Stuhl.

»Unser kleiner Mistkerl aus dem Knast hatte eine Schwester oder genauer gesagt Halbschwester, die Nachfahre von den Dandaleith Besitzern ist? Warum hat uns das die alte Kuh in St Andrews nicht erzählt?« Brian war ganz aufgeregt.

»Hat sie doch«, antwortete Alan ruhig. »Zumindest das mit ihrer Tochter. Und irgendwelche

Destillerien in der Steinzeit ihrer Sippe waren ihr nicht bekannt. Könnte durchaus stimmen.«

»Ja, ja, du immer mit deinem *Im Dumbo Po Retro* oder wie das heißt. Ich behaupte, die alte Schachtel hat uns angelogen. Die sollten wir uns noch mal hier bei uns im Präsidium vorknöpfen. Und ihre Tochter auch!« Ohne es zu wissen, reagierte er dabei ähnlich wie Charles.

»Na, ich weiß nicht.« Alan musste schmunzeln. »Das *In dubio pro reo* ist eine ernst zu nehmende Grundlage unserer Rechtsprechung. Wir sollten es nicht völlig über Bord werfen. Ich denke, die alte Mrs. Briggs nochmals zu befragen bringt uns nicht sonderlich weiter. Ich interessiere mich hier eher für die junge Dame. Natürlich nur als Zeugin. Das mit der DNA-Analyse wird uns einen großen Schritt nach vorne bringen. Damit wäre zumindest die Herkunft der Moorleichen geklärt. Ob sich diese Dame dann auch noch als Verantwortliche für Brände und Autounfälle herausstellt, bezweifle ich zwar, das könnten wir aber sozusagen nebenbei ermitteln. Zudem: Frauen töten mit Gift und sind nicht so gewaltorientiert wie der von uns gesuchte Täter«, sagte Alan zweifelnd.

Nicky grinste, denn Alan schien die Rolle von Graham übernommen zu haben.

»Wir hatten schon einmal einen Giftmörder und das war ein Mann. Warum soll es nicht auch Frauen geben, die genau so töten wie ein Mann. Wir sind schließlich in Schottland und hier gibt es genügend starke Frauen, die im Leben ihren Mann stehen. Warum also nicht auch beim Töten.« Brian argumentierte deutlich besser als Charles am Morgen.

Nicky konnte ein Lachen kaum noch unterdrücken. »Ich will euren Enthusiasmus nicht bremsen Jungs, aber ihr klingt wie Graham und Charles. Seid ihr bei dem Fall mittlerweile so frustriert, dass ihr jede neue Person sofort als Täter akzeptiert? So kenne ich euch ja gar nicht.«

»Ja, du hast ja recht, Nicky. Aber die Zusammenhänge mit den ganzen Familien finde ich schon heftig.

»Werden hier vielleicht am Ende noch jahrhundertealte Fehden verfeindeter Clans ausgefochten?« Jetzt klang auch Brian wieder zweifelnd.

»Das klingt mir ganz schön abenteuerlich und irgendwie unwahrscheinlich. Wir sind doch hier nicht bei "Highlander - Es kann nur einen geben!"«, zitierte Alan eher halbherzig.

»Aber soll das denn alles nur ein Zufall gewesen sein? Das ist doch auch nicht viel wahrscheinlicher.« Frustriert schob sich Brian ein Bonbon in den Mund, das er zufällig in seiner Jackentasche gefunden hatte.

Alan blickte beide gespannt an. »Natürlich ist das alles völlig verworren und ich glaube nicht an Zufälle, das wisst ihr. Aber ist euch eigentlich klar, was diese ganzen Ergebnisse über die McElhones und die Maclellans und die MacGoohans für uns bedeuten? Egal ob Cholera oder nicht. Wir müssen einen weiteren Aspekt berücksichtigen.« Alan grinste beide still an.

»Ist dir heute Nacht ein Geist erschienen?«, fragte Brian verblüfft. »Was verheimlichst du uns denn wieder?«

»Na, ein bisschen mehr detektivische Ermittler-Fähigkeiten hätte ich jetzt schon erwartet«, antwortete Alan spöttisch. »Aber deshalb bin ich wohl der

Chef und ihr nur das Fußvolk.« Geziert strich er sich über die Haare. »Aber mal im Ernst. Was haben wir bis jetzt denn herausgefunden?

Erstens: Die Farm hat mal den MacGoohans gehört. Woher auch immer die sie bekommen haben.

Zweitens: Die McElhones haben die Farm angeblich geerbt.

Drittens: Die McElhones verkaufen die Farm bereits kurze Zeit später weiter an die Maclellans. Das ist die Sachlage.

Ob die MacGoohans nun Cholera hatten oder nicht und ob das Testament echt ist oder nicht, lassen wir mal außer Acht. Ob die Moorleichen nun die MacGoohans sind oder nicht, wissen wir zwar auch noch nicht sicher - nehmen es aber einfach mal an. Dass die McElhones Dandaleith gleich wieder an die Maclellans verkauft haben, ist zwar seltsam, aber es passieren viele merkwürdige Dinge auf der Welt.

Die Maclellans behalten Farm und Destillerie, bis in den fünfziger Jahren die Brennerei abfackelt. Und heute wird plötzlich ein Mordversuch an einem Maclellan verübt.« Alan blickte Nicky und Brian wieder fragend an. »Fällt euch nichts auf?«

Ein paar Sekunden herrsche Stille, dann schlug sich Brian mit der flachen Hand an die Stirn, dass es nur so klatschte. »Mensch, klar! Jetzt, wo du es sagst, fällt es mir wie Schuppen aus den Haaren! Warum ein Anschlag auf Charles Maclellan, wenn dessen Familie doch gar nichts mit irgendwelchen Toten zu tun hatte? Sprich: Der Typ, der hinter dem ganzen Mist steckt, weiß von diesem Verkaufsgedöns überhaupt nichts. Das wissen alles nur wir!«

»Richtig, Watson! So gefällst du mir.« Alan sah Brian bewusst stolz an. »Wenn wir tatsächlich davon ausgehen, dass die heutigen Fälle mit den Moorleichen in Verbindung stehen, dann hat unser Täter einen Gedankenfehler gemacht.«

»Oder auch nicht«, dämpfte Nicky den aufkommenden Enthusiasmus. »Seht mal, wenn der Täter, oder von mir aus auch eine Täterin, die Maclellans für die Schuldigen halten würde, dann gebe ich euch recht. Dann wurde definitiv versucht, den Falschen umzubringen. Wenn unser Täter aber über die gleichen Informationen verfügen würde, wie wir jetzt ...«

Alan nickte heftig. »Ihr seid beide ja doch absolut für den Polizeidienst tauglich. Völlig richtig, Nicky. Wenn der Täter schon wusste, dass die Maclellans die Farm erst später gekauft hatten, dann weiß er auch, dass wohl nur ein Maclellan aufdecken könnte, dass sie nicht die Mörder an der gefundenen Familie sind. Also sollte mit dem Anschlag auf Charles verhindert werden, dass eben diese Tatsachen ans Licht kommen.«

»Und Charles wollte über seine Familiengeschichte ja ein Buch schreiben. Das hat er im Knast ja bestimmt jedem und auch sonst allen anderen erzählt. Vielleicht hat genau das den Täter wachgerüttelt?!« Nicky tippte dabei demonstrativ auf ihren Laptop.

»Und warum dann ein Anschlag auf Graham?« Alan sah fragend in die Runde.

»Na, ganz einfach«, antwortete Brian. »Graham und Charles stecken doch schon seit einem Jahr quasi unter einer Decke. Und zwar genau wegen der Dandaleith Geschichte. Das hat er ja sogar öffentlich bekundet. Der Täter vermutet nun, dass

Graham genauso viel weiß wie Charles und versucht ihn als Mitwisser auch aus dem Weg zu räumen.«

»Das hieße aber dann, dass der Brand tatsächlich ein Unfall oder was weiß ich war. Halt eben kein gezielter Anschlag. Und als die Moorleichen gefunden wurden, hat dies den Täter dann wachgerüttelt. Er musste handeln, um die wahren Umstände irgendwie weiterhin zu vertuschen«, ergänzte Nicky.

»Das klingt unter diesem Blickwinkel auch alles plausibel - zumindest ansatzweise.« Alan hatte während der Ausführungen von Brian und Nicky mehrere Blätter mit Stichpunkten und Verbindungslinien vollgemalt. Nun tippte er mit seinem Kugelschreiber an das Ende einer dieser Linien. »Und wer aus eurer Sicht käme dann hierfür als Täter in Betracht?«

»Na, so als Schnellschuss gesagt, doch zunächst mal ein McElhone. Um zu verhindern, dass sie als die Familienmörder ins Visier geraten und damit ihr Familienname sauber bleibt.«

»Ihr meint also unseren Freund Freddy?«

»Warum nicht. Suspekt ist er doch allemal. Und Gelegenheit hätte er auch gehabt. Das wissen wir doch schon.«

»Brian, deine Ressentiments gegen Amerikaner in Ehre, nur ist nicht jeder Ami per se ein Verbrecher.«

»Na ja, nicht unbedingt jeder, aber ...« Leise brummelte Brian vor sich hin.

»Warum aber gibt er uns dann die ganzen Unterlagen und seine alten Dokumente?«, wollte Nicky nun wissen.

»Na, erstens, weil er clever ist und seine Unterlagen ihn offiziell ja sauber halten. Und zweitens, was soll er denn machen? Ich glaube nicht, dass er erwartet hat, dass man ihm hier in Schottland derart schnell auf die Schliche kommt. Wenn sich alles so abgespielt haben sollte, wie wir vermuten, dann ist er wohl eher davon ausgegangen, dass er hier Charles beseitigen lässt und sich dann wieder schnell nach Amerika absetzt. Charles lebt aber noch, also musste er auch noch bleiben. Pech für ihn. Sein größter und dümmster Fehler war aber nicht, dass er seine Familiengeschichte wohl so ernst nimmt, dass er dafür sogar tötet. Sein größter Fehler war, dass er in seiner Familienverliebtheit das Ganze im Internet veröffentlicht hat. So hat er erst die Spur zu sich geradezu selbst gelegt.« Demonstrativ schrieb Alan den Namen Freddy auf das Blatt Papier.

»Sofern es sich bei dieser Theorie zu den Vorfällen um die Wahrheit handeln sollte«, kommentierte Nicky und zog ein anderes der von Alan bemalten Blätter in die Mitte des Tisches. »Wenn es aber doch Theorie Nummer Eins sein sollte, also die MacGoohans dahinter stecken und, aus welchen Gründen auch immer, nichts über die McElhones aus Amerika wissen? Was dann?«

»Dann, liebe Nicky, dann haben wir vielleicht einen kleinen Trumpf im Ärmel. Wenn der Täter ein MacGoohan Nachfahre ist und wir ihn mit dieser Tatsache konfrontieren könnten, würde er sich vielleicht zu einem Fehler hinreißen lassen.«

Brian lehnte sich zurück. »Und wie willst du das machen? Sollen wir der Presse stecken, was wir alles wissen?«

»Nein, ich glaube, damit würden wir dem Täter zu viel Vorsprung geben. Darauf könnte er sich dann einstellen. Nein, wir müssen diese Information gezielt in einem persönlichen Gespräch verwenden. Dann, wenn wir ihm Auge in Auge gegenüberstehen und seine Reaktion beobachten können.«

»Viele Kandidaten haben wir dafür aber nicht.«

»Um genau zu sein, momentan eigentlich nur zwei: diese Annabelle als letzte Nachfahrin. Oder ihre Mutter«, antwortete Nicky.

»Lasst die Mutter mal aus dem Spiel. Konzentrieren wir uns bei dieser möglichen Theorie zunächst auf besagte Annabelle.«

»Wir haben aber nicht den geringsten Hinweis auf diese Frau. Nichts außer ihrer verwandtschaftlichen Zugehörigkeit.

»Egal, jedenfalls müssen wir diese Annabelle auf jeden Fall vorladen und verhören«, spornte nun Nicky die Beiden an. »Und an der richtigen Stelle präsentieren wir dann die Story mit den McElhones.«

»Wie willst du denn auf der spärlichen Faktenlage einen Anfangsverdacht gegenüber Annabelle formulieren? Wir können sie nicht offiziell vorladen.« Brian schüttelte den Kopf.

»Wir könnten sie aber freundlich bitten, zu uns nach Inverness zu kommen, um als Zeugin befragt zu werden, aus nationalem Interesse und sie dann hier höflich um eine DNA-Probe zur Ermittlung ihrer Vorfahren bitten. Dann bringt die hoffentlich auch keinen Anwalt mit. Und wenn wir sie dann doch verhören, muss sie das ja nicht gleich merken.« Alan schaute dabei Brian an.

»Okay, ich habe schon verstanden, dass "freundlich bitten" mein Ressort ist«, grinste der zurück. »Nicky kannst du mir bitte mal die Telefonnummer und Adresse dieser Annabelle heraussuchen?«

»Habe ich natürlich schon längst erledigt«, grinste Nicky. Sie reichte Brian einen Ausdruck, auf dem Name, Wohnort und Telefonnummer von Annabelle Briggs in London standen.

»Sehr gute Arbeit!«, nickte Brian anerkennend.

»Nicky, du bist wirklich genial mit deinem kühlen Kopf.« Alan wuschelte ihr freundschaftlich durch das Haar.

»Ich weiß doch, wie ich euch eine Freude machen kann.«

»Und wenn wir die DNA einmal haben ... Wer weiß? Vielleicht finden wir an dem einen oder anderen Tatort ja doch noch ein paar Spuren?«, überlegte Brian.

»Na, warten wir es ab. Ich gehe dann mal zur Lagebesprechung bei Chief Timmins. Ich erkläre ihm unsere Theorien und was wir mit Miss Briggs vorhaben. Und parallel bleiben wir an Freddy dran«, sagte Alan, stand auf und verließ Brians Büro.

»Außerdem habe ich da noch etwas für dich.« Nicky reichte Brian ein zweites Blatt. Sie hatte ihm auch den Flugplan von London nach Inverness bereits ausgedruckt.

»Immerwährenden Dank.« Brian war beeindruckt. »Wenn nur alle Mitarbeiter so vorausschauend arbeiten würden.«

»Das machen alles nur diese Bits und Bytes. Die setzen sich bei Überdosierung im Hirn fest und leisten dort tolle Arbeit«, frotzelte Nicky. Daraufhin stand sie ebenfalls auf und verabschiedete sich von Brian.

Als sie sein Büro verlassen hatte, griff Brian zum Telefon und wählte die Handynummer von Annabelle Briggs.

Mit seiner freundlichen aber bestimmten Art gelang es ihm, sie für Freitag nach Inverness einzuladen. Er stimmte die Uhrzeit mit ihr ab und versprach ihr einen Flug für sie zu buchen, damit sie auf Staatskosten nach Inverness gelangen konnte.

Wilde Heimat

Freitag, 27. Mai

Annabelle Emily Laurie Briggs, geborene MacGoohan, schon seit frühester Kindheit einfach nur Annie genannt, betrat Brians Büro in Inverness. Alan und Brian hatten dort schon auf sie gewartet und begrüßten sie kurz. Mit der linken Hand wies Brian dann auf einen freien Stuhl, der ihnen gegenüber auf der anderen Seite von Brians Schreibtisch stand.

Die, aus Sicht der beiden Kommissare, potenziell Verdächtige nahm Platz, schlug ihr rechtes Bein über das linke und faltete ihre Finger über ihrem Knie. Sie ließ keinerlei Anzeichen von Nervosität erkennen oder gar Unsicherheit. Ruhig schaute sie die beiden Ermittler an, die sich ihr gegenüber auf ihren Stühlen nach vorne beugten. Ihre Augen hatten die Farbe von altem Whisky - goldbraun. Kein verräterisches Zucken der Augenlieder, kein Schwingen des Beines, kein Kneten der Finger. Nichts! Sie schaute die beiden einfach nur aufmerksam an.

Sie war sehr attraktiv, nein nicht nur das, sie war eine Schönheit. Brian betrachtete sie von oben bis unten und ließ für einen kurzen Augenblick seinen sexuellen Fantasien freien Lauf.

Doch Annabelle Briggs zerstörte rasch seine Träume, als sie mit fester Stimme sagte: »Ich verstehe immer noch nicht ganz, warum ich eigentlich hier bin.«

»Zunächst, Miss Briggs, erst einmal recht herzlichen Dank, dass Sie den weiten Weg von London hierher gemacht haben. Ich hoffe, Sie hatten einen angenehmen Flug?«

»Danke, ja. Das war das erste Mal, dass ich auf Staatskosten fliegen durfte. Also, was gibt es denn nun so Wichtiges?« Mit einer leichten Kopfbewegung warf sie eine Strähne ihres braunen, schulterlangen Haares aus dem Gesicht. Ihr beigefarbenes Kostüm korrespondierte hervorragend zu ihrer Haarfarbe und die Länge des Rocks lies gerade noch ein wohlgeformtes schlankes Knie in der dunkelbraunen Strumpfhose erkennen.

Brian musste sich immer wieder von dem Anblick losreißen. Alan verzog indes keine Miene, als wäre ihm sein Gegenüber völlig egal.

»Miss Briggs«, eröffnete Alan das inoffizielle Verhör. »Wie wir Ihnen bereits am Telefon angedeutet haben, gab es einige sehr außergewöhnliche Vorkommnisse, die – nach neuesten Erkenntnissen – sehr eng mit Ihren Vorfahren verknüpft sind.«

»Mit meinen Vorfahren?«, fragte Annie erstaunt. »Mein Vater ist vor langer Zeit verstorben. Sie haben ja schon mit meiner Mutter gesprochen, wie ich erfahren habe. Wen genau meinen Sie denn mit Vorfahren?« Mit einem offenen, fragenden Blick sah sie Alan an.

Alan musste zugeben, dass ihr Blick und ihre Gesten etwas Entwaffnendes hatten. Entweder, sie war eine hervorragende Schauspielerin oder ... »Miss Briggs, man hat die Leichen einer ganzen Familie auf dem Gelände einer Farm gefunden, die nach Sichtung aller Unterlagen und Urkunden einem Ihrer Vorfahren, einem gewissen Kierran MacGoohan, gehört hat. Haben Sie davon nichts gehört?«

»Sie meinen diese Moorleichen?« Annie lehnte sich bequem in ihrem Stuhl zurück und ließ die Hände in den Schoß fallen. »Diese Geschichte, die in den letzten Wochen laufend im Fernsehen gezeigt wurde? Eine Lagerhalle, die abgebrannt ist und unter der dann diese Leichen zum Vorschein kamen? Wer hat davon nicht gehört! Natürlich habe auch ich das gesehen. Aber, wieso kommen Sie darauf, dass dies meine Vorfahren sein sollen?«

»Das haben wir nicht gesagt, Miss Briggs«, schaltete sich nun Brian ein. »Nur, dass die Farm mal Ihren Vorfahren gehört hat.«

»Das ist mir schon klar«, antwortete sie Brian mit einem Lächeln. »Aber, wenn diese Leute meine Vorfahren gewesen wären, würde es mich ja wohl nicht geben, nicht wahr?«

»Nicht ganz, Miss Briggs. Die Farm hat dem Onkel Ihres Ur-ur-ur ... naja, Vorfahren gehört. Haben Sie davon wirklich nichts gewusst?«

Für einen Moment sah es so aus, als würde Annie angestrengt überlegen. »Ich bin mir nicht sicher. Mein Vater ist gestorben, als ich noch keine zehn Jahre alt war. Er war der letzte Nachfahre der MacGoohans, das stimmt. Kann sein, dass er uns damals vielleicht etwas von einer Farm in Schottland erzählt hat. Ich kann mich aber beim besten

Willen an nichts Konkretes erinnern. Nach meinem Kenntnisstand haben alle MacGoohans, von denen ich weiß, immer in St Andrews oder der Nähe davon gelebt. Warum fragen Sie nicht einfach meine Mutter? Sie waren doch schon bei ihr. Sie müsste so was doch viel besser wissen als ich.«

»Das haben wir schon«, antwortete Alan und nippte an seiner Tasse Kaffee. »Leider sind Ihrer Mutter keinerlei derartige Geschichten bekannt.«

»Tja, sehen Sie? Dann kann ich Ihnen leider auch nicht helfen. Aber, was mich doch interessieren würde: Wieso holen Sie mich extra hierher nach Schottland, um mir Fragen über irgendwelche Mumien zu stellen? Das verstehe ich nicht, das hätten wir doch wohl auch telefonisch klären können, oder? Was erhoffen Sie sich denn von mir, wenn ich hier bei Ihnen bin? Und was sollte ich mit den Toten zu tun haben? Ist das nicht ein bisschen sehr weit hergeholt?«

»Also zu Ihrer ersten ... nein, dritten Frage: Wir erhoffen uns durch Sie, ein wenig Licht ins Dunkel zu bekommen. Zu Ihrer vierten Frage: Sie haben mit den Toten nur insoweit zu tun, als Sie uns bestätigen könnten, ob diese Leichen eventuell tatsächlich entfernte Anverwandte, also MacGoohans sind.«

»Äh, und wie soll ich das machen? Ich vermute mal nicht, dass Sie mir nun gleich Fotos vorlegen, die eine gewisse Ähnlichkeit mit mir aufweisen.« Ihr momentan irritierter Gesichtsausdruck hatte tatsächlich etwas Komisches an sich.

Auch Brian musste ungewollt grinsen. »Nein, nein, Miss Briggs. So hübsch wie Sie würden diese Fotos wohl nicht aussehen. Um die Familienzugehörigkeit zu überprüfen, gibt es inzwischen auch viel modernere Methoden. Wir möchten Sie um eine Speichelprobe bitten, anhand derer ein Labor die DNA der Leichen mit der Ihren vergleichen kann. Damit könnte zumindest die Identität der Toten eingegrenzt werden. Wären Sie dazu bereit?«

Eine gewisse Erleichterung war in der Körperhaltung Annies zu bemerken. »Ach so, natürlich. DNA! Na, wenn es der Geschichtsschreibung hilft. Was muss ich tun?«

Alan legte einen kleinen Aluminiumkoffer auf den Tisch und klappte ihn auf, während Brian ein Schriftstück aus einem Ordner zog und ihn Annie überreichte. »Darf ich Sie bitten, der Bürokratie Genüge zu tun und dies hier zu unterschreiben? Damit dokumentieren Sie, dass wir Sie nicht nachts in eine Bahnunterführung gezerrt und Ihnen mit einem rostigen Messer literweise Blut abgezapft haben, sondern Sie uns die Speichelprobe ohne Androhung körperlicher Gewalt so gut wie freiwillig gegeben haben.«

»Und ich dachte, Sie beißen ihren Opfern immer noch Stücke aus dem Hals«, konterte Annie in Anspielung auf Brians breites Blendax-Lächeln. Dieser klappte seinen Mund auch sofort wieder zu und sah Alan etwas betreten an. Alan wiederum zog ein steriles Wattestäbchen aus einer Plastikröhre und hielt es Annie entgegen.

»Bitte einmal Zähne putzen«, forderte er Annie lächelnd auf. Sie nahm das Stäbchen entgegen und schob es langsam in ihren Mund. Dann ließ sie es innen über die Wangen gleiten, was bei Brian zu leicht erhöhtem Blutdruck führte. Nachdem sie es Alan vorsichtig zurückgegeben hatte, unterzeichnete sie das Formular und schob es Brian über den Tisch.

Alan verpackte und beschriftete die Speichelprobe vorschriftsmäßig, während Brian das Formular in seinen Schnellhefter ablegte und Annie den Durchschlag zurückreichte.

Anschließend sahen sich alle drei einige Sekunden schweigend an, bis Alan das Gespräch wieder aufnahm. »Nun aber zu Ihrer fünften Frage. Ob dies nicht alles ein bisschen sehr weit hergeholt wäre? Ja und nein. Ja, die Moorleichen sind gut 200 Jahre alt. Das hat alles nur noch einen historischen Wert. Und nein, denn es gibt auch noch mehrere aktuelle Ereignisse, die keineswegs weit hergeholt sind. Wann hatten Sie das letzte Mal Kontakt zu Ihrem Bruder?«

Annies irritierter Blick war nicht gespielt. Diese Frage traf sie mit voller Breitseite. Eine gute Sekunde brauchte sie, bis sie sich wieder voll im Griff hatte. »Meinem Bruder? Besser gesagt meinem Halbbruder Ronnie? Mein Gott, vor einigen Monaten. Wie kommen Sie denn jetzt auf den?«

»Das werde ich Ihnen gleich erklären. Wann und wo haben Sie ihn zuletzt gesehen?«

»Na, nachdem er aus der Klapse entlassen wurde und ins richtige Gefängnis gewandert ist. In den "Regelvollzug" wie es doch so schön heißt. Ich dachte, er wäre jetzt wieder normal. Aber da haben sich wohl alle getäuscht. Ronnie war noch genauso ein Psychopath wie vorher auch. Da hat sich nichts geändert. Ich war froh, als ich wieder von ihm weg war. Der Kerl ist wahnsinnig! Das hat er wohl von seinem Vater. Der ist auch total bescheuert.« Mit einem Kopfschütteln unterstrich sie ihre letzten Worte. »Gut, aber warum fragen Sie mich nach Ronnie? Was hat der denn nun mit diesen Torftoten zu tun? «

»Miss Briggs, wollen Sie mir etwa weismachen, dass Ihre Mutter Sie nicht informiert hat?« Alan beugte sich auf dem Tisch vor.

»Nein, was denn? Hatte er die Farm angezündet?«

»Wie kommen Sie denn jetzt darauf?«

»Na, weil es ihm ähnlich sehen würde. Der ist echt völlig kirre. Ich verstehe diese Psychologen nicht.«

»Nein, dazu hätte er ja ausbrechen müssen und das ist bekanntlich nicht der Fall. Ihr Bruder ... entschuldigen Sie, Halbbruder, hat tatsächlich versucht, einen Mithäftling umzubringen. Nur hat dieser sich gewehrt. Ergebnis: Ronnie ist tot.«

»Ach ja, das hat mir meine Mutter natürlich erzählt.« Ohne eine weitere Regung trank sie einen Schluck Kaffee und sah die beiden Ermittler an.

Diesmal war Alan an der Reihe, irritiert auszusehen. »Ist das alles, was Sie dazu zu sagen haben? Sie scheinen mir nicht sonderlich berührt zu sein.«

»Hören Sie mal. Mein Halbbruder war von Geburt an geistig gestört. Er hat schon als Kind Dinge getan, die in Hollywood einen Film wert gewesen wären. Ich hatte mit diesem Psycho nichts zu tun und wollte es auch nicht. Ronnie war für mich ... verzeihen Sie mir diesen Ausdruck, Menschenmüll! Es gibt Tausende von armen Kindern und Menschen, die dringend Hilfe und Fürsorge benötigen würden und der Staat tut nichts! Rein gar nichts! Und dieses kranke Individuum, das von Anfang an nur Schaden angerichtet hat, dieser Freak, für den andere Menschen nur Spielzeuge für seine Aggressionen waren, der bekommt eine Therapie nach der anderen auf Staatskosten! Unsere Mutter ist daran zerbrochen. Sein Vater hat es nicht mehr ausgehalten und ist abgehauen. Das hat keinen interessiert! Aber für ihn: die teuersten Psychokliniken. Renommierte Gutachter! Und wozu? Damit er, kaum hat einer dieser Psychodoktoren ihn vermeintlich besser gemacht, als er ist, sofort versucht einen anderen Gefangenen umzubringen. Endlich ist er dabei aber an den Falschen geraten, sag ich Ihnen!« Heftig schlug sie mit der Faust auf den Tisch, wodurch der Kaffeelöffel auf dem Boden landete. »Endlich hat sich einer gewehrt und ihn dahin geschickt, wo er schon lange hingehört.«

Annie atmete mehrmals tief durch, zog ihren Blaser wieder in Form und griff nach ihrer Handtasche, die sie auf dem Stuhl neben sich abgestellt hatte. Sie zog eine lange dünne Zigarette daraus hervor und sah Brian an »Darf ich?«

Brian wiederum sah nur Alan an und sagte: »Chefsache.«

Auch Alan atmete einmal tief durch. »Das war sehr deutlich, aber auch sehr ehrlich von Ihnen, Miss Briggs. Mein Kompliment. Nicht viele trauen sich, es so auf den Punkt zu bringen.« Dabei zog auch er eine seiner Menthol-Zigaretten aus der Innentasche seines Jacketts und bot Annabelle Feuer an. »Kommen Sie bitte mit mir zum Fenster. Bevor man uns wegen vorsätzlicher Vergiftung behördlichen Eigentums verhaftet.«

Alle drei standen auf und gingen zur Fensterfront, wo Brian ein Fenster widerwillig öffnete und so etwas, wie "Vorgesetztenwillkür" vor sich hinbrummelte.

Annie blickte zunächst aus dem Fenster über die Stadt, dann sah sie auf Alans Zigarette. »Sie wissen schon, dass Mentholzigaretten im übernächsten Jahr verboten werden sollen?«

Missmutig blickte auch Alan auf seine Zigarette. »Ja, die EU schafft es immer wieder, selbst ihre wenigen treuen britischen Anhänger zu vergraulen. Dann werde ich wohl tatsächlich aufhören müssen zu rauchen, denn die anderen Zigaretten schmecken mir einfach nicht. Trotzdem finde ich es blödsinnig. Warum verbieten sie dann nicht konsequenterweise ganz das Rauchen?«

Im Hintergrund sah man Brian eifrig nicken. »Richtig, Alan. Ganz meiner Meinung. Aber es ist ein Schritt in die richtige Richtung.«

Alan und Annabelle drehten sich gleichzeitig zu Brian um und sahen ihn an, als hätte er gerade empfohlen, dass sie beide doch besser gleich aus dem Fenster springen sollten.

Nachdem sie zu Ende geraucht hatten, nahmen alle wieder am Tisch Platz. Alan schenkte drei Gläser Mineralwasser ein und sah Annie an. »Finden Sie es nicht auch sehr auffällig, dass kurz nach dem Auffinden dieser Leichen Ihr Bruder genau diesen Mann angegriffen hat? Ausgerechnet Charles Maclellan?«

»Welchen Mann? Was meinen Sie?« Annabelle kniff überrascht die Augenbrauen zusammen. »Wer ist dieser Charles Maclellan?«

Okay, dachte Alan, *diese kleine Falle hat also nicht funktioniert*. »Charles Maclellan ist der letzte – nein, der vorletzte Besitzer dieser Farm gewesen. Seine Familie hat wohl die Farm von Ihren Vorfahren ... erworben.«

»Aha«, war alles, was Annie dazu sagte. »Und weiter?«

»Nichts weiter«, schaltete sich nun Brian wieder ein. »Für uns als Ermittler ist es nur auffällig, dass kurz nach dem Auffinden von zahlreichen Leichen ein weiterer Mord – oder besser Mordversuch stattfindet. Und alle Beteiligten scheinen zumindest über Generationen hinweg irgendetwas miteinander zu tun zu haben.«

Annie beugte sich etwas vor und legte ihre Hand an die Schläfe. »Verstehe ich Sie jetzt richtig? Sie meinen also, weil durch irgendeinen Brand ein paar uralte Tote auftauchen, dass mein psychopathischer Bruder, der kaum Lesen und Schreiben konnte, sofort kombiniert "Heißa, die Leichen meiner Vorfahren sind aufgetaucht. Da räche ich mich doch gleich mal an dem Nachfahren der ehemaligen Besitzer. Der sitzt ja gerade – was für ein toller Zufall – eine Zelle neben mir." Bei allem Respekt vor unserem britischen Polizeiapparat, finden Sie das nicht wirklich etwas ...« Annie ließ den Satz unvollendet.

»Liebe Miss Briggs. Wenn wir nicht um jede noch so krumme Ecke denken würden, wären wir keine erfolgreichen Polizisten. Glauben Sie mir, nur so werden viele der Verbrechen überhaupt erst aufgeklärt.« Alan blickte Annie selbstsicher und ruhig an.

»Na, wie Sie meinen. Aber, da kann ich Ihnen nun wirklich nicht helfen. Da ich schon nicht wusste, wem und wann irgendeine Farm gehört hat, wird es Ronnie erst recht nicht gewusst haben. Dessen IQ lag doch in etwa auf dem gleichen Level wie die Zimmertemperatur und er hat maximal einen Meter weit gedacht. Nämlich so weit, wie seine Faust reichte. Zu mehr war sein Hirn gar nicht fähig. Fragen Sie seine teuer bezahlten Ärzte.«

»Nun gut, dann danke ich Ihnen für Ihre Offenheit.« Alan klappte sein Notizbuch zu und steckte den Kugelschreiber in die Reverstasche. »Sagen Sie, rein aus Neugier, was machen Sie eigentlich beruflich?«

»Oh, ich bin – wie soll ich es beschreiben? – eine Mischung aus Dekorateurin, Event-Managerin und Blumenhändlerin.«

»Und was genau darf ich mir darunter vorstellen?«

»Na ja, gelernt habe ich unter anderem Floristin. Dann habe ich mich aber auf die Dekoration von Veranstaltungen spezialisiert. Ich dekoriere Hochzeiten, Trauerfälle, Jubiläums- und Geburtstags-Veranstaltungen, Feste, Hotelhallen und so weiter.«

»Ah ja, das ist ja ein schöner Beruf. Und bitte nur der Vollständigkeit halber. Was haben Sie am Abend des 08. Mai gemacht?«

Annie reagierte anders, als von Alan erwartet, und fing an zu lachen. »Das habe ich mir doch gleich gedacht! Polizisten! Wenn ich jetzt auch mal kombinieren darf? Das war doch irgendwie der Tag, an dem die Torfleichen gefunden wurden, richtig?«

»In etwa. Das war der Abend, an dem das Feuer die Lagerhalle vernichtet hat.«

»Na gut, ich schaue mal nach.« »Annie zog einen in Leder eingebundenen Kalender aus ihre Tasche und fing an zu blättern. »Der 08. Mai, das war ein Sonntag. Dann war Ihr Verdächtiger also vermutlich berufstätig. Jetzt ist mir klar, warum Sie alle berufstätigen Briten befragen müssen.« Bis auf ein leises Schnauben von Brian reagierte keiner ernsthaft auf diese kleine Spitze. »Am 08. Mai hatte Bloombury, das ist das große Verlagshaus in London, eine Promotionveranstaltung. Mit neuen Büchern und Autoren und so weiter. Dort habe ich die Dekoration gestaltet und aufgebaut. Den ganzen Tag.«

»Kann das jemand bezeugen?«

»So ungefähr 400 bis 500 Personen, denke ich. Ich durfte am Abend auch die leckeren Krabbenhäppchen und andere Köstlichkeiten essen.«

»Gut, danke für die Auskunft. Das ist nun mal Routine, dass wir das fragen müssen. Und wo waren Sie am Donnerstag, dem 12. Mai?«

»Wie kommen Sie denn jetzt auf diesen Tag? Was ist denn da passiert?«

Alan gab keine Antwort, sondern forderte sie nur mit einem Nicken Richtung Kalender auf, noch mal hineinzusehen.

»Von mir aus. Also gut, Donnerstag? Vormittags war ich auf dem Blumengroßmarkt an den Docks. Mittags war ich im Büro und nachmittags hatte ich einen Vorbereitungstermin für ein Firmenjubiläum. Da habe ich mir die Kantine bei Jacobs & Mullard in Peckham angesehen. Auch für diese Termine gibt es Zeugen, Herr Inspektor.«

»Da bin ich mir sicher, Miss Briggs. Entschuldigen Sie die Fragen, aber es ist manchmal sinnvoll, auch durch unangenehme Fragen, Personen aus dem Kreis der Verdächtigen auszuschließen.«

»Verstehe. Aber was ist denn nun an diesem Donnerstag geschehen?«

»Nichts von Belang. Eine reine Routinesache. Wann haben Sie zuletzt mit ihrer Mutter gesprochen? Diese erzählte uns, dass Sie mit ihr so gut wie keinen Kontakt mehr haben.«

»Ja, das stimmt. Sie rief mich einmal an, als das mit Ronnie passierte. Und dann nochmals, nachdem Sie beide wohl bei ihr waren. Das war's. Ich werde aber die Gelegenheit nutzen, wenn ich schon mal hier in Schottland bin und sie besuchen.«

»Dürfen wir Ihnen ein Taxi rufen?«, fragte Alan, als sie sich erhoben.

»Nein, danke. Ich habe mir am Flughafen einen Mietwagen genommen. Ich werde, wie gesagt, jetzt nach St Andrews zu meiner Mutter fahren. Mal sehen, ob und wie sie sich nach dem Ableben ihres Sohnes verändert hat.«

Annie zog ihren dünnen Kurzmantel über und nahm ihre Handtasche. »Vielleich wird das Wetter ja in den nächsten Tagen noch sonniger. Dann werde ich mal wieder an den Strand gehen. Das ist wirklich das Einzige, was ich an meinem Geburtsort vermisse.« Mit einem kleinen Lächeln schüttelte sie Alans und Brians dargebotene Hand und verließ das Büro.

Beim Hinausgehen drehte sie sich noch einmal um. »Ach, dieser DNA-Test. Werden Sie mir das Ergebnis mitteilen oder ist das dann geheim? Jetzt, wo Sie mich schon mit Ihrem Fall in Verbindung bringen, bin ich doch etwas neugierig geworden.«

»Oh, natürlich werden wir Sie informieren. Das wird allerdings ein paar Tage dauern, aber dann werden wir uns melden. Geben Sie doch bei Gelegenheit Bescheid, wo wir Sie erreichen können.«

»Gerne, das mach ich.« Mit einem letzten Nicken verließ sie endgültig den Raum und schloss die Tür.

Zurück blieben ein muffeliger Brian und ein rauchender Alan. »Na, das war ja ein Schuss in den Ofen«, kommentierte Brian die letzte halbe Stunde.

»Ich gebe zu, ich habe mir auch mehr erhofft«, pflichtete ihm Alan bei. »Nur was eigentlich? Dass sie uns von den Indizien überwältigt unter Tränen gesteht, ihren Bruder zum Mord aufgefordert zu haben? Ich hatte die Hoffnung, dass sie sich irgendwie verplappert. Von selbst auf die Verbindungen zu den Maclellans kommt oder irgend so was.«

»Warum hast du sie nicht auf den Unfall bei Ben Rhinnes angesprochen?«

Entnervt warf Alan den Zigarettenstummel aus dem Fenster. »Ich habe gehofft, dass sie irgendwie selbst die Verbindung zu Graham, Ben Rhinnes oder Dandaleith zur Sprache bringt. Dann hätten wir sie gehabt. Diese Verbindungen haben nur wir wirklich im Visier. Aber nichts! Sie ist entweder eine extrem gerissene Schauspielerin oder hat tatsächlich keine Ahnung und ist unschuldig.«

»Ja, die ist zumindest kalt wie eine Hundeschnauze. Hast du übrigens gesehen, wie viele Einträge die in ihrem Terminkalender hat. Die kommt wohl ganz schön rum und hat einiges zu tun.«

»Ein ausgefüllter Terminkalender ist noch lange kein Beweis für ein ausgefülltes Leben. Er bestätigt eigentlich genau das Gegenteil«, meinte Alan.

»Zumindest ist sie aber ein wirklich heißer Feger«, bemerkte Brian anerkennend.

»Stimmt. Aber könnte dieser Feger zu der fraglichen Zeit auch gerade dort gefegt haben, wo wir vermuten? Die gefällt dir wohl, was?«

»Na ja, so ein Hungerhaken mit dürrem Hintern wäre nichts für mich«, wiegelte Brian mit einem

Winken ab. »Du weißt doch, dass ich eher der Freund des gesunden Gleichgewichts bin.«

»Das heißt *Körper*gewicht!«

»Sag ich doch! So Dünne wissen doch gar nicht, wo ihre Mitte ist.«

»Erstens heißt das *Körper*mitte und zweitens war das jetzt sehr esoterisch«, wies Alan ihn scherzhaft zurecht und setzte sich hinter Brians Schreibtisch.

»Eso... was?«

»Esoterisch, lieber Brian«, antwortete Nicky, die in diesem Moment, wie immer ohne anzuklopfen, Brians Büro betrat. »Das ist ein Gefühl, das Menschen befällt, die mit weniger als 100 kg den Erdboden belasten. Die bekommen dann so Schwebegefühle.«

»Ach der Kram. Das ist einfach nur Humbug für mich. Kartenlesen, Hellsehen, Horoskope, psychologische Astrologie und Kaffeesatzlesen, all das ist doch reiner Quatsch, der nur dazu dient leichtgläubigeren oder auch einfach nur verzweifelteren Menschen als mir, das Geld aus der Tasche zu ziehen. Nichts anderes als eine raffinierte, als spirituelle Maßnahme getarnte Abzocke!«

»Ist ja gut, ich mag dieses ganze Zeugs doch auch nicht. Aber der Markt ist dennoch riesengroß. Wenn das ganze Esoterikgedöns jedoch stimmen würde, also halten würde, was die Kartenleser versprechen, dann würde es doch logischerweise nur noch glückliche und zufriedene Menschen geben, meine ich. Oder liege ich da so falsch? Wie viele Weltuntergänge, samt Mayas und Co., haben wir inzwischen schon überlebt? Egal, ich halte mich an meinen gesunden Menschenverstand ... und vielleicht noch an Bill Gates und Konrad Zuse[12]«, stimmte ihm Nicky zu. »Zum Glück bist du aber auf jeden Fall zu schwer, um auf der Esoterikwelle mitzuschwimmen«, grinste sie dann.

Gespielt beleidigt wandte Brian sich an Alan. »Sag mal, muss ich mir diese Unverschämtheiten von Untergebenen gefallen lassen?«

»Na, wenn du kein Piratenkapitän bist und Nicky kein Galeerensträfling, dann wirst du die eine oder andere kleine Kritik schon einstecken müssen.«

»Piratenkapitän?« Brian blickte sehnsüchtig an die Decke. »Das wäre schön. Endlich mal jemanden kielholen können und am Mast baumeln lassen. Herrlich!«

»Okay, ihr Piraten«, unterbrach Nicky Brians Träumereien. »Zurück zu den Tatsachen. Ich nehme also an, dass die Herren Ali und Baba immer noch ihre 40 Räuber suchen? Hat euch die wilde Piratenbraut von eben nicht gereicht?«

»Leider nein«, antwortete Alan. »Bei Annabelle Briggs kommen wir im Moment nicht weiter. Wir können zwar noch ihre Alibis für die fraglichen Zeiten überprüfen. Ich glaube aber irgendwie nicht daran, dass sie was damit zu tun hat. Auch wenn die Verbindungen zwischen den Leuten noch so erstaunlich sind. Was meinst du?«

Brian setzte sich wieder an den Tisch und überlegte. »Ich weiß es nicht. Wozu sollte sie das tun? Sie hatte mit ihrem Bruder wirklich keinen Kontakt. Wir haben alle Telefonate ins Gefängnis zu Ronnie Briggs überprüft. Und seinen Anwalt be-

---

12 Konrad Ernst Otto Zuse (22.06.1910 - 18.12.95) war ein deutscher Bauingenieur, Erfinder und Unternehmer (Zuse KG). Mit seiner Entwicklung der Z3 im Jahre 1941 baute Zuse den ersten vollautomatischen, programmgesteuerten und frei programmierbaren, in binärer Gleitkommarechnung arbeitenden Computer der Welt.

fragt. Annabelle hatte zu ihrem Bruder wirklich nur ein einziges Mal Kontakt. Und das war tatsächlich kurz nachdem er ins Gefängnis verlegt wurde. Vielleicht ist das doch alles nur ein großer Zufall?«

»Zufall ist das Synonym Gottes, wenn er unerkannt bleiben will! Vielleich war es ja doch die alte Briggs?«, schaltete sich Nicky nun ein.

»Nein, wohl eher nicht. Die hat keinen Führerschein, kann auf ihren alkoholgetränkten Beinchen keine 100 Meter geradeaus laufen und soll dann einen Ami-Truck durch die Gegend fahren? Glaub ich nicht.«

»Aber mit Alkohol kennt sie sich aus. Das wissen wir.«

»Ja, den Titel der Schluckschlampe hat sie sich sicherlich verdient.«

»Stimmt, ich denke aber auch, die gute Frau hätte die Lagerhalle wohl eher ausgetrunken, aber bestimmt nicht angezündet. Nein, die würde ich weiterhin von den Verdächtigen ausschließen.«

»Wir brauchen unbedingt neue Beweise!«

»Gut, aber wo willst du die hernehmen? Aus dem Beweismittel-Großhandel?«

»Wenn es dort Passende für uns gibt, von mir aus. Nicky, überprüfe mal der Vollständigkeit halber die Alibis von Annabelle Briggs.« Alan schob ihr die Zettel mit seinen Aufzeichnungen rüber. »Es wird zwar vermutlich nichts bringen aber, bevor wir gar nichts tun ...«

»Okay, mache ich.«

[illegible]

Brennende Rache

Freitag, 27. Mai

Währenddessen, in einem Zimmer irgendwo in Schottland.

Was kann man mir anhaben?

Der Brand: Whisky als Brandbeschleuniger für einen Whiskybrand? Kaum belastbar. Alle Klamotten, Handschuhe etc. habe ich anschließend entsorgt. Faserspuren hat eh keiner mehr gefunden. Laut Zeitungsberichten wird der Brand selbst wohl zu den Akten gelegt.

Die Brennblase bei Ben Rhinnes? Tja, traurige Sache aber unvermeidlich. Die Manipulation an den Sicherheitsventilen war ein Klacks und die Manipulation des Steuerungssystems war für mich mit meinem Studium in Verfahrenstechnik eher ein Witz als eine Herausforderung. Da hatte wohl jemand sein ganzes Hobby-Laien-Wissen umgesetzt. Selbst wenn irgendwelche findigen Experten hier Fremdverschulden nachweisen würden, könnten sie es wohl kaum mit mir in Verbindung bringen.

Der Unfall mit Graham Morrice? Auch hier habe ich alle möglichen Verbindungen sorgfältig vernichtet. Die Kleidung, Handschuhe, Schuhe, die Perücke, alles verbrannt.

Und die Sache mit dem schwachsinnigen Ronald? Das war wirklich eine Fügung des Schicksals, als Charles Maclellan ausgerechnet in das Gefängnis kam, wo Ronald einsaß. Die Tötung Charles Maclellans stand schon lange im Raum. Ronald wollte ihn ja schon umbringen, als Charles vor über einem Jahr in das gleiche Gefängnis verlegt wurde. Das hatte ich aber bislang abgelehnt. Nur blöd, dass ich ihn völlig überschätzt hatte, was seine Fähigkeiten zu töten anbetraf, als es dann endlich so weit war. Aber auch hier ist mir keinerlei Verbindung nachzuweisen. Wer sollte schon rausbekommen, dass wir beide den Mord verabredet hatten? Wenn sein Anwalt ihm ausrichten sollte, dass er im nächsten Monat ein Päckchen bekommen werde; wer sollte dies schon als das verabredete Zeichen deuten? Noch nicht einmal dieser blöde Anwalt hatte eine Ahnung davon, dass er damit quasi einen Mord in Auftrag gab. Und außerdem konnte Ronald dank seiner Dämlichkeit ja nicht mehr reden. Pech gehabt!

Nur das Pech scheint auch mich zu verfolgen. Was soll ich nun mit Charles aber insbesondere Graham machen? Der hatte doch wieder deutlich verkündet, dass er nicht von Dandaleith ablassen wolle. Der Kerl ist einfach nicht totzukriegen. Was sollte denn noch alles getan werden? "Graham Morrice überlebt Unfall". Allerdings war keine Rede von Absicht oder Unfallflucht.

Die Titelseite der Scottish Daily Express fiel achtlos zu Boden. *Jetzt reicht es mir! Es muss was passieren. Und zwar diesmal etwas Endgültiges. Ich packe meine Tasche. Die nächsten Schritte sind sonnenklar. Graham Morrice war zu Hause. Offensichtlich kann er mit seiner Verletzung nicht das Haus verlassen. Das ist die Gelegenheit. Alle benötigten Utensilien finden im Kofferraum Platz. Die Adresse ist mir ja längst bekannt. Die Beobachtungen der letzten Tage haben geholfen. Morrice kann sich nur bedingt mit seinen Krücken bewegen. Und seine Frau verlässt immer wieder mal das Haus. Jetzt ist die Gelegenheit, wieder etwas zu unternehmen und die Sache endgültig zu beenden!*

Also ist es mehr als richtig, dass ich wieder in Schottland bin. Die Dinge entwickeln sich doch mit einer gewissen Zwangsläufigkeit. Außerdem wird ein DNA-Test die endgültige Gewissheit geben, dass alle meine Taten begründet und rechtens sind.

DNA - Dead not Alive

Freitag, 27. Mai

Zwei Stunden später verzweifelte DC Ryan an seinem Sudoku. Zum x-ten Mal radierte er die falschen Zahlen wieder aus, während der Regen auf das Autodach trommelte.

Jede noch so sinnvolle Überwachung gerät irgendwann zur Routine, selbst wenn man die gefährlichsten Terroristen erwarten würde. Die Stunden zogen sich zur Ewigkeit hin und die Kälte und Feuchtigkeit kroch einem irgendwann in die Glieder. Selbst an einem verregneten aber lauen Maitag kühlte man aus, wenn man über Stunden nur im Auto saß, ohne sich viel zu bewegen.

Seine Blicke wanderten alle paar Minuten trotzdem zum Haus von Graham Morrice. Die Sicht dahin wurde allerdings durch den stärker werdenden Regen immer schlechter.

Sollte er daher nicht lieber das Angebot von Ishbel McTaggert annehmen und es sich im Haus gemütlich machen? Strachan, sein Chef, würde ihm dafür vermutlich die Ohren abreißen. Allerdings musste er auch wieder den Kaffee loswerden, den Miss McTaggert ihm heute Mittag spendiert hatte, als sie das Haus verließ, um nach Inverness zu fahren.

Mit zusammengekniffenen Augen versuchte er, irgendeine Bewegung hinter den regennassen Fenstern des Hauses zu entdecken. War Graham Morrice auf den Beinen oder ruhte er sich aus? Sollte er einfach mal klingeln?

Schon wollte er die Fahrertür öffnen, als ihm eine nur verschwommen zu erkennende Gestalt auffiel, die sich aus dem hinteren Garten des Hauses dem Eingang näherte. Fast hätte er sie durch den Regen nicht erkannt. Die Gestalt hatte etwas Großes, Quadratisches bei sich. War das etwa der Briefträger oder ein Paketbote? Quatsch! Die wären mit ihrem Wagen doch direkt vor die Einfahrt gefahren und kämen nicht aus dem Garten.

Graham und Ishbel war eindeutig eingebläut worden, unter gar keinen Umständen irgendjemandem die Tür zu öffnen, bevor sie nicht Ryans Mobilnummer angerufen hatten. Aber sein Handy klingelte nicht.

Hatte der Typ am Eingang überhaupt geklingelt? Und was tat der eigentlich da? Durch die Regenschlieren konnte er verschwommen erkennen, dass die Person mit dem eckigen Etwas herumhantierte. War das vielleicht so ein Werbezettelausträger, der eine Abkürzung durch den Garten genommen hatte?

Jetzt reichte es ihm. Mit Schwung riss er die Fahrertür auf und begann auf das Haus zuzulaufen. »Hey, Sie!«, rief er der Person zu. Eigentlich wollte er noch „Polizei! Stehen bleiben!“ rufen, dazu kam er aber nicht mehr. Die Gestalt ließ in dem

Moment als sie ihn hörte den Kasten fallen und lief wieder in den Garten zurück.

An der Haustür angekommen, erkannte Ryan, dass es sich bei dem vermeintlichen Kasten um einen Benzinkanister handelte. Die Gestalt hatte offensichtlich versucht, das Benzin mit einer Einfülltülle durch den Briefschlitz zu gießen. *Verdammte Scheiße! Das war der Attentäter!*

Ryan war sich einen Moment unsicher, ob er zuerst nach Graham Morrice sehen, die Kollegen verständigen oder hinter dem Attentäter herrennen sollte. Eine Millisekunde später entschied er sich für Letzteres, zog im Laufen seine Waffe, entsicherte sie und lud sie durch.

Durch den immer stärker werdenden Regen konnte er niemanden mehr sehen. Da der Garten aber in dieser Richtung nur einen Ausgang hatte, sprintete er darauf zu, rannte durch die offene Pforte und befand sich in der Flucht mehrerer Gärten. Keine 40 Meter entfernt versuchte die flüchtende Person gerade über einen Metallzaun zu klettern. Das verschaffte Ryan wieder Zeit.

Dank seiner Sportlichkeit konnte er die Zäune und halbhohen Mauern zwischen den Gärten mit eleganten Sprüngen überwinden. Die andere Person wollte gerade um eine Häuserecke verschwinden, als er erneut rief »Polizei! Stehen bleiben oder ich schieße!« Dabei feuerte er einen Warnschuss in die Luft ab.

Die Person blieb tatsächlich stehen, drehte sich dann aber um und Ryan sah aus 20 Metern Entfernung in den Lauf einer Pistole. Zumindest meinte er, durch den Regen eine solche zu erkennen. Blitzartig warf er sich auf den triefend nassen Rasen, als er den Schuss hörte. Als er wieder aufblickte, war die Gestalt weg. *Verdammt! Jetzt wurde die Sache persönlich!*

Er kämpfte sich wieder hoch, rannte bis zur Häuserecke, duckte sich dahinter und blickte schnell um die Ecke. Da war sie, die Gestalt. Sie versuchte gerade, über eine weitere Mauer zu klettern. »Stehen bleiben, verdammt!«, brüllte er erneut und zielte auf den kletternden Körper. Als die Gestalt keine Anstalten machte auf ihn zu hören, sondern nur noch schneller kletterte, drückte er ab. Die Gestalt, die bereits oben auf dem Zaun angekommen war, zuckte zusammen und fiel auf die andere Seite der Mauer. Noch nie hatte er in seiner Laufbahn auf einen Menschen geschossen. *Wie leicht es doch fiel, wenn man nur genug Wut im Bauch hatte*, dachte er, als er auf die Mauer zulief.

Er hatte trotz der miserablen Sicht definitiv getroffen. Die Blutspritzer auf der Wand wurden langsam vom Regen wieder abgewaschen. Vorsichtig und triefend nass zog er sich ebenfalls an der Mauer hoch und blickte darüber. Auf der anderen Seite lag eine zusammengekrümmte Gestalt.

Behände sprang Ryan von der Mauer und berührte den Körper mit der Fußspitze, während er mit seiner Waffe weiter auf ihn zielte. Doch die Gestalt rührte sich nicht mehr. Aus der Schusswunde im Rücken sickerte immer noch Blut. Also pumpte das Herz noch. Wenigstens hatte er nicht tödlich getroffen.

Er steckte die Waffe in sein Achselholster, rief mit seinem Handy einen Notarzt und seine Kollegen an und kniete sich anschließende neben den Verletzten. Vorsichtig drehte er den Körper um. Das Gesicht des wohl gut dreißig Jahre alten Mannes mit dem Dreitagebart kam ihm nicht bekannt vor.

Während in der Ferne die ersten Sirenen zu hören waren, begann DS Ryan langsam zu verzweifeln. Er hatte inzwischen die nähere Umgebung abgesucht. *Wo war die verdammte Waffe des Mannes?*

Nochmals drei Stunden später saßen Alan, Brian, Ishbel und Graham mit versteinerten Mienen in Grahams Wohnzimmer am Esstisch. In der Mitte des Tisches dampfte eine altmodisch-schnörkelige Kaffeekanne vor sich hin. Von draußen klangen die Geräusche der Feuerwehrmänner herein, die versuchten, mit Bindemitteln, Lappen und Schaufeln das ausgelaufene Benzin aus der Einfahrt und von der Haustür zu entfernen. Zum Glück hatte der Wahnsinnige nicht mehr die Gelegenheit bekommen, das Benzin durch den Türschlitz zu gießen, geschweige denn es anzuzünden.

Schließlich durchbrach Ishbel als Erste wieder die Stille. »Musst du den armen Sergeant denn wirklich so hart rannehmen, Alan? Er hat schließlich Grahams Leben gerettet. Und unser Haus. Er hat dem ganzen Spuk doch wohl endlich ein Ende gesetzt.«

»Ishbel, ich hab es euch doch schon erklärt.« Alan schüttelte resigniert den Kopf. »DS Ryan hat einen Mann angeschossen. Zum Glück für ihn lebt der noch …«

»Aber das war doch ein Mörder!« Graham ging zum wiederholten Male in die Luft. »Der wollte das Haus anzünden! Und mich gleich mit!«

»Graham! Ryan hat einem unbewaffneten Mann in den Rücken geschossen, verdammt noch mal!

Was glaubst du eigentlich, was die Presse aus uns macht, wenn die das spitzkriegen? Hackfleisch, sag ich dir!« Jetzt wurde Alan plötzlich laut. »Dann interessiert sich kein Schwein mehr dafür, was der Mistkerl gemacht hat oder vielleicht vorhatte. Und ich hab Ryan die Sondergenehmigung zum Tragen der Waffe besorgt. Auch wenn Timmins das ebenfalls genehmigt hatte, werde ich dafür meinen Hut nehmen können.«

»Moment, Alan. Der Typ hat schließlich auch geschossen. Das war dann ja wohl Notwehr.«

»Graham! Das sagt nur Ryan. Wir haben keine Waffe gefunden. Nicht mal eine Patronenhülse. Meinst du, der Kerl hat seine Waffe beim Fall von der Mauer noch mal eben aufs Postamt gebracht?«

Jetzt ging Brian in die Luft. »Stopp, mein Lieber! Bei aller Freundschaft, Alan, aber das kannst du nicht bringen! Paul ist einer meiner besten Leute. Du kennst ihn selbst noch aus deiner "aktiven Zeit".« Die letzten Worte hatten einen bissigen Unterton. »Für den verbürge ich mich. Wenn du ihm ans Bein pinkeln willst, dann musst du auch meins nehmen.«

Ishbel schlug plötzlich mit der flachen Hand auf den Tisch, dass alle Kaffeetassen auf ihren Untertellern hüpften. »Jetzt ist aber Schluss! Ihr seid ja wohl alle vom wilden Affen gebissen! Da hat ein guter Beamter seinen Job gemacht und Menschenleben gerettet und ihr zerfleischt euch gegenseitig. Könnten wir vielleicht alle mal wieder ruhiger werden und du, Alan, erzählst uns der Reihe nach, was los ist?«

Entschuldigend blickte Alan Brian an. »Sorry, mein Alter. So hab ich das nicht gemeint. Ich weiß, was wir an Sergeant Ryan haben. Aber das mit der "aktiven Zeit" ...«

»Tut mir auch leid. Da sind mir die Pferde durchgegangen. Vergiss es, okay?«

»Schon geschehen! Also, Ryan hat ausgesagt, dass er den Typ verfolgt hat. Wegen des strömenden Regens konnte er kaum was sehen. Als er ihn ein paar Häuser weiter fast gestellt hatte, hätte er einen Warnschuss abgegeben, dann hätte sich der Kerl umgedreht und auf ihn geschossen. Also zumindest hat er etwas Waffenähnliches gesehen, sich dann in Deckung gebracht und dann einen Schuss gehört. Als er ihn dann weiter verfolgt hat, sah er ihn über eine Mauer klettern und wollte ihm ins Bein schießen. Das ging daneben.« Alan nahm einen Schluck Kaffee, bevor er weiter sprach. »Wie gesagt, die Spusi hat weder eine Waffe noch bislang eine Hülse gefunden, die Ryans Aussagen bestätigen würde. Wir haben nicht einen einzigen Zeugen. Bei dem saumäßigen Regen hat keiner der Anwohner irgendetwas gehört oder aus dem Fenster gesehen. Und der Regen verwischte natürlich auch alle Spuren. Graham, du hast selber gesagt, dass du keinen einzigen Schuss gehört hast.«

Zerknirscht schaute Graham auf seinen Gips und klopfte darauf herum. »Naja, stimmt. Ich hab wirklich nichts gehört. Und wenn doch, dann hab ich's vielleicht für Gewitterdonner gehalten. Ich weiß es wirklich nicht.«

»Siehst du? Genau da liegt der Hase im Pfeffer. Wir haben nichts außer der Aussage Ryans. Daher muss ich – ob es mir Spaß macht oder nicht – DS Ryan im Präsidium festhalten und alle Möglichkeiten in Betracht ziehen. Es tut mir leid! Und wenn nicht irgendwie bewiesen wird, dass der Kerl auch eine Waffe hatte ... dann gnade uns Gott. Ryan und mir!«

»Und was ist jetzt mit dem Mörder?«, fragte Ishbel.

»Dem zunächst vermutlichen Brandstifter meinst du wohl?« Brians Sarkasmus hätte alle Tassen am Tisch füllen können. »Der liegt im Krankenhaus im künstlichen Koma. Der Schuss hat wohl irgendwas Wichtiges verletzt. Ich hab das Kauderwelsch der Ärzte nicht verstanden.« Ganz offensichtlich wäre es Brian lieber gewesen, wenn Ryan noch etwas viel Wichtigeres verletzt hätte. »Keine Papiere, keine Schlüssel, nichts woraus man eine Identität ableiten könnte. Wir lassen das Gesicht und die Fingerabdrücke durch den Computer laufen, ob er irgendwo bekannt ist. Bislang keinen Erfolg. Euch hat das Gesicht ja auch nichts gesagt. Ich habe sein Foto sogar an Charles Maclellan gemailt. Auch der kannte ihn nicht.«

»Kommt er durch?«, wollte Alan wissen.

»Laut Aussage der Ärzte schon. Hat wohl enorm viel Blut verloren. Sei aber ganz zäh. Wir werden sehen.«

»Ist es jetzt vorbei?« Hoffnungsvoll schaute Ishbel Alan an.

»Ist zu vermuten.« Man merkte Alan an, dass er eigentlich noch nichts sagen wollte. »Dass der Kerl gerne zündelt, wissen wir ja jetzt. Daher liegt die Vermutung nahe, dass er auch was mit deinem Lagerhausbrand zu schaffen hat. Da er es offensichtlich auf dich abgesehen hatte, Graham, liegt es ebenfalls nahe, dass er auch den Unfall provoziert hat. Bei eurem Brennblasenunfall sind wir uns ja alle unsicher, was da los war.«

»Bleiben also nur noch die Torfleichen.« Graham tippte wieder auf seinem Gips herum.

»Stimmt. Aber wie es aussieht, wissen wir ja auch da bald mehr. Die DNA-Analysen laufen ja.«

Brian seufzte und ließ sich gegen die Lehne des Esszimmerstuhls fallen. »Dann können wir also einpacken?«

»Sieht wohl so aus. Solange der Kerl im Koma liegt, können wir nichts mehr tun. Danach wissen wir vielleicht auch, was das Ganze überhaupt sollte. Dafür können wir aber alle wieder ruhig schlafen. Das ist doch auch was.«

»Ich bin mir da nicht so sicher wie du, Alan.« Graham schüttelte den Kopf. »Mein Bauch sagt mir: Irgendetwas stimmt da nicht. Das fühle ich ganz genau.«

Keiner erwiderte etwas, denn allen ging es irgendwie ähnlich.

Und die nächsten Tage sollten zeigen, dass es durchaus Sinn macht, auf seinen Bauch zu hören.

Kollateralschaden

Montag, 30. Mai

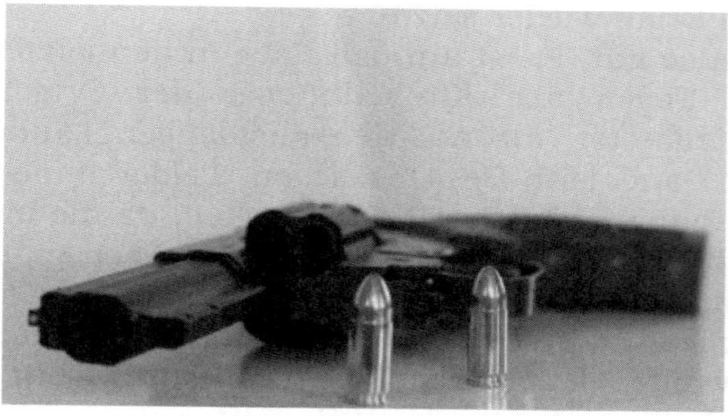

Drei Tage später saßen Brian und Alan in Brians Büro in Inverness und blätterten zum wohl tausendsten Mal die Unterlagen durch. Nichtstun und Abarten davon, das war für beide definitiv mit Folter gleichzusetzen. Dann jedoch überrollte sie eine Flut von neuen Informationen.

Zuerst flatterte ein Fax aus dem mikrobiologischen Labor der Universität Aberdeen herein. Der DNA-Test war positiv! Mit 92,2%iger Sicherheit konnte bestätigt werden, dass die DNA der Torfleichen in direkter Verwandtschaft zu Annabelle MacGoohans abgegebener Probe stand. Der Vergleich mit Manfred McElhones Probe war dagegen negativ. »Das haut mich jetzt um«, kommentierte Brian das Ergebnis. »Da steht diese Sippe doch direkt mit der Geschichte in Verbindung und will uns weißmachen, dass sie von nichts eine Ahnung hat. Die sollten wir uns noch mal vorknöpfen.« Brian wollte schon zu seiner Jacke greifen, als das Telefon klingelte.

Alan hob den Hörer ab und stellte auf Lautsprecher. »Hi, hier ist Nicky. Ich hab was Tolles für euch. Könnt ihr zuhören?«

»Dir doch immer«, antwortete Alan, während sich Brian wieder setzte.

»Also gut. Passt auf, ich habe in den letzten beiden Tagen alle Kirchenbücher der Ortschaften durchforstet, die auf den ehemaligen Ländereien des Dandaleith-Besitzes liegen. Leider musste ich das hauptsächlich vor Ort machen, da die meisten davon nicht digitalisiert wurden. Aber gut, jetzt kommt's! Nachdem ich in Archietown, Cardow, Knockando und Robertstown nichts gefunden hatte, wollte ich schon aufgeben. Aber dann bin ich in Birchview auf einen irren Bericht gestoßen!«

»Kind! Du hast es hier mit alten Männern zu tun, deren Lebenszeit begrenzt ist. Fasse dich kurz!«

»Okay, okay, also, der Gemeindechronist hatte hier vermerkt, dass es wohl schon einige Zeit einen offenen Disput der herrschaftlichen Familie der MacGoohans mit ihren Verwaltern, den McElhones gegeben hat. Also wohl schon seit Mitte 1833. Offensichtlich hat einer der MacGoohans dem örtlichen Pfarrer anvertraut, dass er die McElhones wohl vor die Tür setzen wolle. Der Pfarrer befürchtete daraufhin sogar noch Schlimmeres. Das ist interessant, oder?« Man konnte Nickys stolzes Strahlen geradezu durch den Lautsprecher hören.

»Das ist es wirklich«, bestätigte Brian. »Also hat unser kleiner Amifreund auch gelogen – oder zumindest sind seine Unterlagen gefälscht. Die Sache mit dem angeblichen Testament kann man nach dieser Geschichte ja wohl nicht mehr für bare Münze nehmen.«

»Ach, und noch was«, tönte es aus dem Telefon. »Von Cholera oder so steht hier in den Kirchenbüchern zwar auch was drin. Aber absolut nichts in Verbindung mit den MacGoohans. Allerdings wechselte der Chronist wohl 1835. Wer weiß, wer weiß?«

»Super, Nicky! Das war toll von dir. Komm jetzt mal ins Büro. Wir werden heute wohl noch Besuch bekommen.«

»Ach, und noch was. Ich habe die Alibis von der schönen Annabelle überprüft.«

»Höre ich da einen gewissen Neid heraus?« Alan und Brian grinsten sich an.

»Witzig! Aber egal, ich habe gut 30 Leute angerufen und genauso viele vage Aussagen bekommen. Die meisten meinten sich daran zu erinnern, Annabelle gesehen zu haben. Viele haben steif und fest geschworen, mit ihr an den betreffenden Tagen mehrmals gesprochen zu haben. Und das über den ganzen Tag verteilt. Also alles in allem würde ich behaupten, dass ihre Angaben stimmen. Die Leute sind einfach nicht darauf trainiert, sich ihre Umgebung zu merken. Fakt ist, die von ihr angegebenen Termine stimmen und sie hat auch diese Veranstaltungen ausgerichtet. Mehr habe ich nicht.«

»Das reicht auch, Nicky. Ich habe nicht daran geglaubt, dass sie uns derart dreist anlügen würde. Komm jetzt erst mal hierher.« Damit legte Alan auf.

»Ich würde vorschlagen, wir laden doch gleich beide Kandidaten, Annabelle und Manfred, hierher ein, um ihnen die Ergebnisse zu präsentieren. Schauen wir doch mal, was passiert.« Gerade wollte Alan zum Hörer greifen, als erneut das Faxgerät klingelte. Diesmal war es eine handschriftliche Notiz von Butcher aus dem gerichtsmedizinischen Institut. Die Nachricht lautete kurz und knapp „*Keine Cholera. Auch sonst nix Ansteckendes. Belästigt mich nicht mehr mit euren Horrorideen. Butcher*“.

»Damit wäre die Story ja wasserdicht. Es hilft zwar niemandem mehr, aber damit können wir unseren Freddy doch ein wenig von seinem amerikanischen Ross holen, oder?« Brian rieb sich die Hände. »Soll ich die Herrschaften einladen?«

Alan hatte jetzt nicht einmal die Zeit zu antworten, bevor das Telefon erneut klingelte. Genervt verdrehte er die Augen und hob ab. Eine kleine Weile hörte er zu, sagte dann nur knapp: »Wir kommen« und legte auf.

»Was in aller Welt ist denn jetzt wieder los?«, fragte Brian erstaunt.

»Das war der Oberarzt aus dem Krankenhaus. Unser Brandstifter ist aus dem Koma erwacht.«

»Das ist ja toll. Und? Was sagt der Arzt?«

»Der sagt, es wäre für die schottische Tourismusbranche ausgesprochen kontraproduktiv, deutsche und dann auch noch unbescholtene Gäste einfach über den Haufen zu schießen.«

»Was? Deutsche Gäste? Wieso das denn?« Brian war jetzt völlig perplex.

»Spar dir die Luft, rufe die MacGoohan oder Briggs oder wie die heißt an und den Ami McElhone und bestell sie für morgen um 11:00 Uhr hierher. Sag ihnen irgendwas von vertraulicher DNA-Analyse. Ich sag Nicky und DS Ryan Bescheid und dann fahren wir beide ins Krankenhaus. Unterwegs erkläre ich dir alles.«

Brian tat wie ihm geraten und führte die beiden Telefonate. Anschließend folgte er Alan zu seinem Wagen.

In St Andrews wurde das Telefon aufgelegt.

So, so, neue wichtige Erkenntnisse liegen also vor. Das ist ja interessant. Was das wohl sein kann?

Der Polizist Strachan wollte es nicht am Telefon sagen. Erst morgen auf dem Revier wollen sie mit der Sprache rausrücken. Vertrauliche Informationen könne man nicht so einfach weitergeben.

Ob ich weiterhin Glück habe? Aber was wäre in diesem Fall Glück? Nein, soviel Schwein kann man gar nicht haben!

Wie war das noch, als ich letzte Tage völlig außer Atem auf einem schmutzigen Innenhof irgendwo an der Main Street von Charlestown ankam?

Eine bewaffnete Überwachung für Graham Morrice! Das darf doch alles gar nicht wahr sein! Wer konnte denn damit rechnen? Dabei war der Plan so gut. Einfach das Benzin durch den Briefschlitz gießen, klingeln und warten bis Morrice in den Flur gehumpelt kommt, das Sturmfeuerzeug durch den Briefschlitz werfen und ... fertig! Aber nein! Die Bullen vor der Tür! Und dann auch noch bewaffnet wie in amerikanischen Spielfilmen. Warum ist mir bloß der Wagen in den letzten Tagen nie aufgefallen? Ich bin doch mehrmals am Haus vorbeigelaufen. Offensichtlich bin ich als Verbrecher doch nicht geeignet. Aber was bleibt mir denn übrig? Die Sache muss doch endlich ein Ende finden. Und jetzt gibt es kein Zurück mehr.

Schießwütige Bullen! Irgendwann hätte er mich erwischt. Ich musste zurückschießen. Ich habe zwar nur in die Luft geschossen, aber das hat dem Bullen imponiert. Hingeschmissen hat er sich, direkt in die matschige Wiese. Und dann steht plötzlich dieser andere Blödmann direkt vor mir. Mein Gott, hatte ich mich erschreckt! Zuerst dachte ich, das wäre noch ein Bulle. Aber, als der Typ die Waffe in meiner Hand sieht, kriegt er voll die Panik. Ich brüll ihn noch an „Los, hau ab, Mensch“ und als ich über die Mauer bin, will er wohl über die andere Mauer klettern und von mir weglaufen. Dann fällt der Schuss. Bevor ich um die nächste Ecke bin, schaute ich nochmals zurück und sehe den armen Kerl wie einen nassen Sack über die Mauer rutschen. Der Bulle hatte auf den Falschen geschossen und ihn auch getroffen. Mann o Mann, soviel Schwein kann man gar nicht haben!

Aber Graham Morrice lebt noch. Charles Maclellan lebt noch. Und Dandaleith wird auch bald wieder leben. Wo war da das Glück? Oder kommt meine Stunde noch? Warten wir es mal ab.

Eine halbe Stunde später saßen Brian und Alan in grüne Kittel und Häubchen gehüllt am Bett von Udo Halske auf der Intensivstation des Krankenhauses. Dieser sah bereits wieder einigermaßen fit aus und konnte sich sogar sauber artikulieren. Anscheinend hatten weder Schussverletzung noch Koma irgendeinen bleibenden Schaden hinterlassen.

Auf der anderen Seite des Bettes saß Halskes Freund und Reisebegleiter Tim Vadimski, beide aus Essen in Deutschland, und schaute die beiden Beamten grimmig an. Udo Halske hatte nicht mal eine Gedächtnislücke und konnte die ganze Geschichte im Detail wiedergeben.

»Ich war schon einen Tag eher als Tim in Inverness mit dem Flieger angekommen. Ich sollte uns schon mal ein schönes B&B in der Speyside besorgen. Da bin ich zunächst nach Charlestown gefahren, weil wir ja auch die Ben Rhinnes Distillery besuchen wollten. Haben sie übrigens schon von dem neuen - oder eher alten Whisky Dandaleith gehört? Der soll bei Ben Rhinnes wieder neu hergestellt worden sein. Das war auch ein Grund, warum wir hier ...«

Udo bemerkte, wie Brians Geduld langsam, wie aus einer Sanduhr, aus seinem Gesicht ran. »Oh, Entschuldigung. Also, ich hatte den Mietwagen auf der Hauptstraße abgestellt und bin einfach drauf los gegangen. Dann fing es fürchterlich an zu regnen und ich hatte mich auch noch verlaufen. Da bin ich einfach von Tür zu Tür gegangen und habe überall dort geklingelt, wo draußen "B&B, Vacancy" stand. Als ich vor einem dieser Häuser stand, habe ich zuerst die Schüsse gehört und dann kam plötzlich dieser Irre mit der Knarre um die Ecke.«

»Entschuldigung, dass ich unterbreche, aber haben sie diesen Typen erkennen können?«

»Nein, wie denn auch? Der hatte so eine Skimaske über, wie bei einem Banküberfall. Dann hat mich der Typ angebrüllt und mit der Knarre rumgefuchtelt. Ich habe zwar kein Wort verstanden, bin aber sofort los und wollte über die nächste Mauer. Bloß weg, dachte ich! In was für einem Horrorschuppen bist du denn hier gelandet! Und dann hat die Drecksau mir in den Rücken geschossen. Danach war's duster.«

Brian und Alan schauten sich betreten an. Offensichtlich hatte man Udo Halske noch nicht gesagt, wer ihn tatsächlich angeschossen hatte. »Konnten sie denn vielleicht erkennen, ob es sich um einen Mann oder eine Frau gehandelt hat? Wie die Statur war?«

»Eine Frau mit Knarre? Bin ich hier in *Kill Bill* oder was? Na, ihr macht mir Spaß! Ich dachte, ich fahre ins beschauliche Schottland, wo die größte Gefahr von Haggis und übergewichtigen Mädchen ausgeht. Nee, im Ernst, da habe ich nicht drauf geachtet. Wie heißt es immer im Fernsehen? Mittelgroß, mittelschlank, mittelalt. Mehr weiß ich nicht.«

»Na ja, schade. Aber beruhigend, dass es ihnen wieder so gut geht. Warum hatten sie denn überhaupt keine Papiere bei sich?«, wollte Alan noch wissen.

»Hab ich blöderweise im Auto liegen gelassen. Den Wagenschlüssel hatte ich auch stecken gelassen. Ich wollte ja eigentlich nur kurz die nächste Straße rauf. Ich weiß, das war dämlich.«

»Wenn ihr Freund hier nicht geistesgegenwärtig sofort zur Polizei gegangen wäre, als er sie nicht erreichen konnte, und sie nicht glücklicherweise gesund wieder aufgewacht wären, hätte es noch viel dämlicher ausgehen können. Aber gut. Sie bleiben die nächsten Tage noch hier im Krankenhaus. Sie werden auf die Privatstation verlegt und bekommen ein hübsches Einzelzimmer. Und sie, Herr Vadimski, werden im Royal Arms Hotel untergebracht mit Vollpension. Und anschließend machen Sie beide noch einen ausgiebigen Urlaub hier. Ich habe da schon einen ganz speziellen Führer für einige der besten Destillerien der Gegend.«

»Moment«, meldete sich jetzt auch Tim zu Wort. »Das können wir uns aber nicht leisten. Und soviel ich weiß, hast du, Udo, doch auch keine Auslandsreise-Krankenversicherung.«

»Das geht alles in Ordnung. Das lassen sie mal unsere Sorge sein. Eins muss ich ihnen nämlich leider noch mitteilen. Derjenige, der auf sie geschossen hat, war nicht der Verbrecher, dem sie begegnet sind, sondern ein Polizeibeamter, der sie mit dem Täter verwechselt hat.«

Eine halbe Minute herrschte angespanntes Schweigen, dann ergriff Udo Halske das Wort. »Dann haben sie mich also die ganze Zeit für einen Verbrecher gehalten? Und wahrscheinlich noch gehofft, dass ich abnippel? - Die Suite im Royal Arms! Für drei, nein vier Wochen. Für uns beide jeweils eine. Und einen Hin- und Rückflug für meine Freundin. Und jeden Tag Angus und Scallops. Und jeden zweiten Tag eine VIP-Führung durch eine andere Destillerie, mindestens vom Manager. Und aus jeder Destillerie eine Sonderabfüllung, vom Manager signiert.«

Alan und Brian sahen sich ungläubig an. »Die Deutschen ...« und zu Udo gewandt: »Abgemacht! Und dafür keine Presse!«

Als Brian und Alan das Krankenhaus verließen, hatten vier Personen gleichzeitig das Gefühl, den Jackpot geknackt zu haben.

Bis aufs Blut

Dienstag, 31. Mai

Einen Tag später waren die beiden Besprechungszimmer um 11:00 Uhr vorbereitet. Brians Sekretärin hatte jeweils Kaffee und die üblichen Kaltgetränke auf dem Konferenztisch bereitgestellt. In dem einen Raum würden Alan und Nicky Annabelle Emily Laurie Briggs in Empfang nehmen. Der andere Raum war für das Gespräch mit Manfred Jonas McElhone sowie Brian und Sergeant Fox vorgesehen.

Brian musste schmunzeln. Warum mussten Eltern ihren Kindern immer einen ganzen Sack voll Vornamen geben? Reichte da nicht einer? Oder entsprang dies dem verkappten Wunsch mancher Eltern, lieber fünf Kinder zu haben, sich aber nur eins leisten zu können? Oder meinten diese Eltern, es sähe besser aus, wenn auf den Schulheften Extra-Schildchen angebracht werden mussten? „William Arthur Philip Louis Mountbatten-Windsor, Duke of Cambridge, Kaiser von Ozeanien und Takatukaland, Tafelwart der 7b, komm nach vorne und sag dein Gedicht auf!“ *Wie blöd klingt das denn!*

Schnaubend griff Brian zu einem der Kaltgetränke und erwischte prompt den Holunderbeerensaft. Angewidert stellte er ihn wieder zurück und nahm stattdessen ein Mineralwasser. Kein Mensch trinkt im wahren Leben Holunderbeerensaft! Genauso wie den Tomatensaft im Flieger. Vermutlich bezahlten die Holunder- und Tomatenbauern horrende Bestechungsgelder an Fluglinien und Konferenzraumvermieter. Anders war so etwas nicht denkbar. So in den naturphilosophischen Tiefen des Alltags versunken, bekam Brian zuerst gar nicht mit, dass DS Fox den Besuch hereinführte.

Erst als sich Freddy McElhone deutlich räusperte und Fox sagte: »Chef, ihr Besuch ist da«, schreckte Brian hoch. »Oh, Mister McElhone, Freddy, gut, dass Sie Zeit gefunden haben. Wir haben einige Neuigkeiten. Nehmen Sie doch Platz.«

McElhone sah Brian etwas schräg an. »Lange Nacht gehabt, Officer? Oder sind Sie kein Frühaufsteher? Sie wirken etwas abwesend.«

»Lassen Sie mal das mit dem *Officer*. Ich heiße Brian. Und ich habe bloß über all die Schlechtigkeit der Welt nachgedacht. Das vertreibt die Müdigkeit.«

»Na, ich hoffe doch stark, dass Sie dabei nicht mich mit einbeziehen?«, entgegnete Freddy. Dabei nahm er gegenüber von Brian Platz und schenkte sich ebenfalls ein Wasser ein. DS Fox setzte sich etwas entfernt an den Kopf des Tisches.

Brian wiederum ließ Freddys Frage im Raum stehen und blätterte stattdessen in dem Schnellhefter, der vor ihm lag. »Wie sich die Dinge doch im Laufe der Zeit verändern, nicht wahr? Die ganze

Zeit denkt man, es war eine Krankheit. Dann plötzlich ist es Mord. Oder man denkt, man hätte geerbt. Dann stellt sich heraus – aber was erzähle ich Ihnen! Schauen Sie doch selbst einmal.« Mit einer schwungvollen Bewegung drehte Brian das zuoberst liegende Blatt in dem Hefter zu Freddy herum.«

Dieser schaute etwas irritiert erst auf Brian, dann auf das Blatt Papier. »Was ist das denn?« Ohne eine Antwort abzuwarten, die er von Brian auch nicht bekam, fing er an, die schnörkelige, altmodische Handschrift zu entziffern.

Nach gut einer Minute unterbrach ihn Brian. »Freddy, ist Ihnen klar was der heilige Mann, dem es bei göttlicher Strafe verboten war zu lügen, dort in das Kirchenbuch geschrieben hat?«

»Moment, Brian, was soll das? Sie schieben mir hier irgendeine Kopie aus einem Kirchen-Tagebuch hin. Was soll ich jetzt daraus schließen? Da steht, dass meine Vorfahren mit ihren Arbeitgebern Streit gehabt haben. Ja und?« Schnaubend wischte Freddy das Blatt wieder zu Brian hinüber. Als dieser keine Anstalten machte, zu antworten, redete Freddy weiter. »Erstens: Wer sagt denn, ob dieses Gefasel eines Klerikalen überhaupt stimmt? Zweitens: Ist da wirklich von meinen Vorfahren die Rede? Damit könnte ja auch jeder andere McElhone zu der Zeit gemeint sein!«

Brian verzog mitleidig seine Augenbrauen. »Tatsächlich?«

»Egal! Und drittens: falls dieses Zeug stimmt, ja und? Dann hat man sich halt später wieder versöhnt. Und als die Dings, ... die MacGoohans, krank wurden, haben meine Vorfahren sie wahrscheinlich aufopfernd gepflegt. Und dafür waren die dankbar. So!« Mit verschränkten Armen lehnte sich Freddy triumphierend zurück. »Und jetzt kommen Sie!«

Brians Lächeln erinnerte an das Gesicht eines Rottweilers kurz vorm Sprung. »Stimmt, Freddy. Jetzt komme ich!« Mit einer weiteren fließenden Bewegung schob er das zweite Blatt aus dem Ordner herüber.

»Oh, noch ein Tagebuch? Diesmal von der Köchin, oder was?«

»Köchin? Das würde Butcher gefallen«, murmelte Brian vor sich hin. Und zu Freddy sagte er: »Nein, kein Tagebuch. Oder höchstens das Tagebuch einer mikrobiologischen Untersuchung an einer toten Familie. Wie Sie unschwer erkennen können, hat der leitende Professor unserer Forensik das Ergebnis sehr unmissverständlich weiter unten formuliert.«

»"*Keine Cholera! Auch keine Pest! Fragt jetzt bloß nicht noch nach HIV oder BSE!*" Was soll mir das jetzt sagen?«, fragte Freddy irritiert.

»Das soll Ihnen sagen, dass die gefundenen Leichen weder an Cholera noch an sonst irgendeiner Krankheit gestorben sind. Diese Familie ist schlicht und ergreifend abgeschlachtet worden. Die kleinen Kinder sind erstickt worden. Das soll Ihnen das sagen!« Mit jedem Wort wurde Brians Stimme etwas lauter. »Die Leute, die ja so aufopfernd von Ihren Vorfahren gepflegt wurden. Die Leute, denen Ihre Vorfahren ja so sehr in der Not beigestanden haben! Die Ihren Vorfahren deshalb ja aus reiner Dankbarkeit alles vermacht haben! Mensch Freddy McElhone, welchen Bären wollen Sie uns denn noch aufbinden? Und sagen Sie mir jetzt bloß nicht, dass Sie nichts von alledem gewusst oder zumindest vermutet hätten.« DS Fox räusperte sich laut und sagte vorsichtig: »Chef?«

»Okay, okay, alles gut. Freddy, ich bin nun mal leider ein alter, aufbrausender schottischer Eingeborener und mag es einfach nicht, wenn man mich für dumm verkaufen will. Also, Sie wissen natürlich, dass, egal was damals passiert ist, es heute keinerlei rechtliche Konsequenzen mehr hat. Aber es gibt noch einen moralischen Anspruch. Deshalb sagen Sie mir jetzt bitte die Wahrheit. Warum sind Sie hier in Schottland? Mit Ihrem ganzen Familienzeugs. Genau zu dem Zeitpunkt, wo hier sehr sonderbare Dinge rund um die Geschichte auch von ihrer Familie passieren? Was haben Sie vor?«

Freddys Gesicht schien sich für einen Moment zu versteinern. Er trank einen kleinen Schluck aus seinem Glas, dann sah er Brian plötzlich freundlich an. »Chief Inspector Strachan, ich weiß, dass Sie nur ihren Job machen müssen. Und das, so gut es geht. Ich bin Ihnen deshalb nicht böse wegen Ihrer unbewiesenen Anschuldigungen und Verleumdungen. Diese Art der Provokation lernt bei uns jeder Provinzpolitiker. Bevor Sie sich aber weiter verheddern, möchte ich doch höflich darauf hinweisen, dass es sich hierbei um ein erstaunliches Gruselmärchen - die Betonung liegt auf "Märchen" – handelt. Sie finden, wie Sie selber sagen, durch einen zufälligen Brand auf einem Gelände, welches zugegebenermaßen meinen Vorfahren gehört hat ...«

»Was noch zu beweisen wäre!«

»Nein, Chief Inspector! Ihr Rechtssystem sollte sich nicht so weit von dem meinen unterscheiden. Es liegt ein offizielles Dokument vor. Ein Testament beglaubigt durch die damals anerkannten

Rechtsvertreter. Und wenn Sie nicht sehr, sehr eindeutige Beweise dafür vorbringen, dass dieses Dokument gefälscht ist, so bitte ich Sie, auch in Ihrem eigenen Interesse, nichts dagegen zu sagen.«

Brian konnte seinen enormen Blutdruck – er selbst würde es Blutrausch bezeichnen – nur dadurch in den Griff kriegen, indem er aufstand, ein Fenster öffnete und still alle Weihnachtswünsche seiner Frau Jane für dieses Jahr herunterbetete. Etwas ruhiger geworden drehte er sich um. »Und was ist mit den Anschuldigungen des Neffen der Familie MacGoohan? Haben Sie uns nicht selbst die Briefe dazu gezeigt?«

Freddy sah Brian offen an und sagte lässig »Natürlich hab ich das! Daraus sehen Sie doch wohl, dass ich vollkommen offen und ehrlich bin und nichts zu verbergen habe. Und was steht in diesen Briefen? Was schreiben die Advokaten?« Jetzt erhob Freddy die Stimme. »Dass die Vorwürfe unhaltbares Geschwafel waren! Wie viele Beweise wollen Sie denn noch? Sind Sie auf irgendeinem Kreuzzug gegen alle, die Ihr geliebtes Schottland freiwillig verlassen haben? Wollen Sie jetzt alle, die wegen Hunger, Armut, Vertreibung oder sonst einer Notlage dieses paradiesische Land verlassen haben als flüchtige Mörder darstellen?«

»Werden Sie nicht unsachlich, Mister McElhone.«

»Ach, ich werde unsachlich? Gut, dann bitte zurück zum Thema. Wie ich bereits sagte, Sie finden zufällig irgendwelche Leichen auf dem ehemaligen Besitz *meiner* Familie und behaupten nun, dies wären genau die Vorbesitzer, von denen im Testament die Rede ist. Ist das nicht etwas weit hergeholt? Woher wollen Sie das denn wissen? Haben die Leichen vielleicht noch ihre Ausweise bei sich getragen? Oder hatte deren Zahnarzt vielleicht noch die Röntgenbilder im Archiv? Also bitte ...!« Freddy machte Anstalten, sich zu erheben.

»Besser, Mister McElhone, viel besser!«

Freddy ließ sich wieder auf den Stuhl fallen. Abwartend und nicht mehr ganz so selbstsicher sah er Brian an.

»DNA-Analysen, keine Röntgenbilder. DNA-Analysen. Haben sie völlig vergessen, warum ich Sie heute hierher bestellt habe? Haben Sie völlig vergessen, dass Sie uns in den letzten Tagen freiwillig eine Speichelprobe gegeben haben?«

Freddy wirkte perplex. Ja, das hatte er tatsächlich schon wieder verdrängt. Er hatte sich über die Speichelprobe überhaupt keine Gedanken gemacht. Man hatte ihm gesagt, dass man die DNA der Leichen mit seiner abgleichen wolle, um festzustellen, ob die Toten mit ihm verwandt wären. Das hatte er für völlig abwegig gehalten und gar nicht mehr darüber nachgedacht. »Ja und? Offensichtlich bin ich ja mit den Leichen nicht verwandt, höre ich aus Ihren Worten heraus. Und weiter? Was soll das jetzt beweisen?«

Diesmal konnte Brian nur süffisant antworten. »Das? Das beweist nur, dass die Leichen nicht irgendwelche direkten Vorfahren von Ihnen sind. Richtig, mehr nicht. Aber, dass die DNA eindeutig mit der DNA des letzten lebenden Nachfahren der MacGoohans übereinstimmt, das beweist eine ganze Menge!«

Einen Moment lang wirkte Freddy, als hätte man ihm mitgeteilt, dass seine Mutter eine Außerirdische ist. Sein Mund klappte ein paar Mal auf und zu, bevor er die Sprache wiederfand. »Es gibt Nachfahren? Das ist ein Witz, oder? Nein, Sie machen keine Witze. Dazu sind Sie nicht der Typ. Sie haben eben selbst gesagt, aus dieser Erkenntnis kann man keine rechtlichen Schritte mehr ableiten. Dann haben wir – wie haben Sie es eben selbst formuliert – ein *moralisches* Patt. Da stehen Dokumente gegen Aussage und ... fertig! Falls dieser Nachfahre juristische Unterstützung hinzuziehen möchte – bitte, Sie können ihm gerne die Adresse meines Anwalts in Denver geben. Wer ist denn der Kerl?« Freddy bekam langsam wieder Oberwasser. Offenbar war ihm klar, dass Brian nicht mehr nachlegen konnte.

»Der Kerl ist eine Dame, Mr. McElhone, und ich glaube mal nicht, dass Miss Briggs juristische Schritte gegen Sie einleiten möchte. Denn darum geht es hier gar nicht ...

Während Brian und Freddy ihren Disput pflegten, lief nur ein Zimmer weiter das Gespräch zwischen Alan und Nicky mit Annabelle Briggs zu denselben Themen ganz anders ab.

Sie traf mit leichter Verspätung gegen 11:10 Uhr ein, da sie keinen Parkplatz gefunden hatte und nicht auf die polizeieigenen Plätze im Innenhof fahren wollte. Sie hatte sich für ein dezentes Business-Outfit mit unifarbenem Rock und Bluse entschieden. Dazu nicht zu hohe Pumps und wenig Schmuck und Schminke. »Was haben Sie denn Wichtiges herausgefunden?«, fragte sie gleich zu Anfang, noch bevor sie sich hingesetzt hatte.

»Nehmen wir uns doch erst mal einen Kaffee, Miss Briggs.« Alan hielt die Kanne abwartend in die Höhe. Als Annie nickte, goss er ihre Tasse voll und schenkte auch sich ein. Nicky hatte sich ihre Tasse mit Tee mitgebracht. Ähnlich wie Brian schaute er danach zunächst ein paar Sekunden in seinen Schnellhefter, bevor er Annie ansah. »Ich möchte es kurz und schmerzlos machen und hoffe, Ihnen hier eine wirklich interessante und gute Nachricht geben zu können.«

»Na, jetzt spannen Sie mich aber auf die Folter! Also raus damit!«

»Haben Sie denn ihre Mutter getroffen? Wie war ihr Wiedersehen?«

»Mr. Derringer, wir sind doch jetzt nicht hier, um über meine Beziehung zu meiner Mutter zu plaudern. Erzählen Sie mir lieber, was Sie herausgefunden haben.«

Ohne auf Annabells Abfuhr zu reagieren, fuhr Alan fort. »Miss Briggs, wir hatten Sie seinerzeit ja um eine Speichelprobe gebeten, anhand derer wir vielleicht die Identität der Leichen des Warehouse Brandes eingrenzen könnten. Nun, wir haben ein Ergebnis und das dürfte Sie vielleicht überraschen.« Alan klappte den Schnellhefter ruckartig zu und sah Annabelle in die Augen. »Sie sind die Nachfahrin der aufgefundenen Familie. Zumindest in der zweiten Linie. Bei den Leichen muss es sich also mit der höchstmöglichen Wahrscheinlichkeit um die Familie des Bruders Ihres Urahns handeln. Der Mann konnte gentechnisch als ein MacGoohan identifiziert werden. Die Kinderleichen wiederum als seine Kinder. Und daraus rückschließend die Frau als deren Mutter.«

Annabelle war in diesem Moment nicht klar, was Alan Derringer für eine Reaktion von ihr erwartet hatte. Sie konnte nur stumm dasitzen und ihn ansehen. Sollte sie in Ohnmacht fallen oder mit einem spitzen "Oh!" vom Stuhl aufschrecken? Ihr gelang es lediglich, ein interessiert klingendes »Ach ja?« herauszubringen.

»Mehr haben Sie dazu nicht zu sagen?«, fragte Nicky erstaunt.

»Was haben Sie denn jetzt erwartet?«, konterte Annabelle charmant. »Sie offerieren mir die Nachricht, dass irgendwelche 200jährigen Leichen mal meine Vorfahren gewesen sind. Toll. Sicherlich eine ganz nette und gruselige Geschichte, die ich auf den nächsten Dinnerpartys definitiv verwenden werde. Werde ich wegen der Leichen jetzt rückwirkend geadelt, oder was?« Annabelle schmunzelte die beiden nachdenklich an. »Ich vermute aber mal, dies wird auch irgendwann der Presse bekannt. Könnte sein, dass man mich und meine Arbeit dann etwas öfter bucht. Das wäre durchaus positiv. Also, ich gebe zu, diese Geschichte ist für mich doch eine tolle Nachricht. Vielen Dank.«

Alan kniff die Augenbrauen zusammen und beugte sich ein wenig vor. »Durchaus richtig, Miss Briggs. Aber hat diese Information nicht auch noch andere Effekte für Sie? Klären sich für Sie nicht dadurch auch noch ein paar andere offene Fragen?«

Annabelle blickte Alan erstaunt an. »Kommen Sie mir jetzt schon wieder mit Ihren Verschwörungstheorien? Ich habe Ihnen doch schon bei unserem letzten Gespräch gesagt, dass ich über die Vorfahren meines Vaters recht wenig weiß. Also habe ich, was Sie ja wohl vermuten, auch nicht irgendwelche Hallen in Brand gesteckt, um meine Vorfahren zu rächen oder was weiß ich!«

»Miss Briggs, wie kommen Sie auf rächen? Gibt es denn irgendwas zu rächen?«

»Himmelherrgott, lieber Inspector! Das war doch nur so dahin gesponnen! Sie haben mir doch gesagt, dass diese Leute wohl umgebracht wurden. Also dann eben rächen! Was denn sonst?« Annie ließ sich schnaufend gegen die Lehne ihres Stuhls fallen. »Kann ich rauchen?«

Alan ignorierte nicht nur den falschen Dienstgrad, sondern auch die ihm gestellte Frage. »Sie wirken etwas nervös auf mich, Miss Briggs. Gibt es dafür einen Grund?« Alan sah Annie scharf an.

»Einen? Zwei! Erstens regen Sie mich mit ihren Unterstellungen auf. Sie klingen wie mein Stiefvater. Und zweitens regt mich dieses dämliche Rauchverbot auf. Also gestatten Sie mir wieder einen Gesetzesbruch?« Annie blickte ihn wie ein waidwundes Reh an, während Nicky sich einen schmunzelnden Seitenblick zu Alan nicht verkneifen konnte.

»Zwei Leidensgenossen also? Na, dann mach ich mal das Fenster auf.« Nicky stand schwungvoll auf und nahm damit der ganzen Situation die Spannung. Die beiden anderen folgten ihr und frönten zunächst schweigend ihrer Sucht, bis Annie wieder das Wort ergriff. »Gut, Sie wissen jetzt, wer die Menschen waren. Was bedeutet das jetzt aber für Sie? Ermitteln Sie jetzt die Mörder? Ich meine, nach x Jahrhunderten ... macht das überhaupt noch Sinn? Oder haben Sie etwa schon "Verdächtige"?« Annie malte bei dem letzten Wort Gänsefüßchen in die Luft.

»Können Sie sich nicht denken, wen wir in Verdacht haben?«

»Kommen Sie mir jetzt wieder mit der "Mein kranker Bruder tötet den letzten Nachfahren" Geschichte? Wie hieß der Kerl, der Ronnie fertiggemacht hatte? Mac Callahan? Soll dessen Uropa meine Vorfahren abgemurkst haben, um an die Farm zu kommen? Diese Hollywoodgeschichte haben Sie schon letztes Mal angedeutet. Meinen Sie das ernst?« Annie drückte ihre Zigarette im Ascher auf der Fensterbank aus und zündete sich sofort eine neue an. »Diese einmalige Gelegenheit muss man ausnutzen«, kommentierte sie Nickys angewiderten Blick.

»Maclellan heißt der Mann. Charles Maclellan. Sie müssen zugeben, wenn man den großen zeitlichen Aspekt mal außer Acht lässt, passen die Handlungen doch alle zusammen.«

»Na, wenn Sie meinen. Für mich klingt das nach Denver-Clan oder Dallas. Familienehre und so ein Zeugs. Aber das ist ja Ihre Zeit, die Sie verplempern. Das kann ich mir aber leider nicht leisten. Daher würde ich mich nun gerne wieder meinem Job widmen. Kann ich gehen?«

»Oh, natürlich, Miss Briggs. Falls wir noch Fragen haben sollten, haben wir ja ihre Nummer.« Mit ausgestrecktem Arm geleitete er Annie zum Tisch zurück und drückte dabei wie beiläufig auf eine Taste des Telefons.

Während Annie sich ihre Handtasche nahm und den letzten Schluck Kaffee aus ihrer Tasse trank, klopfte es an der Tür und Sergeant Fox trat herein. »Entschuldigen Sie, Sir. Wir sind jetzt mit der Befragung von Mister McElhone fast fertig. Möchten Sie noch dazu kommen?«

Alan blickte wie beiläufig DS Fox an. »Ach, schon? Gab es denn was Neues zu Dandaleith?«

Annie, die gerade im Begriff war zu gehen, stockte und sah abwechselnd Alan und DS Fox an? »Ach, haben Sie doch noch mehr potenzielle Mörder vorgeladen? Bin ich etwa nicht Ihre Hauptverdächtige?« Mit einem spöttischen Grinsen sah sie Alan an.

»Miss Briggs, wir gehen jeder Möglichkeit nach. Das heißt natürlich, dass jeder Besitzer der Farm oder besser dessen Nachfahren zum Gespräch gebeten werden. Das verstehen Sie doch, oder?«

»Oh, sicher. Aber, rein interessehalber, wer ist dieser McElhone? Sie sagten mir doch, die Farm hätte den Maclellans gehört?«

Alan verzog keine Miene. Auch Nicky tat bewusst unbeteiligt. »Ach, hab ich Ihnen das gar nicht erzählt? Offensichtlich wurde die Farm damals gar nicht von Ihren Vorfahren an die Maclellans verkauft, sondern an die McElhones.«

Für einen kurzen Moment konnte man ein unruhiges Flackern in Annies Augen wahrnehmen. Dann entfuhr ihr ein ersticktes Kichern. »Hihi. Ach so?« Dann zeigte sie wieder ganz die toughe Businessfrau. »Na, ist ja auch egal, nicht wahr? Dann sind die Maclellans also gar nicht die Besitzer? Dann hat also die traurige Geschichte mit meinem Halbbruder gar keine Verbindung zu ihren Torfleichen?«

Verdammtes, gerissenes Luder, dachte Alan. »Das, Miss Briggs, werden wir noch herausfinden. Und dennoch, die Maclellans sind lange Zeit die Besitzer von Dandaleith gewesen. Aber, so wie es aussieht, eben erst nach den McElhones.«

»Aha!« Ohne weitere Worte verließ Annie den Raum. Auf dem Flur lief sie dabei Freddy McElhone direkt in die Arme.

»Oh hoppla, schöne Frau! Wohin denn so eilig?«, empfing Freddy die erschrockene Annie.

Annie, erbost über ihre Tollpatschigkeit, wich zunächst verärgert einen Schritt zurück. »Gehört das auch zu Ihren Verhörmethoden?«

Freddy lachte herzlich. »Keine Sorge, ich gehöre nicht zu diesem Verein. Übrigens, McElhone ist mein Name. Manfred Jonas McElhone. Und wie darf ich diese zauberhafte Dame nennen?«

Das war er also, der besagte McElhone! Der letzte Nachfahre der damaligen Dandaleith-Besitzer. Was sollte sie damit nur anfangen? Annie sah sich ihr Gegenüber an. Ein gepflegter Mann mit guten Manieren. Ein etwas altmodischer Rautenpullover, lässige Jeans und ein offensichtlich teures Wolljackett. *Und versteht es, Komplimente zu machen.* »Sie dürfen diese Dame Briggs nennen. Annabelle Briggs.« Spontan lächelte sie ihn an, während Alan, Nicky, DS Fox und Brian die Szenerie verstohlen beobachteten.

Briggs? Der Name fiel doch eben. Das war sie also, die letzte Nachfahrin der ehemaligen Farmbesitzer und der gefundenen Moorleichen. Was sollte er damit nun anfangen? Beeindruckt sah sich Freddy Annabelle von oben bis unten an. Gepflegtes Outfit. Eine hinreißende Figur. Leicht unterkühlte Art. Freddy reichte ihr die Hand. »Sie sind Miss Briggs? Die letzte Nachfahrin der ursprünglichen Besitzer dieser Farm? Das ist ja erstaunlich. Wissen Sie, dass uns ja dann einiges verbindet? Darüber sollten wir uns unbedingt einmal unterhalten. Was meinen Sie?«

»Ich wüsste nicht, worüber wir uns unterhalten müssten, Mister McElhone«, antwortete Annie frostig.

»Aber Miss Briggs! Bei solch einer gemeinsamen Vergangenheit! Ich wohne zurzeit in St Andrews.

Ein wirklich tolles Städtchen. Darf ich Ihnen das nicht einmal zeigen?«

Annie lächelte ihn weiterhin kühl an. »Ich glaube, ich kann Ihnen einiges mehr über St Andrews erzählen als Sie mir. Ich bin nämlich dort aufgewachsen und wohne zurzeit auch dort.«

»Na aber das ist doch prächtig! Dann gestatten Sie mir doch, Sie dort einzuladen. Dann können Sie mir als neugierigem Amerikaner doch alles über ihre Heimat erzählen.«

Ohne ein weiteres Wort zu den Beamten verließen Annabelle und Manfred den Flur in Richtung Aufzüge.

Alan, Nicky und Brian setzten sich in dem einen Besprechungszimmer zusammen und tauschten ihre jeweiligen Eindrücke aus.

»Und?«, fragte Brian. »Hat uns das jetzt weiter gebracht? Aus dem Amerikaner holst du nichts raus. Der ist glatt wie ein Aal.«

»Dafür hat mir Miss Briggs aber auf die Information mit McElhone zu deutlich reagiert«, entgegnete Alan. »Wir bleiben an beiden dran. Sind die Überwachungen organisiert?«

Nicky bejahte. »Die Kollegen aus St Andrews sind aktiv. Die werden beide nicht mehr aus den Augen lassen.«

»Gut. Dann können wir momentan nur abwarten, ob einer der Beiden sich verrät.«

Brian schüttelte den Kopf. »Und wenn keiner der Beiden was mit der Sache zu schaffen hat?«

»Dann, mein Lieber, haben wir halt eine falsche Spur verfolgt und müssen von vorne anfangen. Aber wir waren uns doch einig, eine andere Idee haben wir momentan nicht.«

»Da stimme ich dir zu, Alan. Nur, war es wirklich notwendig, die beiden aufeinanderprallen zu lassen?«, fragte Nicky.

Alan zog die Schultern hoch. »Was hätten wir denn machen sollen? Keiner von beiden lässt sich mit Worten aus der Reserve locken. Falls, wie du richtig sagst, überhaupt was an den Theorien dran ist. Für beide muss der Anblick des jeweils anderen ein kleiner Schock gewesen sein. Wenn einer von beiden in der Sache drinsteckt, haben wir sie oder ihn zum Handeln provoziert. Und dann sind wir dabei und schlagen zu.« Zuversichtlich nickte Alan den beiden zu.

Alles wird gut?

Mittwoch, 01. Juni

Mehr und mehr verdrängte das penetrante Klingeln die letzten Bilder ihrer verworrenen Träume aus ihrem Bewusstsein. Wer sollte sie hier denn anrufen? Außer der Polizei und ihrer Mutter kannte doch niemand ihren Aufenthaltsort. Wahrscheinlich war es wieder ihre Vermieterin, die sie zum Frühstück bitten wollte.

Verdammt, sie hatte schon wieder verschlafen. Unwillig warf sie sich auf die andere Seite, um die Ziffern auf dem Display des kleinen elektronischen Weckers erkennen zu können. Die frühsommerliche Sonne schien bereits in ihrer vollen Pracht direkt ins Zimmer, sodass sie ihre Augen nur ein winzigen Spalt öffnete. 09:17 leuchtete es ihr in Neonfarbe entgegen. Nein, fürs Frühstück war es noch nicht zu spät. Missmutig zog sie ihren Arm unter der warmen Decke hervor und griff zum Telefonhörer. »Ja, hallo?«

»Guten Morgen, Miss Briggs. Hier ist Margaret. Entschuldigen Sie bitte die Störung ...«

»Nein, nein. Danke fürs Wecken. Ich komme gleich runter. Ich wollte eigentlich nur eine Tasse Kaffee.«

»Nein, Miss Briggs. Deshalb rufe ich Sie nicht an. Das Frühstück hat ja noch Zeit. Da ist ein Herr in der Leitung, der Sie unbedingt sprechen möchte. Ich wollte ihn nicht direkt zu Ihnen durchstellen. Man weiß ja nie ...« Margaret, die stets besorgte Wirtin des Collimhor B&B, hinterließ eine bedeutungsschwangere Pause.

»Das ist sehr freundlich von Ihnen, Margaret.« Annie konnte sich trotz ihrer immer noch anhaltenden Schläfrigkeit ein Lächeln nicht verkneifen. Mit ein paar ruckeligen Bewegungen befreite sie sich von ihrer Decke und setzte sich aufrecht ans Kopfende des Bettes. »Hat dieser Mann denn gesagt, wer er ist?«

»Ja, er hat sich als Freddy McElhone vorgestellt. Nach seinem Akzent zu urteilen ein Ausländer. Höchstwahrscheinlich sogar Amerikaner!« Die letzten Worte waren so betont, als wäre diese Tatsache noch etwas abstoßender, als wenn eine Horde fleischfressender Riesen-Schleimschnecken gerade ihre Küche überfallen würde. »Ist er Ihnen etwa bekannt?« Langsam ging der Tonfall ins Hysterische über.

»Schon gut, Margaret«, antwortete Annabelle beruhigend. »Dieser Mann ist mir tatsächlich bekannt. Es ist schon in Ordnung. Wenn Sie mir einen Gefallen tun würden? Lassen Sie sich seine Telefonnummer geben und sagen Sie ihm, dass ich ihn in einer halben Stunde zurückrufen werde, ja?«

»Na gut, Miss Briggs. Das kann ich machen. Soll ich Ihnen denn dann das Frühstück richten?« Margaret schien sich wieder zu beruhigen.

»Gerne. Bitte diesmal nur Rührei, Pilze und Toast.« Annie hatte jetzt doch Hunger bekommen. »Ich bin in zehn Minuten unten. Danke!«

Ohne noch auf eine Antwort zu warten, legte sie den Telefonhörer auf, schwang ihre Beine aus dem Bett und sprang auf. Was konnte der Amerikaner von ihr wollen? Der letzte der Sippe von Mördern! Die Polizei war zwar der Meinung, dass es immer noch nicht bewiesen wäre, dass die McElhones nun die Mörder wären und es auch nicht mehr beweisbar wäre. Dazu müsste man schon DNA-Spuren der Täter an den Leichen finden und diese dann auch zuordnen können. Das wäre aber nahezu unwahrscheinlich und auch unbezahlbar.

Mit ein paar ausgedehnten Streckübungen versuchte sie, ihren Körper wach zu bekommen. Sie zog ihr übergroßes Nachthemd über den Kopf und betrat die kleine Duschkabine in ihrem Bad. Egal, was die Polizei wusste – sie wusste es! Dazu brauchte sie keine DNA-Beweise ... obwohl, hatte sie sich nicht auch schon das ganze Leben, genau wie ihr Vater, bezüglich der Maclellans getäuscht? Egal, einer war so schuldig wie der andere am Unglück ihrer Familie.

Der heiße Wasserstrahl traf ihren Körper wie ein elektrischer Schlag und brachte alle ihrer Nervenenden zum Vibrieren. Was konnte der Amerikaner von ihr wollen? So ganz unsympathisch war er ihr ja nicht. Auch wenn dies im Moment das Letzte war, was sie interessierte. Wusste er vielleicht doch mehr, als er der Polizei erzählt hatte? Wollte er ihr vielleicht die ganze Wahrheit erzählen? Oder wollte er nur von seiner Erbschuld frei gesprochen werden? Eine gewisse Neugier keimte in ihr auf. So oder so wäre ein Gespräch wegweisend. Ja, entschied sie, sie würde sich mit ihm treffen.

Nachdem sie sich in Windeseile geduscht und ihre Haare geföhnt hatte, entschied sie sich für ein farbenfrohes Kleid und betrachtete sich flüchtig in dem großen Spiegel an der Innenseite ihrer Zimmertür. Nicht dass es jemals wirklich wichtig für sie war, ihr ruheloser Geist und ihre Lebensart hatten es bis heute erfolgreich verhindert, dass sie auch nur ein Gramm Fett zu viel angesetzt hatte. Daher konnte sie fast alles tragen, was die Modewelt anpries.

Nach dem gewohnt leckeren Frühstück stellte sich nun doch endlich eine angenehme innere Ruhe bei ihr ein. Wie auch immer das Gespräch mit Manfred McElhone verlaufen würde, danach würde sie wissen, wie es weiter ging und was sie als Nächstes zu unternehmen hätte.

Auf ihr Zimmer zurückgekehrt, wählte sie die Nummer, die Margaret ihr auf einem Zettel notiert hatte. Nicht ohne den bissigen Kommentar, dass dieser Mann wohl etwas Besseres wäre, wenn er im Old Course Hotel "residieren" könne. Typisch ausländischer Snob halt.

»McElhone?«

»Guten Morgen, Mister McElhone, Annie Briggs hier. Sie hatten mich angerufen?«

»Wer? Oh, Miss ... äh, Briggs. Ich dachte Sie heißen MacGoohan?«

»Mein Geburtsname ist auch MacGoohan. Das ist richtig. Mein Stiefvater hatte mich aber adoptiert. Deshalb trage ich offiziell seinen Namen. Sie können aber auch gerne weiterhin MacGoohan zu mir sagen.«

»Ja, dann erst mal danke für Ihren Rückruf. Das freut mich jetzt wirklich. Ich hoffe, ich habe Sie heute früh nicht über Gebühr gestört. Das Wetter war so herrlich, dass ich dachte, Sie sind bestimmt schon auf den Beinen. Wir haben uns letztens doch in Inverness bei der Polizei getroffen, Sie erinnern sich?«

Seine Stimme vermittelte ihr den Eindruck, dass seine Worte tatsächlich ernst gemeint waren und es sich nicht um das übliche Höflichkeits-Blabla handelte. Obwohl er sich anscheinend wirklich bemühte, konnte sein Akzent seine wahre Herkunft kaum verbergen. Seine leichter Singsang und die weiche, breite, aber keineswegs unangenehme Aussprache, waren unüberhörbar. Schmunzelnd musste sie wieder an Margaret denken. »Ja, natürlich, Mr. McElhone, ich erinnere mich. Und nein, Sie haben mich nicht gestört.«

»Das freut mich«, erwiderte er offensichtlich erleichtert. »Sehen Sie, offensichtlich verbindet uns doch eine gewisse gemeinsame Vergangenheit, wie wir feststellen mussten. Ich bin, was meine Familiengeschichte angeht, da ein echter Fan und hatte die Hoffnung, dass Sie dieses Interesse teilen. Es würde mich sehr freuen, wenn wir uns vielleicht treffen könnten und uns ein wenig austauschen. Wäre das in ihren Augen zu viel verlangt? Ich meine, das waren ja schon ein paar überwältigende Neuigkeiten, die man uns da bei der Polizei aufgetischt hatte.«

Offensichtlich hatte McElhone keine Probleme damit ganze Monologe zu halten und hatte dabei wohl auch noch Spaß, dachte Annie. Das machte es einfacher für sie, weniger von sich selbst preiszugeben. »Ja, sicher. Ein wenig habe ich mich auch für meine Familiengeschichte interessiert«, gab sie zögerlich zu. »Dass die Geschichte nun auch noch grausame Morde offenbart, ist für mich allerdings ein kleiner Schock ...«

»Genau darüber würde ich gerne mit Ihnen persönlich reden«, unterbrach er sie mit einer etwas abgekühlteren Stimme. »Es wird von der Polizei der Eindruck erweckt, als wären meine Vorfahren wohl Betrüger und Mörder, obwohl nichts von alledem auch nur im Ansatz bewiesen ist. Das ist ein Eindruck, den ich so nicht stehen lassen möchte. Daher habe ich die große Bitte an Sie, dass wir beide, sozusagen die Letzten unserer jeweiligen Art, uns darüber austauschen. Würden Sie mir den Gefallen tun?« Die letzte Frage klang wieder versöhnlich und charmant.

Darauf wollte er also hinaus. Absolution für das Verbrechen. Wahrscheinlich würde er sogar eine Horde Rechtsanwälte aufbieten und ganz Schottland auf Schadensersatz verklagen, wenn es nicht anders gehen würde. Typisch Amerikaner halt! Ihr angeborener Kampfgeist schaltete einen Gang höher. Durch genau diese Art des Verhaltens wurde für sie wieder ein Beweis seiner Schuld – oder der seiner Vorfahren – erbracht. Sie musste sich mit ihm treffen. »Wenn Sie möchten, gerne. Was schlagen Sie vor?«

»Das ist ja wunderbar. Darf ich Sie zum Abendessen einladen? Oder noch besser, vorher schon vielleicht zu einer "Tea-Time", wie es ja wohl hier üblich ist? Dann hätten wir ein paar Stunden Zeit zum Plaudern.«

»Nun ja, gut, so können wir es machen«, stimmte sie zögerlich zu. Ihr Interesse an dem Treffen wollte sie nicht zu offensichtlich kundtun.

»Sehr gut! Darf ich für unser Treffen dann vielleicht mein Hotel vorschlagen? Das Old Course Hotel am Golfplatz? Da gibt es eine sehr gemütliche Bar, wo wir uns hinsetzen könnten, und das Restaurant ist ebenfalls sehr empfehlenswert. Ich schlage vor, so gegen halb fünf, okay? Soll ich Sie abholen?«

»Nein, danke. Machen Sie sich keine Umstände. Ich wohne nur ein paar Minuten entfernt. Wenn das Wetter hält, würde ich dann gerne einen Spaziergang machen.«

»Na gut, wie Sie möchten. Dann freue ich mich auf Sie um halb fünf in der Road Hole Bar. Bis nachher!«

»Ja, bis nachher.« Nachdenklich legte sie auf. Würde dieses Gespräch mehr Klarheit bringen? Wüsste sie danach, wie sie weitermachen sollte?

Das Wetter hielt sich und sie entschied sich, tatsächlich zu Fuß zum St Andrews Golfclub zu gehen. Das Thermometer am Eingang zu ihrem B&B zeigte ihr erfreuliche 19° Celsius. Es war ein typischer schottischer Frühsommertag, mit Sonne zwischen den von der Nordsee hereintreibenden Wolken, immer wieder böig auffrischendem Wind und bereit, von einer Sekunde zur anderen in strömenden Regen überzugehen oder in sengende Hitze oder in beides.

Sie ging die Balnacarron Avenue hinunter und atmete tief den Duft des frischen Grüns ein, der aus dem Park zu ihrer Linken herüber strömte. Jedes der hübschen Häuser war mit Blumen geschmückt und die Vorgärten sahen aus, als wären sie Titelbilder der letzten Country Live. Gerne hätte sie sich auch einem Heim und Garten gewidmet.

Sie hatte jedoch anderes zu tun. Die Hepburn Gardens machten ihrem Namen alle Ehre. Schöner alter schottischer Baustil mit wunderbaren heckengesäumten Vorgärten. Hier könnte sie sich tatsächlich ihr Leben vorstellen. Warum war sie nur mit gerade mal zwanzig Jahren nach London gezogen? Damals hatte sie das Gefühl, hier ersticken zu müssen. Aber jetzt ...? Nach gut zwanzig Minuten gemütlichem Spaziergang erreichte sie die Doubledykes Road und ging nach 100 Metern links auf das Universitätsgelände hinunter in Richtung Küste. Hier hatten also Prince William und seine Kate Middleton studiert. Und letzten Monat hatte er sie geheiratet. Die Hochzeit hatte sie als eine der vielen Tausend Schaulustigen in London verfolgt. Nicht, dass sie eine wahre Royalistin gewesen wäre, sie fand es einfach nur beruhigend, dass einige schöne Traditionen beibehalten wurden.

Als sie die A91 am Links Crescent überquerte, konnte sie bereits die ausgedehnten Grünflächen des historischen Golfplatzes überblicken. Für den Sport selbst hatte sie sich nie erwärmen können. Allerdings hatten ihr die gepflegten Rasenanlagen immer gut gefallen. Kurz darauf sah sie das riesige gelbbeige Gebäude des Old Course Hotels mit seinen zahlreichen Anbauten und Nebengebäuden. Den typischen britischen Baustil hatte man zum Glück bewahrt. Sie konnte die modernen Stahl- und Glaskästen nicht ausstehen.

Als sie das Hotel erreichte, blieb sie zunächst zögernd stehen und betrachtete eine Zeit lang die Auslagen des Pro Shops an der Stirnseite des Gebäudes. Mit den ganzen Utensilien, wie Marker, Tees, Driver, Wedges und dem ganzen Zeugs, konnte sie zwar nichts anfangen, trotzdem sahen diese ganzen chromblitzenden und edelholzverzierten Gegenstände toll aus. Schließlich gab sie sich einen Ruck, ging die letzten Meter am Gebäude entlang bis zum überdachten Eingang und betrat die Lobby des Hotels. Nur eine gefühlte Nanosekunde später wurde sie bereits von einem jüngeren Mann in Uniform höflich gefragt, ob er ihr weiterhelfen könne.

»Ich bin mit einem Ihrer Gäste in der Road Hole Bar verabredet.«

»Aber selbstverständlich! Darf ich Sie zum Aufzug geleiten? Die Bar befindet sich im vierten Stock.« Mit einer dezenten Geste wies er ihr den Weg und drückte für sie dann den Aufzugsknopf. »Ich wünsche Ihnen einen annehmen Aufenthalt in unserem Hause.«

»Vielen Dank«, erwiderte sie noch, bevor sich die Türen der Kabine schlossen. *Geld muss man haben*, dachte sie während der geräuschlosen Fahrt nach oben. *Dann kann man sich an so was hier auch gewöhnen.*

Als sie schließlich die Bar betrat, wusste sie mal wieder, warum die Reichen und Schönen dieses Landes gerne so reich und schön waren. Dicke, gemütliche Ledersessel in warmem Ambiente der holzgetäfelten Wände. Eine Bar mit mindestens 200 verschiedenen Single Malts und einem atemberaubenden Blick durch die raumhohen Fenster über den Golfplatz und die angrenzende Nordsee. Da konnte man schon vergessen, dass es außerhalb dieser in Watte eingepackten Welt noch eine andere gab, in der Menschen litten, verhungerten, starben ...

Würde sie so leben, wenn damals alles anders verlaufen wäre? Wäre das ihr Umfeld, wenn sich nicht andere mit Gewalt Zugang in ihre Familiengeschichte verschafft hätten? Und dort saß er, Manfred McElhone, in einem der Sessel, direkt am Fenster, sodass das Gegenlicht sein Gesicht geheimnisvoll verdunkelte. Leger mit Jeans und Lederslippern, einem weißen Hemd, Manschettenknöpfen und einem dunkelblauen Pullunder mit dem Emblem irgendeines Golfclubs. Vor sich, auf dem niedrigen Tisch, ein Glas Whisky, eine Flasche Mineralwasser und eine aufgeschlagene Illustrierte, offensichtlich ein Golf-Magazin, in dem er gerade las. Gerade so, als wäre diese Bar sein Wohnzimmer und er der Hausherr. Zielsicher trat sie auf ihn zu und sprach ihn von der Seite an. »Hallo, Mister McElhone. Wirklich schön hier.«

Ohne besonders erschrocken zu wirken, klappte er die Illustrierte zu, drehte sich beim Aufstehen zu ihr um und lächelte sie an. »Ich freue mich wirklich, dass Sie meiner Einladung gefolgt sind. Bitte nehmen Sie doch Platz.« Er wies auf den Sessel zu seiner rechten, während er sie von oben bis unten verstohlen taxierte. Offensichtlich war das, was er sah, noch deutlich mehr als er erwartet hatte. »Ja, es ist wirklich schön hier. Da fragt man sich, warum meine Vorfahren dieses Land verlassen haben. Darf ich Ihnen etwas zu trinken bestellen?«

Ich kann dir genau sagen, warum deine Vorfahren abgehauen sind!, dachte sie. Trotzdem genoss sie seine Blicke auf ihrem Körper. »Einen Kaffee hätte ich gerne«, antwortete sie, während sie ihre Handtasche abstellte und es sich in dem dunkelbraunen Leder bequem machte.

»Aber gerne!« Mit einer lässigen Handbewegung winkte er die Bedienung heran. »Möchten Sie vielleicht auch einen Single Malt dazu? Einen 1988er Tullibardine, nur für das Hotel abgefüllt? Passt hervorragend zum Kaffee.« Mit einer gekonnten Bewegung schwenke er das Glas vor ihrer Nase. »Köstlich, nicht?«

Nur selten genehmigte sie sich auch mal einen Scotch. Alleine genießen machte ihr einfach nicht so viel Spaß. Würde sie heute vielleicht sogar Whiskys selbst kreieren, wenn alles ganz anders gekommen wäre? »Gut, warum nicht. In so einer Bar muss man ja einfach Whisky trinken, oder?«

»Auf jeden Fall!« Dann wandte er sich an die junge, blonde Bedienung, die bereits abwartend neben ihm stand. »Bringen Sie uns bitte zwei Kaffee und noch zwei von diesen leckeren Tröpfchen, ja?!«

Mit einem dezenten Nicken nahm die Bedienung das ihr dargebotene leere Glas entgegen und entschwand in Richtung Tresen.

»Wenn Ihre Familie damals Schottland nicht verlassen hätte, könnten Sie jetzt der Kopf einer schottischen Brennerei sein und Ihr Name würde vielleicht dieses Label zieren, Mr. McElhone.« Annie blickte ihn trotz dieser Provokation voller Unschuld an.

Zunächst schaute er etwas verwirrt, dann jedoch lichteten sich seine Züge. »Ach so, jetzt weiß ich, was Sie meinen. Auf dem Besitz war ja so eine Schwarzbrennerei, genau. Die ist später wohl ganz berühmt geworden, hab ich gehört, oder?«

»Da haben Sie richtig gehört. Kurz nach den unerfreulichen Zeiten wurde die Brennerei 1836 lizenziert. Bis Mitte der Fünfziger des letzten Jahrhunderts war Dandaleith eine der führenden Brennereien hier überhaupt.«

»Ah ja, interessant. Und Sie meinen, wenn Ihre Vorfahren damals nicht ... ja, ermordet worden wären, dann wären Sie jetzt Whiskybaronin? So heißt es doch, oder?«

»Ja, so heißt es wohl. Aber nein, nicht weil meine Vorfahren ermordet worden sind, sondern weil mein Urahn, der Neffe des getöteten MacGoohan, mit einem gefälschten Testament und dank bestochener Beamter um sein Erbe gebracht worden ist.« Weiterhin blickte er sie mit offenen, freundlichen Augen an, als wäre ihr direkter Schuldspruch über seine Vorfahren überhaupt nicht bei ihm angekommen. Verdammt, warum musste er ihr mit seinen silbergrauen Haaren und seinem gepflegten Kinnbart auch so sympathisch sein! Seine dunklen Augen blitzten sie durch seine dezente randlose Brille an. Nahm er sie überhaupt ernst?

»Miss MacGoohan, bitte! Wir wollen doch nicht, dass eine so uralte Geschichte uns beiden heute die Laune verdirbt.« In diesem Moment stellte die Bedienung die bestellten Getränke auf dem Tischchen ab. Er nutze die Gelegenheit, reichte ihr einen der beiden Single Malts und prostete ihr zu. »Bitte nennen Sie mich Freddy. Darf ich Sie Annie nennen? Haben wir beide nicht die einmalige Gelegenheit, so alte und verstaubte Geschichten in etwas Positives zu verwandeln?«

Sie nahm das Glas entgegen und roch vorsichtig den köstlichen süß-holzigen Duft. »Und was wäre für Sie positiv?«

»Na, dass ich Sie noch besser kennenlernen darf, zum Beispiel!«

Unwillkürlich musste sie lächeln. »Ja, Freddy, dass ich Ihre Bekanntschaft machen konnte, ist tatsächlich etwas Positives.«

So als würde die Sonne hinter seinen Augen scheinen, blickte er sie an, während sie gemeinsam einen tiefen Schluck ihres Whiskys tranken. Unter den Teppich kehren will er alles, das war ihr jetzt klar. Sie einlullen mit seinem Geld und seinem Charme. Die gleichen Gene wie schon vor zweihundert Jahren. Langsam war ihr nun alles klar.

Gemeinsam blickten sie aus den Fenstern auf die momentan ruhige Nordsee. Er mit einem zufriedenen Lächeln, sie mit der reifenden Gewissheit, dass sich etwas grundlegend ändern musste. So, wie sie seit dem frühen Tod ihres Vaters stellvertretend für ihn gelitten hatte, ohne auch nur das Geringste verändert zu haben. Was hatte sie bisher von ihrem Leben gehabt? Keine längere Beziehung als sechs Monate. Keinen wirklichen Urlaub mit Freunden am Strand. Sie drehte ihren Kopf und blickte ihn von der Seite an.

Als ob er ihren Blick gespürt hätte, schaute er plötzlich zurück. Keiner wich dem anderen aus. Sie kannte ihn gerade einmal eine gute halbe Stunde und hatte trotzdem das Gefühl durch die Jahrhunderte blicken zu können.

Langsam beugte sich Freddy vor, stellte das Whiskyglas ab und griff nach ihrer linken Hand, die auf der Armlehne ruhte. »Annie wollen Sie nicht auch einen Schlussstrich ziehen? Unsere neue Bekanntschaft sollte doch nicht von Anfang an mit so etwas Scheußlichem belastet sein. Wollen Sie nicht auch dieses dunkle Kapitel unserer gemeinsamen Geschichte endgültig begraben?« Er drückte ihre

Hand noch fester und sein Blick wurde noch tiefgründiger.

Sie ließ ihn gewähren, zog ihre Hand nicht zurück, sondern spürte die Wärme seiner Berührung. Auch seinem Blick hielt sie stand. Sie öffnete ihre Seele für ihn. *Schau hinein!* »Ja, Freddy, das will ich auch!«, hauchte sie.

Mit einer ruhigen Bewegung, ohne ihre Augen abzuwenden, griff sie mit ihrer freien rechten Hand in ihre Handtasche neben sich. Nur ein leises metallisches Klicken war zu hören, als sie den Abzugshahn der schwarzen Beretta 92 spannte, sie aus der Handtasche zog und die Waffe mit einer fließenden Bewegung zwischen seine verblüfft aufgerissenen Augen drückte.

»Ja, das will ich tatsächlich!«

Die Stille, die sich nach dem ohrenbetäubenden Knall, dem Splittern der durchschossenen Fensterscheibe hinter Freddys Kopf und dem schmatzenden Geräusch des umherspritzenden Bluts, dem Gehirn und der Knochensplitter einstellte, schien sich eine gefühlte Ewigkeit hinzuziehen.

Danach brach das Chaos aus. Die anderen Gäste und das Personal fingen an zu schreien, einige stolperten in Panik übereinander her, um aus der Bar zu fliehen, andere warfen sich in Todesangst unter die Tische und stießen dabei Möbel, Tassen, Kuchenteller und Golftaschen um. Zwei Männer standen auf, zogen vorsichtig Waffen aus ihren Holstern und versuchten, sich ihr unbemerkt zu nähern.

Annie blieb, als wäre sie gar nicht Teil dieser Szenerie, ruhig in ihrem Sessel sitzen, ließ wie unbeteiligt Manfreds Hand los, die immer noch in ihrer lag, und betrachtete seltsam abwesend, wie sein lebloser Körper von seinem Sessel rutschte.

Mit der frei gewordenen Hand griff sie zu ihrem Whiskyglas, blickte aus dem zersplitterten Fenster auf das in der Nachmittagssonne glitzernde Meer und prostete sich, dem Himmel oder einem imaginären Gegenüber zu. Dann trank sie das Glas leer.

Das ganze Leben lang war Sie von einem einzigen Ziel getrieben worden, hatte Sie ihr Leben einer einzigen wirklichen Aufgabe gewidmet.

Hatte Sie das Ziel jetzt wirklich erreicht?

War es das, was sie immer schon gewollt hatte?

Hatte die Gerechtigkeit, ihre Gerechtigkeit, letztendlich gesiegt?

Mussten nicht auch Menschen sterben, die gar nichts mit der Geschichte zu tun hatten?

Hatte sie nicht unbeteiligte Menschen, die völlig ahnungslos ihr kleines Leben lebten und damit gegen ihren Willen, mit in ihre Aufgabe hineingezogen?

Würde es so immer weiter und weiter gehen?

Und was kam dann?

Ihr leerer, trauriger Blick fiel auf die beiden Gestalten, die sich ihr geduckt näherten. Während die Sirenen der Polizeifahrzeuge die absolute Stille in ihrem Inneren langsam verdrängten, blieb ihr Blick, fast schon sehnsüchtig, auf der Waffe in ihrer rechten Hand hängen.

Ende gut, gar nichts gut?

Freitag, 03. Juni

Die Durchsuchung von Annies Wohnung in London hatte rein gar nichts gebracht. Keine einzige Notiz brachte sie mit irgendeinem der Ereignisse in Verbindung. Keine Fotos, keine Tagebücher, ja nicht mal Zeitungsausschnitte.

Die Londoner Kollegen hatten trotzdem ganze Arbeit geleistet. Nach und nach trudelten seit dem frühen Morgen die Dateien auf Alans Computer ein. Bilder der Wohnung, gescannte Unterlagen, Versicherungspolicen, Schreiben von diversen Kunden, Kopien von Arztberichten. Aber nichts, keine einzige brauchbare Verbindung zu den aktuellen Fällen. Nicht mal ihr Computer brachte auch nur den Hauch einer Information. Sprich: Man konnte ihr damit keines der Vorkommnisse wirklich zur Last legen, wusste vor allem aber immer noch nicht, warum dies alles wirklich geschehen war.

Das Gleiche galt für Freddy McElhones Zimmer. Auch hier: nicht der geringste Hinweis. Den Rest würden die amerikanischen Kollegen übernehmen müssen.

Erst der anschließende, zweite Besuch bei Annies Mutter in St Andrews brachte Licht in die ganze Sache.

Alan und Brian fuhren zeitig los und teilten ihr den Tod ihrer Tochter mit. Sheila Briggs reagierte zunächst bestürzt über die Todesnachricht und begann zu weinen. Als die Beiden sie dann noch über ihre Vermutungen zu den Hintergründen informierten, schaltete sie aber wieder schnell auf stur. Sie tat so, als wäre ihr alkoholumnebeltes Gehirn nicht in der Lage sich an etwas zu erinnern, was länger als drei Tage zurücklag. Brian wollte schon wieder aufstehen und den Wohncontainer verlassen, weil es ihn sonst vor Wut zerreißen würde. Aber Alan konnte ihn gerade noch zurückhalten.

»Mrs. Briggs, was soll das denn alles noch? Ihr Sohn ist tot. Nun ist auch noch ihre Tochter tot. Das tut mir für Sie als Mutter wirklich leid. Soll das denn aber alles einfach so vergessen werden? Wo liegt der Sinn in dem ganzen Sterben? Das kann doch auch nicht ihr Wunsch sein, dass alles sinnlos endet!«

Einige Sekunden hielt Sheila Briggs ihre versteinerte Miene noch aufrecht, dann brach sie laut schluchzend zusammen. Als sie sich nach einigen Minuten wieder gefangen hatte, sprudelte es aus ihr heraus. »Ich habe versagt. Ich habe von Anfang an versagt. Als Mutter, als Ehefrau. Mein erster Mann, Derek, war verrückt. Er hat uns mit seinen irren Geschichten um den verlorenen Reichtum seiner Vorfahren in den Wahnsinn getrieben. Jeden Abend erzählte er diese Geschichten unserer Tochter Annie. Jahrelang! Und wenn er getrunken hatte, dann prahlte er damit, wie er die Schande seiner Familie gerächt hatte.«

Alan hob die Hand. »Moment bitte, Mrs. Briggs, was genau meinen Sie mit "rächen"?«

Anstatt zu antworten, stand Sheila Briggs auf und ging zu einem der Einbauschränke. Mühsam ging sie in die Knie und zog eine Schublade in Bodenhöhe auf, aus der sie ein abgegriffenes Fotoalbum zog. Wortlos reichte sie es Alan und setzte sich wieder hin.

Alan begann zu blättern, während ihm Brian über die Schulter schaute. »Ich nehme an, das ist Ihr Exmann Derek?«

»Genau. Und wenn Sie weiter zurückblättern, sehen Sie ihn als Jugendlichen in der Destillerie.«

Alan tat wie ihm geraten und Brian klappte den Mund auf. »Das ist Dandaleith! Da steht's auf einem der Fässer!«

»Stimmt!«, antwortete Sheila. »Derek arbeitete 1952 mit 16 Jahren als Hilfsarbeiter bei Dandaleith. Er hat wohl den Brand verursacht. Hat er zumindest immer behauptet. Warum? Damit war angeblich die "Erbschuld" getilgt, die "Schand-Destillerie" und die Lebensgrundlage der Leute vernichtet, die seine Familie verarscht haben. Ha!« Sheila steigerte ihr Lachen in hysterisches Gegacker. »Die MacGoohans ehrbare Leute! Ha! Eine lange, traurige Linie von Versagern! Das war die Familie meines Exmannes. Mehr nicht. Irgendwann habe ich ihm verboten, noch ein Wort über diesen Mist zu erzählen. Ansonsten würde ich ihn verlassen. Mir gegenüber hat er dann die Klappe gehalten, aber Annie hat er dafür umso mehr mit seinem Wahnsinn bedrängt. Leider hab ich das erst viel zu spät mitgekriegt. Als er an seinem ganzen Lebensfrust irgendwann krepiert war und ich einen neuen Mann gefunden hatte, dachte ich, alles wäre jetzt gut. Dann kam Ronnie zur Welt. Ja verdammt, er war schwierig. Ich habe ihn nie wirklich in den Griff bekommen. Aber als Mutter sehen sie so was nicht so eng, wie andere. Auf jeden Fall konnte nur Annie gut mit ihm umgehen. Bei ihr war er brav wie ein Lamm. Er folgte ihr wie ein Hündchen. Sie las ihm abends immer Geschichten vor. Dachte ich zumindest. Bis ich mitbekommen habe, dass sie ihm die gleichen Mistgeschichten erzählt hatte wie ihr Vater. Von Familienschande und dem ganzen Mist! Dass ihre Familie vor Urzeiten betrogen und abgeschlachtet worden war und seitdem vom Pech verfolgt wird. Wir wären ansonsten eine angesehene Familie in der Whiskybranche geworden. Auch dass ihr Vater endlich Rache genommen hatte, um den Fluch von ihnen zu nehmen. Die beiden haben sich mit den Jahren immer mehr von mir abgeschottet. Auch Ronnies Vater hat irgendwann jeden Bezug zu den Beiden verloren. Das hat auch ihm den Rest gegeben und er ist abgehauen. Hat mir die Schuld gegeben, dass meine verfluchte Tochter ihm den Sohn genommen hat. Dieses ignorante Arschloch. Hat mich mit beiden einfach sitzen gelassen.« Lautstark putzte sie sich die Nase und schüttete sich eine klare Flüssigkeit aus einer Thermoskanne in ein Glas. Der Raum füllte sich sogleich mit dem penetranten Geruch nach Gin.

»Sehen Sie, ich hätte es doch niemals für möglich gehalten, dass meine Kinder diesen Unfug derart ernst genommen haben und ihr eigenes Versagen im Leben eben auf diesen "Fluch" zurückführen würden. Derek hat Annie scheinbar alle seine Aufzeichnungen, Tagebücher und sonst was hinterlassen. Sie war als Jugendliche wie besessen davon, ihren Familiennamen rein zu halten. Ihm vielleicht sogar den alten Glanz wiedergeben zu können. So ein Schwachsinn! Ich dachte, als Ronnie vollends auf die schiefe Bahn kam, dass sie damit aufgehört hätte. Dass sie inzwischen endlich erwachsen geworden wäre ...« Plötzlich hörte sie auf zu reden und versank in ein trübsinniges Schweigen.

Als Alan das Fotoalbum weiter durchblätterte, konnte er in den Bildern, die über die vielen Jahrzehnte zusammengetragen worden waren, feststellen, wie sich nicht nur die Mode geändert hatte. Erst Derek mit seinem Vater in Schwarz-weiß. Später die Bilder der Hochzeit mit Sheila. Jetzt in Farbe. Die Eltern wurden älter und auch das Mädchen und später ihr Halbbruder wurden größer. Hässliche Hemden und schlechte Frisuren, zusammen mit klobigen Autos mit hohem Benzinverbrauch, machten modernen Möbeln Platz. Alles aber wirkte irgendwie billig. Nur die Augen blieben immer gleich. Die von Derek, von Annie und merkwürdigerweise auch von Ronnie, der ja überhaupt keine Verwandtschaft zu Derek hatte. Dieselben dunklen, sehnsüchtigen und zugleich traurigen Augen schienen die Drei zu verbinden.

»Und als ich dann hörte, wie Ronnie einen Maclellan angegriffen hat, da wusste ich, es ist nichts vorbei. Es ist noch genauso wie früher.« Wieder senkte Sheila ihren Blick und schien in ihrem Schnapsglas zu versinken.

»Mrs. Briggs, warum haben Sie uns das nicht schon bei unserem ersten Besuch alles erzählt?« Vorsichtig beugte sich Alan vor.

Mit einer ruckartigen Bewegung schleuderte Sheila das Glas durch den Wohnwagen. »Weil ich es verdammt noch mal nicht wahrhaben wollte!«, schrie sie und begann wieder zu weinen.

»Bitte! Eine letzte Frage noch. Es tut mir leid. Glauben Sie, dass Annie die Sachen, wie wir es vermuten, getan hat?«

Mit leerem Blick sah Sheila Alan an. »Glauben? Ich? Ich glaube an gar nichts mehr.«

Alan und Brian verließen den unansehnlichen Trailerpark. Es hatte leicht zu nieseln begonnen. Missmutig blickte Brian zum grauen Himmel und schlug den Kragen seines Mantels hoch.

»Bekloppte! Alles nur noch Bekloppte! Wo sind die schönen Mörder hin, die einfach nur aus Habgier töten? Ich sag's dir, Alan: Irgendwann braucht man gar keine Polizisten mehr wie uns, sondern nur noch Psychologen und Irrenärzte.«

Mit einem gequälten Lächeln schloss Alan den Wagen auf. »Denk einfach nicht darüber nach. Lass uns nach Hause fahren. Vielleicht wartet da ja doch noch einer der guten alten Verbrecher auf uns ...«

Im Wagen stellte Brian zum gefühlt 100sten Mal die gleichen Fragen. »Alan haben wir Mist gebaut? Hätten wir das nicht verhindern können? Wenn wir die Beiden nicht zusammengebracht hätten ...«

»Brian, wie oft denn noch? Ich weiß es nicht! Vielleicht sind wir damit zu weit gegangen, sie miteinander bekannt zu machen. Vielleicht auch nicht. Wir hatten meiner Meinung nach keine andere Möglichkeit mehr. Dafür stehe ich gerade. Das habe ich Timmins alles schon gesagt.«

»Ich will damit ja nicht meine Schuld ...«

»Lass den Quatsch mit Schuld«, unterbrach Alan ihn schroff. »Ich habe es dir doch jetzt schon x-mal gesagt. Wir sind ein Team. Fertig. Ich bin der leitende Beamte. Auch fertig. Ich genehmige die Maßnahmen, also verantworte ich sie auch. Basta! Und außerdem war unsere Überwachung der Beiden lückenlos. Sie haben sich zu einem Kaffee getroffen. Mehr nicht. Die beiden Kollegen hatten gar keine Chance einzugreifen. Wer konnte denn ahnen, dass sie zu diesem Treffen eine Waffe mitbringt?«

»Na ja, nach der Schießerei mit DS Ryan wussten wir zumindest, dass der Täter bewaffnet ist.«

»Deshalb hatten die beiden Kollegen in St Andrews ja auch eine Waffe bei sich. Aber verdammt, ich gebe den beiden absolute Rückendeckung. Hätten sie in der Bar mit den vielen Gästen losballern sollen?«

»Nicht wirklich«, pflichtete Brian ihm resigniert bei. »Die beiden Kollegen trifft keine Schuld. Warten wir das interne Ermittlungsverfahren ab.«

»Und bis dahin lass uns wieder nach vorne blicken. Verdammt, Brian, wir sind Profis! Dazu gehört nun mal, dass wir auch mit Scheiße wie dieser zurechtkommen müssen.« Aufmunternd boxte ihm Alan gegen den Arm.

Am späten Nachmittag waren Alan, Brian und Nicky alle irgendwie mit Aufräumen beschäftigt. Gemeinsam versuchten sie in Brians Büro in Inverness die angesammelten Unterlagen, Fotos, Akten und handschriftlichen Zettel zu ordnen und entsprechend der Fälle einzusortieren und abzulegen. Nicky hatte hierfür mehrere Ordnerrücken beschriftet und mit den zugeordneten internen Fallnummern versehen.

Bislang waren sie in ihrem Handeln davon ausgegangen, dass sich alle Begebenheiten zu einem großen Ganzen zusammenfügen würden. Dass alles, Brand, Unfälle, Anschläge sich auf einen gemeinsamen Ursprung zurückführen lassen würden. Daher hatten Brian und Nicky in den letzten Wochen alle Informationen sozusagen "auf einen großen Haufen" geworfen. Nicht, dass dies für Brian einer besonderen Erwähnung bedurft hätte. Nur diesmal hatten weder seine Bürokollegin noch Nicky ihn davon abgehalten – im Gegenteil, sie waren sogar von der Richtigkeit überzeugt.

Jetzt aber mussten sie ein wenig frustriert feststellen, dass ihre gesamte Arbeit wohl umsonst gewesen war, dass sich die Vorkommnisse wohl offiziell und endgültig nicht zu einem Fall komprimieren lassen wollten. In ihren Köpfen hatten sie natürlich den roten Faden behalten. Nur basierte dieser bei rechtskonformer Betrachtung durch Staatsanwälte, Juristen und anderer gesetzeskundiger Personen weitestgehend auf Annahmen und Vermutungen.

»Hatten wir diesmal überhaupt einen Fall?« Brian ließ den braunen Pappkarton, in dem alle Unterlagen zu einem abgeschlossenen Fall normalerweise gesammelt und im Archiv verstaut wurden, auf einen der Besuchersessel fallen. Anschließend ließ er sich selbst auf einen zweiten Stuhl fallen, als wolle er ihn für alle Schandtaten bestrafen, die ihm bisher in seinem Leben angetan worden waren. Der Stuhl dankte es ihm mit einem lauten

Knacken, hielt das Gewicht von Brian aber tapfer aus.

Alle schauten sich zum wiederholten Mal fragend und ein wenig enttäuscht an. Anschließend blickten alle wie auf ein geheimes Kommando hin zu den einzelnen Kartons.

Der Brand in der Lagerhalle: Die Sachverständigen konnten kein Fremdverschulden nachweisen. Alles war entweder völlig verbrannt oder es hatte gar keine Indizien gegeben. Ob die Tür der Halle aufgebrochen worden war, konnte nicht mehr ermittelt werden. Die massiven Vorhängeschlösser und Riegel waren von den Explosionen total zerstört und teilweise geschmolzen. Ob eines der kleinen Fenster aufgebrochen worden war, konnte erst recht nicht mehr gesagt werden. Das ganze Gebäude war eingestürzt; den Rest erledigten die Löscharbeiten. Kein begründeter Anfangsverdacht, keine weitere Ermittlung. Fall abgeschlossen. Den Rest machten die Versicherungen. Die Unterlagen hierzu würden noch massiv ausgedünnt. Was blieb, wäre der Verweis auf einen Brand. Falls es irgendwann noch mal brennen sollte.

Die geplatzte Brennblase bei Ben Rhinnes: Eine Manipulation der Anlage konnte nicht abschließend nachgewiesen werden - insbesondere weil kein Sachverständiger klären konnte, welche Bauteile von dem armen Jimmy gegebenenfalls selbst installiert worden waren. Die Akte wurde mangels anderer Beweise unter dem Fazit "Tragischer Unfall" geschlossen. Hier würde nur Graham, eigentlich eher Ishbel als Managerin der Distillery, noch mit den Versicherungen einen erheblichen Ärger bekommen. Das Ergebnis der Sachverständigen wies eindeutig aus, dass die vorgefundene und untersuchte Installation der Leitungen und Bauteile nicht den vorliegenden Bestandsunterlagen entsprochen hatte. Sollte sich herausstellen, dass diese mit Wissen von Ishbel oder Graham durch Jimmy Drummond umgebaut worden waren, könnte ihm posthum und den beiden ebenfalls eine gewisse Mitschuld zugesprochen werden. Ob die Versicherungen zumindest für den Sachschaden dann noch aufkommen würden, stand noch nicht fest. Ein Fest für die Anwälte! Die Drei waren aber voller Hoffnung, dass die Anwälte der SWS schließlich derart großzügige Honorare dafür erhielten, dass sie Ishbel, Graham und natürlich auch den toten Jimmy da wieder raus pauken würden.

Grahams Unfall: Der Fahrer des SUV konnte nicht ermittelt werden. Der Wagen war, als sie ihn gefunden hatte, nahezu klinisch rein. Da bei dem Unfall – eine Absicht konnten die Sachverständigen auch hier nicht abschließend nachweisen – keine eindeutigen Spuren gefunden wurden, wurde er von vornherein gar nicht erst zu den für Alans oder Brians Abteilung relevanten Fällen eingeordnet. Selbst die spärlichen Zeugenaussagen reichten nicht aus, um die Absicht des SUV-Fahrers, Grahams Land Rover von der Straße zu drängeln, zu belegen. Da niemand dauerhaft zu Schaden gekommen war, würde er wohl auch über kurz oder lang in den Verkehrsstatistiken bestenfalls unter "Unfall mit Fahrerflucht" verschwinden.

Der Anschlag auf Charles Maclellan: der Täter tot, ein belastbares Motiv nicht vorhanden. Der Täter ein ausgewiesener Psychopath mit ausgeprägter

Neigung zu Gewaltausbrüchen. Durch zahlreiche Zeugen bestätigt in absoluter Notwehr getötet. "Von weiteren Ermittlungen wird aufgrund des Budget- und Personalmangels abgesehen". Ein tödlicher Streit unter Häftlingen halt. Nichts, was die Öffentlichkeit sonderlich beunruhigte, also auch keine Notwendigkeit, Steuergelder zu verschwenden.

Die Torfleichen: Einen Beweis für das Verbrechen war nach 200 Jahren natürlich nicht mehr zu erbringen. Die Öffentlichkeit war mit Bekanntgabe der durch die DNA-Analyse ermittelten Identität der Moorleichen zufriedengestellt und widmete die Aufmerksamkeit wieder den Tabellenplätzen von Celtic oder Rangers. Der Rest lag nur noch im Interesse des kulturhistorischen Museums. Die Leichen sollten auf dem Friedhof in der Nähe des Gedenksteins offiziell begraben werden, sobald die Forensiker ihren Spieltrieb ausgelebt hatten.

Und die Verflechtungen aller Nachfahren der beteiligten Familien und deren eventuelle Beteiligung an den historischen und aktuellen Vorkommnissen?

Nach dem gewaltsamen Tod von Manfred McElhone und Annie Briggs bzw. MacGoohan blieben nur noch Fragen und keine Antworten ... War der Mord an Freddy der Beweis für alle Taten? Oder hatte er ihr einfach nur unzüchtig ans Knie gefasst und sie war ausgerastet? Die Zeugenaussagen der Zivilbeamten, die Freddy und Annie bis in die Bar verfolgt hatten, und der anderen Bar-Gäste ließen darauf schließen, dass Freddy ihr wohl eindeutige Avancen gemacht hatte.

Obwohl alles aus einem, aber leider nur ihrem bestimmten Blickwinkel so glasklar wirkte, fand sich eben doch nicht ein Staatsanwalt, der den Argumenten von Brian oder Alan gefolgt wäre. Zudem war Chief Timmins auch nicht gerade erpicht darauf, sich mit den "halb garen Fällen", wie er sie nannte, im schlimmsten Falle vor der Öffentlichkeit lächerlich zu machen. Also zusammenräumen, Kartons packen und für neue Fälle bereit sein.

»Und was ist mit den Geschichten, die Sheila Briggs uns heute erzählt hat?« Brian wollte einfach noch nicht loslassen. »Wenn die das alles vor der Staatsanwaltschaft ausplaudert, könnten wir dann nicht doch ...« Alans mitleidiger Blick unterbrach Brian.

»Mein lieber Brian, ich wünsche mir genau wie du, dass wir doch noch einen Strohhalm finden. Aber du weißt genauso gut wie ich, dass es nicht passieren wird. Sheilas Geschichten werden bei der Staatsanwaltschaft genauso ankommen wie ... na, wie Geschichten eben. Sie unterstreicht unsere Version der Hergänge, beleuchtet vielleicht ein bisschen mehr den Hintergrund. Und? Dadurch haben wir vielleicht einen Anhänger unserer Version mehr – aber nicht einen einzigen Beweis. Vergiss es, okay?« Alan klopfte Brian freundschaftlich auf die Schulter.

»Der Einzige, der an der ganzen Geschichte etwas Positives gefunden hat, ist Charles«, meinte Nicky nun. »Was hat er heute Morgen zu mir gesagt? "Das Ganze kann ich supergut in mein Buch einbauen, das ergibt ein paar spannende Kapitel". Ein echt komischer Vogel, dieser Charles.«

Alan stopfte die letzten Mappen in den Karton "Torf" und stülpte den Deckel darüber. »Kinder! Lassen wir`s gut sein!«

Brian schloss ebenfalls seinen Karton mit der Aufschrift "Brennblase" und schaute auf seine Armbanduhr. »Oder noch besser: Lassen wir's uns gut *gehen*! Wir haben nur noch zwei Stunden Zeit und ich muss noch meine bessere Hälfte unterstützen. Den Rest kann das völlig überbezahlte Personal dieser Abteilung erledigen. Die leben eh nur von meinen Erfolgen!«

»Genau!«, grinst Nicky. »Alles nur Trittbrettfahrer auf dem Siegeswagen deiner Arbeit!«

Ohne mit der Wimper zu zucken, antwortete Brian »Richtig! Du hast es verstanden, Nicky. Willst du nicht lieber zu mir in den Kriminaldienst wechseln?«

»Lieber nicht, Brian. Soviel Erfolg würde meinen armen Charakter schwächen. Ich bleibe lieber bei meinen Computern.«

Alan wurde es mittlerweile zu bunt und er begann, beide in Richtung Tür zu schieben. »So, wenn ihr euch jetzt über eure berufliche Laufbahn einig geworden seid, dann können wir vielleicht endlich los. Susan hat mir bereits drei SMS geschickt, dass ich dies und jenes und so nicht vergessen soll.«

Brians "Fall-Abschluss-Grill-Spektakel" wurde mal wieder ein voller Erfolg. Und das nicht nur, weil das Wetter mitfeiern wollte. Alle die dabei waren, Alan und Susan, Ishbel und Graham, Nicky und die anderen Freunde und Bekannten, redeten den ganzen Abend kein einziges Wort über den Fall oder die Fälle. So war es eben Tradition bei Brian.

Es wurde über den richtigen Garpunkt diskutiert, über die besten Würzmischungen, über Eheschließungen, neue Wohnungen und neue Autos. Und alle konnten sich zumindest für einen kurzen Moment dem Gefühl hingeben, dass die Welt an manchen Stellen doch noch in Ordnung war.

Eine Frage der Ehre

Samstag, 20. August

Als sie sich alle auf dem Vorplatz der keinen Kapelle St Mary of the Hills am Rande von Char-Charlestown trafen, versuchten sowohl Alan als auch Brian in ihrem Cutaway besonders stattlich auszusehen.

In der schwarz-grau gestreiften Hose, der farbigen Weste, dem weißen Hemd und dem silbergrauen Plastron wirkten sie wie echte Edelmänner bei einem Pferderennen in Ascot. Der anthrazitfarbene Gehrock rundete das perfekte Bild noch ab.

Susan und Jane konnten vor lauter Stolz über das Outfit ihrer Männer kaum einen Blick von ihnen lassen, obwohl sie in ihren pastellfarbenen Kleidern jede Menge Blicke der gut achtzig anwesenden Gäste auf sich zogen.

Gemeinsam gingen sie zu dem weißen Zelt in dem ein üppiges Buffet, eine mit weißen Tischdecken bedeckte Theke mit allen möglichen Getränken und zahlreiche Tische mit jeweils vier Stühlen aufgebaut waren. Alles wurde eingerahmt von zahlreichen Bodenvasen, in denen unterschiedliche Blumenarrangements die üppigen Farben der umliegenden Landschaft widerspiegelten.

Als Graham winkend aus einem funkelnagelneuen silberfarbenen Land Rover Defender ausstieg und in seinem prächtigen Kilt zu ihnen ins Zelt humpelte, wandten sich ihm sofort alle Blicke zu.

»Wow!«, war das Einzige, was Brian sagen konnte.

»Ein vollendeter schottischer Edelmann! Und das leicht nachgezogene Bein verleiht dir einen gewissen verwegenen Touch.« Alan umarmte Graeme und drückte ihn aus vollem Herzen. »Ich freu mich echt für euch. Lass dich anschauen - Mann, perfekt. Und im Ben Rhinnes Tartan. Vollendet.« Und mit einem Seitenblick auf den neuen Wagen »Manche Dinge ändern sich eben nie, oder?«

»Und das ist auch gut so«, antwortete Graham mit einem kleinen Lächeln. »Das nennt man dann nämlich Tradition.«

Auch Brian ließ es sich nicht nehmen, Graham zu umarmen – nur etwas vorsichtiger. »Du scheinst ja fast wieder völlig hergestellt. Glückwunsch! Aber, wo ist denn die Braut? Ohne Ishbel würdest du eine etwas traurige Figur machen, wenn wir dich alleine zum Altar führen würden.«

Grahams Augen leuchteten vor Stolz und Vorfreude. »Na, wo wohl? Hinten in der Kapelle, im Gemeinderaum. Ihre Brautjungfern bewachen Sie wie einen Goldschatz. Aber sagt es nicht weiter. Ich habe sie schon in ihrem Kleid gesehen. Traumhaft! Einfach traumhaft!«

»Susan hat mir gegenüber auch etwas von einem Traum in Weiß erwähnt. Die beiden waren wohl zusammen shoppen«, grinste Alan.

»Na dann kann ja nichts mehr schief gehen - wenn der Pfarrer sich nicht noch schnell am Glockenseil erhängt.« Mit einem kräftigen Lacher schlug Brian Graham auf die Schulter, was bei ihm zu einem Hustenanfall führte und betrachtete die Flaschen auf dem Tresen. »Sag mal, gibt es denn bei derartigen Feierlichkeiten eigentlich für die durstigen Gäste nichts zu trinken? Habt ihr keinen Schampus?«

»Schampus?« Graham räusperte sich und sah Brian entsetzt an. Dann machte sich ein Grinsen auf seinem Gesicht breit. »Doch natürlich haben wir Schampus! Stilechten sogar: braunen Champagner!« Er zeigte stolz auf eine Flasche Dandaleith. Die Flasche mit dem teuren Single Malt warf ihr bernsteinfarbenes Lächeln durch den Raum.

»Das ist doch wohl eine Frage der Ehre, dass wir diesen speziellen Tag heute nicht mit simplem Champagner feiern«, grinste Graham die Beiden an. »Aber wenn du unbedingt von dieser Blubberbrühe etwas trinken magst, die gibt es natürlich auch an der Bar«, zwinkerte er dann noch.

Dann gab der Pfarrer das Zeichen, dass es jetzt soweit war.

ENDE!

Danksagung

Als Allererstes möchten wir uns natürlich bei Ihnen bedanken, den zahlreichen Lesern unserer ersten Whisky-Krimis, die uns durch entsprechend positive Kommentare ermutigt hatten, ein weiteres Buch zu schreiben.

Wir möchten uns auch dieses Mal wieder bei dem echten Alan und dem echten Graeme bedanken. Natürlich auch bei George und Graham sowie den zahlreichen ungenannten Distillery Mitarbeitern. Sie alle sind bekannte Menschen in der schottischen Whiskyindustrie, die schon unsere zahlreichen Fragen über Fundorte und mögliche Tatabläufe für unsere ersten Bücher beantwortet hatten. Danke auch an unsere Golf spielenden Freunde, die uns mit zahlreichen Informationen zur wohl "schottischsten aller Sportarten" versorgt haben.
Auch bei der Vorbereitung zu diesem Buch halfen uns alle bei der Detailgestaltung der Story. Wir bedanken uns bei allen mit einem guten Glas Whisky (oder vielleicht auch ein paar mehr)!

Mòran taing und Slàinte mhath!, liebe Freunde!
[Mooran taing] und [Slaantsche waa!]
(Vielen Dank!) und (Gute Gesundheit!)